KB187396

시의 신선 이백 글을 짓다

이태백 문집
李太白 文集

이백 지음

예추이화 · 임도현 역해

박문사

머리말

이백(701~762)은 당나라 문인으로 달과 술의 시인으로 알려져 있으며 현재까지도 그의 시는 많이 애창되고 있다. 어릴 때 촉 땅에서 여러 학문과 기예를 학습하였으며 산동 지역과 강남 지역을 떠돌면서 다양한 사람들과 교유하고 문학적 역량을 축적하였다. 마흔이 넘어서야 현종의 부름을 받아 한림공봉이 되었지만 이는 자신이 원하던 관직은 아니었다. 다만 연회 자리에서 흥을 돋울 시나 짓는 어용문인에 불과했다. 일 년 남짓 궁궐생활을 하다가 나와서 천하를 주유하면서 자신의 문학세계를 펼쳤다. 그러던 중 안록산의 난이 일어나 천하가 혼란스러워지자 여산에 은거하다가 영왕 이린의 부름을 받고 나아갔다. 하지만 영왕은 반역죄로 쫓기게 되었고 이백 역시 붙잡혀서 심양의 감옥에 갇히게 되었다. 지인의 도움으로 풀려나기는 했지만 곧 야랑으로 유배를 가게 되었으며, 유배 가던 도중 사면 받아 강남으로 돌아왔다. 이광필 장군이 출정한다는 소식을 듣고 그 부대에 참여하기 위해 가던 도중 병을 얻어 돌아왔으며 그 후유증으로 결국 세상을 뜨게 된다.

이백은 생전에 이미 유명한 시인이고 문장가였다. 그가 가는 곳마다 지역의 관원과 유지들은 그를 초청하여 교유하였다. 그 과정에서 많은 시와 문장을 남겼다. 이백이 현종의 부름을 받은 것 역시 작가로서의 능력을 인정받았기 때문이고 이에는 시 뿐만 아니라 문장도 중요한 역할을 하였다. 그리고 현종의 행차를 따라가서 지은 작품에도 시만 있었던 것이 아니라 문장도 다수 있었다.

다만 시에 비해 강조가 덜 되었을 뿐이지 옛날의 지식인들이 이백의 문장을 홀시했던 것은 아닌 것으로 짐작된다. 중당의 문인 백거이白居易는 〈이백의 무덤李白

墓〉에서 "일찍이 하늘을 놀라게 하고 땅을 뒤흔드는 문장이 있었다.(曾有驚天動地文)"라고 했다. 당송팔대가의 일원인 증공曾鞏은 〈대신하여 이백을 애도하는 글代人祭李白文〉에서 "그대의 문장은 출중하여 사람들의 위에 서 있다.(子之文章, 傑立人上)"라고 했다. 그리고 청나라의 문인 장도張道는 《소정시화蘇亭詩話》에서 "이백의 〈희유조부〉와 〈석여춘부〉, 두보의 〈삼대례부〉는 실로 위로 반고와 장형에게 읍하고 아래로 서릉과 유신을 이끌 만하다.(太白之希有鳥賦, 惜餘春賦, 子美之三大禮賦, 實可仰揖班張, 俯提徐庾)"라고 했다.

한국의 문인들도 이백의 문장을 중요시하고 많이 읽었던 것으로 여겨진다. 조선시대 훈련도감訓練都監은 임진왜란 직후에 설치되었는데 운영자금을 조달하기 위해 1599년(선조32년)부터 1664년(현종5년)까지 65년 동안 92종의 서적을 간행했는데 그중 이백의 글 62편을 수록한 《이태백문집李太白文集》이 포함되어 있다. 훈련도감의 출판목적을 감안하면 이백의 문장이 대중적으로 많이 읽혔음을 짐작할 수 있다.

현재 전해지는 이백의 문장은 수량과 종류의 면에서 상당하다. 문학적 역량을 과시하는 글인 부賦 8편, 황제에게 올리는 글인 표表 3편, 편지글인 서書 6편, 송별하며 지은 서문과 책의 서문인 서序 21편, 건물의 내력에 관한 기록인 기記 1편, 인물의 업적을 칭송하는 글인 송頌 2편, 그림이나 인물을 칭송하는 글인 찬讚 17편, 기물이나 산악을 기리며 새기는 글인 명銘 2편, 죽은 이의 비석에 새긴 글인 비碑 5편(〈비간의 비문比干碑〉은 제외하였다), 제사 지낼 때 읽는 글인 제문祭文 2편, 시의 서문인 시서詩序 13편, 기타 서첩 5편 등 총 85편이다. 성당시기 이전의 당나라 문인 가운데 이만한 수량의 문장이 남아 있는 작가는 찾아보기 힘들다. 그리고 이백의 문장은 거의 모든 문장 형식을 망라하고 있어 그가 다양한 종류의 글에 능했음을 짐작할 수 있다.

당나라 산문사에 있어 이백의 문장은 초당과 중만당의 문장 특징을 이어주는 가교의 역할을 하고 있다. 초당 시기 문인들은 형식에 치우친 변려문을 많이 지었는데, 진자앙을 위시한 일군의 문인들이 이러한 화려한 형식을 타파하고 성정에 입각한 글을 지으려고 노력하였다. 이백이 이들의 영향을 이어받았음을 곳곳에서 확인할 수 있다. 이백의 시문을 정리한 이양빙李陽冰은 이백의 시문집인 《초당집草堂集》의 서문에서 "진자앙이 쇠퇴해진 물결을 억제하니 천하 문장의 내용과 형식이 돌연 한 차례 변했으나, 지금에 이르도록 시문에 양나라 진나라 궁정의 풍격이 여전히 남아있었는데 이백에 이르러 크게 변했다.(陳拾遺橫制頹波, 天下質文翕然一變, 至今朝詩文, 尙有梁陳宮掖之風, 至公大變)"라고 했다. 또한 맹계孟棨의 《본사시本事詩》에 "양나라와 진나라 이래로 요염함과 천박함이 극에 달했는데, …… 장차 옛 도를 회복하는 일을 내가 아니면 누가 하겠는가?(梁陳以來, 艷薄斯極, …… 將復古道, 非我而誰)"라는 이백의 말을 기록했다. 이 말은 이백이 〈고풍 59수古風五十九首〉의 제1수에서 말한 "건안 시기 이후부터는 화려해져서 진귀하게 여길 것이 없었다. 성스러운 당대에 들어와 상고의 기풍을 회복하고 예법을 정하고 드러냄에 있어 맑고 참됨을 귀하게 여겼다. …… 나의 뜻은 공자처럼 산정하고 전술함에 있으니 밝은 빛을 드리워 천 년 동안 비출 것이고, 성인처럼 입언하여 "획린"에서 절필하기를 바란다.(自從建安來, 綺麗不足珍. 聖代復元古, 垂衣貴淸眞. …… 我志在刪述, 垂輝映千春. 希聖如有立, 絶筆於獲麟)"라는 생각과 호응하는 것이라 볼 수 있다. 이러한 문풍은 고문운동으로 일컬어지는 한유와 유종원의 문장관과 이어지고 있다.

한편 이백은 일련의 장편부에서 글자수와 대장을 엄격히 지키는 율부를 지향하고 있었으며, 이러한 특징은 다른 형식의 글에서도 간혹 나타난다. 이러한 경향은 화려한 형식을 지양했던 것과는 상반된 것이다. 하지만 이백은 수사를 극도로 추구한 형식 역시 발전시켰기에 초당의 문풍이 만당의 유미주의적 문풍과 연결되게 하는 역할을 했다고 할 수 있다. 한편으로는 자신의 생각과 정감을 솔직한 필치로 그려내기도 하고 다른 한편으로는 엄격한 율격 속에서 형식미를 추구하기도 하여 양 방향에 있어서 모두 큰 성과를 거두었던 것이다. 그래서 대부분의 연구자들은 이백을 성당 산문의 대표 작가로 인정하고 있다.

이백 문장의 내용적 특징으로는 불교 관련 내용이 많다는 것을 꼽을 수 있다. 이백의 사상에 대한 일반적인 인식은 도교와 도가가 중심이라는 것이다. 이는 이백이 지은 시에 드러난 신선의 풍모나 도록을 받은 그의 행적을 통해서도 충분히 짐작할 수 있다. 그러나 그의 문장에서는 오히려 도가적인 내용은 거의 찾을 수가 없고 불교 관련 내용이 자주 등장한다. 예컨대 17편의 찬 가운데 5편이 불교나 스님을 찬미하는 내용을 담고 있다. 물론 이백의 시에도 사찰에서의 감흥이나 스님과의 교유를 적은 것이 상당히 있기는 하지만 대체로 도가적인 내용에 경도되어 있다. 하지만 문장에서는 그와 정반대의 경향을 볼 수 있다. 이를 통해 이백 사상에서의 유불도 삼교정립의 양상을 좀 더 입체적으로 구성할 수 있을 것이다.

또한 이백의 문장을 통해 그의 행적을 좀 더 세밀히 고찰할 수 있을 것이다. 예컨대 영왕 이린이 이백을 불렀을 때 이백이 자발적으로 갔는지 아니면 억지로 갔는지에 대해서는 결정되지 않고 있는데, 이는 이백의 시문 안에서도 두 가지 언급이 동시에 존재하고 있기 때문이다. 〈영왕의 동쪽 순행 11수永王東巡歌十一首〉는 영왕 군대의 위용을 묘사하고 이백 자신이 공적을 세우고자 하는 포부를 드러내었기에 이백이 자발적으로 갔음을 추측할 수 있다. 〈송 중승을 대신하여 스스로를 추천하는 표爲宋中丞自薦表〉에서는 영왕에게 협박받아서 간 것이라고 직접적으로 언급하였다. 대체로 연구자들은 이 두 가지 사안만을 지적하고 있는데, 이백의 다른 문장에도 이와 관련된 언급이 있다. 〈가 소공에게 주는 편지與賈少公書〉에는 영왕이 초빙하는 문서가 세 번이나 와서 고사하기가 어려웠다는 내용이 있으며 〈천장절에 세운 악주자사 위공의 덕정비 및 서문天長節使鄂州刺史韋公德政碑幷序〉에서는 위양재가 영왕의 위협에 굴하지 않고 따라가지 않은 일을 찬미한 내용이 있다. 이러한 내용을 참조하면 이백의 행적을 결정하는 데 도움이 될 것이다.

이백의 문장 중 진위논란이 있는 것으로는 5편이 있다. 우선 왕기본王琦本에 수록되어 있는 〈비간의 비문比干碑〉은 이백과 동시대 인물인 이한李翰의 글이라는 것이 거의 분명하다. 하지만 관례에 따라서 일단 이 책에서는 수록하였으며 해설에서 이러한 사항을 밝혀두었다. 〈겨울밤에 배낭중과 설시어의 연회에서 모여 지은 시문집의 서문冬夜裴郎中薛侍御宴集序〉, 〈화산 황신곡에서 임여 사람 배 비릉명부와 연회를 열며 지은 서문華山黃神谷讌臨汝裴毘陵十四明府序一首〉, 〈정현 유현위 형님댁에서 달밤에 대에 올라 연회 열며 모여 지은 시문집의 서문鄭縣劉少府兄宅月夜登臺宴集序〉, 〈건축월[762년 2월] 15일에 호구산에서 연 밤 연회에서 지은 시문집의 서문建丑月十五日虎丘山夜宴序〉은 당나라 독고급獨孤及(725~777)의 작품인데, 《문원영화文苑英華》 권710의 서류序類에서 이 네 편을 이백의 〈여름에 여러 친척 동생과 여주 용흥각에 올라서 지은 서문夏日諸從弟登汝州龍興閣序〉 뒤에 수록하면서 저자의 이름을 누락하거나 '前人'이라고 적어놓았다. 이 때문에 후대 연구자들이 이 네 편의 글을 모두 이백의 작품으로 오인한 경우가 왕왕 있었다. 하지만 이는 모두 독고급의 작품이 확실하고 왕기본에도 수록되어 있지 않기에 이 책에서는 수록하지 않았다.

애초에 예추이화 박사가 이백의 문장 역주로 박사학위논문을 준비하면서 이백 문장의 원문뿐만 아니라 관련 주석서의 모든 주석을 입력하고 번역하였으며 200자 원고지 6500매에 달하는 학위논문을 완성하였다. 그 과정에 임도현 박사가 이런저런 도움을 주었다. 학위논문에는 주석이 워낙 방대하여 그 연구 성과를 대중적으로 확산하기에는 한계가 있겠다는 생각에서 원문의 번역을 위주로 하고 주석은 최소한으로 하여 단행본으로 출간하도록 결정하였다. 임도현 박사가 번역의 내용을 다시 가다듬었고 주석을 정리하였다. 문장의 호흡을 좀 더 길게 하여 문장 간의 연결 관계가 더 분명하게 드러나게 하였다. 논문준비 과정에서 논란이 되었거나 해석상에 선택의 여지가 있는 부분은 가급적 학위논문과는 다른 번역을 취하여 다양한 해석의 가능성을 제공하려고 하였다. 그러다보니 일부는 완전히 다른 내용의 번역이 되기도 하였으니, 학위논문과 이 책을 비교해서 보면 이백의 문장을 좀 더 폭넓게 이해할 수 있을 것이다.

이백은 시 뿐만 아니라 문장에서도 일가를 이룬 작가이다. 그는 한평생 이리저리 다니면서 여러 사람의 글 청탁을 받았을 것이고 당대 사람들도 이백이 글을 잘 짓는다는 사실을 알았을 것이다. 이백의 글이 이 책을 통해 그의 시와 함께 하늘에 떠 있는 별처럼 영원히 반짝일 수 있기를 바란다. 인문학이 대중적으로 활성화되고 있다고 하지만 아직도 이러한 원문 자료를 찾아보는 이는 극소수이다. 팔리지도 않을 책을 선뜻 출판해주겠다고 결정해주신 출판사 사장님과 보기 좋은 책으로 만들어주신 출판사 직원들에게 감사의 말씀을 드린다.

2019년 5월 10일 역해자 일동

목차

3. 서書

4. 서序

시의 신선 이백 글을 짓다

이태백 문집

이태백 문집

李太白 文集

1. 부賦

1) 대붕을 읊은 부 및 서문 大鵬賦幷序

내가 예전에 강릉에서 천태산의 사마승정을 만났는데, 내게 신선과 도사의 풍골이 있어서 세상의 바깥에서 함께 정신적 사귐을 할 수 있겠다고 했다. 그리하여 〈대붕이 희유조[1]를 만나다〉라는 부를 지어서 스스로 마음을 넓게 했다. 이 부는 이미 세상에 전해져 세간에 종종 보였는데, 젊었을 때 지은 것이라 크나큰 뜻을 다하지 못한 것을 후회하고는 중년에 이를 버렸다. 《진서》를 읽다가 완수阮修의 〈대붕찬〉을 보았는데 내 비루한 마음에도 그것이 협소해 보였다. 마침내 다시 기억해낸 것을 적으니 많은 부분이 옛 것과 같지 않았다. 지금 손으로 적어 만든 문집에 다시 수록하는데 어찌 다른 작자에게 감히 전하겠는가? 그저 자식들에게 보여줄 만하길 바랄 뿐이다.

그 글은 다음과 같다.

남화노선 장자가 칠원에서 하늘이 내린 영감을 드러내어, 높디높은 고아한 담론을 토해내고 넓디넓은 기이한 말을 펼쳤다.[2] 《제해》에서 지극히 괴이한 일을 징험하

---

1 희유조希有鳥는 곤륜산에 산다고 하는 큰 새이다.

2 ≪장자·소요유≫에 다음과 같은 말이 있다. 북쪽 바다에 물고기가 있는데 그 이름을 곤이라 한다. 곤의 크기는 몇 천 리나 되는지 알지 못한다. 변하여 새가 되는데 그 이름을 붕이라 한다. 붕의 등은 몇 천 리나 되는지 알지 못한다. 힘차게 날아오르면 그 날개가 마치 하늘이 드리운 구름과 같다. 이 새는 바다가 움직이면서 바람이 일면 남쪽 바다로 옮겨간다. 남쪽 바다는 천지이다. ≪제해≫는 괴이한 일들을 기록한 것이다. ≪제해≫에

여 북쪽 바다의 어떤 물고기에 대해 말했다. 나는 그 물고기가 몇 천리나 되는지 알지 못하는데 그 이름을 곤이라고 한다. 변해서 대붕이 될 때 바탕은 엉겨 형성되었으나 배태는 아직 구분되지 않았기에, 바다의 섬에서 등지느러미를 벗고 하늘의 문에서 깃털을 펼친 뒤, 발해의 봄물에 씻고 부상의 아침 햇살에 말린다. 우주에서 빛을 내며 곤륜산을 넘어가는데, 한 번 치고 한 번 흔들면 안개로 흐릿하고 모래로 어두워졌으며, 오악이 이 때문에 흔들리고 모든 강물이 이 때문에 치솟는다.

이에 대지를 박차고 높은 태청을 짊어지면, 층층 하늘을 가로지르고 겹겹 바다와 부딪쳤으며, 삼천 리 바다를 쳐서 우뚝이 일어난 뒤 구만리 하늘을 향해 빠르게 날아간다. 등은 높다란 큰 산처럼 솟아 있고 날개는 종횡으로 펴진 큰 구름처럼 들려 있기에, 오른쪽으로 돌고 왼쪽으로 돌면 갑자기 어두워졌다가 갑자기 밝아진다. 마음대로 날며 한만을 지나 높디높은 창합에 이르러서, 홍몽[3]을 까부르고 벼락을 부채질하니, 북두칠성이 틀어지고 하늘이 진동하여, 산이 흔들리고 바다가 기울어진다. 기운이 드세 맞붙을 자가 없고 씩씩하여 다툴 자가 없으니, 진실로 그 기세를 상상하고 그 모습을 어렴풋이 짐작할 수 있다.

한편 발에는 무지개를 감고 눈은 해와 달처럼 빛나면서, 훨훨 서로 거듭되다가 휙 질주하니, 기운을 내뿜으면 사방에 구름이 생기고 깃털을 뿌리면 천 리에 눈발이

"붕이 남쪽 바다로 옮겨갈 때에 삼천 리 바다를 치고 회오리바람을 타고 구만리를 올라가는데, 날아가면서 육 개월에 한 번 쉰다."라고 했다. 탕임금이 극에게 물은 것도 이와 같은 것이다. 불모지의 북쪽에는 깊은 바다가 있는데 천지이다. 그곳에 물고기가 있는데 그 폭이 수천 리이고 그 길이를 아는 사람이 없다. 그 이름을 곤이라고 한다. 또 그곳에 새가 있는데 그 이름을 붕이라 한다. 그 등은 태산과 같고 날개는 하늘이 드리운 구름과 같다. 양의 뿔처럼 빙글빙글 휘도는 회오리바람을 타고 위로 구만 리를 올라가서 구름의 기운을 끊고 하늘을 진 다음에 남쪽을 도모하는데 남쪽 깊은 바다로 간다. 메추라기가 비웃으며 말하길, "저자는 또 어디로 가겠다는 건가? 나는 힘껏 날아올라도 겨우 몇 길 올랐다 내려와 쑥대 사이를 빙빙 날아다니지만, 이것 또한 지극히 멋진 비상이다. 저자는 도대체 어디로 가겠다는 건가?"라고 했다. 이것이 바로 작은 것과 큰 것의 차이이다.

3 홍몽鴻濛은 우주가 생성하기 이전의 원기이며 자연의 원기이다.

날린다. 저 북쪽 끝을 떠나 남쪽 구석까지 다 할 것이라, 빼어난 날개를 움직여 옆을 치고 세찬 바람을 쳐서 멀리 가니, 촉룡은 빛을 물어 만물을 비추고 번개는 채찍을 휘둘러 길을 연다. 삼신산을 흙덩이로 여기고 태호를 물잔으로 보며, 그 움직임은 신령이 감응하고 그 다님은 도가 갖추어졌기에, 임공자는 이를 보고 낚시를 그만두고 유궁은 감히 활을 당기지 못했으니,[4] 낚싯대를 던지고 화살촉을 버리고는 우러러보며 길게 탄식하지 않는 자가 없다.

그리고 씩씩한 자태와 웅장한 모습이 드넓은 은하수에 있는데, 위로는 푸른 하늘을 스치고 아래로는 드넓은 땅을 뒤덮었으니, 반고는 하늘을 열다가 물끄러미 바라보고 희화는 태양에 기대어 옆에서 탄식한다.[5] 팔황의 사이를 이리저리 날고 사해의 절반을 가려, 가슴으로 대낮을 덮어버리자 마치 혼돈의 상태가 아직 나눠지지 않은 것 같더니, 갑자기 솟구쳐 뒤집으며 빙빙 돌면 노을이 사라지고 안개가 흩어진다.

그런 다음에 육 개월 만에 한 번 쉬면서 바닷가에 이르렀는데, 갑자기 해를 가리며 가로질러 날다가 높은 하늘을 거슬러 아래로 내려와서는, 드넓은 들판에서 쉬고 깊고 넓은 못으로 들어간다. 맹렬한 기세가 닿은 곳과 넘치는 바람이 부는 곳에는, 넓은 바다가 거세게 솟구치고 높은 산이 어지러이 흔들린다. 물의 신 천오는 이 때문에 벌벌 떨고 바다의 신 해약은 이 때문에 꿈틀거린다. 산을 이고 있던 거대한 자라는 도망쳐 달아나고 바다에서 솟구치던 큰 고래는 밑으로 내달리니, 껍질 속으로 움츠리고 지느러미를 거두고서 감히 엿보지도 못한다. 나 또한 이와 같은 그 신령스러움과 기이함을 헤아리지 못하니 대체로 조화옹이 만든 것이기 때문이리라.

어찌 봉래산의 누런 학이 금빛 옷과 국화 치마를 뻐기는 것에 비하겠는가? 창오산의 오묘한 봉황이 화려한 바탕과 비단 무늬를 번쩍이는 것을 부끄럽게 여기게 했으

---

4 임공자任公子는 일찍이 큰 낚싯바늘과 낚싯줄을 만들고 소를 미끼로 삼아 동해에서 거대한 물고기를 잡은 바가 있다고 한다. 유궁有窮은 유궁국有窮國의 임금인 후예后羿로 활을 잘 쏘았다고 한다.

5 반고盤古는 천지를 개벽한 전설상의 인물이다. 희화羲和는 태양을 싣고 용이 끄는 수레를 몰고 다니는 전설상의 인물이다.

니, 이미 신선에게 부림을 당하고 오랫동안 해자에서 길들여졌기 때문이다. 정위는 나무 물어 나르는 일에 열심이고 원거는 술잔 바치는 일에 슬퍼했으며,[6] 천계는 반도나무에서 새벽을 알리고 삼족오는 태양에서 밝게 빛을 낼 뿐이었으니, 탁 트여 제멋대로 편안하지 못한 채 어찌 구속되어서 반복된 일을 고수했는가? 소요하는 이 붕새만 못하고 비길 만한 그 비슷한 것도 없구나. 큰 것을 자랑하거나 용맹함을 드러내지 않고 매번 때에 순응하여 행동하거나 숨으며, 현묘함의 근원과 나란히 하여 수명을 견주고 원기를 마셔 배를 채우고는, 동쪽 끝의 양곡에서 노닐며 서성거리고 남쪽 끝의 염주에 기대어 오르락내리락한다.

잠시 후에 희유조가 이를 보고 말하길, "위대하구나, 대붕이여. 이러한 것을 즐기는구나. 나는 오른쪽 날개로 서쪽 끝을 덮고 왼쪽 날개로 동쪽 끝을 덮고는, 대지의 줄기를 걸쳐 밟고 하늘의 벼리를 두루 돌아다니며, 황홀을 둥지로 삼고 허무를 마당으로 삼는데, 내가 너를 불러 노닐 터이니 너는 나와 함께 날아보자."라고 한다. 이에 대붕이 허락하고는 기뻐하며 서로 따랐다. 이 두 새가 이미 광활한 곳에 올랐는데 메추라기 무리는 울타리에서 공연히 이를 보고 비웃었다.

원문

余昔於江陵見天台司馬子微, 謂余有仙風道骨, 可與神遊八極之表. 因著大鵬遇希有鳥賦以自廣. 此賦已傳于世, 往往人間見之, 悔其少作, 未窮宏達之旨, 中年棄之. 及讀晉書, 覩阮宣子大鵬讚, 鄙心陋之. 遂更記憶, 多將舊本不同. 今復存手集, 豈敢傳諸作者. 庶可示之子弟而已.

其辭曰, 南華老仙發天機於漆園, 吐崢嶸之高論, 開浩蕩之奇言. 徵至怪于

---

6 정위精衛는 원래 염제炎帝의 딸인데 동해바다에 빠져 죽어서 변한 새이다. 매일 동해를 메우기 위해 서산西山의 나무와 돌을 물어 나른다고 한다. 원거鶢鶋는 바닷새의 일종인데, 노나라 성문에 머물자 사람들이 제사를 지내며 환대했지만 적응을 하지 못하고 죽어버렸다고 한다.

齊諧, 談北溟之有魚. 吾不知其幾千里, 其名曰鯤. 化成大鵬, 質凝胚渾. 脫鬐鬣[7]於海島, 張羽毛於天門. 刷渤澥之春流, 晞扶桑之朝暾. 燀爀[8]于宇宙, 憑凌乎崑崙. 一鼓一舞, 煙朦沙昏. 五岳爲之震蕩, 百川爲之崩奔.

爾乃蹶厚地, 揭太淸. 亘層霄, 突重溟. 激三千以崛起, 向九萬而迅征. 背業大山之崔嵬, 翼擧長雲之縱橫. 左迴右旋, 倏陰忽明. 歷汗漫以夭矯,[9] 㺨[10]閶闔之崢嶸. 簸鴻濛, 扇雷霆. 斗轉而天動, 山搖而海傾. 怒無所搏, 雄無所爭. 固可想像其勢, 髣髴其形.

若乃足縈虹蜺, 目耀日月. 連軒沓拖,[11] 揮霍翕忽. 噴氣則六合生雲, 灑毛則千里飛雪. 邈彼北荒, 將窮南隅. 運逸翰以傍擊, 鼓奔飆而長驅. 燭龍銜光以照物, 列缺[12]施鞭而啓途. 塊視三山, 杯觀五湖. 其動也神應, 其行也道俱. 任公見之而罷釣, 有窮不敢以彎弧. 莫不投竿失鏃, 仰之長吁.

爾其雄姿壯觀, 坱軋[13]河漢. 上摩蒼蒼, 下覆漫漫. 盤古開天而直視, 羲和倚日而傍歎. 繽紛乎八荒之間, 掩映乎四海之半. 當胸臆之掩晝, 若混茫之未判. 忽騰覆以迴轉, 則霞廓而霧散.

然後六月一息, 至于海湄. 欻翳景以橫翥, 逆高天而下垂. 憩乎泱漭[14]之野, 入乎汪湟之池. 猛勢所射, 餘風所吹. 溟漲沸渭, 巖巒紛披. 天吳爲之怵慄,[15]

---

7 鬐鬣(기렵) : 등지느러미.
8 燀爀(천혁) : 빛나는 모양.
9 夭矯(요교) : 제멋대로인 모양.
10 㺨(공) : 날아서 도착하다.
11 沓拖(답타) : 서로 겹쳐지는 모양. 또는 끌리는 모양.
12 列缺(열결) : 번개.
13 坱軋(앙알) : 드넓은 모양.
14 泱漭(앙망) : 드넓은 모양.
15 怵慄(출율) : 벌벌 떠는 모양.

海若爲之躨跜.[16] 巨鼇冠山而却走, 長鯨騰海而下馳. 縮殼挫鬣, 莫之敢窺. 吾亦不測其神怪之若此, 蓋乃造化之所爲.

豈比夫蓬萊之黃鵠, 誇金衣與菊裳. 恥蒼梧之玄鳳, 耀綵質與錦章. 旣服御于靈仙, 久馴擾於池隍. 精衛殷勤於銜木, 鶢鶋悲愁乎薦觴. 天雞警曉于蟠桃, 踆烏晰耀於太陽. 不曠蕩而縱適, 何拘攣而守常. 未若玆鵬之逍遙, 無厥類乎比方. 不矜大而暴猛, 每順時而行藏. 參玄根以比壽, 飮元氣以充腸. 戱暘谷而徘徊, 馮炎洲而抑揚.

俄而希有鳥見謂之曰, 偉哉鵬乎, 若此之樂也. 吾右翼掩乎西極, 左翼蔽乎東荒, 跨躡地絡, 周旋天綱, 以恍惚爲巢, 以虛無爲場, 我呼爾遊, 爾同我翔. 于是乎大鵬許之, 欣然相隨. 此二禽已登於寥廓, 而斥鷃[17]之輩空見笑於藩籬.

해설

이 부는 대붕이 씩씩한 자태로 광대한 우주를 날아다니는 모습을 표현한 것이다. 서문에 따르면 당대의 유명한 도사인 사마승정司馬承禎이 젊은 이백을 만나고 신선의 풍골을 가지고 있음을 칭찬한 뒤에 이백 자신이 〈대붕이 희유조를 만나다大鵬遇稀有鳥賦〉를 짓게 되었고, 그 후에 스스로 다시 기억해 내 적은 것이라고 했다. 이백 자신을 대붕에 비유하고 사마승정을 희유조에 비유한 것으로 보이는데, 이백 자신의 웅대한 포부를 거대한 경물 묘사와 더불어 훌륭하게 표현했다는 평가를 받고 있다.

저작 시기에 대해서 원작인 〈대붕이 희유조를 만나다〉는 개원 13년(725)에 지은 것이며 이 부는 천보 2년(743) 한림공봉으로 재직할 때 지은 것으로 보고 있는데 확실치는 않다.

---

16 躨跜(기니) : 꿈틀거리는 모양.

17 斥鷃(척안) : 메추라기.

2) 한스러움을 읊은 부를 본뜨다 擬恨賦

아침에 태산에 올라 묘지를 한 번 바라보니, 소나무와 가래나무 숲에 뼈가 차갑고 묵은 풀 속에 무덤이 무너져 있다. 덧없는 인생은 한탄할 만한데 하늘이 내린 운명이 이와 같다. 이에 나는 본래 장부라서 강개가 그치지 않는데, 우러러 옛 현인을 생각해보니 모두 한을 삼키고 죽었기 때문이다.

옛날에 한 고조 유방은 용처럼 뛰어오르자 여러 영웅이 다투어 내달렸다. 검을 들고 고함지르며 중원을 지휘하여, 동쪽으로는 발해로 내달리고 서쪽으로는 곤륜산을 뒤흔들었다. 뱀을 베고[18] 군대를 일으켜서 나라의 행보에 말끔히 쓸고, 귀한 지도를 잡고 갑자기 솟구치고는 자주색 단에 올라 씩씩하게 돌아보았다. 하지만 하루아침에 멀리 떠나가니 천하 사람이 모두 흰 상복을 입게 되었다. 한편 항우는 호랑이처럼 싸우자 흰 태양이 빛을 다투었지만, 산을 뽑는 힘이 다하고 세상을 뒤덮으려는 마음이 어긋났다. 초 땅 노래가 사방에서 들리자 한나라 병사가 겹겹이 포위한 줄 알고는, 장막에서 검무를 추니 울음 속에 씩씩한 위세가 꺾였다. 오추마가 달리지 않으니 크게 소리쳐도 어디로 돌아갈 수 있었으랴? 또 형가는 진나라로 들어가려고 역수를 곧장 건넜는데, 긴 무지개가 태양을 관통했고 차가운 바람이 소리 내며 일어났다. 멀리서 진시황을 원수로 삼아 태자 단丹에게 보답하려고 했지만, 기묘한 책략을 이루지 못하여 원통해하면서 죽었다. 한편 황후 진아교[19]는 총애를 잃자 장문궁의 문이 닫혀버렸다. 태양이 금빛 궁궐에 차갑고 서리가 비단옷에 서늘했으니, 봄풀은 푸르기를 멈추고 가을 반디는 어지러이 날아다녔다. 복숭아꽃과 자두꽃이 시든 것을 한스러워하고 군왕과 어긋났음을 생각했다. 예전에 굴원은 쫓겨나서 상수로 갔는데, 마음이

---

18 유방이 어느 날 술에 취해 늪을 지나다가 뱀을 벴다. 어떤 사람이 그곳을 지나다가 울고 있던 노파를 만났는데 그 노파가 "내 아들은 백제白帝의 아들인데 적제赤帝의 아들에게 죽임을 당했다."라고 했다. 후에 유방은 붉은 색의 기운으로 한나라를 세웠다.

19 진아교陳阿嬌는 한 무제武帝의 황후로 총애를 받았으나 후사가 없었고, 무당의 술수를 쓰다가 적발되어 장문궁으로 유폐되었다.

옛 초나라에서 죽어 혼백이 높은 가래나무로 날아갔다. 강바람의 가녀린 소리를 듣고 고개 위 원숭이의 애달픈 울음소리를 들으며, 맑은 물에 뼈를 영원히 묻은 채 회왕이 거두지 않은 것을 원망했다. 그리고 이사는 사형을 받게 되자 안색이 어두워졌으며, 좌우에서 눈물을 흘리니 정신과 혼이 하늘을 뒤흔들었다. 사랑하는 아들을 잡고 오래도록 작별하면서 누렁이 끌고 함께 사냥할 수 없음을 한탄했다. 어떤 이는 종군하며 기약 없는 작별을 한 뒤 나라를 떠나 오랫동안 만나지 못한 채, 하늘 끝의 나그네가 되어 바다 밖에서 돌아가기를 생각했다. 이 사람은 근심스런 구름이 해를 가리는 것을 홀연 보고는 눈길 끝까지 마음이 날아갔으니, 누구라도 눈썹을 찌푸리고 뼛속까지 아파하며 피눈물을 닦아 옷을 적시지 않은 사람이 없었지. 한편 화려한 수레바퀴가 엇섞이며 금마문을 가득 메워, 연기와 먼지가 새벽에 뭉치고 노랫소리와 종소리가 낮에 시끌벅적했지만, 이들 또한 다시 별이 떨어지고 번개가 사라지듯 그림자가 사라지고 혼백이 없어졌다.

그만두자! 계화가 가득하니 밝은 달이 환히 빛나고 부상에 새벽이 오니 흰 해가 날아오른다. 옥 같은 얼굴이 사라지면 땅강아지와 개미가 모여 들고 푸른 누대가 텅 비면 노래와 춤이 드물어진다. 하늘의 도와 함께 모두 다 사라지니 뼈를 버리고 똑같이 돌아가지 않을 이가 없구나.

원문

晨登太山, 一望蒿里. 松楸骨寒, 宿草墳毁. 浮生可嗟, 大運同此. 於是僕本壯夫, 慷慨不歇. 仰思前賢, 飮恨而沒.

昔如漢祖龍躍, 群雄競奔. 提劒叱咤, 指揮中原. 東馳渤澥, 西漂崑崙. 斷蛇奮旅, 掃淸國步. 握瑤圖而倏昇, 登紫壇而雄顧. 一朝長辭, 天下縞素. 若乃項王虎鬥, 白日爭輝. 拔山力盡, 蓋世心違. 聞楚歌之四合, 知漢卒之重圍. 帳中劍舞, 泣挫雄威. 騅兮不逝, 喑噁何歸. 至如荊卿入秦, 直度易水. 長虹貫日, 寒風颯起. 遠讐始皇, 擬報太子. 奇謀不成, 憤惋而死. 若夫陳后失寵,長門掩扉. 日冷金殿, 霜凄錦衣. 春草罷綠, 秋螢亂飛. 恨桃李之委絶, 思君王之有違. 昔者屈原旣放, 遷於湘流. 心死舊楚, 魂飛長楸. 聽江風之嫋嫋, 聞嶺狖之啾啾. 永埋骨於淥水, 怨懷王之不收. 及夫李斯受戮, 神氣黯然. 左右垂泣, 精魂動天. 執愛子以長別, 歎黃犬之無緣. 或有從軍永訣, 去國長違. 天涯遷客, 海外思歸. 此人忽見愁雲蔽日, 目斷心飛. 莫不攢眉痛骨, 抆血霑衣. 若乃錯綉轂, 塡金門. 烟塵曉沓, 歌鐘晝諠. 亦復星沉電滅, 閉影潛魂.

已矣哉, 桂華滿兮明月輝, 扶桑曉兮白日飛. 玉顔滅兮螻蟻聚, 碧臺空兮歌舞稀. 與天道兮共盡, 莫不委骨而同歸.

해설

이 부는 강엄江淹의 〈한스러움을 읊은 부恨賦〉를 본떠서 지은 것으로 내용과 형식이 유사하다. 강엄의 작품은 대체로 득의하다가 실의한 인물의 이야기를 나열했는데, 이백의 이 작품 역시 같은 형식으로 지었으며, 천하를 통일했지만 결국 죽어버린 한나라 고조 유방, 유방과 대적하다 실패한 초나라의 항우, 진시황을 시해하려다 실패한 형가, 한나라 무제의 황후였다가 유폐된 진아교, 왕에게 버림받고 물에 빠져 죽은 굴원, 권력을 누리다 허망하게 죽어간 진나라의 재상 이사의 이야기를 적었다. 또한 종군하다가 죽은 백성들과 부귀를 누리다가 사라진 이들의 이야기를 덧붙인 뒤 허망하게 사라지는 인간의 삶에 대한 안타까움을 표현했다.

개원 3년(715)에 지었다는 설과 천보 원년(742)에 지었다는 설이 있는데, 의작인 것으로 보아 젊은 시절에 지은 것으로 보인다. 《유양잡조酉陽雜俎》에 따르면 이백이 세 차례에 걸쳐 《문선文選》을 본떠 작품을 지었는데, 모두 불태워버렸고 〈한스러움을 읊은 부恨賦〉와 〈이별을 읊은 부別賦〉만 남겼다고 한다.

3) 남은 봄을 아쉬워하며 지은 부 惜餘春賦

하늘이 어찌하여 북두성으로 하여금 봄이 되었음을 알아 돌아서 동방을 가리키게 했는가? 물에는 푸른 빛이 출렁이고 난초에는 붉은 꽃이 무성한데, 높은 곳에 한 번 올라 멀리 바라보니 아득한 구름바다가 끝까지 펼쳐져 있다. 혼백이 한번 떠나니 영원히 떨어져 있을 것 같고 눈물이 뺨에 흘러 줄을 이루었다. 맑은 바람을 읊조리고 푸른 물결을 노래하며 동정호를 그리워하고 소상강을 슬퍼하는데, 아득한 내 마음이 봄바람과 함께 휘날리는 것을 어찌할까? 휘날리노라니 그리움은 끝이 없고 아름다운 기약을 생각하지만 실행하지는 못한다. 너른 들은 무성하여 비단 빛이고 향기로운 풀을 사랑하니 반듯하게 잘라 놓은 듯한데, 남은 봄이 장차 다할 것을 아쉬워하니 매번 한스러움이 얕지 않다. 한수 굽이와 상강 물에서 아름다운 풀을 쥐어 보지만 그리움을 어찌 감당하겠는가? 현산 북쪽에서 노닐던 여인을 생각하고[20] 상강 남쪽에 있던 요임금의 딸을 근심하는데,[21] 한은 끝이 없어 마음이 침울해지고 눈은 아득히 바라보니 근심이 어지럽기에, 기수에서 위나라 여인의 마음을 드러내고[22] 양대의 구름 속에서 초나라 왕의 꿈을 꾼다.[23] 봄이 매번 돌아오면 꽃이 피고 꽃이 이미 한창이면 봄은 바뀌니, 긴 황하가 봄에 흐르는 것을 탄식하고는 동해로 치달리는

---

20 정교보鄭交甫가 한수를 가다가 그곳을 노닐던 두 여인을 만났는데 그녀들의 패옥을 얻어 돌아서자 패옥도 없어지고 여인들도 사라졌다고 한다. 현산은 한수와 가깝다.

21 요임금의 두 딸 아황과 여영은 순 임금의 아내가 되었는데 순 임금이 세상을 다니다가 죽었다는 소식을 듣고 그를 찾아 나섰지만 결국 찾지 못하고 상강에 빠져 죽었다고 한다.

22 《시경·위풍衛風·죽간竹竿》에 "기수는 오른쪽에 있고 샘물은 왼쪽에 있으며, 사랑스런 웃음은 곱고 차고 있는 패옥은 박자가 맞다.(淇水在右, 源泉在左, 巧笑之瑳, 佩玉之儺)"라는 말이 있고, 포조鮑照의 시 〈왕 선성태수를 송별하다送別王宣城〉에 "기수를 건너니 위나라에 대한 정이 일어난다.(涉淇興衛情)"라는 말이 있다. 이 구는 기수를 지나며 위나라 여인을 그리워하는 정을 염두에 둔 말이다.

23 초나라 왕이 꿈에 무산의 신녀를 만나 즐겼는데, 후에 신녀는 떠나가면서 "아침에는 구름이 되고 저녁에는 비가 되어 항상 무산의 양대에 있겠다."라고 했다고 한다.

물결을 보낸다. 봄은 머물지 않고 때는 이미 잃어버렸으니 늙고 쇠약해짐은 원래 빠른데 더욱 빨라지기에, 푸른 하늘에 긴 밧줄을 걸어서 서쪽으로 날아가는 이 흰 태양을 묶어두지 못하는 것이 한스럽다.

어떤 이가 있어 정이 서로 친한데 남쪽 나라를 떠나 서쪽 진 땅으로 간다. 길을 가로지른 거미줄을 보니 봄빛으로 그물을 만들어 사람을 만류한다. 슬픈 노래를 나직이 읊조리고 이별에 가슴 아파 머뭇거리면서, 멀리 가는 나그네를 보내면서 점차 사라지며 날아가는 기러기를 바라본다. 수양버들에 근심스런 마음이 취하니 부드러운 가지를 따라 뒤엉기는데, 그대를 바라보며 탄식하고 눈물을 마구 흘리며 봄의 꽃을 원망하고는, 밝은 달에 그림자를 멀리 기탁하여 하늘 끝까지 그대를 송별한다.

원문

天之何爲令北斗而知春兮, 迴指於東方. 水蕩漾兮碧色, 蘭葳蕤[24]兮紅芳. 試登高而望遠, 極雲海之微茫. 魂一去兮欲斷, 淚流頰兮成行. 吟淸風而詠滄浪, 懷洞庭兮悲瀟湘. 何余心之縹緲兮, 與春風而飄揚. 飄揚兮思無限, 念佳期兮莫展. 平原萋兮綺色, 愛芳草兮如剪. 惜餘春之將闌, 每爲恨兮不淺. 漢之曲兮江之潭, 把瑤草兮思何堪. 想遊女於峴北, 愁帝子於湘南. 恨無極兮心氳氳, 目眇眇兮憂紛紛. 披衛情於淇水, 結楚夢於陽雲. 春每歸兮花開, 花已闌兮春改. 歎長河之流春, 送馳波於東海. 春不留兮時已失, 老衰颯兮逾疾. 恨不得挂長繩於靑天, 繫此西飛之白日.

若有人兮情相親, 去南國兮往西秦. 見遊絲[25]之橫路, 網春輝以留人. 沉吟兮哀歌, 躑躅兮傷別. 送行子之將遠, 看征鴻之稍滅. 醉愁心於垂楊, 隨柔條以糾結. 望夫君兮咨嗟, 橫涕淚兮怨春華. 遙寄影於明月, 送夫君於天涯.

---

24 葳蕤(위유) : 무성한 모양.

25 遊絲(유사) : 거미가 공중에 뱉어놓은 거미줄. 또는 아지랑이.

해설

이 부는 봄에 강남에서 장안으로 가는 이를 송별하며 지은 것이다. 한수, 상강, 기수, 무산 등에 얽힌 남녀 간의 여러 이별 이야기를 인용하여 봄날 헤어지는 상심을 표현했는데, 늦봄이 지나가며 느끼는 상실감을 끼워 넣어 그 감정을 더욱 짙게 그려내었다.

이백이 부인 허씨와의 이별을 아쉬워하며 지은 것이라는 설과 만년에 강하에 머물 때 지은 것이라는 설이 있지만 모두 확실치는 않다.

4) 따뜻한 봄을 근심하며 지은 부 愁陽春賦

동풍이 돌아와 풀을 푸르게 하니 봄이 되었음을 알겠다. 하늘하늘 아롱아롱 어찌 하여 수양버들이 휘날려서 사람을 근심하게 만드는가? 하늘빛은 푸르러 곱고 따뜻하며 바다 기운은 푸르러 향긋하고 신선하다. 들에는 아름다운 비췻빛이 무성하고 구름은 바람에 떠가며 선명하다. 넘실거리며 길게 이어졌기에 푸른 이끼가 샘에서 자라는 것을 보고, 바람에 나부끼며 길게 이어졌기에 아지랑이가 안개처럼 휘감는 것을 본다. 혼이 이와 함께 하노라니 모두 끊어질 듯하고 풍광에 취하노라니 서글퍼진다. 그리고 농수는 진 땅의 소리를 내고[26] 장강의 원숭이는 파 땅의 소리를 내며, 명비는 옥문관으로 나갔고 초나라 나그네는 단풍나무 숲에 있었지.[27] 높은 곳에 한 번 올라가서 먼 곳을 바라보니 고통이 뼛속까지 저며 들어 마음을 아프게 한다. 봄 마음이 일렁이는 것은 파도와 같고 봄 수심이 어지러운 것은 눈과 같다. 만물에 대한 슬픔과 즐거움의 정감을 아울러서 이제 향기로운 계절에 한꺼번에 느낀다.

상수 가에 어떤 이가 있는데 구름과 무지개로 가로막혀 만날 수가 없기에, 조그만 물결에 이별의 눈물을 뿌려 동쪽으로 흘러가는 강물을 통해 친근한 마음으로 부친다. 만일 봄빛을 잡아서 사라지지 않게 할 수 있다면 나는 하늘가에 있는 아름다운 이에게 보내고자 한다.

원문

東風歸來, 碧草而知春. 蕩漾惚怳, 何垂楊旖旎[28]之愁人. 天光青而妍和,

---

26 민간에 전해지는 노래에 "농두에서 흐르는 물 우는 소리 흐느끼고, 멀리 진천을 바라보니 애간장이 끊어지네.(隴頭流水, 嗚聲幽咽. 遙望秦川, 肝腸斷絶)"라고 하여 멀리 떠나있는 안타까움을 노래했다.

27 명비明妃는 왕소군王昭君으로 원래 한나라 원제元帝의 후궁이었는데 후에 흉노족의 왕비가 되었다. 초나라 나그네는 굴원을 가리키는데, 그는 왕에게 풍간했다가 상강으로 쫓겨났다.

海氣綠而芳新. 野綵翠兮阡眠,[29] 雲飄颻而相鮮. 演漾兮夤緣, 窺靑苔之生泉. 縹緲兮翩緜, 見遊絲之縈烟. 魂與此兮俱斷, 醉風光兮悽然. 若乃隴水秦聲, 江猿巴吟. 明妃玉塞, 楚客楓林. 試登高而望遠, 痛切骨而傷心. 春心蕩兮如波, 春愁亂兮如雪. 兼萬情之悲歡, 玆一感于芳節.

若有一人兮湘水濱, 隔雲霓而見無因. 灑別淚於尺波, 寄東流於情親. 若使春光可攬而不滅兮, 吾欲贈天涯之佳人.

해설

이 부는 따뜻한 봄에 느끼는 정감을 적은 것으로, 대체로 봄이 되어 아름다운 경물을 대하고 있지만 좋아하는 이와 헤어져 있어 슬퍼하는 마음을 표현했다. 앞의 작품과 수법이 비슷하여 동일한 시기에 지은 것으로 추정된다.

---

28 旖旎(의니) : 바람에 흔들리는 모양.

29 阡眠(천면) : 초목이 무성한 모양.

5) 맑은 가을을 슬퍼하며 지은 부 悲淸秋賦

구의산에 올라 맑은 강을 바라보니 잔잔히 흐르는 삼상이 보이는데, 물은 추위에 흐르며 바다로 돌아가고 구름은 가을을 가로지르며 하늘을 가린다. 내가 새나 다닐 수 있는 험한 길로 고향까지 계산해보지만 강남의 형오 지역과 몇 천 리나 떨어졌는지 알 수 없다. 이때 서쪽 태양이 반원이 되어 섬을 비추면서 사라지려고 하자, 맑은 호수가 흰 비단처럼 밝아지며 먼 바다에서 달이 뜬다. 아름다운 기약이 아득함을 생각하고는 멀리 연 땅을 생각하고 월 땅을 바라본다. 연꽃 떨어져 강물의 빛이 가을이 되니 바람은 산들산들 불고 밤은 길고 길다. 큰 바다인 궁명을 내려다보니 부러움이 생겨 창주에서 큰 자라를 낚시질할 것을 생각해 보지만,[30] 한번 들어 올릴 긴 낚싯대가 없어 큰 물결을 어루만질 뿐 근심만 늘어난다. 돌아가자, 인간 세상에는 기탁할 곳이 없으니 나는 장차 봉래산에서 약초를 캐겠다.

원문

登九疑兮望淸川, 見三湘之潺湲. 水流寒以歸海, 雲橫秋而蔽天. 余以鳥道計於故鄕兮, 不知去荊吳之幾千. 于時西陽半規, 映島欲沒. 澄湖練明, 遙海上月. 念佳期之浩蕩, 渺懷燕而望越. 荷花落兮江色秋, 風嫋嫋兮夜悠悠. 臨窮溟以有羨, 思釣鼇於滄洲. 無修竿以一擧, 撫洪波而增憂. 歸去來兮, 人間不可以託些, 吾將採藥於蓬丘.

해설

이 시는 가을에 보이는 경물을 보고 슬퍼하는 마음을 읊은 것이다. 큰 뜻을 펼치고자

---

30 용백龍伯의 한 거인이 있었는데 발을 들어 몇 걸음 가지도 않았는데 동해에 있다는 다섯 신선산에 도착했으며, 한 번 낚시질을 하자 신선산을 떠받치고 있던 여섯 마리의 큰 자라가 연이어 올라왔다고 한다. 여기서는 큰 기상을 표현한 것이다.

했지만 여의치 않았기에 신선의 도를 추구하기 위해 은일해야겠다는 생각을 표현했다. 구의산이 언급된 것에 착안하여 건원 2년(759)에 편재한 설이 있지만 확실치 않다.

6) 검각에 대해 읊은 부 劍閣賦

함양 남쪽으로 곧장 오천 리를 바라보면 우뚝 솟은 구름 속 봉우리가 보이는데, 앞에는 검각이 가로질러 끊고서 푸른 하늘에 기대어 중간을 열었으며, 그 위에는 솔바람이 쏴쏴 거세게 불고 파 땅의 원숭이가 슬퍼하고 있으며, 옆에는 날아가는 여울물이 골짜기를 달리는데 돌에 뿌려지고 누각에 내뿜어져 솟구쳐 오르니 우렛소리에 놀란다. 아름다운 이를 보내 지금 가니 다시 언제나 돌아올까? 그대 바라보는 것을 어찌 다할 수 있겠는가? 나는 나직이 읊조리며 탄식한다. 동쪽으로 쏟아져 가는 푸른 물결을 바라보며 서쪽으로 숨어버린 흰 태양을 슬퍼한다. 큰기러기가 연 땅을 떠나며 가을에 소리 내어 울고 구름이 진 땅을 근심하며 어둑한 빛을 띠고 있다. 만일 밝은 달이 검각에 뜨면 그대와 함께 두 고을에서 술을 마주하고 서로 그리워하겠지.

원문

咸陽之南, 直望五千里, 見雲峯之崔嵬. 前有劍閣橫斷, 倚靑天而中開. 上則松風蕭颯瑟颸,[31] 有巴猿兮相哀. 旁則飛湍走壑, 灑石噴閣, 洶湧而驚雷. 送佳人兮此去, 復何時兮歸來. 望夫君兮安極, 我沉吟兮歎息. 視滄波之東注, 悲白日之西匿. 鴻別燕兮秋聲, 雲愁秦而暝色. 若明月出於劍閣兮, 與君兩鄕對酒而相憶.

해설

원주原注에 "촉 땅으로 들어가는 친구 왕염을 보낸다.(送友人王炎入蜀)"는 말이 있는 것으로 보아 이 부는 왕염을 송별하며 지은 것이다. '검각劍閣'은 오늘날의 검문관으로 옛날 관중 지역에서 촉 지역으로 가는 요충지였다. '왕염王炎'은 이백의 오랜 친구로 그가

---

31 瑟颸(슬율) : 큰 바람이 부는 모양.

죽었을 때 이백은 〈율수현에서 왕염의 죽음에 통곡하며 지은 시 3수自溧水哭王炎三首〉를 지었다.

이 부는 장안에서 촉 땅으로 들어가는 관문인 검각문의 모습을 묘사한 뒤 여러 비유를 사용하여 친구와 헤어지는 아쉬움을 표현했다. 내용으로 보아 이백이 장안에 있을 때 지은 것으로 보이는데 정확한 시기는 확정할 수 없다.

7) 명당을 읊은 부 및 서문 明堂賦 幷序

예전에 천황 고종께서 태산에서 업적을 하늘에 고하고 연호를 건봉으로 바꾸셨고, 명당을 짓기 시작하면서 연호를 총장으로 하셨다. 당시 기틀을 엮는 일이 이루어지지도 못했는데 애통하게도 황제의 영령이 먼 길을 가셨다. 측천무후께서 사업을 이으셨고 중종께서 완성시키시니, 그리하여 천하의 백성들이 자식처럼 와서 따르고 만년의 큰 사업을 받들었다. 대체로 천황께서는 하늘의 뜻에 앞서신 것이고 중종께서는 하늘의 뜻을 받드신 것이다. 역대의 성왕들이 계승하여 완성하니 위대한 공훈을 널리 펼 수 있었다. 신 이백이 아름답게 칭송하여 삼가 서술한다.

그 글은 다음과 같다. 우리 당나라가 천명을 개혁하고 대업의 발단을 창조함에 있어 우리 고조께서 바로 하늘의 도에 순응함에 의지하여 불끈 번개를 치며 선두에 서셨다. 이에 사방의 먼 지역인 팔황을 가로지르고 천지의 가장자리인 구양을 치달리며, 반란의 무리를 쓸어버리고 혼망한 세상을 말끔히 하시니, 경성이 빛나고 태계가 평온해졌으며[32] 무지개가 사라지고 해와 달이 펼쳐졌다. 공경하고 순종하신 태종이 밝음을 이어 거듭 빛나시니, 국토를 넓혀 준칙을 세우시고 푸른 하늘에 무너진 기강을 엮으셨다. 순박한 풍속은 심오하고 미묘해졌고 크나큰 은택은 많고 넓었으며, 용맹한 의용은 해외에까지 빛났고 어진 명성은 끝없이 이어져 무궁했다. 그리고 고종께서 계승하여 흥성하시니 신명이 국통을 보우하고 많은 복을 주셔서, 신령의 복이 옆에 이르고 상서로운 물건이 모두 바쳐졌다. 하늘의 징조가 분명하고 땅의 진귀함이 드러났기에, 하늘의 도에 응하고 사람의 도리에 순종하여 태산에 올라 하늘의 신에게 봉제를 지내고 양보산으로 내려와 땅의 신에게 선제를 지냈다. 장차 낙수를 살피시고 명당을 높이고자 하셨지만, 그 공이 이루어지기도 전에 옥황상제

---

32 경성景星은 덕성德星 또는 서성瑞星이라고도 하는데 나라가 태평해지면 나타난다고 한다. 태계太階는 하늘의 별자리인 삼태三台로 나라가 어지러워지면 기울어지고 태평해지면 반듯하게 평평해진다고 한다.

의 나라로 흰 구름을 타고 오르셨다. 측천무후께서 부지런히 정사를 돕고 중종께서 엄숙히 살펴서 창성하게 하시면서, 선왕의 길을 따라 사업을 잇고 역대 성왕의 빛을 드날리셨다. 그래서 헌원씨로 하여금 도안을 기초하게 하고 희씨와 화씨[33]로 하여금 날짜를 정하도록 했다. 건물을 지으면서 화려하지도 질박하지도 않게 하니, 백성들이 사방에서 자식처럼 달려왔으며 어찌 만백성의 집에서 거둔 세금을 다 쓸 수 있었겠는가? 이에 물로 수평을 맞추고 구름에 닿을 만한 대들보를 모았으며, 농산의 옥석을 다 비웠고 소상의 좋은 재목을 텅 비게 했으니, 정교함은 귀신에게서 뺏은 것이고 높이는 푸른 하늘까지 다 했다. 분명한 하늘의 말을 듣고 엄정한 천제의 거처를 본떴으니, 비록 잠시 수고로울지라도 영원히 견고할 것이어서 우리 황제에게 성명한 계획을 내려주었다.

저 명당의 웅장함을 살펴보면 높이 솟아 몽롱하여, 갑자기 밝아졌다가 갑자기 어두워지니, 태고의 원기가 하늘에 맺혀 있는 듯하고, 높다랗고 겹겹이 쌓여, 우뚝 솟은 산과 같고 높다란 산과 같으니, 마치 하늘의 문지방과 땅의 문이 열리고 닫히는 것과 같다. 그리하여 높은 산을 가른 듯 우뚝 서 있어 높은 모습이 장대하여 크고 다채롭다. 수많은 제왕 중 으뜸으로 공적을 드리우니 만물을 비추어 화려한 색채가 비등한다. 아슴푸레한 기운이 올라가니 동굴이 열린 듯하고 높다란 벼랑에 불어대니 옆과 구분된다. 또 비유컨대 곤륜산의 하늘 기둥이 구층 하늘까지 솟아서 구름을 드리운 것과 같다. 이에 태양이 지나가는 황도에 얼개를 엮었고 별이 모여 있는 자미원에 높이 솟아, 구진에 이어져 담을 에워싸고 창합을 열어 문을 열었으니,[34] 높고 가팔라서 빛이 우주를 찬란하게 하고 우뚝 솟고 환히 빛나서 천지의 신령스런 위세를 펼쳐놓았다. 대저 그 뒤는 넓은 누런 황하이고 언저리는 세찬 맑은 낙수이며, 태항산은 뒤로 물러서 있고 통곡이 앞에 탁 트여 있다. 멀리에는 웅이산을 세워서 표

---

33 전설에 따르면 요 임금이 희중羲仲 희숙羲叔 형제와 화중和仲 화숙和叔 형제를 사방에 머물게 하고는 천상을 살피고 역법을 만들도록 했다고 한다.

34 구진勾陳은 별자리 이름으로 후궁을 상징하고, 창합閶闔은 하늘의 문이다.

지로 삼고 용문을 갈라서 관문을 열었으니, 넓은 땅에 비췻빛이 점점이 보이고 뭇 산에는 맑은 그늘이 널리 펴져 있다. 안개와 구름이 말렸다 펴지게 되면 홀연 나타났다가 갑자기 사라지고, 높은 숭산과 내뿜으며 흐르는 이수는 태양에 기대고 달에 가까워서, 천둥을 격동시키고 별을 스치니, 구불구불 금빛 용을 붙들어 두었고 까마득히 하늘 구슬을 걸어놓았다. 기세는 오악보다 높고 형세는 사방 끝까지 펼쳐져 있으며, 대지의 축을 눌러 토대를 마련했고 하늘 가장자리를 스치며 둥근 모양을 만들었으니, 누대가 우뚝한 채 달려 나가고 성궐이 높이 솟아 가물가물하다. 진귀한 나무와 비췻빛 풀은 꽃을 머금었다가 꽃잎을 드날리는데, 번쩍이는 요정을 지목하고 환한 옥승을 끌며,[35] 광대한 화개에 닿고 들쑥날쑥한 태미를 우러르고 있다.[36] 궁궐 문으로 에워싸고 병기 창고를 가로로 두었으며, 방수와 심수[37]를 본받아서 뚫어 열었고 동쪽 끝을 보면서 이리저리 배치했다. 은나라의 제도를 취하고 하나라 보폭의 길이로 헤아렸으며, 대실과 중옥[38]의 이름을 섞었고 진의 자리와 화와 목의 수를 포괄했기에,[39] 웅장하지만 사치스럽지는 않았고 화려하지만 질박하지는 않았다. 층층 처마는 우뚝하여 노을처럼 솟아 있고 넓은 건물은 빽빽하여 구름처럼 펴져 있어, 태양의 궤도를 가리고 바람의 길을 막으니, 삼족오가 태양을 돌리다가 뒤집혀 날아가고 대붕이 하늘을 가로지르다가 기울어져 지나간다.

가까이에는 만 그루의 나무가 빽빽이 드리우고 천 개의 궁궐이 마주보며 솟아 있으며, 푸른빛의 당이 번쩍이고 화려한 돌로 장식한 방이 빛난다. 비단처럼 찬란하고

---

35 요정瑤井은 별자리 이름이고, 옥승玉繩은 북두칠성의 별이름이다.

36 화개華蓋는 별자리 이름으로 이 별이 바르게 서 있으면 길하고 제왕의 도가 번창한다고 한다. 태미太微는 별자리 이름으로 명당을 상징한다.

37 방수房宿와 심수는 28수 중 동방의 별자리로 명당을 상징한다.

38 하나라 때 명당을 대실代室이라고 했고 은나라 때 명당을 중옥重屋이라고 했다.

39 《춘추합성도》에 "명당이 진辰과 사巳의 자리에 있다는 것은 목木과 화火의 사이에 있음을 말한다. 진은 목이고, 사는 화이다. 목은 숫자 3을 생기게 하고 화는 숫자 7을 이루니 3리의 바깥과 7리의 안쪽에 있다."라고 했다.

노을처럼 알록달록하며 별처럼 들쑥날쑥하고 파도처럼 들이치는데, 바람은 적막하여 소슬하고 심원함은 어두침침하게 빽빽하지만, 짙푸른 아름다운 기운을 머금고 있고 모락모락 상서로운 연기를 뿜어내고 있다. 아홉 개의 방은 깊숙이 있고 다섯 개의 작은 문으로 이어져 있는데, 날아가는 기둥은 장대하고 달리는 두공은 길게 이어져 있으며, 구름무늬 대들보는 높이 솟아 채색 문을 가로지르고 화려한 네모난 서까래는 한데 모여서 하늘을 우러르고 있다. 흰 벽은 낮처럼 환하고 붉은 용마루는 갠 날처럼 선명하며, 붉은 난간은 높이 솟아 은하수까지 우뚝하고, 비췻빛 기둥은 둘러싸며 한만까지 이어져, 푸른 하늘의 끝자락에서 만나고 황궁의 거의 절반을 걸치고 있다. 멀리서 바라보면 반짝이며 눈부시게 빛나다가도 갑자기 하늘이 돌면 구름으로 어둑해지고, 가까이 가서 살펴보면 찬란하게 또렷이 비추다가도 홀연 산이 옮겨지면 해 그림자가 바뀌니, 봉래산의 바다 신기루를 얕보고 태산의 일관봉을 삼킬 정도이다. 맹호가 길을 끼고 있고 잠룡이 계단을 휘감고 있는데, 하늘을 지나며 곧장 올라가고 황하를 굽어보며 아래로 처져 있다. 옥녀는 그물 무늬 창에서 별을 움켜쥐고 항아는 서까래 끝에서 달빛을 받아들이는데, 조정[40]은 화려한 무늬를 교차시켜 쑥 잎을 펼쳐 놓았고 천창은 붉은색으로 덮은 채 무지개를 머금고 있다. 이어진 높은 표지에 의지해도 발 둘 곳이 없고 발뒤꿈치로 줄에 매달리는 곡예를 흉내 내어도 올라갈 수가 없으니, 무서워 떠나가려는 사람은 갑자기 눈이 멀고 몸이 상하며 자세히 보려는 사람은 등이 얼음장처럼 차가워지고 정신이 혼미해질 정도이다. 횡으로 뻗은 복도는 궁의 곁채에 연결되어, 나란히 서쪽 누대로 들어가는데 이곳이 곤륜전이다. 전의와 후승[41]이 법도를 바로잡아 출입하게 하니 구이와 오적[42]이 방향을 따라서 달려온다. 그 좌우에는 붉은 계단이 높다랗고 붉은 뜰이 번쩍이는데, 보배로운 솥을 늘어놓으니 황금의 빛에 맞먹고, 벽옹[43]이 도도하게 흐르니 둘러싼 바

40 조정藻井은 건축물 내부 천정에 화려한 채색으로 장식한 부분을 가리킨다.
41 전의前疑와 후승後丞은 각각 관직명으로 천자를 보필한다.
42 구이九夷는 중국 동쪽의 아홉 이민족이고 오적五狄은 북쪽의 다섯 이민족을 가리킨다.

다의 성대함을 본떴다. 동쪽 청양을 열고 서쪽 총장을 개방했으며, 남쪽 명대를 탁 틔우고 북쪽 현당을 드러내고는, 장엄하게 태묘를 가운데 두었으니, 월령을 반포하여 때에 맞추고 방위에 순응하게 한다. 그 문지방 안쪽에는 36개의 문과 72개의 창이 있고, 방석 크기로 헤아려서 자리를 늘어놓았는데 남쪽으로 7개이고 서쪽으로 9개이다. 흰 호랑이가 벽에 늘어서서 웅크리고 있고 푸른 용이 모퉁이를 받들며 꿈틀거리고 있다. 그 깊숙하고 오묘한 곳에는 남방의 신 적표노赤熛怒가 불을 담당하고 서방의 신 백초거白招拒가 금을 주관하며, 동방의 신 영위앙靈威仰이 양을 제어하고 북방의 신 협광기叶光紀가 음을 억제하는데, 신두神斗는 흙을 주관하면서 가운데를 차지하고 있다. 그리고 다섯 가지 색이 밝게 빛나고 만 가지 기이한 것이 성대하다. 인물과 금수는 모습이 기이하여, 형세는 날아 움직일 듯하며 눈을 크게 뜨고 노려보거나 치켜보고 있는데, 현명한 군주와 어리석은 군주, 충성스런 신하와 맹렬한 장부가 있어 위세와 정치의 흥망성쇠로 현명함과 우매함을 드러내 보이고 있다.

이에 왕이 정한 정월이자 봄의 첫 번째 달에 아침 태양이 솟아오르자, 천자가 푸른 옥을 두르고 푸른 용을 몰아, 청양 왼쪽 곁채에 도착하면 바야흐로 화려한 슬을 타고 현악기를 튕겨, 나라의 위용을 펼치고 황제의 의용을 빛낸다. 신대[44]에서 옆을 바라보며 구름을 관찰하는 법도를 따르고, 태묘에서 굽어보며 마주하여 하늘을 배향하는 규범을 숭상하니, 공경함과 순종함이 세상에 퍼지고 청명함이 밝게 빛나며, 숭아[45]에 깃털을 꽂으니 번쩍이고 아름답다. 육복[46]의 공물을 받고 만방의 장부를

---

43 벽옹辟雍은 원래 주나라 천자가 설립한 학교인데 둥근 모양이고 사방으로 물을 둘렀다. 명당이 학교의 역할도 했기에 여기서는 명당을 둘러싼 물을 가리킨다.

44 신대神臺는 제왕이 자연 현상의 변화를 관찰하기 위해 높이 만든 누대이다. 구름의 색이나 모양 등으로 재난과 변고를 예측했다.

45 숭아崇牙는 편종이나 편경을 걸어놓는 나무틀에 새긴 장식이다.

46 왕이 사는 왕기王畿 지역을 중심으로 500리씩 떨어진 지역을 각각 후복侯服, 전복甸服, 남복男服, 채복采服, 위복衛服, 만복蠻服이라고 했는데, 이를 육복六服이라고 하며 두루

받아들이니, 용 깃발과 무지개 깃발을 펼치고 금빛 미늘창과 옥으로 장식한 도끼를 모아 놓았으며, 오경[47]을 모셔 놓고 모든 제후를 등용하니, 규찬[48]을 받들고 옥과 비단을 바치는데, 엄숙하고 공경하며 고개를 숙이고 등을 구부려서 엄숙한 위용의 발걸음이 이어진다. 이에 육장을 깨끗이 하고 제기에 담은 곡물을 정돈하고는, 세 가지 날짐승을 올리고 다섯 가지 들짐승을 바치며, 신령에 제사를 지낸다. 태축은 축문을 바르게 하고 여러 관원은 정성을 다하는데, 기복이 심한 대무[49]의 곡을 연주하고 웅장한 하늘의 음악을 펼치니, 고죽이 합쳐져 연주되고 공상이 어우러져 울린다.[50] 여섯 번의 변화를 다하고 아홉 번의 맺음을 마치니, 여러 신이 와서 명당으로 내려오는데, 대체로 성스런 군주가 효로써 천하를 다스린 뒤 심원한 곳에서 제사를 지내기 때문이리라. 그런 다음에는 벽옹에 이르러 여러 공경公卿에게 연회를 베풀었는데 음양을 주방으로 삼고 조물주를 요리사로 삼았다. 우주의 기운인 원기를 먹이고 천지의 온화한 기운인 태화를 뿌리니, 천 리에 북 치고 춤추며 백관이 이어서 노래한다. 이러한 때에 구름이 일어나고 비가 적시니, 은혜는 넘치고 은택은 넓어서 사해가 귀의하고 팔황이 모인다. 천하가 시끌벅적하고 궁궐 밖이 북적이니 여러 신하가 덕에 취한 뒤 읍양[51]을 하고 물러난다. 하지만 성스런 군주는 여전히 위험에 처한 듯 저녁까지 근심하고 백성들이 편안하지 못할까 걱정하고는, 이에 눈은 하늘 끝까지 닿고 귀는 샘에까지 기울이니, 밝은 귀를 날리고 환한 눈을 달려 멀리까지 살펴보지 않는 곳이 없다. 귀신의 심오함을 살피고 음양의 심원함을 헤아려, 밝은 조서를 내리고 옛 법령을 반포하며, 빈곤한 백성을 구제하느라 식량 창고의 곡식을

변방 지역을 가리킨다.

47 오경五更은 연로하고 경험이 많은 퇴직자에게 주는 관직이다.

48 규찬珪瓚은 옥으로 손잡이를 만든 술그릇이다.

49 대무大武는 주나라의 악무이다.

50 고죽孤竹은 원래 나라 이름인데 여기서는 그곳의 대나무로 만든 악기를 가리킨다. 공상空桑은 원래 산의 이름인데 여기서는 그곳에서 나는 나무로 만든 금과 슬을 가리킨다.

51 읍양揖讓은 읍을 하고 사양하는 것으로 주인과 손님 간의 인사치레이다.

나눠준다. 옥을 부수고 구슬을 물에 던져버리고는, 궁궐을 낮추고 담장을 무너뜨려, 산과 물이 가리지 않게 하여 왕래하며 서로 바라볼 수 있게 하고, 황제가 적전에서 몸소 농사를 짓고 황후가 교외의 뽕나무 밭에서 친히 일을 한다. 말단을 버리고 근본으로 돌아가니 백성들은 화합하고 시절은 태평하여, 물총새 깃털로 장식한 깃발을 세우니 빽빽하고 옥으로 장식한 방울을 울리니 딸랑거린다. 태평스러운 들판에서 노닐고 맑은 당에서 쉬노라니, 하늘은 기뻐하여 상서로움이 많아져, 진 땅에서 조상의 능에 참배하고 여산의 옆에서 무예를 강습한다. 태산에서 하늘에 제사를 올리고 땅의 신 후토에 제사를 지내 율륙을 아우르고 도당을 포괄한다.[52] 공동산 위와 분수의 북쪽에서 노닐면서, 이슬의 정화는 흡수하고 좋은 맛과 아름다운 향기는 버린다. 나라를 다스림은 꿈과 같음을 귀하게 여기니 화서[53]의 고향과 비슷하다. 이에 백성은 안정되어 어디에 있는지도 모르니, 마치 여러 구름이 용을 따르고 여러 물이 바다로 달려가는 것과 같다. 이것이야말로 정말로 이른바 우리의 위대한 임금이 명당에 올라서 펼친 정치와 교화라는 것이다. 어찌 저 진나라, 조나라, 오나라, 초나라가 높이를 다투고 사치함을 겨룬 것에 비하겠는가? 아방궁과 총대를 짓고 고소대와 장화대를 지었는데, 하늘에 제사를 지내는 곳도 아니고 선조를 배향하는 곳도 아닌데도 헛되이 달을 가리고 노을을 넘어갔지. 이로 보건대 칭송할 만하지 않은데, 하물며 요대[54]의 큰 아름다움은 또 어찌 말할 만하겠는가?

감히 나라의 아름다움을 드날리려 이에 글을 지어 다음과 같이 말한다. 높이 솟은 명당이 하늘에 기대어 열렸는데, 높다랗고 넓으며 진귀한 재료로 엮였다. 우뚝이 솟아 가득 채워진 채 아득히 까마득하고, 벽옹은 주위를 흐르고 영대는 높다. 밝은 태양을 빛나게 하고 바람과 우레를 내뿜으니, 조상에 대한 제사가 널리 퍼지고 왕의

---

52 율륙栗陸은 상고시대 왕의 이름으로 여왜씨女媧氏 뒤에 있었다고 한다. 도당陶唐은 요임금이다.

53 화서華胥는 전설에 따르면 복희씨伏羲氏의 어머니이다. 화서씨의 나라는 군주가 없어 무위지치로 다스려지고 백성은 욕심이 없고 한가로워서 태평성세를 이루었다고 한다.

54 요대瑤臺는 대체로 말세의 군주가 세운 화려한 건축물을 가리킨다.

교화가 널리 펼쳐져서, 팔황까지 진압하고 구해까지 통한다. 사방의 문이 열리니 만국이 들어오는데, 상서로운 징조를 살펴서 어진 인재를 바친다. 황궁과 같아서 견고하여 천년을 다하리니 유구하리라.

원문

昔在天皇, 告成岱宗, 改元乾封, 經始明堂, 年紀總章. 時締構之未集, 痛威靈之遐邁. 天后繼作, 中宗成之. 因兆人之子來, 崇萬祀之丕業. 蓋天皇先天, 中宗奉天. 累聖纂就, 鴻勳克宣. 臣白美頌, 恭惟述焉.

其辭曰, 伊皇唐之革天創元也, 我高祖乃仗大順, 赫然雷發以首之. 於是橫八荒, 漂九陽. 掃叛換, 開混茫. 景星耀而太階平, 虹蜺滅而日月張. 欽若太宗, 繼明重光. 廓區宇以立極, 綴蒼顥之頹綱. 淳風汋穆,[55] 鴻恩滂洋, 武義烜赫[56]於有截,[57] 仁聲馺踏[58]乎無疆. 若乃高宗紹興, 祐統錫羡, 神休傍臻, 瑞物咸薦. 元符剖兮, 地珍見. 旣應天以順人, 遂登封而降禪. 將欲考有洛, 崇明堂, 惟厥功之未輯兮, 乘白雲於帝鄕. 天后勤勞輔政兮, 中宗以欽明克昌. 遵先軌以繼作兮, 揚列聖之耿光. 則使軒轅草圖, 羲和練日. 經之營之, 不彩不質. 因子來於四方, 豈殫稅於萬室. 乃准水臬,[59] 攢雲梁. 罄玉石於隴坂, 空瓌材於瀟湘. 巧奪神鬼, 高窮昊蒼. 聽天語之察察, 擬帝居之將將. 雖暫勞而永固兮, 貽聖謨於我皇.

觀夫明堂之宏壯也, 則突兀曈曨,[60] 乍明乍蒙, 大古元氣之結空. 巃嵸[61]頹

55 汋穆(물목) : 심오하고 미묘한 모양.

56 烜赫(훤혁) : 뚜렷이 드러난 모양. 빛나는 모양.

57 有截(유절) : 《시경 · 상송 · 장발長發》에 "바다 바깥까지 가지런하다.(海外有截)"라는 말이 있는데, 여기서는 '유절'을 가지고 '해외'의 뜻을 취했다.

58 馺踏(삽답) : 끊임없이 이어지는 모양.

59 水臬(수얼) : 고대에 수평을 재는 도구이다.

沓,[62] 若嵬若業, 似天闔地門之開闔. 爾乃劃峉嶺[63]以嶽立, 郁穹崇[64]而鴻紛. 冠百王而垂勳, 燭萬象而騰文. 寥惚恍以洞启, 呼嵌巖而傍分. 又比乎崑山之天柱, 矗[65]九霄而垂雲. 于是結構乎黃道, 岧嶢[66]乎紫微. 絡勾陳以繚垣, 闢閶闔而启扉. 崢嶸嶒嶷,[67] 粲宇宙兮光輝. 崔嵬赫弈, 張天地之神威. 夫其背泓黃河, 垠瀨清洛. 太行却立, 通谷前廓. 遠則標熊耳以作揭, 豁龍門以開闢. 點翠彩於鴻荒, 洞清陰乎群山. 及乎烟雲卷舒, 忽出乍沒. 岌嵩噴伊, 倚日薄月. 雷霆之所鼓蕩, 星斗之所伾扢.[68] 挐金龍之蟠蜿,[69] 挂天珠之硉矹.[70] 勢拔五岳, 形張四維. 軋地軸以盤根, 摩天倪而創規. 樓臺崛岉[71]以奔赴, 城闕崟岑[72]而蔽虧.[73] 珍樹翠草, 含華揚蕤. 目瑤井之熒熒, 拖玉繩之離離. 撴華蓋以儻漭,[74] 仰太微之參差. 擁以禁扃, 橫以武庫. 獻[75]房心以開鑿, 瞻少陽而舉措. 採殷制, 酌夏步. 雜以代室重屋之名, 括以辰次火木之數. 壯不及奢, 麗

---

60 曈曨(동롱) : 선명하지 않은 모양.
61 巃嵸(농종) : 높이 솟은 모양.
62 頽沓(퇴답) : 겹겹이 쌓인 모양.
63 峉嶺(택액) : 높고 웅장한 모양.
64 穹崇(궁숭) : 높은 모양.
65 矗(촉) : 높이 솟다.
66 岧嶢(초요) : 높고 험준한 모양.
67 嶒嶷(증억) : 높고 험준한 모양.
68 伾扢(비골) : 문지르다. 스치다.
69 蟠蜿(반완) : 구불구불한 모양.
70 硉矹(율올) : 높은 모양.
71 崛岉(굴물) : 높이 솟은 모양.
72 崟岑(음잠) : 높이 솟은 모양.
73 蔽虧(폐휴) : 가려졌다가 보였다가 하는 모양.
74 儻漭(당망) : 광대한 모양.
75 獻(의) : 본받다.

不及素. 層簷屹其霞矯, 廣厦鬱以雲布. 掩日道, 遏風路. 陽烏轉影而翻飛, 大鵬橫霄而側度.

近則萬木森下, 千宮對出. 熠乎光碧之堂, 炅乎瓊華之室. 錦爛霞駮, 星錯波沏. 颯蕭寥[76]以颼飀,[77] 窅[78]陰鬱以櫛密.[79] 含佳氣之靑葱, 吐祥烟之鬱律. 九室窈窕, 五闈聯綿. 飛檻磊砢,[80] 走栱夤緣. 雲楣立岌以橫綺, 綵桷攢欒[81]而仰天. 皓壁晝朗, 朱甍[82]晴鮮. 赬欄各落, 偃蹇[83]霄漢. 翠檻迴合, 蟬聯汗漫. 沓蒼穹之絶垠, 跨皇居之太半. 遠而望之, 赫煌煌以輝輝, 忽天旋而雲昏. 迫而察之, 粲炳煥以照爛, 倏山訛而晷換. 蔑蓬壺之海樓, 呑岱宗之日觀. 猛虎失[84]道, 潛虯蟠梯. 逕通天而直上, 俯長河而下低. 玉女攀星於網戶, 金娥納月於璇題.[85] 藻井綵錯以舒蓬, 天䆫赩翼而銜霓. 扶標川[86]而罔足, 擬跟絓[87]而龍蹐. 要離歘矐[88]而外喪, 精覛氷背而中迷. 亘以復道, 接乎宮掖. 坌入西樓, 是爲崑崙. 前疑後丞, 正儀躅以出入. 九夷五狄, 順方面而來奔. 其左右也, 則丹陛崿崿, 彤庭煌煌. 列寶鼎, 敞金光. 流辟雍之滔滔, 像環海之湯湯. 闢

---

76 蕭寥(소료) : 적막한 모양.
77 颼飀(수류) : 바람이 매서운 모양.
78 窅(요) : 심원함.
79 櫛密(즐밀) : 빽빽한 모양.
80 磊砢(뇌라) : 장대한 모양. 또는 많이 겹쳐져 있는 모양.
81 攢欒(찬란) : 한데 모이다.
82 朱甍(주맹) : 붉은 용마루.
83 偃蹇(언건) : 우뚝이 솟은 모양.
84 失(실) : '협夾'의 오자라는 주장에 따라 번역했다.
85 璇題(선제) : 옥으로 장식한 서까래의 머리 부분.
86 標川(표천) : 높은 표지가 이어져 있는 것을 말한다.
87 跟絓(근괘) : 발뒤꿈치로 줄에 매달리는 곡예이다.
88 歘矐(훌학) : 눈이 먼 모양.

青陽, 而启總章. 廓明臺, 而布玄堂. 儼以太廟, 處乎中央. 發號施令, 采時順方. 其閫域[89]也, 三十六戶, 七十二牖. 度筵列位, 南七西九. 白虎列序而躨跜,[90] 青龍承隅而蚴蟉.[91] 其深沉奧密也, 則赤熛掌火, 招拒司金. 靈威制陽, 叶光摧陰. 神斗主土, 據乎其心. 若乃熠燿五色, 張皇萬殊. 人物禽獸, 奇形異模. 勢若飛動, 瞪眄睢盱.[92] 明君暗主, 忠臣烈夫. 威政興滅, 表示賢愚.

於是王正孟月, 朝陽登曦. 天子乃施蒼玉, 轡蒼螭. 臨乎青陽左个, 方御瑤瑟而彈鳴絲. 展乎國容, 輝乎皇儀. 傍瞻神臺, 順觀雲之軌. 俯對清廟, 崇配天之規. 欽若[93]肸蠁,[94] 維清緝熙. 崇牙樹羽, 熒煌葳蕤.[95] 納六服之貢, 受萬邦之籍.[96] 張龍旗與虹旌, 攢金戟與玉戚. 延五吏, 進百辟. 奉珪瓚, 獻琛帛. 顒昂[97]俯僂, 儼容疊跡. 乃潔菹醢, 修粢盛. 奠三犧, 薦五牲. 享于神靈.[98] 太祝正辭, 庶官精誠. 鼓大武之隱轔, 張鈞天之鏗鍧.[99] 孤竹合奏, 空桑和鳴. 盡六變, 齊九成. 群神來兮, 降明庭. 蓋聖主之所以孝治天下, 而享祀窅冥也. 然後臨辟雍, 宴群后. 陰陽爲庖, 造化爲宰. 湌元氣, 灑太和. 千里鼓舞, 百寮賡[100]歌. 于斯之時, 雲油雨霈. 恩鴻溶兮, 澤汪濊.[101] 四海歸兮, 八荒會. 哤聒[102]乎區寓,

---

89 閫域(곤역) : 문지방 안의 영역.
90 躨跜(기니) : 웅크린 모양.
91 蚴蟉(유료) : 꿈틀거리는 모양.
92 睢盱(휴우) : 눈을 치켜 뜬 모양.
93 欽若(흠약) : 공경하고 순종하다.
94 肸蠁(힐향) : 자욱이 퍼지는 모양.
95 葳蕤(위유) : 아름다운 모양.
96 籍(적) : 호구를 기록한 장부 또는 세금을 뜻한다.
97 顒昂(옹앙) : 엄숙하고 공경한 모양.
98 이 구는 대구를 이루고 있지 않아 앞에 한 구가 빠진 것으로 보인다.
99 鏗鍧(갱굉) : 종과 북 등이 뒤섞여 나는 웅장한 소리.
100 賡(갱) : 잇다.

駢闐[103]乎闕外. 群臣醉德, 揖讓而退. 而聖主猶夕惕若厲, 懼人未安. 乃目極于天, 耳下于泉. 飛聰馳明, 無遠不察.[104] 考鬼神之奧, 推陰陽之荒. 下明詔, 班舊章. 振窮乏, 散敖倉. 毁玉沉珠, 卑宮頹牆. 使山澤無間, 往來相望. 帝躬乎天田, 后親於郊桑. 棄末反本, 人和時康. 建翠華兮萋萋, 鳴玉鑾之鉠鉠.[105] 遊乎昇平之圃, 憩乎穆淸之堂. 天欣欣兮, 瑞穰穰.[106] 巡陵於鶉首之野,[107] 講武於驪山之旁. 封岱宗祀后土, 掩栗陸而苞陶唐. 遨遊乎崆峒之上, 汾水之陽. 吸沆瀣[108]之精英, 黜滋味而馨香. 貴理國其若夢, 幾華胥之故鄕. 於是元元澹然, 不知所在. 若群雲從龍, 衆水奔海. 此眞所謂我大君登明堂之政化也. 豈比夫秦趙吳楚, 爭高競奢. 結阿房與叢臺, 建姑蘇及章華. 非享祀與嚴配, 徒掩月而凌霞. 由此觀之, 不足稱也. 況瑤臺之巨麗, 復安可以語哉.

敢揚國美, 遂作辭曰, 穹崇明堂, 倚天開兮. 巃嵸[109]鴻濛, 構瓌材兮. 偃蹇坱莽,[110] 邈崔嵬兮. 周流辟雍, 岌靈臺兮. 赫奕日, 噴風雷. 宗祀肹蠁, 王化弘恢. 鎭八荒, 通九垓. 四門啓兮, 萬國來. 考休徵兮, 進賢才. 儼若皇居而作固窮千祀兮, 悠哉.

---

101 汪濊(왕예) : 깊고 넓은 모양.

102 哤聒(방괄) : 시끌시끌한 모양.

103 駢闐(병전) : 사람이 많은 모양.

104 '찰察'자가 앞쪽이나 뒤쪽으로 압운이 되지 않지만, 다른 글자로 된 판본은 보이지 않는다.

105 鉠鉠(앙앙) : 방울 소리.

106 穰穰(양양) : 매우 많다.

107 鶉首之野(순수지야) : 순수의 분야. 순수는 남방 7수 중의 정수井宿와 귀수鬼宿를 가리키는데, 이에 해당되는 분야인 지역은 진秦 땅이며, 장안 일대를 말한다.

108 沆瀣(항해) : 밤에 생기는 물의 기운으로 주로 이슬을 가리키며, 신선이 마신다고 한다.

109 巃嵸(농종) : 높이 솟은 모양.

110 坱莽(앙망) : 가득 채운 모양. 또는 광활한 모양.

해설

이 부는 명당에 대해 읊은 것이다. 명당은 제왕이 정무를 보던 곳으로 조회, 제사, 인재 선발, 교육 등 나라의 큰일이 이곳에서 이루어졌다. 영휘 2년(651)에 고종이 명당을 지으라고 명을 내렸으나 명당의 제도에 관한 의견이 분분하여 진행되지 못했고, 건봉 2년(667)에 고종이 다시 명을 내렸지만 성과가 없었다. 후에 무측천이 수공 3년(687) 낙양에 있는 건원전乾元殿을 부수고 그 자리에서 명당을 세우기 시작하여 4년(688) 정월에 완성되었고 만상신궁萬象神宮이라고 했다. 증성 원년(695) 정월에 불에 탔고, 천책만세 2년(696)에 다시 완성했으며 통천궁通天宮이라고 했다. 개원 5년(717) 현종이 선왕들에게 제사를 올리려는데 통천궁이 옛 제도와 어긋난다고 하여 개조했으며 건원전乾元殿이라고 했다. 개원 10년(722) 겨울에 다시 명당이라고 불렀으며, 개원 25년(737)에 명당의 위층을 없애고 예전대로 건원전이라고 불렀다.

이백의 이 부는 먼저 이러한 건축 과정에 대해 서술하고는 외부에서 보이는 화려하고 웅장한 모습과 내부의 화려한 장식에 대해 묘사했으며, 황제가 명당에서 행하는 여러 행사를 차례로 기술하여 태평성세를 이루었음을 칭송했다. 대우와 압운을 철저하게 사용하여 형식적인 면에서 엄정함과 웅장함을 보여 내용과 걸맞게 했다. 이백의 문장 구사 능력을 잘 보여주는 역작이라고 할 수 있다.

저작 시기에 대해서는 실제 명당의 건립과정과 이 부 내용 사이의 정합성을 따져서 개원 3, 4년 사이에 지었다는 설, 개원 10년에서 25년 사이에 지었다는 설, 개원 23년(735)에 지었다는 설이 있다. 하지만 이러한 부가 이백의 문장 능력을 과시하기 위해 지었을 것이라는 사실을 감안하면 부의 내용과 실제는 다를 수 있으며, 대체로 천보 연간에 한림공봉이 되기 전 여러 사람들에게 간알할 시기에 지었을 것이다.

8) 황제의 사냥을 읊은 부 및 서문 大獵賦 幷序

나 이백이 생각건대 부라는 것은 옛 시의 한 부류인데 문사는 웅장함과 아름다움을 추구하고 뜻은 넓음과 원대함으로 돌아가야 한다. 그렇지 않으면 무엇으로 성대한 아름다움을 빛나게 하여 하늘을 감동시키고 신을 움직일 수 있겠는가? 그런데 사마상여와 양웅은 사부를 다투어 자랑했기에 역대로 문장의 영웅으로 여겨서 누구도 감히 비방하지 못했지만, 신 이백이 그 대략을 말하자면 외람되이 아마도 마음씀씀이가 편협하다고 할 수 있으리라. 〈자허부〉에서 말하기를 초나라는 넓이가 사방 천 리에 불과한데 운몽택이 거의 절반을 차지하고, 제나라는 헛되이 운몽택 같은 것 여덟아홉 개를 삼킬 정도로 크다고 했지만, 농민과 금수에게 어깨를 쉴 땅이 없었으니 제후로 하여금 방종을 금하고 직무를 진술하게 하려는 뜻은 아니었다. 〈상림부〉에서 "동쪽은 창오이고 서쪽은 서극이다."라고 했지만, 실질을 살펴보니 땅의 둘레는 고작 직경 수 백 리였다. 〈장양부〉에서는 호인에게 자랑하려고 그물을 설치하여 빙 두른 울타리를 만들고는 고라니와 사슴을 그 안에 풀어놓고 동물을 때려잡는 것으로 즐거운 일로 삼았다고 했다. 〈우렵부〉에서는 영대[111]의 사냥터에 대해서 둘레의 직경이 백 리이고 전문[112]을 열었다고 했다. 당시에는 웅장함과 아름다움을 다했다고 여겼지만 지금에 이르러서 보니 얼마나 협소함이 심한가? 하지만 왕이 된 자는 사해를 집으로 여기고 만백성을 자식으로 여기니 천하의 산림과 금수가 어찌 뭇 백성과 다르겠는가? 그러므로 신 이백이 생각건대 큰 도로 임금을 보필하기 위해 사물을 두루 널리 보여줄 수 없다면 평범한 문장으로 사냥터를 논하는 자잘한 일은 외람되이 미천한 소신이 취할 것이 아니다. 지금 성스러운 조정은 원림이 크고 넓어서 사방의 천하를 다했기에 초겨울 시월에 진 땅에서 크게 수렵하면서 또한 위세를 빛내고 무예를 강습하며 하늘

---

111 영대靈臺는 장안의 서북쪽에 있는 누대이다.

112 전문殿門은 원래 궁궐의 문인데 〈우렵부〉에서는 사냥터에 그물을 치고 전문을 설치했다고 하여, 그곳이 황제의 사냥터임을 밝힘과 아울러 그 사냥터가 웅장하고 화려했음을 나타내었다.

과 들을 소탕할 것인데, 어찌 황음하고 사치스러워서 삼구의 뜻[113]이 아니라고 하겠는가? 신 이백이 송찬하는 글을 지어 그 아름다움에 대해 올바름을 취하는 준칙으로 삼고자 한다.

그 글은 다음과 같다. 아아, 위대한 당나라가 천지에 부합하고 원기의 모태를 이어받았기에 다섯 세대가 무성하게 빛났다. 개원 연간에 영토를 넓히고 북두성과 북극성을 운행했으니 여섯 성인[114]의 광채를 모두 아울렀다. 금의 덕이 가진 순수함으로 탄생하여 옥의 이슬이 가진 윤택함을 마셨으며,[115] 예악제도는 해, 달, 오성처럼 빽빽하고 전장제도는 하늘과 땅을 참조했으며, 만물의 오묘함을 포괄하여 스승으로 삼았다. 밝음은 어둑히 비치지 않는 곳이 없고 은혜는 멀어서 베풀어지지 않는 곳이 없었으니, 옛날 삼구의 제도를 사모하여 살리고 죽이는 네 계절의 도리를 따랐다. 그리고 엄혹한 겨울이 쓸쓸하고 찬 기운이 매서워, 서북 방향인 부주에서 바람이 불어오고 겨울의 신인 현명이 눈을 주관하니, 나무는 잎이 떨어지고 풀은 마디가 떨어졌으며, 땅에 오목한 동굴은 연기로 어둡고 불이 붙은 염정은 얼음으로 닫혔다. 이달에 천자가 북쪽 거처인 현당 가운데에 있다가, 장안을 흐르는 여덟 강물이 차가워지자 모든 관원을 쉬게 하고는, 왕의 제도를 살피고 나라의 풍습을 따라서, 농민의 한가로운 틈을 즐거워하시며 그 김에 사냥하며 무예를 강습한다.

이에 천자의 병사를 구중의 궁궐에서 나오게 하여 천자의 의장을 사방의 들에 도열시키고, 수형과 임우[116]를 불러서 토산물의 많고 적음을 분별하게 한다. 천 명의 기병이 폭풍처럼 휩쓸고 만 대의 수레가 우레처럼 달려, 동쪽 끝에 있는 부상을 치고 남방의 뜨거운 구름을 스치고는 서쪽 끝에 있는 월굴을 아우르고 북쪽의 차가운

---

113 '삼구의 뜻'은 사냥할 때 포위망의 한 면을 열어놓고 세 방향에서 짐승을 모는 것으로, 함부로 살생하지 않는 덕을 의미한다.

114 여섯 성인은 고조, 태종, 고종, 무후, 중종, 예종을 가리킨다.

115 현종이 음력 8월 가을에 태어났기에 오행에서 가을을 상징하는 금을 언급했으며 가을의 대표적인 경물인 이슬을 말했다.

116 수형水衡은 수리水利를 담당하는 관리이고 임우林虞는 산림을 담당하는 관리이다.

한문을 수색하니, 고금에 빼어난 장관이 빛나고 하늘과 땅을 뒤흔들어 솟구치게 한다. 이것은 그 대략이다. 그리고 안으로는 중원을 하늘의 중심으로 삼고 밖으로는 불모지를 바다의 입구로 삼아, 목구멍을 뚫어 활짝 열고는 변방을 삼켜 남김없이 차지한다. 대장은 걸음을 맞춰 왔다 갔다 하고 과보는 지팡이를 흔들며 달리니,[117] 발자취는 해와 달이 통하는 곳까지 이르고 포괄하는 것은 음과 양이 생기기 이전까지 아우른다. 군왕이 이에 큰 종을 치고 방울 소리를 내며, 봉황이 있는 궐문을 나서 제왕의 흉금을 열고는, 비룡이 끄는 옥 장식 수레를 타고 중원의 높은 산을 두루 다닌다. 오작궁을 지나며 삼위산을 내려다보고 세류관을 끼고 상림원을 지나는데, 높은 상아 깃발이 촘촘하게 모여 있고 화려한 수레 덮개가 빼곡하게 멈춰 서 있다. 이에 하늘에 기댈 만한 긴 의천검을 뽑아 들고 달을 쏘아 떨어뜨릴 낙월궁을 당기니, 곤륜산은 고함을 지르면 무너뜨릴 수 있고 우주에서 기운을 내쉬니 씩씩함은 더욱 커진다. 황하와 한수는 이 때문에 거꾸로 흐르고 하천과 산에는 이 때문에 바람이 일며, 깃털 달린 깃발이 드날리니 구층 하늘까지 붉어지고 사냥 불이 타오르니 천 개의 산이 붉어진다. 이에 치우의 무리를 불렀는데, 긴 창을 모아 넓은 늪지에 도열시켰으며, 비의 신 우사에게 소리 지르고 바람의 신 풍백을 달리게 하니, 위세는 번개보다 빛나고 찬란함은 변방까지 뒤흔들며, 양추의 체제를 누추하게 만들고 영유의 규모를 비루하게 만든다.[118] 그리하여 남쪽으로는 형산과 곽산을 사립문으로 삼고 북쪽으로는 태산과 항산을 울타리로 삼으며, 동해를 끼고서 해자로 삼고 서해를 끌어 도랑이 흐르게 한다. 구주의 진귀한 날짐승을 불러오고 수천의 무리가 나란히 들어오게 되돌리며, 팔방 먼 곳의 기이한 짐승을 줄짓게 하고 수만의 동물을 모아 와서 머물도록 한다. 구름에 닿을 듯한 그물을 높이 펼치고 하늘을 가릴 듯한

---

117 대장大章은 우임금의 신하로 잘 걸어 다녀 세상의 동쪽 끝에서 서쪽 끝까지 걸어갔다고 하고, 과보夸父는 태양을 쫓아 달려가다가 목이 말라 죽은 전설상의 인물이다. 여기서는 잘 달리고 잘 걷는 병사를 가리킨다.

118 양추梁鄒는 옛날 천자가 수렵하던 곳이다. 영유靈囿는 주나라 문왕의 원유이다.

그물을 촘촘히 설치하며, 짐승 잡는 그물이 들에 이어져 있고 높은 말뚝이 길을 덮으니, 멸몽이 지나가도 오히려 가로막히고 초명이 날아가도 지나가지 못하며,[119] 저 높은 하늘과 큰 덤불에 나는 새와 엎드린 토끼가 드물어진다. 뒤따르던 진영이 기예를 합치니 산에 가득하고 산등성이를 뒤덮는데, 금빛 창은 빽빽하게 행진하여 맑은 들의 차가운 서리를 씻고, 무지개 깃발은 번개를 쳐서 넓은 하늘의 날리는 눈을 말아 올리며, 오 땅의 말은 기다란 명주처럼 달리고 대원의 말은 피땀을 밟으면서, 길게 이어진 여러 산을 휘돌아 가니 가물가물한 먼 강 너머까지 이어진다. 다섯 장정으로 하여금 봉우리를 무너뜨리고 한 사내로 하여금 나무를 뽑게 하고,[120] 아래로는 높은 곳과 무너진 곳을 정돈하고 깊숙한 곳의 험한 골짜기를 평평하게 한 뒤, 나무 밑둥치와 막대를 제거하여 숲을 열게 하니, 함성을 지르며 모두 사냥터로 내달렸다.

그러자 전개강과 고야자의 무리와 오획과 중황백의 무리[121]가 높은 산을 넘으며 수풀 속에서 사냥을 하니, 큰 소리를 지르며 바람처럼 선회하고 번개처럼 나아간다. 무늬 있는 표범의 껍질을 벗겨내고 검은 곰의 발바닥을 치고는, 토끼를 때리고 원숭이를 손으로 잡아 세 마리를 끼고 두 마리를 매단다. 맨손으로 치며 힘을 겨루고는 또 창을 휘두르며 선두를 다투는데, 행동은 흰 호랑이가 포효하고 물수리가 노려보는 듯하고 그 기세는 타오르는 불과 같고 피어오르는 연기와 같다. 큰 멧돼지를 주먹으로 치고 거대한 만연을 팔꿈치로 치니, 효양은 고함 소리에 넘어져 죽고 알유는 정신을 잃고 거꾸로 떨어지는데,[122] 어떤 것은 머리가 깨지고 등뼈가 부러지며 어떤

119 멸몽蠛蠓은 파리매와 비슷한 아주 작은 벌레이고, 초명蟭螟은 모기의 속눈썹에 모여 산다는 아주 작은 벌레이다.

120 옛날 촉 땅에 다섯 장사가 있었는데 산을 옮길 수 있다고 했으며, 초사의 〈초혼招魂〉에 따르면, 어떤 장사는 머리가 아홉 개인데 하루에 나무 9천 그루를 뽑을 수 있다고 했다.

121 전개강田開疆과 고야자古冶子는 전국시대 때 제齊나라 용사로 호랑이와 싸운 것으로 유명하다. 오획烏獲은 전국시대 진秦나라의 장사이고, 중황백中黃伯은 중황국의 용사이다.

122 효양梟羊은 짐승의 이름으로 사람의 얼굴과 비슷하며 몸이 까맣고 털이 있다고 한다. 알유猰貐는 전설상의 짐승으로 이리와 비슷하고 호랑이 발톱을 하고 있으며 사람을 잡

것은 골수를 쏟아내고 점액을 날린다. 먼 곳의 황폐한 곳까지 다하고 숲을 완전히 쓸어버려, 토박을 잡고 천구를 죽이며,[123] 코뿔소 정수리에서 뿔을 뽑아내고 코끼리 입에서 상아를 찾으며, 사방 천 리에서 봉호를 싹쓸이하고 아홉 머리의 웅훼를 비틀어버리며,[124] 등사[125]를 깨물고는 머리를 들어 삼켜버리고 뒤로 도망치며 달려가는 코뿔소를 잡아당긴다. 군왕이 이에 통천관을 높이 쓰고 별에 닿을 듯한 깃발을 내려놓은 뒤, 우레 수레를 달리고 번개 채찍을 휘두르고는, 장사들의 수확물을 살피고 삼군을 돌아보며 기뻐하여 말씀하시길, "천신이 채찍질하고 귀신이 공격하는 것처럼 사람을 놀라게 한다."라고 하신다. 또 명을 내려 기고[126]를 세워 무사를 격려하는데, 비록 짓밟은 것이 이미 많으나 여전히 노기를 거스를 뿐 사그라지지 않기에, 적우의 화살을 모아 태양을 비추고 오호의 활[127]을 당겨 보름달처럼 둥글게 하니, 병거는 덜컹이며 흩어지고 활을 든 기병은 또렷해지며 분발한다. 사냥매와 사냥개가 재빨리 솟구치니 날짐승과 들짐승이 거꾸러져 넘어지고, 노루와 사슴을 움켜쥐며 크게 소리 지르고 승냥이와 너구리를 짓밟고는 낚아채고 치자, 칼끝에 기름이 흥건하고 칼날에 피가 적셨으며 바위로 메꿔 굴을 막았는데, 기이한 재주를 가진 짐승과 빼어난 짐승 무리를 보니 여전히 재빠르게 출몰하고 있다. 특히 백미와 비준이 있고 궁기와 추만이 있어,[128] 이빨은 예리한 검과 같고 갈기는 막대를 모아 놓은 것과 같

아먹는다고 한다.

123 토박土狛은 전설상의 짐승으로 호랑이와 비슷한데 눈이 세 개이고 머리에 뿔이 있다고 한다. 천구天狗는 전설상의 짐승으로 삵과 비슷한데 머리가 하얗다고 한다.

124 봉호封狐는 전설상의 큰 여우로 하루에 천 리를 달린다고 한다. 웅훼雄虺는 전설상의 큰 독사이다.

125 등사騰蛇는 전설상의 뱀으로 날아다닌다고 한다.

126 기고夔鼓는 전설에 나오는 동물인 '기'의 껍질로 만든 북으로 그 소리가 오백 리까지 들린다고 한다.

127 오호烏號는 활의 이름으로 황제黃帝가 쓰던 활이라는 설도 있고 초나라의 산뽕나무로 만든 활이라는 설도 있다.

128 백미白貓와 비준飛駿은 어떤 짐승인지 알 수 없다. 궁기窮奇는 전설상의 짐승으로 소

은데, 입으로는 긴 창과 작은 창을 삼키고 눈으로는 창과 방패를 극도로 살피면서, 옥으로 장식한 활을 부수고 옥으로 장식한 쇠뇌를 가로챈다. 사나운 돼지를 쏘고 달리는 호랑이를 꿰뚫어, 금빛 화살촉이 한번 발사되면 옆에 네다섯 마리가 쌓이니, 비록 착치[129]가 이를 갈더라도 대적할 수 있는데 누가 남산의 백액호[130]가 볼만하다고 말하겠는가? 여덟 교위[131]를 모아서 사방을 수색하면서, 전제를 질주하게 하고 도로의 사람을 달리게 하니,[132] 높은 숲에 오르고 가파른 석벽을 스치는데, 참호를 낚아채고 맥국을 움켜쥐며,[133] 족제비와 날다람쥐를 험준한 낭떠러지에 가두고 흰 여우새끼와 큰 원숭이를 큰 바위 틈에서 쓰러뜨린다. 양유기가 활을 쏘고 기굉의 사람이 수레를 날리는데,[134] 공교로움이 경영을 자꾸 되뇌게 하고 교묘함이 포저를 아우르니,[135] 푸른 구름에서 촉옥[136]을 추락시키고 자줏빛 하늘에서 기러기를 떨어뜨리며, 재두루미와 고니를 스치고 가마우지를 친다. 만물의 오두막인 대지의 짐승

와 비슷하고 고슴도치 같은 털이 있으며 사람을 잡아먹는다고 한다. 추만貙獌은 스라소니이다.

129 착치鑿齒는 전설에 나오는 짐승의 이름으로 이의 길이가 5자이고 끌과 같으며 사람을 잡아먹는다고 한다.

130 백액호白額虎는 호랑이 중에 나이가 많은 것으로 힘이 세고 기세가 사납다.

131 교위校尉는 군인의 관직명이다.

132 전제專諸는 춘추시대 오나라의 용사로 공자 광光을 도와 오왕 료僚를 죽였으며 공자 광은 오왕 합려闔閭이다. 도로都盧는 옛날 중국의 남해에 있던 나라로 그 나라 사람은 날쌔고 민첩하며 장대를 타고 오르는 기술이 뛰어났다고 한다.

133 참호獑猢는 전설상의 짐승으로 원숭이와 유사하며 날아다닐 수 있다고 한다. 맥貊은 전설상의 짐승으로 당나귀만하고 곰과 비슷하며 쇠를 먹는다고 한다. 하지만 '貗'의 뜻은 미상이며 음은 '국'인 듯하다. '貊貗'이 하나의 짐승 이름일 것이다.

134 양유기養由基는 춘추시대 초나라 사람으로 활을 잘 쏘아서 백 보 거리에서 버들잎을 쏘면 백발백중이었다. 기굉奇肱은 전설상의 나라 이름으로 그 나라 사람은 날아다니는 수레를 만들어 타고 다녔다고 한다.

135 경영更贏은 전국시대 위魏나라 신하로 활을 잘 쏘았다고 한다. 포저蒲且는 초나라 사람으로 백 길 높이의 새를 쏘아 맞췄다고 한다.

136 촉옥鸀鳿은 오리와 비슷한 물새의 이름이다.

을 다 잡고 신이 거처하는 하늘의 날짐승을 텅 비게 했다. 태양이 뜨는 동쪽에서 날아가는 봉새를 베고 별자리 허수虛宿가 있는 북쪽에서 사악한 대풍大風[137]을 꺾으며, 용백이 그 신령한 자라를 낚고 임공자가 거대한 물고기를 잡으니,[138] 조화옹이 만든 온갖 변화무쌍한 짐승을 다 잡아버려 어찌 신비롭고 괴이한 것이 남아 있겠는가? 그리하여 내뿜은 피가 시내처럼 흐르고 날리는 깃털이 눈처럼 뿌려지니, 그 모습은 마치 높은 하늘에서 짐승이 비처럼 내려 위에서 대지로 떨어뜨리는 것과 같고 또 쌓아놓은 짐승이 산을 이루어 아래로 숲의 동굴이 무너지는 것과 같으며, 삼족오가 아침 태양에서 낯빛을 잃고 옥토끼가 밝은 달에서 정기를 잃는다. 행장을 꾸려서 태청에 올라가 사냥하고자 하지만 한스러운 것은 하늘로 올라가는 길이 끊어진 것이다. 그런데 문득 생각하기를, 바다가 평안하고 하늘이 드넓어져 모든 나라에서 와서 함께 하지 않는 것이 없는데, 비록 진시황이나 한 무제라도 다시 어찌 씩씩함을 다툴 만하겠는가?

잠시 후에 군왕이 망연히 낯빛을 바꾸고는 근심스러워하며 무언가 잃어버린 듯하신다. "아아, 편안함에 처해 있을 때 위급해질 것을 생각하면서 위험을 방비하고 안일함을 경계해야 하는데, 이렇게 말을 내달리며 제멋대로 하는 것은 지극한 도리에 맞는 큰 계책이 아니다. 또한 대저 백성의 군주는 몸을 단정히 하고 손을 공손히 모은 채 장중히 다스리는 것을 존귀하게 여기고 현묘한 도를 보배로 여겨야 하는데, 하늘이 내린 만물을 포악하게 죽이는 것은 도리에 맞지 않는다고 생각한다." 이에 다음과 같이 명하셨다. 삼면에 친 그물을 제거하여 천하에 어짊을 보이도록 하라. 이미 죽은 것은 모두 명을 어긴 것이지만 아직 상처 입지 않은 것은 그 천명을 온전히 하게 하라. 본래 털이 잘린 것도 바치지 않았는데 어찌 생고기를 자르느라 수레

---

137 대풍大風은 대봉大鳳이라고도 하는데 바람을 부리는 사악한 새이다.

138 용백龍伯의 한 거인이 있었는데 발을 들어 몇 걸음 가지도 않았는데 동해에 있다는 다섯 신선산에 도착했으며, 한 번 낚시질을 하자 신선산을 떠받치고 있던 여섯 마리의 큰 자라가 연이어 올라왔다고 한다. 임공자任公子는 일찍이 큰 낚싯바늘과 낚싯줄을 만들고 소를 미끼로 삼아 동해에서 거대한 물고기를 잡은 바가 있다고 한다.

바퀴를 적시게까지 하겠는가? 봉황과 악작을 풀어주고 추우와 기린을 돌려보낸 뒤,[139] 진창에서 천보를 찾고 위수 가에서 비웅을 실어라.[140] 이에 사냥한 무리에게 잔치를 베풀고 수고한 자들에게 상을 내리니, 전차병에게는 구운 고기를 전달하고 기병에게는 맛있는 술을 따른 뒤, 병기를 숨기고 그물을 불태웠다. 그 후에 구층 하늘의 누대에 올라 팔방 천하의 원유에서 연회를 베풀면서, 해와 달의 문을 열고 생명의 문을 여니, 성인이 일어나고 만물이 본다. 기산에서 봄 사냥한 것과 오 땅에서 겨울 사냥한 것을 보면 어찌 선왕과 성왕을 헤아릴 만하겠는가?[141] 주 목왕의 황당무계함을 비웃나니 흰 구름의 서왕모에게 노래했었지.[142] 어찌 담박의 맛으로 사람

---

139 악작鸑鷟은 봉황의 일종이라는 설과 봉황의 새끼라는 설이 있다. 추우騶虞는 전설상의 동물로 살아 있는 풀을 밟지 않고 죽은 짐승의 고기만 먹어서 상서롭고 어진 동물로 여겨진다.

140 천보天寶는 바로 진보陳寶로 전설상의 신이다. 사마정司馬貞의 ≪사기색은史記索隱≫에서 인용한 ≪한서·교사지郊祀志≫에 따르면 진秦 문공文公이 돌멩이 같은 것을 하나 얻었는데, 진창陳倉 북쪽 비탈의 성에서 제사를 지내니 수꿩을 닮은 신이 왔으며, 그 신을 진보라고 불렀다고 한다. 또 ≪진태강지지晉太康地志≫에는 다른 이야기가 있다. 진 문공 때 진창 사람이 사냥하다가 돼지 비슷한 짐승을 잡아 돌아오다가 두 동자를 만났는데, 그 동자가 말하기를, "이 짐승의 이름은 위媦라고 하는데 항상 땅 속에 살며 죽은 사람의 뇌를 먹는다."라고 했다. 이에 즉각 위를 죽이려고 머리를 쳤는데 위가 말하기를, "이 두 동자의 이름은 진보라고 하는데, 수컷을 잡으면 왕이 되고 암컷을 잡으면 패왕이 된다."라고 했다. 이에 진창 사람이 두 동자를 좇아가니 꿩으로 변했으며 암컷은 진창의 북쪽 비탈로 올라가 돌이 되었고 진나라 사람들이 그것에 제사를 지냈다. 비웅非熊은 비웅羆熊과 같으며 큰 곰과 곰이란 뜻이며, 강태공 여상呂尙을 가리킨다. 주나라 문왕이 사냥을 나가면서 점을 쳤는데, 점괘에 "오늘은 사냥감을 하나 잡을 수 있는데 용도 아니고 교룡도 아니며, 곰도 아니고 큰 곰도 아니며, 제왕의 스승으로 적합한 것입니다."라고 했다. 과연 위수의 북쪽에서 낚시질 하던 강태공을 만났다. 이 구는 왕이 짐승을 사냥을 하는 대신 인재를 구하겠다는 뜻이다.

141 〈동경부東京賦〉에서 "주 선왕이 오 땅에서 짐승을 잡았는데 규모가 작아서 말할 것이 못 되고 주 성왕이 기산의 남쪽에서 한 겨울사냥 또한 어찌 헤아려볼 만하겠는가?(博獸於敖, 旣瑣瑣焉, 岐陽之狩, 又何足數)"라고 했는데, 이 구는 이러한 말을 반복한 것으로 이들의 사냥이 현종의 사냥에 비하면 아무 것도 아니라는 말이다.

을 배부르게 하고 순화의 술잔으로 때에 맞춰 취하게 하며, 뇌정으로 연주하고 음양으로 춤추어, 신명을 즐기고 도와 덕을 몸에 익히는 것만 하겠는가? 외면함이 없음을 펼쳐 그물로 삼고 큰 질박함을 쪼아 말뚝을 만들고는, 하늘의 그물을 정돈하여 덮어서 어진 인재를 잡아 다 부릴지니, 이와 같은 수렵은 못할 것이 없으리라. 하늘과 사람을 편안하게 하고 풀과 나무를 번식하게 하니, 육궁에서는 구슬과 옥을 배척하고 백성은 밭 갈기와 베 짜기를 즐기며, 정나라와 위나라의 음탕한 음악을 그치고 화려한 미색을 물리친다. 천로가 지도를 주관하고 풍후가 옆에서 도우니,[143] 이에 삼태가 숫돌처럼 평평해지고 제왕의 책략이 충만해진다. 어찌 저 〈자허부〉, 〈상림부〉, 〈장양부〉, 〈우렵부〉에서 고라니와 사슴의 많고 적음을 헤아리고 원유의 크고 작음을 자랑한 것에 비하겠는가? 장차 아름다운 빛이 뒤의 후손에게 이어지고 현묘한 바람이 아득한 상고시대를 뛰어넘어, 좋은 상서로움이 모이고 큰 길조가 이르면, 태산에 올라 하늘의 제사를 올리고 사수산에 공덕을 전서로 새길 것이니, 아마도 72명의 황제[144]와 반열을 같이 할 것이다. 군왕이 이에 무지개 깃발을 되돌리고 방울이 달린 수레를 되돌려서, 지극한 도에 살고 있는 광성자를 방문하고 태외의 그윽한 거처에 관해 묻고는,[145] 망상[146]을 시켜 적수에서 검은 구슬을 가져오게

---

142 〈목천자전穆天子傳〉에 다음과 같은 이야기가 있다. 주 목왕이 곤륜산의 서왕모를 방문하니 서왕모가 요지에서 연회를 베풀었다. 서왕모가 "흰 구름이 하늘에 있고 산과 구릉이 절로 솟았으며, 길은 아득히 멀고 그 사이에 산과 강이 있습니다. 청컨대 그대가 죽지 않고 다시 올 수 있기를."이라고 노래하니, 목왕이 답하기를, "내가 동쪽 땅으로 돌아가 중원지역을 잘 다스려, 만백성이 고루 잘살게 되면 내가 그대를 보러 오리라. 삼 년 뒤에는 장차 다시 그대의 들판에 있으리라."라고 했다. 이 구는 아무런 업적도 없이 신선세계를 탐했던 인간 목왕의 어리석음을 비웃는 것으로 그 이면에는 자신들은 어진 정치를 이루었기에 서왕모와 노닐 수 있다는 자부심이 담겨있다.

143 천로天老와 풍후風后는 모두 황제黃帝의 신하이다.

144 ≪사기 · 봉선서封禪書≫에 기록되어 있는 관중管仲의 말에 따르면 상고시대에 태산과 양보산에서 봉선례를 올린 군주가 72명이었다.

145 광성자廣成子는 전설 속에 나온 신선의 이름으로 황제黃帝가 일찍이 그에게 도에 대해서 물어본 적이 있다고 한다. 태외大隗는 전설 속의 신선으로 태외泰隗라고도 하는데,

했는데 천하 사람들은 그가 간 곳을 알지 못하리라.

원문

白以爲賦者, 古詩之流, 辭欲壯麗, 義歸博遠. 不然, 何以光贊盛美, 感天動神. 而相如子雲競誇辭賦, 歷代以爲文雄, 莫敢詆訐,[147] 臣謂語其略, 竊或褊其用心. 子虛所言, 楚國不過千里, 夢澤居其大半, 而齊徒呑若八九, 三農及禽獸無息肩之地, 非諸侯禁淫述職之義也. 上林云, 左蒼梧, 右西極. 考其實, 地周袤[148]纔經數百. 長楊誇胡, 設網爲周阹,[149] 放麋鹿其中, 以搏攫[150]充樂. 羽獵於靈臺之囿, 圍經百里, 而開殿門. 當時以爲窮壯極麗, 迨今觀之, 何齷齪之甚也. 但王者以四海爲家, 萬姓爲子, 則天下之山林禽獸, 豈與衆庶異之. 而臣以爲不能以大道匡君, 示物周博, 平文論苑之小, 竊爲微臣之不取也. 今聖朝園池遐荒, 殫窮六合, 以孟冬十月大獵於秦, 亦將曜威講武, 掃天蕩野, 豈淫荒侈靡, 非三驅之意耶. 臣白作頌, 折中厥美.

其辭曰, 粵若皇唐之契天地而襲氣母兮, 粲五葉之葳蕤.[151] 惟開元廓海寓而運斗極兮, 總六聖之光熙. 誕金德之淳精兮, 漱玉露之華滋. 文章森乎七曜兮, 制作參乎兩儀. 括衆妙而爲師.[152] 明無幽而不燭兮, 澤無遠而不施. 慕往昔之

황제黃帝가 그를 만나려고 구자산을 찾아갔다고 한다.

146 망상罔象은 상망象罔을 가리킨다. 황제黃帝가 적수赤水의 북쪽에서 노닐고 돌아가면서 검은 구슬을 잃어버렸다. 지혜로운 지知를 시켜 찾게 했지만 얻지 못했고 눈이 밝은 이주離朱를 시켜 찾게 했지만 얻지 못했으며, 말을 잘하는 개구喫詬를 시켜 찾게 했지만 얻지 못했다. 이에 볼 수 없는 상망을 시켰는데 상망이 찾았다.

147 詆訐(저알) : 비방하다.

148 周袤(주무) : 둘레.

149 周阹(주거) : 짐승을 잡기 위한 포위망.

150 搏攫(박확) : 때려잡다.

151 葳蕤(위유) : 무성한 모양.

三驅兮, 順生殺於四時. 若乃嚴冬慘切, 寒氣凜冽. 不周來風, 玄冥掌雪. 木脫葉, 草解節. 土囊烟陰, 火井冰閉. 是月也, 天子處乎玄堂之中. 滄八水兮, 休百工. 考王制兮, 遵國風.[153] 樂農人之閑隙兮, 因校獵而講戎.

乃使神兵出於九闕, 天仗羅於四野. 徵水衡與林虞, 辨土物之衆寡. 千騎飇埽, 萬乘雷奔. 梢扶桑而拂火雲兮, 括月窟而搜寒門. 赫壯觀於今古, 業搖蕩於乾坤. 此其大略也. 而內以中華爲天心, 外以窮髮爲海口. 豁咽喉以洞開, 呑荒裔以盡取. 大章按步以來往, 夸父振策而奔走. 足跡乎日月之所通, 囊括乎陰陽之未有. 君王於是撞鴻鐘, 發鑾音. 出鳳闕, 開宸襟. 駕玉輅之飛龍, 歷神州之層岑. 遊五柞兮瞰三危, 挾細柳兮過上林. 攢高牙以總總兮, 駐華蓋之森森. 於是擢倚天之劍, 彎落月之弓. 崑崙叱兮可倒, 宇宙噫兮增雄. 河漢爲之卻流, 川嶽爲之生風. 羽毛揚兮九天絳, 獵火燃兮千山紅. 乃召蚩尤之徒, 聚長戟, 羅廣澤. 呵雨師, 走風伯. 稜威曜乎雷霆, 烜赫震於蠻貊. 陋梁都[154]之體制, 鄙靈囿之規格. 而南以衡霍作襟,[155] 北以岱恒作阹. 夾東海而爲塹兮, 拖西溟而流渠. 麾九州之珍禽兮, 迴千群以坌入. 聯八荒之奇獸兮, 屯萬族而來居. 雲羅高張, 天網密布. 罝罘緜原, 峭格掩路. 蠛蠓過而猶礙, 蟭螟飛而不度. 彼層霄與殊榛, 罕翔鳥與伏兎. 從營合技, 彌巒被岡. 金戈森行, 洗晴野之寒霜. 虹旗電掣, 卷長空之飛雪. 吳驂走練, 宛馬蹀血. 縈衆山之聯綿, 隔遠水

---

152 이 문장 앞뒤로 모두 "~兮, ~."의 구조로 되어 압운을 하고 있는데, 여기서는 이 문장만 단독으로 쓰였기에 '兮'로 끝나는 한 구가 빠진 것으로 보인다.

153 國風(국풍) : 나라의 풍습. 이와 달리 ≪시경≫의 〈국풍〉으로 볼 수도 있다. ≪시경≫에 사냥에 관한 것으로는 〈국풍〉의 〈추우騶虞〉와 〈사철駟鐵〉, 〈소아〉의 〈거공車攻〉과 〈길일吉日〉이 있다.

154 왕기가 '양도梁都'는 '양추梁鄒'의 잘못이라고 주장했으며 후대 주석가도 모두 동의했다.

155 '금襟'은 옷깃인데, 왕기와 여러 주석가들은 사립문을 뜻하는 '금襟'의 잘못이라고 주장했으며, 여기서도 이 주장을 수용했다.

之明滅. 使五丁摧峯, 一夫拔木. 下整高頽, 深平險谷. 擺椿栝,[156] 開林叢. 喤喤呷呷,[157] 盡奔突於場中.

而田疆古冶之儔, 烏獲中黃之黨. 越崢嶸, 獵莽蒼. 喑嗚哮闞,[158] 風旋電往. 脫文豹之皮, 抵玄熊之掌. 批狻手猱, 挾三挈兩. 旣徒搏以角力, 又揮鋒而爭先. 行甝[159]虓以鷃睨兮, 氣赫火而敵[160]烟. 拳封豨,[161] 肘巨狿.[162] 梟羊應叱以斃踣,[163] 猰貐亡精而墜巓. 或碎腦以折脊, 或歕[164]髓以飛涎. 窮遐荒, 蕩林藪. 扼土狛, 殪[165]天狗. 脫角犀頂, 探牙象口. 掃封狐於千里, 捩雄虺之九首. 咋[166]騰蛇而仰吞, 拖奔兕以却走. 君王於是峨通天, 靡星旃, 奔雷車, 揮電鞭, 觀壯士之效獲, 顧三軍而欣然. 曰, 神抶[167]鬼摽之駭人也. 又命建夔鼓, 勵武卒. 雖躪轢[168]之已多, 猶拗怒[169]而未歇. 集赤羽兮照日, 張烏號兮滿月. 戎車轞轞以陸離, 彀騎[170]煌煌而奮發. 鷹犬之所騰捷, 飛走之所蹉蹶. 攫麏麚[171]

---

156 椿栝(장첨) : 나무를 자르고 남은 밑둥치와 잘린 나무 가지를 가리킨다. 이와 달리 나무 종류를 가리킨다는 설도 있다.

157 喤喤呷呷(황황합합) : 우렁차게 내는 소리이다.

158 喑嗚(암오), 哮闞(효함) : 모두 큰 소리를 지른다는 뜻이다.

159 甝(감) : 흰 호랑이.

160 《당문수唐文粹》에 '적敵'이 '효歊'로 되어 있는데, 이를 채택하여 번역한다.

161 封豨(봉단) : 큰 멧돼지. '봉'은 크다는 뜻이다.

162 巨狿(거연) : 거대한 만연(獌狿). 만연은 전설상의 동물로 삵과 비슷하다고 한다.

163 斃踣(폐북) : 넘어져 죽다. 쓰러져 죽다.

164 歕(분) : 내뿜다.

165 殪(에) : 죽이다.

166 咋(사) : 깨물다.

167 抶(질) : 채찍질하다.

168 躪轢(인력) : 발로 밟고 수레가 지나가다. 짓밟는다는 뜻이다.

169 拗怒(요노) : 분노를 거스르다. 더 분노하게 된다는 뜻이다. 이와 달리 '욱노'로 읽어 분노를 억누른다는 뜻으로 풀이하는 설도 있지만 문맥에 맞지 않는다.

170 彀騎(구기) : 활이나 쇠뇌를 가지고 있는 기병.

之咆哮, 蹂豺貉[172]以挂格. 膏鋒染鍔, 塡巖掩窟. 觀殊材與逸群, 尙揮霍以出沒. 別有白貙飛駿, 窮奇貙貗. 牙若錯劍, 鬣如叢竿. 口呑殳鋋,[173] 目極槍櫓. 碎琅弧, 攫玉弩. 射猛彘, 透奔虎. 金鏃一發, 旁疊四五. 雖鑿齒磨牙而致伉, 誰謂南山白額之足覯. 總八校, 搜四隅. 馳專諸, 走都盧. 趫喬林, 撇[174]絶壁. 抄蹶猢, 攬貊獗. 囚鼬鼯[175]於峻崖, 頓豰玃[176]於穹石. 養由發箭, 奇肱飛車. 巧聒[177]更贏, 妙兼蒲且. 墜鸐鴟於青雲, 落鴻雁於紫虛. 捎鶬鴰, 漂鸕鶋.[178] 彈[179]地廬, 空神居. 斬飛鵬於日域, 摧大鳳於天墟. 龍伯釣其靈鼇, 任公獲其巨魚. 窮造化之譎詭,[180] 何神怪之有餘. 所以噴血流川, 飛毛灑雪. 狀若乎高天雨獸上墜於大荒, 又似乎積禽爲山下崩於林穴. 陽烏沮色於朝日, 陰兎喪精於明月. 思騰裝上獵於太淸, 所恨穹昊於路絶. 而忽也, 莫不海晏天空, 萬方來同. 雖秦皇與漢武兮, 復何足以爭雄.

俄而君王茫然改容, 愀然有失. 於居安思危, 防險戒逸, 斯馳騁以狂發, 非至理之弘術. 且夫人君以端拱[181]爲尊, 玄妙爲寶. 暴殄天物, 是謂不道. 乃命

---

171 麏麚(균가) : 노루와 수사슴.

172 豺貉(시학) : 승냥이와 너구리.

173 殳鋋(수연) : '수'는 날 없는 긴 창이고, '연'은 쇠로 된 자루의 짧은 창이다.

174 撇(별) : 스치다.

175 鼬鼯(유오) : 족제비와 날다람쥐.

176 豰玃(혹확) : 흰 여우새끼와 큰 원숭이.

177 聒(괄) : 어떤 사안에 대해 반복하게 말한다는 뜻으로 여기서는 대단함에 대해 놀라는 것이다. 이와 달리 '괄括'로 된 판본을 따라 '포괄하다'로 풀이하기도 한다.

178 鸕鶋(노거) : 가마우지.

179 '탄彈'은 탄환을 쏴 맞히는 것이다. 하지만 내용상 들짐승은 탄환으로 잡는 것이 아니고 아래 구와의 대구를 감안하여 다한다는 뜻인 '탄殫'으로 되어야 한다는 주장에 따라 수정하여 번역하였다.

180 譎詭(휼궤) : 원래는 변화무쌍하다는 뜻인데, 여기서는 조물주가 만든 다양한 짐승을 가리킨다.

去三面之網, 示六合之仁. 已殺者皆其犯命, 未傷者全其天眞. 雖剪毛而不獻, 豈割鮮以淬[182]輪. 解鳳凰與鸑鷟兮, 旋騶虞與麒麟. 獲天寶於陳倉, 載非熊於渭濱. 於是享獵徒, 封勞苦. 軒行炰, 騎酌酤. 韜兵戈, 火網罟. 然後登九霄之臺, 宴八紘之圃, 開日月之扃, 闢生靈之戶, 聖人作, 而萬物覩. 覽蒐岐與狩敖, 何宣成之足數. 哂穆王之荒誕, 歌白雲之西母. 曷若飽人以淡泊之味, 醉時以淳和之觴. 鼓之以雷霆, 舞之以陰陽. 虞乎神明, 狃於道德. 張無外以爲罝, 琢大朴以爲杙.[183] 頓天網以掩之, 獵賢俊以御極. 若此之狩, 罔有不克. 使天人宴安, 草木繁殖. 六宮斥其珠玉, 百姓樂於耕織. 寢鄭衛之聲, 却靡曼之色. 天老掌圖, 風后侍側. 是三階砥平, 而皇猷允塞. 豈比夫子虛上林長楊羽獵, 計麋鹿之多少, 誇苑囿之大小哉. 方將延榮光於後昆, 軼玄風於邃古. 擁嘉瑞, 臻元符. 登封於太山, 篆德於社首. 豈與乎七十二帝同條而共貫哉. 君王於是迴蜺旌, 反鑾輿. 訪廣成於至道, 問大隗之幽居. 使罔象掇玄珠於赤水, 天下不知其所如也.

해설

이 부는 황제가 겨울 수렵을 하는 모습을 묘사한 것이다. 서문에서는 사마상여와 양웅 등이 수렵에 관해 묘사한 부는 편협하고 풍간의 뜻이 없다고 비판했다. 본문에서는 황제가 수렵을 나가게 된 정황, 수렵을 준비하는 장면, 용사들이 수렵하는 장면을 상세히 묘사한 뒤, 수렵이 끝난 뒤 황제가 지나친 살생을 반성하고는 인재를 두루 등용하여 어진 정치를 펼치고 참된 도를 얻게 되는 상황을 말했다. 내용이 치밀하게 구성되었고 형식적으로 대우와 전고가 훌륭하게 엮여져 작품성이 뛰어나다는 평가를 받고 있다.

---

181 端拱(단공) : 몸을 단정히 하고 손을 모으다. 몸가짐을 공경히 하고 장중한 태도를 취하는 것으로 군주가 간명하고 맑음으로 정치를 행하는 것이다. 이와 달리 무위지치를 뜻하는 것으로 볼 수도 있다.

182 淬(쉬) : 담그다. 물들이다.

183 杙(익) : 말뚝.

저작시기로는 현종이 수렵한 역사 기록에 따라 개원 8년(720)에 지었다는 설과 이백이 장안에서 현종에게 부를 지어 바쳤다는 사실에 따라 천보 초년 한림공봉으로 재직할 때 지었다는 설이 있다. 하지만 수렵에 관한 부가 역대로 많이 지어졌으며 이백이 부를 지어 문장력을 수양하고 이러한 부를 통해 타인에게 간알했음을 감안하면 특정 시기를 단정할 수는 없다.

2. 표表

1) 오왕을 대신하여 행재소로 가는 일이 지체된 것을 사죄하는 표 爲吳王謝責赴行在遲滯表

신 아무개가 말씀을 올립니다. 성스러운 은혜를 엎드려 받고서 행재소로 좇아 달려가게 되었는데, 신은 진실로 황송하고 진실로 두려워 머리를 조아리고 머리를 조아립니다. 신이 듣기에 호 땅의 말은 머리를 쳐들고서 북풍에 울며 서성이고, 월 땅의 새는 날아 돌아가면서 남쪽 가지를 그리워하며 깃털을 씻는데, 이 때문에 흐르는 물결은 옛 포구를 그리워하고 낙엽은 뿌리 쪽으로 떨어진다고 합니다. 사물에 있어서도 오히려 이러한데 하물며 신하의 입장에서는 어떠하겠습니까? 신의 지위는 외람되이 반석과 같지만 성명한 시대를 저버렸으니, 재능이 절도사를 맡기에 부족한데도 잘못되어 강한 역적에 맞서는 중요한 일을 하게 되었고, 우둔함과 졸렬함이 평소에 있었던 것은 하늘이 실로 알고 있는 것입니다. 엎드려 생각하건대 폐하께서 하늘의 기강을 다시 맺고 나라의 행보를 다시 맑게 하시는데, 소신의 부족함을 불쌍히 여기시고 소신에게 생명을 보전하게 해주셔서, 돌아가 밝은 태양을 뵐 수 있게 하셨으니 죽어도 여한이 없었습니다. 하지만 소신의 나이가 육십이 넘었고 중풍이 날로 더해지며, 칼날과 화살촉이 몸을 해쳐 근근이 남은 숨만 있을 뿐입니다. 비록 온 힘을 다해 길에 올랐지만 마음은 원하는 바와 어긋났으며, 한 치의 거리라도 더 가는 것을 귀히 여겼지만 도리어 개나 말처럼 주인을 그리워하는 마음만 더했으니, 다른 이유가 있는 것이 아니라 병으로 오래 머물고 있는 것입니다. 지금 하늘의 병사를 크게 일으켜 북방 오랑캐를 쓸어버리고 있어 곳곳의 역참에서는 징발하느라 이리저리 왕래하고 있기에, 소신은 편리함을 좇아 물길로 갈 뿐 육지로 가기에는 어려워, 붉은 대궐을 멀리서 바라보면 마음은 날아갈 것 같습니다. 잃어버린 신발을 부끄럽게도 다시 거두어주셨고 잃어버린 비녀를 기쁘게도 다시 사용하시지만,[1] 눈물로 그리워하며 두려워하는 지극한 마음을 이길 수가 없기에 삼가 표를 바쳐 아룁니다.

원문

臣某言. 伏蒙聖恩, 追赴行在, 臣誠惶誠恐, 頓首頓首. 臣聞胡馬矯首, 嘶北風以踊顧, 越禽歸飛, 戀南枝而刷羽, 所以流波思其舊浦, 落葉墜於本根. 在物尙然, 矧於臣子. 臣位叨盤石, 辜負明時, 才闕總戎, 謬當强寇, 駑拙有素, 天實知之. 伏惟陛下重紐乾綱, 再淸國步, 憋臣不逮, 賜臣生全, 歸見白日, 死無遺恨. 然臣年過耳順, 風瘵[2]日加, 鋒鏑殘骸, 劣[3]有餘喘. 雖決力上道, 而心與願違, 貴貪尺寸之程, 轉增犬馬之戀, 非有他故, 以疾淹留. 今大擧天兵, 掃除戎羯,[4] 所在郵驛, 徵發交馳, 臣逐便水行, 難於陸進, 瞻望丹闕, 心魂若飛. 慙墜履之還收, 喜遺簪之再御, 不勝涕戀屛營之至, 謹奉表以聞.

---

1 초楚나라 소왕昭王이 오吳나라와 싸우다가 패해서 도망가게 되었는데, 신발 한 짝이 터져 잃어버렸다. 다시 되돌아가 그 신발을 가지고 왔는데, 이는 자신과 함께 돌아가지 못하는 것을 싫어했기 때문이었다. 공자孔子가 들을 지나가는데 비녀를 잃고 슬피 우는 부인을 보았다. 그 부인은 비녀를 잃어버려 슬픈 것이 아니라 옛 것을 잊지 못해서 슬퍼한다고 했다. 숙종이 오왕 이저를 잊지 않고 불러준 것을 비유적으로 표현한 것이다.

2 風瘵(풍채) : 중풍.

3 劣(렬) : 다만. 근근이. 또는 약하다.

4 戎羯(융갈) : 중국의 북방 이민족. 여기서는 안록산의 무리를 가리킨다.

해설

이 글은 오왕이 숙종의 부름을 받고 행재소로 가던 도중 병으로 지체되고 있음을 알리는 표인데 이백이 오왕을 대신하여 썼다. '오왕吳王'은 태종太宗의 셋째 아들인 오왕 이각李恪의 손자인 이저李祗이다. '행재行在'는 임금이 궁궐 밖에 머무는 곳을 뜻하고 여기서는 당시 안록산의 난으로 숙종이 피해 있던 영무靈武를 가리킨다.

숙종이 오왕을 다시 중앙 관직으로 불러 준 것에 대해 감사의 말을 전하고, 자신의 건강과 교통상황으로 인해 길이 지체되고 있는 상황을 서술했다. 이저는 천보 15년(756) 5월에 진류태수陳留太守 하남절도사河南節度使였다가 태복경太僕卿으로 임명되었는데, 이 글은 그해 말에 지어진 것으로 보인다.

2) 송 중승을 대신하여 금릉을 수도로 할 것을 청하는 표 爲宋中丞請都金陵表

신 아무개가 말씀을 올립니다. 신은 진실로 황송하고 진실로 두려워 머리를 조아리고 머리를 조아립니다. 신이 듣기에 사직에서 영원히 제사를 받들 자가 없다지만 현명한 자는 지킬 수 있으며, 군주와 신하에게는 정해진 자리가 없으니 우매한 자는 잃게 된다고 합니다. 이 때문에 아버지가 세우면 아들이 계승하여 빛을 거듭하고 광휘를 쌓으니, 하늘이 진나라의 대를 끊어버리지 않았고[5] 사람들이 오직 당나라를 받듭니다. 공덕에는 두텁고 얇음이 있고 운수에는 길고 짧음이 있기 때문에, 공이 높으면 복이 길고 영원하며 덕이 옅으면 정치와 교화가 쇠락해집니다. 우虞, 하夏, 상商 삼대의 성씨가 지금 평민이 되었으니 이는 한 왕조의 일만은 아닙니다. 엎드려 생각건대 폐하께서 여섯 성인[6]의 빛나는 가르침을 공경하여 천년의 큰 아름다움을 껴안았으니, 나라의 근본이 있음[7]은 백성들이 바라는 바였습니다. 아아, 두 개의 밝음이 있은 뒤 기산의 남쪽을 밝혔는데,[8] 옛날 주나라 태왕[9]의 흥기가 이곳에서 발자국을 뗐습니다. 하늘의 계시에는 비슷한 점이 있으니 어찌 이것이 사람이 한 일이겠습니까? 빛나는 당 왕조 백오십 년 동안 전쟁이 일어나지 않았는데, 반역자 오랑캐가 황제의 명칭을 훔치고 중원을 약탈하며 어지럽히고 있습니다. 비록 숭산을 평평하게 깎아 덮고 이수와 낙수에 넣어 메워도 궁성의 해골을 덮기에 부족하고, 넓은

---

5 이 말은 원래 《좌전·희공僖公 24년》에 나오는 것이며, 여기서 진나라는 당나라를 가리킨다.

6 여섯 성인은 당나라 숙종肅宗 전의 여섯 황제, 즉 고조, 태종, 고종, 중종, 예종, 현종을 가리킨다.

7 나라에 근본이 있다는 말은 태자를 책봉하는 것을 의미한다.

8 두 개의 밝음은 현종이 숙종에게 선양한 것을 말한다. 당시 숙종은 영무靈武에서 즉위한 후 기산 남쪽에 있는 부풍扶風으로 옮겼다.

9 주나라 태왕은 고공단보古公亶父이며 문왕의 조부이다. 빈 땅을 떠나 기산 아래로 가서 주나라를 세웠다.

황하를 터서 진 땅에 뿌려도 개와 양의 누린내를 씻기에 부족합니다. 독이 천하에 침투했고 분노가 하늘에 가득하니, 이때가 바로 용맹한 군사가 검을 떨치는 때이고 책략에 뛰어난 신하가 방도를 운용하는 날입니다. 대저 마구 흘러가는 물길을 구제하지 않는다면 무엇으로 성명한 덕을 빛내겠습니까? 교활한 우두머리를 베지 않으면 신령스러운 공을 일으킬 수 없습니다. 열 명의 신하가 주나라를 보좌해서 창성함을 이루었고 네 명의 흉한이 순임금에 이르러서 마침내 제거되었는데,[10] 원흉을 제거할 이가 폐하가 아니면 누구이겠습니까? 또 도에는 흥폐가 있고 시대에는 성쇠가 있으니, 한나라가 210년이 되자 왕망이 또한 재앙을 일으켰으며 적복부[11]가 다시 일어나 대업이 끝내 빛났습니다. 지극히 신령스럽고 지극히 성명하신 폐하가 아니라면 어찌 우뚝 중흥할 수 있겠습니까? 소신은 인간사의 득과 실을 헤아려서 감히 폐하께 의문을 제기하오니, 소신이 그저 바라는 것은 어리석은 사내의 천 가지 생각 중에 혹 하나라도 채택되고자 하는 것입니다.

그것이 무엇이냐 하면 다음과 같습니다. 반역한 신하 양국충이 천자의 귀를 덮어 막고는 백성들을 베어 죽였으며, 여동생이 총애에 의지하며 온 나라의 권력을 농단하니, 전국의 돈이 모두 그의 집으로 모였습니다. 원망의 기운이 위로 치솟아 홍수와 가뭄이 연이어 닥쳤으며, 포악한 혼란을 거듭 만나니 백성들은 힘이 다 빠졌습니다. 설령 해충 무리를 평정하고 없애려고 하여도 아마도 기한에 응할 수 없으니, 이제 만전의 계책을 꾀하여 일거의 책략을 이루어야 합니다. 지금 황하 북쪽은 오랑캐로 인해 능멸 당했고, 황하 남쪽에는 외로운 성이 사방에 보루를 치고 있는데, 큰 도둑이 잠식하여 홍구[12]처럼 천하가 갈라졌기에 온 나라가 불안해하는 모습을 똑똑히 볼

---

10 열 명의 신하는 주나라 무왕을 보좌한 문모文母, 주공周公, 태공太公, 소공召公, 필공畢公, 영공榮公, 태전太顚, 굉요閎夭, 산의생散宜生, 남궁괄南宮适이다. 네 명의 흉한은 제홍씨帝鴻氏의 아들 혼돈渾敦, 소호씨少皞氏의 아들 궁기窮奇, 전욱씨顓頊氏의 아들 도올檮杌, 진운씨縉雲氏의 아들 도철饕餮인데 순이 요임금의 신하로 있을 때 이들을 쫓아버렸다.

11 적복부赤伏符는 왕망의 집권 말기에 강화彊華라는 자가 광무제光武帝 유수劉秀에게 바친 부적으로, 유수가 왕망을 물리치고 새로 한나라를 세울 것을 예언했다.

수 있습니다. 신이 엎드려 보건대 금릉은 옛 수도로 그 땅이 하늘이 내린 험한 곳이라 일컬어지는데, 용이 서리고 호랑이가 웅크리고 있어서 열고 닫음이 절로 그러합니다. 여섯 조대[13]의 황제가 머물며 오복이 그곳에 있었고, 웅대한 계책과 패왕의 자취가 성대하게 여전히 존재합니다. 목구멍과 같은 요충지를 제어하며 두르고 있어 이리저리 얽힌 것이 수놓은 듯하기에, 천하의 사대부와 백성이 장강 동쪽 오 땅인 이곳에 피해 있으니, 영가 연간[14]에 남쪽으로 옮겼을 때도 이보다 성대하지는 않았습니다. 신이 또 듣기에 탕 임금부터 반경 임금 때까지 그 도읍을 다섯 번 옮겼지만[15] 《상서》에서도 이를 잘못된 것이라고 하지 않았고, 위문공이 초구로 옮겼을 때는 시인들이 돌아다니며 기리는 노래를 불렀다고 합니다.[16] 엎드려 생각건대, 폐하께서는 만백성이 요동치며 흩어져 있으므로 천하가 두려워하는 이때를 타서, 만일의 위험과 가까운 지역인 부풍을 떠나 태산처럼 분명코 안전한 완성된 책략인 금릉으로 가셔야 합니다. 비록 만물에 이롭다고 할지라도 결단은 폐하의 마음에 달려 있습니다. 하물며 상아, 코뿔소 가죽, 새 깃털, 모우 꼬리가 나고, 황편나무, 녹나무, 예장나무가 나며, 큰 거북과 큰 조개가 그 안에 가득하고, 은광과 제철소가 끊임없이 서로 이어져 있으며, 구리 광산을 파고 금을 캐는 구덩이를 만들고 바닷물을 끓여 소금산을 만드는 곳이기도 합니다. 이를 징수하면 병사가 강해지고 이곳을 지키면 나라가 부유해져, 팔방 먼 땅을 가로지르며 통제할 수 있고 장안과 낙양 두 도읍을 수복할 수 있을 것이니, 백성들은 군주가

---

12 홍구洪溝는 홍구鴻溝와 같으며 옛 운하의 이름이다. 한나라 유방과 초나라의 항우가 이를 경계로 천하를 양분했다.

13 금릉은 오吳, 동진東晉, 송宋, 제齊, 양梁, 진陳의 수도였다.

14 영가永嘉는 진晉 회제懷帝의 연호인데 유요劉曜가 낙양을 점령하자 북쪽의 사대부들이 남쪽으로 옮겨왔으며, 금릉을 수도로 삼았다.

15 탕은 상商나라의 개국군주이고 반경은 20번째 군주이다.

16 위문공衛文公은 춘추시대 위나라의 20번째 군주였는데, 북방 오랑캐에 의해 나라가 망하자 조읍漕邑에서 살았으며, 제 환공이 문공에 봉해 초구로 옮겨 수도를 정했고 나라가 번성했다. ≪시경 · 용풍鄘風 · 정성定星이 하늘 가운데에 오다定之方中≫가 위문공을 칭송하는 노래라고 한다.

와서 소생되는 즐거움을 쌓을 것이어서 사람들에게는 군주를 기다리는 바람이 많아질 것입니다. 폐하께서는 서쪽으로 아미산을 성벽과 성루로 삼고 동쪽으로 창해를 도랑과 해자로 삼으며, 해릉의 창고를 지키고 장주의 동산에서 사냥할 수 있을 것이니,[17] 비록 상림원과 오작궁[18]이라도 또한 여기에 무엇을 보탤 수 있겠습니까? 부친인 상황은 천제의 운수로 창성하는 도읍[19]과 정신을 모아 진일하는 곳[20]에 계십니다. 방비할 일이 있으면 북쪽으로 검각을 닫고 남쪽으로 구당협을 잠그면,[21] 치우와 공공[22]이 다섯 병기로 공격해도 나아갈 바가 없을 것이니, 두 성인께서는 높이 베개를 벨 것이고 백성들은 무엇을 근심하겠습니까? 긴급한 상주문과 문안 글이 초 땅의 파릉과 장강의 협곡을 통해 왔다 갔다 하면, 아침에 백제성을 출발해서 저녁에는 강릉에 묵게 되니, 수미가 상응하는 것이 솔연 뱀[23]의 움직임과 같을 것입니다. 두려움을 이길 수가 없습니

---

17 《한서 · 매승전》에 "서쪽으로 곡식을 운송하는데 육로로 끊어지지 않게 가고 수로로 황하를 가득 채워도 해릉의 곡식 창고보다 못하고, 상림원을 수리하여 그 사이에 이궁을 지으며 진귀한 노리갯감을 모아 쌓고 금수를 가둬놓아도 장주의 동산보다 못하다."라는 말이 있는데, 해릉의 창고는 오吳나라 왕 유비劉濞가 만든 것이고, 장주의 동산은 오나라 왕 합려가 사냥하던 곳이다.

18 상림원上林苑은 한 무제가 만든 동산이고 오작궁五柞宮은 한나라의 별궁이다.

19 좌사左思의 〈촉도부蜀都賦〉에 "멀리로는 민산의 정기가 있고 위에는 정수井宿가 있어, 천제가 운수를 기약하여 반드시 창성한다.(遠則岷山之精, 上爲井絡, 天帝運期而會昌)"는 말이 있는데, 이로 보면 이 말은 촉 땅의 성도成都를 가리킨다.

20 양곡楊谷의 《수도기授道記》에 "황제黃帝가 천황天皇 진일眞一에 관한 경서를 보았으나 이해하지 못해 사방을 돌아다니다가 아미산에서 태제泰帝의 사신인 황인皇人을 만나 진일眞一의 도에 대해 물었다."는 말이 있는데, 이로 보면 이 말은 촉 땅의 아미산을 가리킨다.

21 검각劍閣은 성도에서 북쪽 장안으로 나가는 관문이며, 구당협瞿塘峽은 장강 삼협 중의 하나이다.

22 치우蚩尤는 잔인무도한 전설 속 인물로 황제黃帝의 명령을 거역하고는 탁록涿鹿의 들에서 황제와 싸웠다고 한다. 공공共工은 전설 속 인물로 불의 신 축융祝融과 싸우다가 이기지 못하고 부주산을 들이받아서 하늘의 기둥이 부러지고 땅의 끈이 끊어지게 했다고 한다.

23 솔연은 전설 속의 뱀으로 머리를 치면 꼬리가 다가오고 꼬리를 치면 머리가 다가오며

다. 구름을 쳐다보고 태양을 바라봄이 지극하여 삼가 먼저 표를 받들어 사정을 진술하여 아룁니다.

원문

臣某言. 臣誠惶誠恐, 頓首頓首. 臣聞社稷無常奉, 明者守之, 君臣無定位, 暗者失之. 所以父作子述, 重光疊輝, 天未絶晉, 人惟戴唐. 以功德有厚薄, 運數有修短, 功高而福祚長永, 德薄而政教陵遲. 三后之姓, 於今爲庶, 非一朝也. 伏惟陛下欽六聖之光訓, 擁千載之鴻休, 有國之本, 群生屬望. 粤自明兩, 光岐之陽, 昔有周太王之興, 發跡於此. 天啓有類, 豈人事與. 皇朝百五十年, 金革不作, 逆胡竊號, 剝亂中原. 雖平嵩丘塡伊洛, 不足以掩宮城之骸骨, 決洪河灑秦雍,[24] 不足以蕩犬羊之羶腥. 毒侵區宇, 憤盈穹旻, 此乃猛士奮劍之秋, 謀臣運籌之日. 夫不拯橫流, 何以彰聖德. 不斬巨猾, 無以興神功. 十亂佐周而克昌, 四凶及虞而乃去, 去元凶者, 非陛下而誰. 且道有興廢, 代有中季, 漢當三七, 莽亦爲災, 赤伏再起, 丕業終光. 非陛下至神至聖, 安能勃然中興乎. 以臣料人事得失, 敢獻疑於陛下. 臣猶望愚夫千慮, 或冀一得.

何者. 賊臣楊國忠蔽塞天聰, 屠割黎庶, 女弟席寵, 傾國弄權, 九土泉貨,[25] 盡歸其室. 怨氣上激, 水旱薦臻, 重羅暴亂, 百姓力屈. 卽欲平殄蟊賊,[26] 恐難應期, 且圖萬全之計, 以成一擧之策. 今自河以北, 爲胡所凌, 自河之南, 孤城四壘, 大盜蠶食, 割爲洪溝, 宇宙峴屼,[27] 昭然可覩. 臣伏見金陵舊都, 地稱

몸통을 치면 머리와 꼬리가 다가온다고 한다. 서로 긴밀히 반응하는 것을 비유한다.

24 秦雍(진옹) : 장안은 옛날의 진 땅이고 옹주雍州의 성이었다.

25 泉貨(천화) : 돈을 가리킨다. '천'은 '전錢'과 같은데 혹자는 돈이 샘물처럼 솟아나기 때문이라고 한다.

26 蟊賊(모적) : '모'와 '적'은 농작물의 해충이다. 여기서는 안록산의 무리를 비유한다.

27 峴屼(얼올) : 불안한 모양.

天險, 龍盤虎踞, 開局自然. 六代皇居, 五福斯在, 雄圖霸跡, 隱軫由存. 咽喉控帶, 縈錯[28]如繡. 天下衣冠士庶, 避地東吳, 永嘉南遷, 未盛於此. 臣又聞湯及盤庚, 五遷其邑, 典謨訓誥,[29] 不以爲非, 衛文徙居楚丘, 風人流詠. 伏惟陛下因萬人之蕩析,[30] 乘六合之譸張,[31] 去扶風萬有一危之近邦, 就金陵太山必安之成策. 苟利於物, 斷在宸衷. 況齒革羽毛之所生, 楩楠豫章之所出, 元龜大貝, 充牣[32]其中, 銀坑鐵冶, 連綿相屬, 剗銅陵爲金穴, 煮海水爲鹽山. 以征則兵强, 以守則國富, 橫制八極, 克復兩京, 俗畜來蘇之歡, 人多徯后[33]之望. 陛下西以峨嵋爲壁壘, 東以滄海爲溝池, 守海陵之倉, 獵長洲之苑. 雖上林五柞, 復何加焉. 上皇居天帝運昌之都, 儲精眞一之境. 有虞則北閉劍閣, 南扃瞿塘, 蚩尤共工, 五兵莫向, 二聖高枕, 人何憂哉. 飛章問安, 往復巴峽, 朝發白帝, 暮宿江陵, 首尾相應, 率然之擧. 不勝屛營. 瞻雲望日之至, 謹先奉表陳情以聞.

해설

이 글은 송 중승을 대신하여 금릉으로 도읍을 옮기기를 숙종에게 청하는 표이다. '중승中丞'은 어사대의 관직으로 정오품상正五品上에 해당하며, '송宋'씨는 이백의 친구인 송지제宋之悌의 아들 송약사宋若思이다. '금릉金陵'은 육조의 수도로 오늘날의 강소성 남경시南京市이다.

안록산의 난으로 세상이 혼란하지만 이제 숙종이 즉위하고서 새롭게 중흥할 때가 되었

---

28 縈錯(영착) : 이리저리 두르다.

29 典謨訓誥(전모훈고) : 〈요전堯典〉, 〈순전舜典〉, 〈대우모大禹謨〉, 〈이훈伊訓〉, 〈탕고湯誥〉 등의 편을 실은 ≪상서≫를 가리킨다.

30 蕩析(탕석) : 요동치며 흩어지다.

31 譸張(주장) : 놀라고 두려워하는 모양.

32 充牣(충인) : 가득하다.

33 徯后(해후) : 군주를 기다리다.

음을 말한 뒤, 인물과 물산이 풍부한 금릉으로 수도를 옮기면 중흥의 일이 쉬워질 것이며 아울러 현종이 있는 성도와 긴밀히 연락할 수 있음을 말해 그 유리한 점을 피력했다. 이백은 영왕의 일에 연루되어 심양尋陽의 감옥에 갇혔다가 지덕 2년(757) 송약사 등의 도움을 받아 풀려났으며 송약사의 막부의 참모가 되었는데, 이 글은 그 당시에 지은 것으로 추정한다.

3) 송 중승을 대신하여 스스로를 추천하는 표 爲宋中丞自薦表

신 아무개가 듣건대, 하늘과 땅이 닫히면 현인이 숨고 구름과 우레가 모이면 군자가 기용된다고 합니다. 신이 엎드려 보건대, 전 한림공봉 이백은 나이가 57세인데, 천보 초에 다섯 관서가 서로 불렀지만 명망을 구하지 않았으니, 또한 한나라의 은자 정자진이 곡구에 있으면서 명성이 경사를 뒤흔든 것과 같았습니다. 선황께서 이를 듣고 기뻐하여 궁으로 불러들이시자, 큰 업적에 윤색을 하고 혹 간간히 임금의 말을 기초했는데, 위의를 드날렸기에 특별히 포상을 받았습니다. 간신의 거짓말 때문에 마침내 쫓겨나 산으로 돌아왔는데 한가롭게 살면서 글을 지으니 말이 수만 자를 채웠습니다. 역모를 꾀한 오랑캐의 난폭한 난리를 만나 여산으로 피했다가, 동쪽을 순수하시던 영왕에게 위협을 받아 가던 도중 도망쳐서 돌아가 팽택에 이르렀습니다. 갖추어서 이미 자수하여 진술하니, 전후로 선위대사 최환과 제가 다시 심리하게 되어 억울함을 말끔히 씻었고 곧바로 조정에 아뢰었습니다. 신이 듣기에 옛날의 제후가 어진 인재를 추천하면 큰 상을 받고 어진 인재를 가려 덮으면 공개 처형을 받으며, 만일 세 번의 적절한 천거가 훌륭하다 칭해지면 반드시 구석[34]의 영광을 받게 되고, 경전에 드리워지게 되며 영원히 가르침으로 삼는다고 합니다. 신이 관리하는 이백은 진실로 살펴보건대 무고합니다. 경세제민의 재주를 품고 허유와 소보의 절조를 굳게 지키며, 문장은 풍속을 변화시킬 수 있고 학문은 하늘과 사람의 도리를 궁구할 수 있지만, 가장 낮은 관직도 받지 못했으니 세상 사람들이 잘못된 일이라고 말합니다. 엎드려 생각건대, 폐하의 큰 밝음은 널리 행해지고 지극한 덕은 치우침이 없으니, 세상에 드문 인재를 거두시어 맑은 조정의 보배로 삼으소서. 옛날 상산사호[35]가 고조를 만났을 때는 일어나지 않았지만 혜제를 보위하기 위해 비로소 왔습니

---

34 구석九錫은 황제가 어진 신하에게 내리는 아홉 가지 하사품인데 그 종류에 대해서는 여러 설이 있다.

35 상산사호商山四皓는 진秦나라 때 난리를 피하여 상산에 은거한 네 노인인 동원공東園公, 녹리선생甪里先生, 기리계綺里季, 하황공夏黃公을 가리킨다. 한 고조 유방이 불렀

다. 군주와 신하의 헤어짐과 만남에는 또한 각기 운명이 있는 것인데, 어찌하여 이 사람으로 하여금 이름을 우주에 드날리게 하시면서 한창 때에 시들게 하시겠습니까? 전적에 말하기를 "은자를 천거하면 천하가 마음을 귀의할 것이다."라고 했습니다.[36] 엎드려 생각건대 폐하께서는 높이 빛나는 태양을 되돌려 엎어진 동이 아래를 비추며 빛을 흘려주시어, 경사의 관직 하나를 그에게 배수하시며 옳은 것은 바치고 그른 것은 없애도록 하여 조정을 빛내게 하시길 특별히 간청합니다. 그러면 온 세상의 호걸 준걸이 목을 빼고 귀의하려 할 것입니다. 지극한 간절함을 이길 수 없어서 감히 추천함을 진술하여 아룁니다.

원문

臣某聞, 天地閉而賢人隱, 雲雷屯而君子用. 臣伏見前翰林供奉李白, 年五十有七, 天寶初, 五府交辟, 不求聞達, 亦由子眞谷口, 名動京師. 上皇聞而悅之, 召入禁掖, 旣潤色於鴻業, 或間草於王言, 雍容揄揚, 特見褒賞. 爲賊臣詐詭, 遂放歸山, 閒居製作, 言盈數萬. 屬逆胡暴亂, 避地廬山, 遇永王東巡脅行, 中道奔走, 却至彭澤. 具已陳首, 前後經宣慰大使崔渙及臣推覆, 淸雪, 尋經奏聞. 臣聞古之諸侯進賢受上賞, 蔽賢受明戮, 若三適稱美, 必九錫光榮, 垂之典謨, 永以爲訓. 臣所管李白, 實審無辜. 懷經濟之才, 抗巢由之節. 文可以變風俗, 學可以究天人, 一命不霑, 四海稱屈. 伏惟陛下大明廣運, 至德無偏, 收其希世之英, 以爲淸朝之寶. 昔四皓遭高皇而不起, 翼惠帝而方來. 君臣離合, 亦各有數, 豈使此人名揚宇宙, 而枯槁當年. 傳曰, 擧逸人而天下歸心. 伏惟陛下迴太陽之高輝, 流覆盆之下照, 特請拜一京官, 獻可替否, 以光朝列. 則四海豪俊, 引領知歸. 不勝慺慺之至, 敢陳薦以聞.

을 때는 나가지 않았지만 유방이 태자를 바꾸려고 할 때는 나와서 태자를 옹위했다.

36 《논어·요왈堯曰》에 이런 말이 보인다.

해설

이 글은 이백이 송약사宋若思를 대신하여 스스로를 황제에게 천거하며 올리는 표이다. '중승中丞'은 어사대의 관원으로 정오품상正五品上에 해당하며, '송宋'씨는 이백의 친구인 송지제宋之悌의 아들 송약사이다.

이백은 안록산의 난이 일어났을 때 여산으로 피신했는데, 당시 숙종의 명을 받고 강남 지역을 지키던 영왕의 부름을 받고 그의 군대에 합류했다. 하지만 당시 영왕은 반란의 뜻을 품고 있었기에 조정에서 그를 토벌했으며 이백 역시 쫓기다가 체포되어 심양尋陽의 감옥에 갇혔다. 당시 송약사와 최환의 도움으로 석방되었으며 송약사의 참모가 되었다. 이 글에서는 이러한 전후 사정을 말한 뒤 이백이 무고함을 설명하고는 뛰어난 인재를 조정에서 발탁해주기를 바라는 뜻을 표현했다. 혼란한 시기에 온갖 고초를 겪었지만 여전히 관직으로 나가려는 이백의 의지를 확인할 수 있다. 대체로 이백이 심양의 감옥에서 나온 뒤인 지덕 2년(757)에 지은 것으로 추정한다.

3. 서書

1) 수산을 대신하여 맹 소부의 이문에 답하는 편지 代壽山答孟少府移文書

회남의 작은 수산이 삼가 동쪽 봉우리에 있는 금빛 옷을 입은 두 마리 학으로 하여금 양주의 맹공께 구름 비단 같은 편지를 물려 날려 보낸다. 그 말은 다음과 같다. 나는 천지의 기운을 안고서 홍황[1]에서 태어났으며, 익수翼宿과 진수軫宿의 분야를 연결하고 형荊 땅과 형衡 땅의 먼 기세를 끌어 당겼기에, 만고에 견고하고 은하수까지 아득하다. 하늘의 구름에 의지하여 봉우리를 맺었고 북두칠성과 북극성에 기대어 산봉우리가 가로지르게 한 뒤, 노을과 비를 모아 마시며 신령한 신선을 숨어 살 수 있게 했으며, 수후의 밝은 구슬을 나게 하고 변화의 빛나는 보물을 모아 놓았으니, 우주의 아름다움을 다하고 조화옹의 기이함을 다했다. 바야흐로 곤륜산과 맞서고 낭풍산과 경지를 나란히 할 것인데 어찌 인간세상의 무산, 여산, 천태산, 곽산이 논할 만하겠는가?

일전에 산에 사는 사람 이백의 거처에서 그대의 이문을 보았는데, 많은 기이함으로 나를 책망하고 특이한 빼어남으로 나를 비루하게 여기며, 삼산과 오악의 아름다움을 성대하게 말하고는 나는 작은 산이라 이름도 없고 덕도 없는데도 칭송된다고 말했다. 이 말을 살펴보니 크게 잘못되었음이 얼마나 심한가? 그대는 어찌하여 듣지 못했는가? 무명無名은 천지의 시작이고 유명有名은 만물의 어머니라는 것을. 가령

1 홍황洪荒은 자연이 혼돈한 원시 상태를 뜻한다.

태산에 올라 정결하게 제사를 지낸다고 하면 어찌 큰 도에 있어서 나무랄 수 있겠는가만, 그런데 인력과 물자를 낭비하고 제사에 바친다고 죽여 요리하며 초목을 다 해친다면, 금석에 조각하여 도서와 경전에 기록하게 한들 또한 귀하게 여길 만하지 않으리라. 또 통달한 사람 장자는 일찍이 뛰어난 논의를 했으니, 메추라기가 붕새를 부러워하지 않고 가을의 가느다란 털이 태산과 나란히 할 수 있다고 생각했다.[2] 이로부터 말하자면 어찌 크고 작음의 다름이 있겠는가? 또 여러 산이 나라의 보배를 간직하고 나라의 어진 이를 숨겨서 우리 임금으로 하여금 길가에 방을 붙이고 산을 태워서[3] 들추고 찾아도 얻지 못하게 했음을 책망했는데, 이는 통달한 이의 말이 아니다. 대저 황제가 등극하면 상서로운 사물이 분명히 이르는 법이니, 포도와 비취새가 공물로 바쳐지고 하도와 낙서[4]가 부적으로 응답했다. 하늘 그물을 설치하여 어진 이를 얻게 되고 달이 뜨는 월굴까지 모든 이가 자신의 직무를 다 받들어 수행하게 되니, 하늘은 보물을 숨기지 않고 땅도 진귀한 것을 감추지 않게 되어, 바람이 온갖 이민족에게 위세를 떨치고 봄이 만물을 기르게 된다. 황제의 도는 도외시함이 없으니 어찌 뛰어난 현인과 진귀한 옥이 바위 동굴에 엎드려 숨을 수가 있겠는가? 그대가 말한 '길가에 방을 붙이고 산을 태운다'는 이런 행위는 왕의 덕이 넓지 않았기 때문이다. 옛날 강태공은 매우 어질고 부열은 밝고 덕이 있었는데,[5] 위수의 물에서 머물고 우국과 괵국 경계의 암 땅에 숨어 있었지만, 끝내 조짐으로 모습을 드러내고

---

2 ≪장자≫의 〈소요유〉와 〈제물론〉에 이러한 이야기가 보인다.

3 길가에 방을 붙이는 것은 공개적으로 인재를 등용하는 것이고, 산에 불을 지르는 것은 숨어 있는 은자가 나오도록 하는 조치이다.

4 하도河圖는 복희씨伏羲氏 때 황하에서 용마龍馬가 짊어지고 나왔다는 그림을 말하고, 낙서洛書는 우임금이 치수할 때 낙수洛水에서 나온 거북의 등에 그려진 것을 말한다. 이에 대해 정현은 제왕과 성인이 천명을 받는 상서로운 조짐이라고 했다.

5 주 문왕이 꿈에 천제가 스승을 하사한다는 말을 들은 뒤, 수렵을 나섰다가 위수에서 낚시를 하고 있는 강태공을 알아보고는 그를 모셔와 태사로 삼았다. 상나라 무정은 꿈에 성인을 얻었는데, 그 모습을 가진 이를 찾다가 부암傅巖의 들에서 판축일을 하고 있던 부열을 찾아 데려와서 재상으로 삼았다.

꿈속에서 감응했다. 이것은 하늘의 도가 암암리에 맞은 것이니 어찌 찾아가느라 수고했겠는가? 과연 낚싯대를 던지고는 큰 깃발로 나아갔으며 판축을 버리고 재상이 되어, 주 문왕을 보좌하고 무정을 도왔다. 총괄하여 말하자면 산이 또 무슨 죄가 있는가? 바로 동굴이 어진 이를 기르는 곳이지 숲과 샘이 보물을 숨기는 곳이 아니라는 것을 안다면 내가 가진 여러 산 또한 어찌 나라를 저버리겠는가?

근래에 은자 이백이 아미산에서 왔다. 그는 하늘을 얼굴로 삼고 도를 외모로 삼으며 자신을 굽히지 않고 다른 사람에게 간알하지 않으니, 소보와 허유 이래로 오직 이 한 사람뿐인데, 곧장 규룡이 서린 듯 거북이가 호흡하는 듯 이 산에 숨었다. 내가 항상 녹기금을 타게 하고 푸른 구름에 눕게 하며 신선의 음료인 경액으로 양치질하게 하고 신선의 단약인 금사를 먹게 하니, 얼마 후 아이 같은 얼굴에 봄빛이 더했고 원기가 더욱 왕성해져서, 장차 하늘 밖에 검을 기대고 해가 뜨는 부상에 활을 걸어 놓고는, 사해를 떠다니고 팔황을 가로지르며 드넓은 우주를 나가서 아득한 구름 하늘에 오르고자 했다. 갑자기 이공이 하늘을 우러르며 길게 탄식하고는 자신의 친구에게 말하기를, "나는 아직 떠날 수 없다. 나와 너는 뜻을 펼 수 있으면 천하를 모두 구제하고 뜻을 펴지 못하면 이 한 몸을 홀로 수양해야 하는데,[6] 어찌 그대 수산의 자줏빛 노을을 먹고 그대의 푸른 소나무 그늘에 있다가 그대의 난새와 학을 타고 그대의 규룡을 몰아 하루아침에 날아올라 방장산과 봉래산의 사람이 될 수 있겠는가? 이러한 일은 할 수 없다. 이에 서로 도가서적을 말아 놓고 옥 장식 슬을 갑 속에 넣고는 관중과 안영의 주장을 펼치고 제왕의 책략을 도모하여 그 지혜와 재능을 떨쳐 군주를 보필하고자 하니, 천하를 크게 안정시키고 온 나라를 오롯이 말끔하게 하리라. 임금을 섬기는 도가 이루어지고 부모를 영광스럽게 하는 뜻이 다하면 그런 후에 도주공 범려와 유후 장량[7]처럼 오호를 떠돌고 창주에서 노니는 것이 어렵지

---

6 ≪맹자·진심상盡心上≫에 이 말이 보인다.

7 월나라 재상 범려范蠡는 구천이 나라를 공고하게 하도록 한 뒤 도陶 땅에 가서 살면서 도주공陶朱公이라고 했으며, 이후 부와 명예를 버리고 오호를 떠돌았다. 한나라 공신

않을 것이다."라고 했다. 그러니 내 숲 아래에서 얼굴을 숨이고 있는 바가 어찌 크지 않은가? 필시 그 총명함을 돕고 올바른 기운으로 도와서 사물을 빌려주어 문장으로 드러낼 수 있게 한다면 비록 안개 같은 꽃이 다 사라지게 되더라도 죽을 때까지 한이 없을 것이다. 만일 산의 요괴, 나무의 도깨비, 독사와 맹수가 있다면 사방 먼 곳으로 쫓아내고 넓은 들에서 찢어버려 종적을 영원히 없애 문과 마당을 침범하지 못하게 하고, 또한 맑은 바람을 보내 문 앞을 쓸게 하고 밝은 달로 앉은 자리를 시중들게 할 것이다. 이것이 바로 어진 이를 기르는 마음이니 실로 또한 힘을 다할 것이다. 맹공이여 맹공이여 심하게 책망하지 말고 내년 봄에 이 바위산에서 나를 찾으시게.

원문

淮南小壽山謹使東峰金衣雙鶴, 銜飛雲錦書, 於維揚孟公足下. 曰, 僕包大塊之氣, 生洪荒之間, 連翼軫之分野 控荊衡之遠勢, 盤薄萬古, 邈然星河. 憑天霓以結峰, 倚斗極而橫嶂, 頗能攢吸霞雨, 隱居靈仙, 產隋侯之明珠, 蓄卞氏之光寶, 罄宇宙之美, 殫造化之奇. 方與崑崙抗行, 閬風接境, 何人間巫廬台霍之足陳耶.

昨於山人李白處見吾子移文, 責僕以多奇, 鄙僕以特秀, 而盛談三山五岳之美, 謂僕小山無名無德而稱焉. 觀乎斯言, 何太謬之甚也. 吾子豈不聞乎. 無名爲天地之始, 有名爲萬物之母. 假令登封禋祀,[8] 曷足以大道譏耶. 然能損人費物, 庖殺致祭, 暴殄草木, 鐫刻金石, 使載圖典, 亦未足爲貴乎. 且達人莊生, 常有餘論, 以爲尺鷃不羨於鵬鳥, 秋毫可並於泰山. 由斯而談, 何小大之殊也. 又怪於諸山藏國寶, 隱國賢, 使吾君牓道燒山, 披訪不獲, 非通談

장량張良은 유방을 도운 공적으로 유후留侯에 봉해졌지만 이후 관직을 떠나 신선인 적송자赤松子를 따르려고 했다.

8 禋祀(인사) : 고대에 하늘에 제사를 지낼 때의 의식으로, 먼저 땔감을 태워 연기를 피워 올리고 그 위에 희생과 옥백玉帛 등을 태우는 것이다.

也. 夫皇王登極, 瑞物昭至, 蒲萄翡翠以納貢, 河圖洛書以應符. 設天網以掩賢, 窮月窟以率職, 天不秘寶, 地不藏珍, 風威百蠻, 春養萬物. 王道無外, 何英賢珍玉而能伏匿於巖穴耶. 所謂牓道燒山, 此則王者之德未廣矣. 昔太公大賢, 傅說明德, 棲渭川之水, 藏虞虢之巖, 卒能形諸兆朕, 感乎夢想. 此則天道暗合, 豈勞乎搜訪哉. 果投竿詣麾, 捨築作相, 佐周文, 讚武丁, 總而論之, 山亦何罪. 乃知巖穴爲養賢之域, 林泉非秘寶之區, 則僕之諸山, 亦何負於國家矣.

近者逸人李白自峨眉而來. 爾其天爲容, 道爲貌, 不屈已, 不干人, 巢由以來, 一人而已, 乃虯蟠龜息, 遁乎此山. 僕嘗弄之以綠綺, 臥之以碧雲, 嗽之以瓊液, 餌之以金砂, 旣而童顔益春, 眞氣愈茂, 將欲倚劍天外, 挂弓扶桑, 浮四海, 橫八荒, 出宇宙之寥廓, 登雲天之渺茫. 俄而李公仰天長吁, 謂其友人曰, 吾未可去也. 吾與爾, 達則兼濟天下, 窮則獨善一身, 安能飡君紫霞, 蔭君靑松, 乘君鸞鶴, 駕君虯龍, 一朝飛騰, 爲方丈蓬萊之人耳. 此則未可也. 乃相與卷其丹書, 匣其瑤瑟, 申管晏之談, 謀帝王之術, 奮其智能, 願爲輔弼, 使寰區大定, 海縣淸一. 事君之道成, 榮親之義畢, 然後與陶朱留侯, 浮五湖, 戲滄洲, 不足爲難矣. 卽僕林下之所隱容, 豈不大哉. 必能資其聰明, 輔以正氣, 借之以物色, 發之以文章, 雖烟花中貧, 沒齒無恨. 其有山精木魅, 雄虺[9]猛獸, 以驅之四荒, 磔裂[10]原野, 使影跡絶滅, 不干戶庭, 亦遣淸風掃門, 明月侍坐. 此乃養賢之心, 實亦勤矣. 孟子孟子, 無見深責耶, 明年靑春, 求我於此巖也.

---

9 雄虺(웅훼) : 독사의 이름으로 몸집이 크고 사나우며 머리가 아홉 개가 있다고 한다.
10 磔裂(책렬) : 찢다.

해설

이 글은 맹 소부의 글에 대해 수산이 답하는 글을 이백이 대신 쓴 형식인데, 실제로는 자신의 의견을 수산의 입을 빌어 말한 것이다. '수산壽山'은 지금의 호북성 안륙현安陸縣에 있다. '소부少府'는 현위縣尉를 가리키고 '맹孟'씨에 대해서는 자세히 알려져 있지 않다. '이문移文'은 관청끼리 왕래하는 문서의 일종이다.

맹 소부가 소산은 작은 산이라서 칭송받을 만하지 않으며 여러 산이 은자를 숨기고 있어서 황제가 인재를 등용하지 못한다고 책망하는 글을 지은 것에 대해 수산의 입장을 대변하여 이백이 자신의 생각을 펼치며 맹 소부를 비판했다. 우선 수산의 정기와 기세는 곤륜산에 견줄 만한 것임을 말한 뒤, 장자의 이야기를 들어 굳이 크고 작음에 연연할 필요는 없다고 했고, 은자가 산에 숨어 있어 나오지 않는 것은 황제의 덕이 부족한 것이지 산의 잘못은 아니라고 하여 맹 소부의 주장을 반박했다. 이후 수산에 은거한 이백의 큰 기상, 경세제민의 의지, 공성신퇴의 뜻을 피력한 뒤 그를 위해 수산이 온갖 정성을 다하겠다는 마음을 표현했다. 이를 통해 이백이 훌륭한 은자이며 수산은 그런 은자가 살기에 적합한 곳임을 말했다. 맹 소부의 글이 실제로 있었는지는 확실치 않지만 이러한 글의 얼개를 통해 이백은 자신의 평소 신념을 문학적으로 잘 표현했다. 대체로 개원15년(727) 수산에 은거할 때 지은 것으로 추정한다.

2) 안주 이 장사께 올리는 편지 上安州李長史書

저 이백은 출중하고 쇄탈하여 사람을 즐겁게 할 수 있습니다. 비록 그러하지만 일찍이 천년의 사서를 보고 백가의 책을 보았는데 성인과 현인에 있어서는 비슷한 점이 많았으니, 유약은 공자와 비슷했고 기신은 고조와 비슷했으며, 유뇌지는 하무기와 비슷했고 송옥은 굴원과 비슷했습니다.[11] 그래서 멀리서 그대를 바라보니 위흡[12]인 줄 알고는, 곧장 재빨리 다가가려 했는데 가까이 가보니 채찍을 들고 계셔서 머뭇거리는 틈에 미처 피하지 못했습니다. 응당 이치상으로 따지자면 긴가민가하던 것이 잘못되어 허물이 된 셈이고 일의 상황으로 보자면 모습이 헷갈려서 진짜인 줄 알았던 것입니다. 생각건대 덕이 높고 도량이 큰 분이라야 용서할 수 있을 것입니다. 저 이백은 어릴 적에 자못 면밀하고 신중했기에, 규범에 맞고 방정하여 어두운 방에 들어가도 속이지 않았고 어두운 길을 다녀도 변심하지 않는다고 외람되이 소문이 났습니다. 지금 소인이 '긴기민가하던 것이 잘못되고 모습이 헷갈린' 행동을 저질렀지만 그대는 화락하고 간명하며 불쌍히 여기시는 은혜를 베풀고, 가을 서리와 같은 위엄을 거두시고 겨울 태양의 따뜻함을 펼치시어, 자상한 얼굴에 온화함을 있게 하시고 노여운 얼굴을 드러내지 마십시오. 본래 위청 장군이 장유에게 원망을 그치기 전에도 장유에게는 덕에 부끄러움이 없었으며,[13] 사공 원봉이 원숙에게 읍을 받았을 때는 원숙을 아직 어질다고

---

11 유약有若은 자가 자유子有이고 공자의 제자인데 외모가 공자와 닮았기에 공자가 죽은 뒤 공자의 제자들이 그를 세워놓고 섬겼다. 기신紀信은 한나라 고조 유방의 부하로, 유방이 항우에게 포위당하자 기신이 유방으로 변장하여 투항했고 그 사이에 유방은 도망칠 수 있었다. 유뇌지劉牢之는 동진東晉의 장수이고 하무기何無忌는 그의 생질인데 서로 닮았다고 한다. 송옥과 굴원은 초나라 문인인데 두 사람이 닮았다는 기록은 찾을 수 없다.

12 위흡魏洽에 관해서는 알려진 것이 없는데, 문맥상 이백의 친구로 보인다.

13 장유長孺는 한나라 사람 급암汲黯의 자字이다. 대장군 위청魏靑이 존귀한 신분이었지만 급암은 그에게 대등한 예로 대했다. 이에 어떤 이가 그에게 절을 하라고 하자 급암은 "대장군이 손님에게 읍을 한다고 해서 귀한 신분이 아니게 되는 것인가?"라고 말했다. 이를 들은 위청은 그를 더욱 예우했다.

여기지 않았지만,[14] 한 마디로 용서를 받고는 아홉 번의 죽음도 마다하지 않겠다고 했습니다.

저 이백은 외로운 검을 누구에게 기탁하겠습니까? 슬픈 노래로 스스로를 불쌍히 여겼고 다급함에 치여서 자리가 따뜻해질 틈이 없었습니다. 고향에서 멀리 떨어진 땅에 기탁하노라니 누구를 우러르겠습니까? 뜬 구름처럼 의지할 데가 없었으니, 남쪽으로 옮겨가도 따를 자가 없었고 북쪽을 떠돌다가 길을 잃었습니다. 멀리 여주에서 객지살이 하다가 가까이 옛 운성인 안륙으로 돌아왔습니다. 어제 친구를 만나서 미치게 하는 약을 마셨는데, 한 번 마시고 한 번 웃다보니 얼큰하게 즐겁게 취하여 하삭의 맑은 술에 노곤해지고 중산의 진한 술에 배불렀습니다.[15] 아침 해가 막 눈부시고 새벽안개가 아직 걷히지 않았을 때, 이주의 눈 밝음도 없고 왕융의 시력도 어두웠기에,[16] 눈동자가 검어졌다 희졌다 하면서 침침한 채 앞으로 걸어갔으니, 또한 제 장공의 수레바퀴를 막느라고 사마귀의 다리를 힘써 놀린 것과 어찌 달랐겠습니까? 마부가 달려와 저를 불러서는 시비를 밝혔으니, 문에 들어가서 몸을 굽히자 정신과 혼백이 날아가 흩어져버렸습니다. 예전에 서막은 취한 일로 인정을 받아 위나라 왕이 도리어 그를 어질다고 여겼고 무염 사람 종리춘은 못생겼지만 간택되어 제나라 군주가 더욱 후하게 대했습니다.[17] 저 이백은 망령된 사람이라 어찌 이들에 비

---

14 동한東漢의 사도司徒 원봉袁逢에게 군郡의 상계리上計吏였던 조일趙壹이 보고를 하러 갔다가 장읍만 하자, 원봉은 사람을 보내 그를 꾸짖었다. 이에 조일이 “옛날 역이기도 한나라 왕에게 장읍만 했는데 삼공에게 읍을 하면 안되는가?”라고 하니, 원봉은 그를 윗자리로 옮기고 칭송했다. 조일의 자는 元叔인데 여기서 元淑이라 한 것은 아마 오류일 것이다.

15 하삭河朔은 황하 북쪽 지역을 두루 가리키는데, 여기서는 동한의 유송劉松이 원소袁紹의 자제들과 더위를 피하면서 술을 많이 마신 이야기를 인용했다. 중산中山은 지명인데 그곳의 술을 마시면 천 일 동안 취한다고 한다.

16 이주離朱는 이루離婁라고도 하는데 황제黃帝가 검은 구슬을 잃어버리자 그를 시켜 찾게 했으며, 백 보 바깥의 가느다란 털도 볼 수 있다고 한다. 왕융王戎은 서진西晉 사람으로 태양을 똑바로 쳐다봐도 눈이 부시지 않았다고 한다.

할 수 있겠습니까? 위로는 〈국풍·상서〉 시에서 말한 비웃음을 걸고 있고 아래로는 《주역》에 나오는 호랑이 꼬리를 밟은 두려움을 품고 있으니,[18] 저의 고루함을 불쌍히 여기시고는 예에 맞추어 풀어주십시오. 영월의 죄를 다행히 용서해주고 왕공의 덕을 깊이 입게 되면,[19] 마음과 뼈에 깊이 새기고는 물러나서 미친 이의 잘못에 관해 생각하겠습니다. 온갖 감정이 얼음과 숯불이 섞인 듯 어찌 해야 할지 모르겠으니, 낮에는 그림자에 부끄럽고 밤에는 혼백에 부끄러워서, 편안히 머물려 해도 겨를이 없고 벌벌 떨며 웅크려도 몸 둘 곳이 없을 것입니다.

엎드려 생각건대 그대는 밝음으로는 가을 달을 압도하고 온화함으로는 따사로운 바람과 같으며, 문단에서는 티끌 없이 맑으시어 문학적 재능을 떨치시니, 육기는 태강 연간의 걸출한 선비이지만 비견할 수 없고 조식은 건안 연간의 훌륭한 인재이지만 그저 수레를 받들만할 뿐입니다. 천하의 호걸들이 일제히 달려와 아랫자리에 위치하지만 저 이백은 불민하여 넘치는 의론을 속으로 흠모할 뿐입니다. 어찌 생각했겠습니까? 혜강은 산만하고 신중하지 못하여 세상사와 잘 맞지 않았고, 예형은 제멋대로라서 스스로 치욕을 초래했는데,[20] 한 번 상대의 낯빛을 거스르고는 죽을 때까

---

17 서막徐邈은 삼국시대 위나라 사람인데, 당시 금주령이 내려졌지만 술을 마셨으며 망언을 해서 태조의 분노를 샀다. 후에 문제가 즉위한 뒤에서 그의 음주에 관해 묻자 호탕한 답변을 해서 인정을 받았다. 전국시대 무염無鹽 출신 종리춘鍾離春은 얼굴이 매우 못생겼지만 덕과 지혜를 갖추었기에 제齊나라 선왕宣王의 황후가 되었다.

18 《시경·용풍鄘風·상서相鼠》에 "쥐의 모습을 보면 가죽이 있는데 사람이 되어서 예의가 없네. 사람이 되어서 예의가 없는데 죽지 않고 뭐하는가?(相鼠有皮, 人而無儀. 人而無儀, 不死何爲)"라고 했다. 《주역·이괘履卦》에 "호랑이의 꼬리를 밟으면 사람을 물 것이니 흉하다.(履虎尾, 咥人, 凶)"라는 말이 있다.

19 영월甯越은 춘추시대 중모국中牟國 사람인데 밤에 늦게까지 공부해서 통행금지에 걸리자 동해군東海郡을 다스리던 왕승王承은 상황을 알고는 용서해 주었다.

20 혜강嵇康은 삼국시대 위나라 사람으로 자가 숙야叔夜이다. 자신의 친구인 산도山濤와 절연하며 보낸 편지에서 자신을 스스로 "산만하고 거칠며 세상사에 부합하지 못한다.(潦倒麤疏, 不切事情)"라고 했다. 예형禰衡은 동한 사람으로 자가 정평正平이다. 조조가 그를 만나려고 했지만 업신여기며 방자한 말을 하면서 만나려 하지 않았다. 후에 조조가

지 뻔뻔스러웠습니다. 저는 감히 외람되이 가시나무를 짊어지고 문 아래서 사죄하노니,[21] 만약 훈계와 질책으로 죄를 면해주시고 저의 몽매함을 가엾게 여겨주시면, 응당 관의 끈을 묶고[22] 검에 엎드려 죽음으로써 그대의 덕에 보답하겠습니다. 감히 최근에 지은 〈봄에 구고사를 노닐다〉시 십운 한 수, 〈석암사〉 시 팔운 한 수, 〈양도위께 올리다〉 시 삼십운 한 수를 바치니,[23] 표현과 뜻이 제멋대로이고 거칠지만 아랫사람의 마음을 드러냈음을 귀히 여기셔서, 경망스레 그대의 눈과 귀를 번거롭게 하지만 상세히 봐주시기를 바랍니다.

원문

白, 嶔崎[24]歷落, 可笑人也. 雖然頗嘗覽千載, 觀百家, 至於聖賢, 相似厥衆, 則有若似於仲尼, 紀信似於高祖, 牢之似於無忌, 宋玉似於屈原. 而遙觀君侯, 竊疑魏洽, 便欲趨就, 臨然擧鞭, 遲疑之間, 未及迴避. 且理有疑誤而成過, 事有形似而類眞. 惟大雅含弘, 方能恕之也. 白少頗周愼, 忝聞義方, 入暗室而無欺, 屬昏行而不變. 今小人履疑誤形似之迹, 君侯流愷悌[25]矜恤之恩, 戢秋霜之威, 布冬日之愛, 睟容[26]有穆, 怒顔不彰. 雖將軍息恨於長孺之前, 此無慙德, 司空受揖於元淑之際, 彼未爲賢. 一言見冤,[27] 九死非謝.

그를 유표劉表에게 보냈다.

21 조趙나라 염파廉頗가 인상여藺相如의 뜻을 몰라본 잘못을 뉘우치면서 웃통을 벗고 가시나무를 짊어진 채 그의 집에 가서 사죄했다. 가시나무를 짊어진 것은 그것으로 자신을 때려달라는 뜻이다.

22 자로子路가 석걸石乞, 맹염孟黶과 싸우다가 관의 끈이 떨어졌는데, 군자는 죽을 때도 관을 벗지 않는다면서 관의 끈을 다시 맨 뒤에 죽었다.

23 이 세 수의 시는 현재 전해지지 않는다.

24 嶔崎(금기) : 높고 험한 모양. 품성이 출중함을 뜻한다.

25 愷悌(개제) : 화락하고 평이하다. 일처리가 즐겁고 쉽다는 뜻이다.

26 睟容(수용) : 온화하고 자상한 얼굴.

白孤劍誰託. 悲歌自憐, 迫於恓惶,[28] 席不暇暖. 寄絶國而何仰. 若浮雲而無依, 南徙莫從, 北遊失路. 遠客汝海, 近還郢城. 昨遇故人, 飮以狂藥, 一酌一笑, 陶然樂酣, 困河朔之淸觴, 飫中山之醇酎. 屬早日初眩, 晨霾未收, 乏離朱之明, 昧王戎之視, 靑白其眼, 瞢[29]而前行, 亦何異抗莊公之輪, 怒螳螂之臂. 御者趨召, 明其是非, 入門鞠躬, 精魄飛散. 昔徐邈緣醉而賞, 魏王却以爲賢, 無鹽因醜而獲, 齊君待之逾厚. 白妄人也, 安能比之. 上挂國風相鼠之譏, 下懷周易履虎之懼, 慭以固陋, 禮而遣之. 幸容甯越之辜, 深荷王公之德, 銘刻心骨, 退思狂愆.[30] 五情氷炭, 罔知所措, 晝愧於影, 夜慙於魄, 啓處不遑, 戰跼無地.

伏惟君侯, 明奪秋月, 和均韶風, 掃塵詞場, 振發文雅, 陸機作太康之傑士, 未可比肩, 曹植爲建安之雄才, 惟堪捧駕. 天下豪俊, 翕然趨風, 白之不敏, 竊慕餘論. 何圖叔夜潦倒, 不切於事情, 正平猖狂, 自貽於恥辱, 一忤容色, 終身厚顔. 敢昧負荊, 請罪門下, 倘免以訓責, 恤其愚蒙, 如能伏劍結纓, 謝君侯之德. 敢以近所爲春遊救苦寺詩一首十韻石巖寺詩一首八韻上楊都尉詩一首三十韻, 辭旨狂野, 貴露下情, 輕干視聽, 幸乞詳覽.

해설

이 글은 안주의 이 장사에게 올리는 글이다. '안주安州'는 지금의 호북성 안륙현安陸縣이다. '장사長史'는 지방 관청의 관직명으로 안주의 장사는 정오품상正五品上에 해당했다. '이李'씨는 〈안주 배 장사에게 드리는 편지〉에 나오는 이경지李京之로 보인다.

---

27 왕기는 '원冤'이 마땅히 '면免'으로 되어야 한다고 주장했으며, 여기서도 이에 따라 번역했다.

28 恓惶(서황) : 바빠서 불안한 모양.

29 瞢(몽) : 눈이 어둡다.

30 狂愆(광건) : 미친 듯한 허물. 큰 잘못.

이백이 안륙에 머물던 중 술에 취해 길을 가다가 이 장사의 행차에 무례를 범했는데, 그 자초지종을 말하면서 용서를 비는 내용을 서술했다. 대체로 개원 17년(729) 안륙에서 지은 것으로 추정한다.

3) 가 소공에게 주는 편지與賈少公書

(앞에 빠진 문장이 있는 듯하다) 예전에는 오로지 맑고 아름다웠다. 나 이백은 약하고 병들었으며 지쳤기에 떠나서 담담히 물러나기를 바랐다. 재주가 미약하고 식견이 얕아 시대를 구제하기에 부족하니, 비록 중원이 어지럽고 궤멸되어도 장차 어찌 구하겠는가? 황제의 명령을 무겁게 받들어 대군을 통솔하시는 사령관께서 날 초청하는 글이 세 번이나 왔으니 사람은 가벼우나 예는 무거웠다. 엄한 기한이 절박하여 고사하기 어렵기에 힘을 북돋워 한번 가려는데 나아가서 진퇴를 살펴보려고 한다. 대저 은호[31]는 여산에서 십 년 동안 살았는데 당시 사람들은 그가 일어나는지 일어나지 않는지를 살펴봄으로써 강좌의 흥망을 점쳤고, 사안은 동산에서 한가롭게 누웠는데 백성들은 그를 고대했다. 나 이백은 남다른 행적을 세우지도 못했고 현묘한 풍도를 떨치기에도 부끄러우며, 어부와 상인들 틈에 섞여 살기에 숨어 있더라도 세속과 절연하지 못했으니, 아마도 구름과 골짜기를 공연히 팔아서 헛된 명성을 구하는 것이리라. 두 사람에게 비하면 실로 덕에 부끄러우니 공연히 막부를 먼지로 더럽힐 뿐 끝내 할 수 있는 일이 없을 것이다. 다만 마땅히 나라에 보답하고 어진 이를 추천하고는 스스로 사직할 것이다. 이 말이 만약 거짓이라면 하늘이 실로 나를 죽일 것이다. 그대가 날 잘 알기에 내 속마음을 모두 펼쳐놓았다. 은혜롭게도 그대가 나를 알아준다면 대저 누가 이의를 제기하겠는가? 작은 일을 처리하는데도 그저 두려움이 더해갈 뿐이다.

원문

(上似有闕文) 宿昔惟淸勝. 白綿疾疲薾,[32] 去期恬退.[33] 才微識淺, 無足濟

31 은호殷浩는 동진東晉 사람으로 자가 연원淵源이었는데 당나라 사람이 고조 이연李淵을 피휘하여 심원深源으로 바꿔 불렀다. 관직에서 물러나 숨어살았는데, 당시 사람들은 그를 관중이나 제갈량에 비교했다.

時, 雖中原橫潰, 將何以救之. 王命崇重, 大總元戎, 辟書三至, 人輕禮重. 嚴期迫切, 難以固辭, 扶力一行, 前觀進退. 且殷深源廬岳十載, 時人觀其起與不起, 以卜江左興亡, 謝安高臥東山, 蒼生屬望. 白不樹矯抗之跡, 恥振玄邈之風. 混遊漁商, 隱不絶俗, 豈徒販賣雲壑, 要射虛名. 方之二子, 實有慚德, 徒塵忝幕府, 終無能爲. 唯當報國薦賢, 持以自免. 斯言若謬, 天實殛[34]之. 以足下深知, 具申中款. 惠子知我, 夫何間然. 勾當小事, 但增悚惕.

해설

이 글은 가씨 현위에게 보내는 편지이다. '소공少公'은 당나라 때 현위에 대한 별칭이다. '가賈'씨에 관해서는 자세히 알려져 있지 않다.

이백이 여산에 은거하고 있을 때 영왕이 자신의 막부로 불렀는데 이에 응해 나아가면서 자신의 생각을 피력한 것이다. 자신은 무능하기에 가서 특별히 공을 세울 수가 없을 것이니 그저 어진 이를 추천하는 정도만 하고 다시 물러날 것이라고 했다. 이를 통해 은거하다가 막부로 가게 되는 자신의 진정을 이해하기를 바라는 뜻을 전달하였다. 대체로 지덕원년(756) 영왕의 막부에 들어가기 전에 지은 것으로 추정한다.

---

32 疲薾(피이) : 지치다.

33 恬退(염퇴) : 담담한 마음으로 물러나다.

34 殛(극) : 죽이다.

4) 선성태수 조열을 대신하여 우상 양국충께 드리는 편지 爲趙宣城與楊右相書

아뢰옵나이다. 작별을 고한 지 여러 해가 되었으니 엎드려 상공의 난간과 담을 그리워합니다. 겨울이 시작되어 막 추워졌는데 상공의 존귀한 몸과 생활에 만복이 깃들기를 엎드려 바랍니다. 저는 은혜를 입었기에 재주가 쇠하고 나이가 많지만 그저 성명한 때를 맞고 있습니다. 젊었을 때 외람되이 말직을 맡았지만 본래 원대한 계책이 없어서, 중년에는 물러나서 전원과 골짜기로 돌아가는 것을 분수로 여겼습니다. 예전에 상공께서 나라의 법을 잡고 계실 때 구층 하늘에서 한 번 선발되어서, 전날의 치욕을 떨어버리고 늦은 관직에 높이 올랐으니, 베푸신 은혜가 많아서 실로 산을 이고 있는 듯했습니다. 떨어진 날개가 다시 떨치고 말라버린 물의 물고기가 다시 뛰어올라, 큰 바람을 일으켜 부리고 하늘에 닿도록 날 수 있게 되었으니, 서릿발 같은 어사대에서 수놓은 옷을 입고 화려한 상서성에서 향을 머금었습니다. 업무가 번다한 현을 맡으면서 목이 뻣뻣하여 강직하다는 명성에 부끄러웠고 탐천의 물을 마시고는 청렴한 마음의 절조를 연마했습니다.[35] 여러 군을 세 번 맡았으나 쓸쓸히 공적을 이루지 못했으니, 그저 왕의 은택을 널리 펴서 천자의 격려에 보답할 뿐이었습니다. 엎드려 생각하건대 상공께서는 빛나는 책략을 펼치고 하늘과 땅을 공경히 받들며, 기와 용[36]의 방에 들어가 조화옹의 저울을 잡으시니, 사안처럼 높이

---

35 동한의 동선董宣이 낙양 현령이 되었을 때, 호양공주의 하인이 사람을 죽이자 동선은 공주의 수레를 멈추고 동행하던 그 하인을 때려 죽였다. 황제가 이 말을 듣고 동선을 잡아 공주에게 절하라고 했지만 끝내 고개를 숙이지 않자 그를 목이 뻣뻣한 현령이라고 불렀다. 진晉나라의 오은지吳隱之가 광주廣州 지역의 부정부패를 바로 잡기 위해서 자사가 되어 파견되었는데 가던 도중 탐천貪泉의 물을 마시고는 청렴함의 의지를 면려했다. 당시 탐천의 물을 마시면 사람의 탐욕이 끝이 없어진다는 소문이 있었다. 이 두 구는 조열이 지방장관을 하며 지조를 지켰다는 뜻이다. 이와 달리 "다스림이 엄하여 강직하다는 명성에 부끄럽고 술 마시는 것을 탐하여 청렴함의 절조를 연마했다."라고 풀이할 수도 있는데, 뜻은 비슷하다.

베개를 베도 백성들이 우러러보았습니다.

제가 울어대고 뛰어오르는 일을 멈추지 않는 것은 털을 깎아주고 먼지를 떨어주는 사람이 있기 때문입니다. 은 인장과 붉은 인끈으로 자리가 영광스러워지고 관직이 높아지니, 몸으로는 황제의 돌보심을 받게 되고 눈으로는 용안을 알아보게 되었으며, 이미 원추와 해오라기 같이 줄지은 조정의 대신들과 나란히 날았고 또 귀한 분의 문과 객사에 발자취를 부쳤으니, 모두 상공이 내려주신 큰 은덕의 힘이었습니다. 그런데 종이 울리고 물시계가 다해도 밤에 다니는 일을 그만 두지 않았으니 만족을 알아 그치는 분수에 있어서 실로 옛 사람에 부끄럽고, 개와 말이 주인을 사모하지만 서쪽 물가에 해가 기울었습니다. 바라는 것은 시든 소나무가 늙어서도 바람과 서리에 절조를 바꾸지 않고, 늙은 준마가 나이가 들어도 발굽에 힘을 다하기를 기약하여, 위로는 밝은 군주에 보답하고 아래로는 상공에 보답하는 것이니, 끊이지 않는 정성으로 이곳에서 숨죽이고 있습니다. 엎드려 생각건대 소원에서 잃어버린 비녀를 거두어 주시고 초 땅의 늪에서 잃어버린 화살을 염두에 두실 것이니,[37] 노쇠해질수록 응당 더욱 씩씩해야 하고 결초보은으로 귀의할 것을 생각하면서, 빛나는 은택을 우러러보며 잠시도 잊지 않겠습니다.

원문

某啓. 辭違積年, 伏戀軒屛. 首冬初寒, 伏惟相公尊體起居萬福. 某蒙恩才朽齒邁, 徒延聖日. 少忝末吏, 本乏遠圖, 中年廢缺, 分歸園墍. 昔相公秉國憲之日, 一拔九霄, 拂刷前恥, 昇騰晩官, 恩貸稠疊, 實戴丘山. 落羽再振, 枯

---

36 기夔와 용龍은 순임금의 신하였다.

37 공자가 소릉원少陵原을 지나가다 비녀를 잃어버리고 우는 여인을 만났는데, 그 여인이 말하기를, "비녀가 아까운 것이 아니라 옛 것을 잊지 못해서 슬퍼하는 것이다."라고 했다. 초나라 왕이 궁 밖으로 나갔다가 오호烏皞의 활을 잃어버렸는데, "초나라 왕이 잃어버렸고 초나라 사람이 활을 얻을 것인데 뭣하러 찾겠는가?"라고 했다.

鱗旋躍. 運以大風之擧, 假以磨天之翔, 衣繡霜臺, 含香華省. 宰劇慚强項之名, 酌貪礪淸心之節. 三典列郡, 寂無成功, 但宣布王澤, 式酬天獎. 伏惟相公, 開張徽猷, 寅亮天地, 入夔龍之室, 持造化之權, 安石高枕, 蒼生是仰.

某鳴躍無已, 剪拂因人. 銀章朱紱, 坐榮宦達, 身荷宸眷, 目識龍顏, 旣齊飛於鵷鷺, 復寄跡於門館, 皆相公大造之力也. 而鐘鳴漏盡, 夜行不息, 止足之分, 實愧古人, 犬馬戀主, 迫於西汜. 所冀枯松晩歲, 無改節於風霜, 老驥餘年, 期盡力於蹄足, 上答明主, 下報相公, 縷縷之誠, 屛息於此. 伏惟相公, 收遺簪於少昊,[38] 念亡弓於楚澤, 衰當益壯, 結草知歸, 瞻望恩光, 無忘景刻.

해설

이 글은 선성태수宣城太守 조열趙悅을 대신하여 당시의 우상右相 양국충楊國忠에게 보낸 편지이다. 조열은 이백의 오랜 친구로 일찍이 감찰어사監察御史와 현령縣令을 역임하다가 다시 어사대御史臺로 들어갔고, 상서성尙書省의 직무를 담당하다가 지방으로 나와 선성태수를 맡고 있었다.

늙도록 미관말직에 있었는데 양국충의 도움으로 어사대와 상서성에 들어가게 되었으며, 노쇠했지만 여전히 양국충의 은혜에 보답하기 위해 노력하겠다는 뜻을 피력했다. 대체로 천보 14년(755) 선성에 있을 때 지은 것으로 추정한다.

38 인용한 전고에 따르면 응당 '호昊'는 '원原'이 되어야 한다.

5) 형주장사 한조종께 드리는 편지 與韓荊州書

저 이백이 듣건대 천하의 말재주꾼들이 모이면 "태어나서 만호의 제후는 필요 없고 다만 한 형주장사를 한 번 알기를 원한다."라고 말한답니다. 어찌하여 사람들의 사모함이 이런 경지에 이르게 할 수 있습니까? 아마도 주공의 풍격을 가지고서 먹던 밥을 뱉고 씻던 머리카락을 움켜쥐고 인재를 맞이한 일을 몸소 행하셔서 천하의 호걸들로 하여금 달려와서 귀의하게 했기 때문이 아니겠습니까? 한번 용문에 오르면 명성이 열 배가 되기에, 이로 인해 서려 있던 용과 숨어 있던 봉황과 같은 선비들이 모두 그대에 의해 이름이 거두어지고 가치가 정해지기를 바랍니다. 그대가 부귀하다고 총애하고 비천하다고 홀대하지 않기를 바라노니 그렇게 하면 삼천 명의 빈객 중에 모수[39]와 같은 이가 있을 것이고 저 이백으로 하여금 툭 튀어나오게 하신다면 바로 그 사람이 될 것입니다. 저 이백은 농서의 평민으로 초 땅과 한수 사이에서 떠돌았습니다. 열다섯 살에 검술을 좋아하여 두루 제후에게 간알했고, 서른 살에 문장을 이루어 공경과 재상을 두루 만났습니다. 비록 키는 칠 척이 되지 않지만 마음은 만 명의 장부보다 씩씩하니, 왕공대인들이 제 기개와 의리를 인정했습니다. 이러한 예전의 마음과 행적을 어찌 감히 그대에게 다하지 않겠습니까? 그대는 창작이 신명과 대등하고 덕행이 하늘과 땅을 뒤흔들며, 문필은 조화의 일에 참여했고 학문은 하늘과 사람의 도를 궁구했습니다. 원컨대 마음과 안색을 열고 펴서 장읍[40]만 했다고 거절하지 마십시오. 만일 고아한 연회로 맞이하시고 맑은 담론을 마음껏 펼치

---

39 모수毛遂는 전국시대 조趙나라 평원군平原君의 식객이었는데 언변이 뛰어났다. 초나라로 구원병을 요청하러 갈 때 모수가 스스로 천거하자, 평원군이 "현명한 자의 처세는 마치 송곳이 주머니에 있는 것 같이 그 끝이 금방 보이게 된다."라고 하며 거절했다. 모수가 "신이 오늘 주머니에 들어가기를 청합니다. 저를 일찍 주머니에 들어가게 했더라면 주머니를 뚫고 나왔을 것이며 다만 끝부분만 나오지는 않았을 것입니다."라고 하니 결국 그를 데리고 갔다.

40 장읍長揖은 두 손을 잡고 위로 올렸다가 내리는 행위로 대등한 사람에게 하는 인사법이다.

게 하시고서, 하루에 만 자의 글을 써보라고 하신다면 말에 기댄 채 잠시 기다리시면 될 것입니다. 지금 천하가 그대를 문장을 주관하는 신이라 여기고 인물을 평가하는 저울이라 여기니, 품평을 한 번 거치면 바로 훌륭한 선비가 되는데, 그대는 어찌하여 계단 앞의 한 자 되는 땅을 아껴서 저 이백으로 하여금 눈썹을 드날리고 기운을 토해내며 푸른 구름에서 격앙하게 하지 않으십니까? 옛날에 왕윤이 예주자사가 되었을 때 부임하여 수레에서 내리기도 전에 순상을 등용했고 수레에서 내리자마자 또 공융을 등용했으며, 산도가 기주자사가 되었을 때 삼십여 명을 선발했는데 혹자는 시중이나 상서가 되었으니, 선대에 아름답게 여겼던 바입니다. 그리고 그대는 또한 엄 협률랑을 한 번 천거하여 조정에 들어가 비서랑이 되게 했고, 중간에 최종지, 방습조, 여흔, 허영 등 무리는 혹은 재주와 명망으로 인정을 받고 혹은 청렴함으로 칭찬을 받았습니다. 저 이백은 그들이 은혜를 품고는 자신을 돌아보며 충의를 분발시켜 이로써 감격하는 것을 매번 보았으며, 그대가 여러 어진 이의 뱃속에 붉은 심장을 밀어 넣었기에 다른 사람에게 귀의하지 않고 나라의 선비에게 몸을 맡기고자 한 것을 알겠으니, 만일 위급한 일에 사용된다면 감히 미천한 몸을 바치겠습니다. 또한 사람이 모두 요임금이나 순임금은 아니니 어느 누가 다 잘할 수 있겠습니까? 저 이백이 책략과 계획을 어찌 스스로 자부할 수 있겠습니까? 창작에 있어서 권축을 쌓아 이루었기에 그대의 눈과 귀를 더럽히고자 하지만, 아마도 벌레나 조각하는 하찮은 기예이기에 대인에게 맞지 않을 듯합니다. 만일 꼴을 베고 땔나무를 하는 이에게도 글을 봐주시는 기회를 하사하신다면, 청컨대 종이와 먹을 주시고 아울러 베껴 쓸 사람도 주십시오. 그러면 물러나 한가한 방을 쓸고서 글을 수정한 후 바치겠습니다. 좋은 검인 청평과 좋은 옥인 결록이 각각 설촉과 변화[41]의 문하에서 가치가 올랐듯이 삼류인 저를 크게 칭찬해주시기를 바랍니다. 오직 그대만이 이를 도모할 수 있습니다.

41 설촉薛燭은 검을 잘 판정하였고 변화卞和는 벽옥을 얻어 왕에게 바쳤다.

원문

白聞天下談士相聚而言曰, 生不用萬戶侯, 但願一識韓荊州. 何令人之景慕, 一至於此耶. 豈不以有周公之風, 躬吐握之事, 使海內豪俊, 奔走而歸之. 一登龍門, 則聲譽十倍, 所以龍盤鳳逸之士, 皆欲收名定價於君侯. 願君侯不以富貴而驕之, 寒賤而忽之, 則三千賓中有毛遂, 使白得脫穎而出, 卽其人焉. 白隴西布衣, 流落楚漢. 十五好劍術, 遍干諸侯, 三十成文章, 歷抵卿相. 雖長不滿七尺, 而心雄萬夫, 王公大人, 許與氣義. 此疇曩[42]心跡, 安敢不盡於君侯哉. 君侯制作侔神明, 德行動天地, 筆參造化, 學究天人. 幸願開張心顏, 不以長揖見拒. 必若接之以高宴, 縱之以淸談, 請日試萬言, 倚馬可待. 今天下以君侯爲文章之司命, 人物之權衡, 一經品題, 便作佳士, 而君侯何惜階前盈尺之地, 不使白揚眉吐氣激昻靑雲耶. 昔王子師爲豫州, 未下車卽辟荀慈明, 旣下車, 又辟孔文擧, 山濤作冀州, 甄拔三十餘人, 或爲侍中尙書, 先代所美. 而君侯亦薦一嚴協律, 入爲秘書郞, 中間崔宗之房習祖黎昕許瑩之徒, 或以才名見知, 或以淸白見賞. 白每觀其銜恩撫躬, 忠義奮發, 以此感激, 知君侯推赤心於諸賢腹中, 所以不歸他人, 而願委身國士, 倘急難有用, 敢效微軀. 且人非堯舜, 誰能盡善. 白謨猷籌畫, 安能自矜. 至於制作, 積成卷軸, 則欲塵穢[43]視聽, 恐雕蟲小技, 不合大人. 若賜觀芻蕘,[44] 請給紙墨, 兼之書人. 然後退掃閑軒, 繕寫呈上. 庶靑萍結綠, 長價於薛卞之門, 幸惟下流, 大開獎飾. 惟君侯圖之.

---

42 疇曩(주낭) : 예전.

43 塵穢(진예) : 더럽히다. 욕되게 하다.

44 芻蕘(추요) : 풀을 베고 땔나무를 하다. 여기서는 그런 일을 하는 사람을 가리키며, 이백이 스스로를 겸손하게 표현한 것이다.

해설

이 글은 형주장사인 한조종韓朝宗에게 쓴 편지이다. 한조종은 좌습유左拾遺, 형주장사荊州長史를 지낸 뒤 양주자사襄州刺史로서 산남동도채방사山南東道採訪使를 겸했으며, 홍주자사洪州刺史, 경조윤京兆尹, 오흥별가吳興別駕 등을 차례로 역임했다. 당시 형주는 대도독이 있는 곳이어서 장사는 종삼품에 해당했다.

대체로 한조종이 인재를 잘 알아보고 천거를 잘한다고 칭송한 뒤 이백 자신의 지난 경력을 말하면서 자신의 재능을 소개하고는 시험 삼아 글을 짓게 하여 평가해주기를 바라는 마음을 서술했다. 대체로 개원 22년(734) 양양襄陽을 노닐 때 지은 것으로 추정한다.

6) 안주 배 장사께 올리는 편지 上安州裴長史書

저 이백이 듣건대 하늘이 말하지 않아도 사계절은 운행되고 땅이 말하지 않아도 만물은 자라난다고 합니다. 저 이백은 사람이지 하늘과 땅이 아니니 어찌 말하지 않아도 알게 할 수 있겠습니까? 감히 심장을 가르고 간을 쪼개 저의 일을 거론하여 담소거리로 삼고자 하오니 이로써 그 마음을 밝히고 대략이나마 그 대강을 진술하여 억울함과 답답함을 한번 시원하게 풀고자 합니다. 그대께서 살펴봐주시길 바랍니다. 저 이백은 본가가 금릉이고[45] 대대로 명문대가였는데, 저거몽손[46]의 난을 만나 도망쳐 진 땅의 함양을 떠돌다가, 관직을 얻어 집을 구했으며 어릴 적에 장강과 한수 일대에서 자랐습니다.[47] 다섯 살에 육갑을 외웠고 열 살에 제자백가를 보았으니, 헌원 이래의 학문에 대해 들은 바가 많았습니다. 늘 경서를 늘어놓고 깔고 앉았으며 창작에는 지칠 줄 몰랐으니, 지금까지 삼십 년이 되었습니다. 남자가 태어나면 뽕나무 활과 쑥대 화살로 사방을 쏘았으니, 대장부라면 반드시 천지 사방을 도모하려는 뜻을 가져야 함을 알았습니다. 이에 검을 들고 고향을 떠나 친지와 헤어진 뒤 먼 곳까지 노닐었으니, 남쪽으로는 창오산까지 이르렀고 동쪽으로는 명해를 건넜습니다. 고향사람인 사마상여가 운몽택의 일을 크게 자랑하면서 "초나라에는 일곱 개의 소택지가 있다."[48]

---

45 대체로 금릉金陵은 지금의 남경시를 가리키는데, 이백의 고향은 이곳이 아니다. 이로 인해 이 글이 이백의 작품이 아니라는 설도 있다. 이와 달리 금성金城의 잘못이라는 설도 있고, 서량西凉의 건강建康을 가리킨다는 설도 있다. 금성과 서량의 건강은 지금의 감숙성 일대에 있었다.

46 저거몽손沮渠蒙遜은 흉노족으로 십육국十六國 중의 북량北凉을 세웠다. 당시 진주秦州와 양주凉州를 다스리던 이흠李歆이 저거몽손에 의해 망했는데 그의 동생들은 모두 돈황으로 도망갔으며 그의 아들 이중이李重耳는 강좌로 도망가 남조 송나라의 관원이 되었다.

47 이상과 같은 이백 가계의 이력에 대해 의문을 가진 주석가들이 많으며, 맥락이 이어지지 않아 빠진 것이 있다고 추정하기도 한다.

48 사마상어의 〈자허부子虛賦〉에 따르면, 초 땅에는 일곱 개의 소택지가 있는데 그 중 운몽택이 가장 작지만 사방 900리라고 했다.

라고 한 것을 보고는 마침내 와서 보게 되었으며, 허 상공의 집안이 저를 불러 그의 손녀를 아내로 삼게 하자 이곳에서 머물렀고 그 후 세 번의 서리가 내렸습니다.

예전에 동쪽으로 양주를 노닐었는데 일 년도 안 되어, 금 삼십여 만을 써서 실의한 공자가 있으면 모두 구제했습니다. 이것은 바로 저 이백이 재물을 가벼이 여기고 베풀기를 좋아하기 때문입니다. 또 예전에 촉 땅의 친구 오지남과 더불어 초 땅에서 노닐었는데 오지남이 동정호에서 죽었습니다. 저 이백이 흰 옷을 입고 통곡했으니 마치 형제를 잃은 것과 같았으며, 더운 여름에 시신에 엎드려 눈물이 다하자 피눈물로 이어졌으니, 길 가다가 들은 사람들이 모두 슬퍼했습니다. 사나운 호랑이가 앞에 다가와도 굳게 지키며 움직이지 않았으며, 마침내 임시로 호수 옆에 묻고는 곧장 금릉으로 갔는데, 몇 년 후에 와서 보니 힘줄과 살이 아직 남아있었습니다. 저 이백은 눈물을 닦고 칼을 잡고서 몸소 거듭 씻고 깎아내어, 뼈를 싸매어 걸어가고 짊어진 채 달렸는데, 자나 깨나 지니고 있으면서 몸과 손에서 떨어지지 않았으며, 마침내 악성의 동쪽에서 장사 지낼 돈을 빌어서 구했습니다. 고향길이 멀고 혼백을 모실 상주가 없었으니, 예를 갖춰 옮겨 하관하여 이로써 친구의 정을 밝혔습니다. 이것은 바로 저 이백이 사귐을 보전하고 의리를 중히 여기기 때문입니다. 또 예전에 은자 동엄자와 함께 민산의 남쪽에서 은거했는데 저 이백은 수년 동안 살면서 도읍과 저자에 발을 들이지 않았습니다. 기이한 새 수천 마리를 길렀는데 부르면 모두 손바닥으로 날아와 먹이를 먹었으며, 전혀 놀라거나 의심하지 않았습니다. 광한태수가 이를 듣고는 기이하게 여기고 오두막집에 와서 친히 보았으며 이로 인해 우리 두 사람을 유도과[49]에 천거했으나 모두 나가지 않았습니다. 이것은 바로 저 이백이 고상함을 기르고 기심을 잊고서 굽히지 않았던 행적입니다. 또 전 예부상서 소정이 지방으로 나가 익주장사가 되었을 때 저 이백이 길에서 명첩을 드리니 신분의 차이를 두지 않는 평민의 예로서 대하셨고, 그 김에 여러 관료에게 말하기를, "이 자는 하늘이 내린 재능이 빼어나니 붓을 대면 멈추질 않는데, 비록 풍골과 힘이 완성되지는 않았

49 유도과有道科는 당나라 때 과거시험의 과목 이름이다.

지만 또 수레 하나를 다 채울 만한 기골이 보이니, 만일 배움으로 이를 넓힌다면 사마상여와 어깨를 나란히 할 수 있을 것이다."라고 했습니다. 사해의 밝은 견식이 있는 자는 모두 이 이야기를 알고 있습니다. 이 군의 예전 도독 마정회께서는 조정과 재야의 호방한 선비인데, 저를 한 번 만나자 예를 다 갖추고는 기이한 인재로 인정해주셨으며, 이로 인해 장사 이경지에게 말하기를, "여러 사람의 문장은 산에 안개와 노을이 없고 봄에 풀과 나무가 없는 것과 같지만, 이백의 문장은 맑고 씩씩하며 자유분방하니, 이름난 문장과 빼어난 말이 끊임없이 중간에 일어나서 광명이 훤히 비치고 구절마다 사람을 감동시킨다."라고 하셨습니다. 이것은 바로 오래된 친구 원단구가 친히 이 의론을 들었던 것입니다. 만약 소정과 마정회 두 공이 어리석은 사람이라면 또 어찌 말씀드릴 만하겠습니까만, 만일 어진 이를 어질다고 여기는 분이라면 저 이백에게 좋아할 만한 바가 있었다는 것입니다. 대저 당우 때가 지금보다 성대했지만 부인과 아홉 신하가 있었을 뿐이었으니,[50] 이는 재능을 알아보는 것이 어려워 많이 얻을 수 없었기 때문입니다. 저 이백은 야인입니다. 문장을 퍽 잘하는데 그대는 돌아봐 주셔야지 의심하며 검을 어루만지지는 마십시오.[51]

엎드려 생각건대 군후는 존귀하고 또 어질며 매처럼 하늘에 솟구치고 호랑이처럼 노려보며, 치아는 엮어놓은 조개와 같고 피부는 응고된 기름과 같아 밝게 빛나니 마치 옥으로 만든 산 위를 걸어가는 것처럼 환히 사람을 비춥니다. 그리고 의리를 높이 평가하고 약속을 중요하게 여기셔서, 명성이 경사까지 날아갔으니 사방의 제후가 소문을 듣고 마음속으로 인정했습니다. 검에 기대어 강개하면 기운이 무지개를 범하고, 달마다 천금을 써서 날마다 여러 빈객에게 연회를 베풀며, 나가서는 준마를 뛰어오르게 하고 들어와서는 붉은 얼굴을 늘어놓으시니, 계시는 곳마다 빈객

---

50 《논어 · 태백泰伯》에 이러한 말이 보인다.

51 명월주나 야광벽 같은 보물을 몰래 길에 던지면 사람들이 모두 아무런 이유 없이 자신 앞에 오지는 않았을 것이라고 의심하면서 칼을 잡고 노려본다고 한다는 말이 있는데, 여기서는 이를 뒤집어 인용한 것으로, 재능이 많은 이백이 앞에 나타났지만 이를 의심하지 말고 받아달라는 뜻이다.

과 벗이 저자를 이루었습니다. 그래서 당시 사람들이 노래하기를, "빈객과 벗이 얼마나 시끌벅적한가? 밤낮으로 배공의 문에서 배공의 한 마디 말을 얻기를 바라니 말을 달려 화려한 집으로 갈 필요가 없다."라고 했습니다. 저 이백은 그대가 어찌하여 천지간에 이러한 명성을 얻었는지는 알지 못하지만, 아마도 약속을 중히 여기고 어진 이를 좋아하며 겸손함으로써 얻으신 것이 아니겠습니까? 만년에는 풍조를 바꾸어 문학에 마음을 두셨는데 천부적인 재능이 탁월하여 여러 작가를 뛰어넘으셨으며, 몸을 굽혀 옛 운나라인 안주를 보좌하여 시절이 맑아졌고, 위엄이 씩씩하여 아래로 여러 사람을 두렵게 했습니다. 저 이백이 높은 의리를 마음속으로 사모한 지 이미 십 년이 되었지만 구름과 산이 막고 있었기에 가서 찾아뵐 길이 없었습니다. 이제야 좋은 기회를 만나 수레 뒤에 일어나는 먼지를 좇을 수 있었으니, 얼굴을 받들고 말씀을 접한 것이 여덟아홉 번이었는데, 항상 마음 속 생각을 한번 밝히고 싶었지만 기구했기에 곧장 이루지는 못했습니다.

그런데 저에 대한 비방이 갑자기 생겨나고 여러 사람의 입이 헐뜯는 일을 어찌 생각했겠습니까? 장차 베틀 북을 던지고[52] 빈객을 업신여기며 삼엄한 위세를 떨칠까 두렵습니다. 하지만 스스로 무고함을 분명히 알고 있으니 어찌 후회할 것을 근심하겠습니까? 공자께서는 "천명을 두려워하고 대인을 두려워하며 성인의 말을 두려워한다."라고 하셨습니다.[53] 이 세 가지를 거치면 귀신이라도 해칠 수 없습니다. 만일 사건이 그 진상을 얻고 죄가 그 범인의 몸에 가해지게 하신다면 장차 난초와 향초에 몸을 씻고는 간명하게 잘 다스려지는 땅으로 스스로 물러나서 그저 그대의 생사 판단에 맡기겠습니다. 그렇지 않으면 산에 들어가고 바다로 숨어서 도랑과 골짜기에서 죽어 버려질 터인데, 어찌 눈을 크게 뜨고 간담을 크게 하여 글에 기탁하여 스스

---

52 증삼이 살던 마을에 동명이인이 있었는데 그가 사람을 죽였다. 그런데 다른 사람들이 잘못 알고 증삼의 어머니에게 찾아가서 아들이 사람을 죽였다고 말했지만 증삼의 어머니는 믿지 않았다. 하지만 세 명이 연달아 알려오자 증삼의 어머니는 그 말을 믿고 두려워하며 베틀 북을 던지고 담장을 넘어 도망갔다.

53 《논어 · 계씨季氏》에 이러한 말이 보인다.

로 진술할 수 있겠습니까? 예전에 동해 태수 왕승이 야간통행금지법을 어긴 자에게 "어디서 왔는가?"라고 물었는데, 그가 "스승을 따라서 공부하다가 날이 늦어진 것을 몰랐습니다."라고 답하니, 왕승이 "내가 어찌 그대 영월에게 채찍질을 하여 위명을 세울 수 있겠는가?"라고 했습니다. 생각건대 그대는 통달한 사람이니 분명코 그렇게 채찍질을 하지 않으실 것입니다. 원컨대 그대가 은혜롭게도 크나큰 대우로 마음과 얼굴을 활짝 펴게 하시고 예전의 은혜를 끝까지 베푸셔서 다시 영명한 돌보심을 내려주십시오. 저 이백은 반드시 정성이 하늘을 감동케 하고 큰 무지개가 태양을 뚫게 하여 곧장 역수를 건너더라도 춥다고 여기지 않을 수 있을 것입니다.[54] 만약 발끈 위엄을 세우고 큰 노여움을 더하여 문하에 있음을 허락하지 않고 먼 길로 쫓아내신다면, 저 이백은 곧장 무릎을 꿇고 앞으로 나아가 두 번 절하고 떠나 서쪽 진 땅으로 들어가 나라의 풍습을 한 번 볼 것입니다. 그대를 영원히 떠나 누런 고니가 날아가게 되리니, 어찌 왕공대인의 문하에서 긴 검을 튕길 수 없겠습니까?[55]

원문

白聞天不言而四時行, 地不語而百物生. 白人焉, 非天地, 安得不言而知乎. 敢剖心析肝, 論擧身之事, 便當談笑, 以明其心, 而粗陳其大綱, 一快憤懣. 惟君侯察焉. 白本家金陵, 世爲右姓, 遭沮渠蒙遜難, 奔流咸秦, 因官寓家, 少長江漢. 五歲誦六甲, 十歲觀百家, 軒轅以來, 頗得聞矣. 常橫經藉書, 制作不倦, 迄[56]於今三十春矣. 以爲士生, 則桑弧蓬矢射乎四方, 故知大丈夫

---

54 형가가 연나라 태자 단의 의로움을 흠모하여 진시황을 암살하고자 했을 때 흰 무지개가 태양을 관통했으며, 진시황을 암살하러 갈 때 역수에서 전송을 했다. 여기서는 배 장사가 이백의 억울함을 풀어주고 받아준다면 형가처럼 그의 뜻을 받들어 목숨을 바치겠다는 말이다.

55 맹상군孟嘗君의 빈객인 풍환馮驩이 검을 두드리면서 노래를 불러서 좀 더 나은 대우를 요구했다. 여기서는 이백이 다른 곳에 가서 빈객이 되겠다는 말이다.

56 迄(흘) : 이르다.

必有四方之志. 乃仗劍去國, 辭親遠遊, 南窮蒼梧, 東涉溟海. 見鄕人相如大誇雲夢之事, 云楚有七澤, 遂來觀焉. 而許相公家見招, 妻以孫女, 便憩跡於此, 至移三霜焉.

曩昔[57]東遊維揚, 不逾一年, 散金三十餘萬, 有落魄公子, 皆濟之. 此則是白之輕財好施也. 又昔與蜀中友人吳指南同遊於楚, 指南死於洞庭之上. 白禫服慟哭, 若喪天倫, 炎月伏屍, 泣盡而繼之以血, 行路聞者, 悉皆傷心. 猛虎前臨, 堅守不動, 遂權殯於湖側, 便之金陵, 數年來觀, 筋肉尙在. 白雪泣持刃, 躬申洗削, 裹骨徒步, 負之而趨, 寢興攜持, 無輟身手, 遂丐貸營葬於鄂城之東. 故鄕路遙, 魂魄無主, 禮以遷窆,[58] 式昭朋情. 此則是白存交重義也. 又昔與逸人東嚴子隱於岷山之陽, 白巢居數年, 不跡城市. 養奇禽千計, 呼皆就掌取食, 了無驚猜. 廣漢太守聞而異之, 詣廬親覩, 因擧二人以有道, 並不起. 此則白養高忘機不屈之跡也. 又前禮部尙書蘇公出爲益州長史, 白於路中投刺, 待以布衣之禮, 因謂群寮曰, 此子天才英麗, 下筆不休, 雖風力未成, 且見專車之骨, 若廣之以學, 可以相如比肩也. 四海明識, 具知此談. 前此郡督馬公, 朝野豪彦, 一見盡禮, 許爲奇才, 因謂長史李京之曰, 諸人之文, 猶山無烟霞, 春無草樹, 李白之文, 淸雄奔放, 名章俊語, 絡繹間起, 光明洞徹, 句句動人. 此則故交元丹, 親接斯議. 若蘇馬二公愚人也, 復何足陳, 儻賢賢也, 白有可尙. 夫唐虞之際, 於斯爲盛, 有婦人焉, 九人而已, 是知才難, 不可多得. 白, 野人也. 頗工於文, 惟君侯顧之, 無按劍也.

伏惟君侯, 貴而且賢, 鷹揚虎視, 齒若編貝, 膚如凝脂, 昭昭乎, 若玉山上行, 朗然映人也. 而高義重諾, 名飛天京, 四方諸侯, 聞風暗許. 倚劍慷慨, 氣

---

57 曩昔(낭석) : 옛날.

58 窆(폄) : 하관하다.

干虹蜺, 月費千金, 日宴群客, 出躍駿馬, 入羅紅顔, 所在之處, 賓朋成市. 故時人歌曰, 賓朋何喧喧. 日夜裴公門, 願得裴公之一言, 不須驅馬將華軒. 白不知君侯何以得此聲於天壤之間, 豈不由重諾好賢, 謙以得也, 而晩節改操, 棲情翰林, 天材超然, 度越作者, 屈佐鄖國, 時惟淸哉, 稜威雄雄, 下慴群物. 白竊慕高義, 已經十年, 雲山間之, 造謁無路. 今也運會, 得趨末塵, 承顔接辭, 八九度矣, 常欲一雪心跡, 崎嶇未便.

何圖謗言忽生, 衆口攢毁. 將恐投杼下客, 震於嚴威. 然自明無辜, 何憂悔吝. 孔子曰, 畏天命, 畏大人, 畏聖人之言. 過此三者, 鬼神不害. 若使事得其實, 罪當其身, 則將浴蘭沐芳, 自屛於烹鮮[59]之地, 惟君侯死生. 不然, 投山竄海, 轉死溝壑, 豈能明目張膽, 託書自陳耶. 昔王東海問犯夜者曰, 何所從來, 答曰, 從師受學, 不覺日晩, 王曰, 吾豈可鞭撻甯越, 以立威名. 想君侯通人, 必不爾也. 願君侯惠以大遇, 洞開心顔, 終乎前恩, 再辱英盼. 白必能使精誠動天, 長虹貫日, 直度易水, 不以爲寒. 若赫然作威, 加以大怒, 不許門下, 逐之長途, 白卽膝行於前, 再拜而去, 西入秦海, 一觀國風. 永辭君侯, 黃鵠擧矣, 何王公大人之門, 不可以彈長劍乎.

해설

이 글은 이백이 안주장사 배씨에게 올리는 글이다. '안주安州'는 지금의 호북성 안륙이며, 안주의 장사는 정오품상正五品上이다. '배裴'씨에 관해서는 자세히 알려진 바가 없다.

이백 자신의 출신과 경력을 이야기하면서 인품과 재능 등에 관해 말한 뒤, 배 장사의 풍격, 재능, 행적을 칭송했으며, 근래 자신이 비방을 당한 일을 언급하며 억울함을 헤아려주고 잘 대해줄 것을 바라는 마음을 표현했다. 이 글을 통해 이백의 가계와 행적에 대해서 구체적으

---

59 烹鮮(팽선) : 조그만 물고기를 삶다. ≪노자≫에 따르면, 큰 나라를 다스리는 것은 조그만 물고기를 삶는 것과 같다는 말이 있는데, 이는 조그만 물고기는 별도로 다듬지 않고 통째로 삶듯이 무위지치로 간명하게 다스려야 한다는 말이다.

로 알 수 있지만, 가계에 대해서는 의문을 가지는 주석가들이 많다. 자신의 집안을 추켜세우기 위한 의도가 있었을 것으로 보인다. 대체로 개원 18년(730) 안륙에 있을 때 지은 것으로 추정한다.

4. 서序

1) 늦봄 강하에서 동도로 가는 감승 장조를 보내며 지은 서문 暮春江夏送張祖監丞之東都序

아아, 내가 서실에 앉아 근심한 것이 또한 이미 오래되었다. 멀리 봉래산에 올라 사해 끝까지 바라보면서 손으로는 흰 태양을 희롱하고 정수리로는 푸른 하늘을 스치며 가슴속 울분을 떨어버리려고 매번 생각했지만 할 수 없었으며, 신선의 골격으로 변하지 않아 옥 같던 얼굴이 이미 시커메졌으니 어찌 소나무를 어루만지며 마음 아파하고 학을 어루만지며 탄식하지 않을 수 있었겠는가? 그릇되게 글과 검을 배워서 인간세상을 이리저리 떠돌았지만 자미원은 아홉 겹이고 푸른 산은 만 리 먼 곳에 있기에,[1] 재주는 있지만 명이 없어서 때를 잃어버렸음을 달게 여겼다. 유표가 예형을 기용하지 않은 것과 같아서 잠시 강하로 왔는데 하순이 반갑게도 장한을 만난 것과 같으니 잠시 배 안에서 즐거워했다.[2] 통달한 사람 장조는 고상한 군자이다. 배 띄우는 일을 총괄하며 맑은 강의 물가에 있는데, 오묘한 이치를 말하고 시를 지으며 여러 달 동안 흥을 이으면서, 꽃과 버들에 다 취했고 강과 산을 다 감상했다. 왕의

---

1 자미원은 하늘의 별자리로 궁궐을 비유하며 푸른 산은 은거할 수 있는 신선세계를 비유한다.

2 예형은 동한 사람으로 재능이 있었으나 성격이 괴팍하여 조조에게 미움을 받았으며 유표에게 보내졌으나 또 쫓겨났다. 하순은 진晉나라 사람으로 낙양으로 가던 도중 배에서 금을 연주하다가 장한을 알게 되었다. 예형과 하순은 이백 자신을 가리키고 장한은 성이 같은 장조를 가리킨다.

명령에 일정이 정해졌기에 이별을 고하고 멀리 가게 되자, 봄날 안개 같은 풍경의 저녁 빛이 애처로워져 근심스런 모습이 되었다. 하늘 가운데에 날 듯한 돛을 매고 먼 바다로 이어진 맑은 물에 띄우고는, 가려다가 차마 가지 못하고 또 향기로운 술동이를 열었다. 즐거움은 비록 이 세상에 있지만 흥취는 하늘 가운데에 있으니 평생 즐겁게 노닐었지만 이번 연회와 같지는 않았다. 맑은 담론과 호방한 노래, 씩씩한 붓과 화려한 문장, 웃으며 마시는 좋은 술과 취해 연주하는 소박한 금에 있어서 나는 실로 옛사람에 부끄럽지 않다. 소매를 드날리며 멀리 이별하는데 어느 때나 돌아올까? 낙양의 가을바람을 상상하며 장차 물고기 회를 준비해 기다리겠다.[3] 시는 멀리 가는 이에게 줄 만한 것이니 어찌 빠질 수 있겠는가?

원문

吁咄哉. 僕書室坐愁, 亦已久矣. 每思欲遐登蓬萊, 極目四海, 手弄白日, 頂摩靑穹, 揮斥幽憤, 不可得也, 而金骨未變, 玉顔已緇, 何常不捫松傷心, 撫鶴歎息. 誤學書劍, 薄遊人間, 紫微九重, 碧山萬里, 有才無命, 甘於後時. 劉表不用於禰衡, 暫來江夏, 賀循喜逢於張翰, 且樂船中. 達人張侯, 大雅君子. 統泛舟之役, 在淸川之湄, 談玄賦詩, 連興數月, 醉盡花柳, 賞窮江山. 王命有程, 告以行邁, 烟景晩色, 慘爲愁容. 繫飛帆於半天, 泛淥水於遙海, 欲去不忍, 更開芳樽. 樂雖寰中, 趣逸天半, 平生酣暢, 未若此筵. 至於淸談浩歌, 雄筆麗藻, 笑飮醁酒, 醉揮素琴, 余實不愧於古人也. 揚袂遠別, 何時歸來. 想洛陽之秋風, 將膾魚以相待. 詩可贈遠, 無乃闕乎.

3 서진의 장한張翰은 제왕齊王 사마경司馬冏의 동조연東曹掾이 되어 장안에 있었는데 가을바람이 일자 고향의 순채국와 농어회를 생각하고는 관직을 그만두고 고향으로 돌아갔다. 장한은 성이 같은 장조를 비유한다. 여기서는 낙양으로 간 장조가 가을에 다시 올 것을 이백이 기다리겠다는 뜻이다.

해설

이 글은 강하에서 낙양으로 가는 장조를 송별하며 지은 것이다. 여러 사람이 같이 송별하며 지은 시문집의 서문으로 보인다. 또는 이백이 송별시를 쓰고 그 시의 서문으로 지은 것으로 볼 수도 있는데, 그 송별시는 지금 전해지지 않아서 정확한 사실은 알 수가 없다. '강하江夏'는 지금의 호북성 무한武漢이다. '장조張祖'는 《당문수》본에는 '장승조張承祖'로 되어 있으며 자세히 알려져 있지는 않다. '감승監丞'은 관직명으로 이 글에 따르면 도수감都水監의 감승으로 보이며, 종칠품상從七品上에 해당한다.

이백이 관직에 오르는 일과 신선이 되는 일 모두에 성과가 없이 실의한 채 강하에 있다가 장조를 만나 즐거운 시간을 보냈는데, 지금 헤어지게 되어서 안타까워하는 마음을 표현했다. 대체로 개원 22년(734) 강하에서 지은 것으로 추정한다.

2) 도화원을 찾으러 가는 열일곱째 어르신과 스물넷째 어르신을 받들어 전별하며 지은 서문 奉餞十七翁二十四翁尋桃花源序

예전에 진시황이 옛 도를 없애버리고 위세 높은 형벌을 혹독하게 하여 백성을 들들 볶았으니 마치 큰 불에 떨어진 것 같았으며, 삼분과 오전의 옛 전적[4]이 흩어져 차가운 재가 되었다. 장성을 쌓고 아방궁을 지었으며 제후를 병합하고 호걸을 죽이고는 스스로 공적이 희황[5]보다 높고 나라가 만 대까지 갈 것이라고 말했고 구름기운을 타고 신선이 되고자 생각했다. 태산에 올라 봉제사를 올리자 비바람이 거세게 일어났는데, 비록 다섯 소나무가 관직을 받기는 했지만 초목도 지각이 있는 법,[6] 만물이 법도에 어긋나고 예법과 형법이 느슨해졌기에 상산사호는 남산으로 숨을 수밖에 없었고 노중련은 동해로 들어갈 수밖에 없었으니,[7] 세상을 피해 도화원에 간 사람들은 뛰어난 선각자라 할 만하다. 대저 사슴을 가리킨 무리[8]는 연이어 목이 베어

---

4 삼분三墳은 복희伏羲, 신농神農, 황제黃帝의 책이라고 전해진다. 오전五典은 소호少昊, 전욱顓頊, 고신高辛, 당요唐堯, 우순虞舜의 책이라고 전해진다.

5 희황羲皇은 복희씨이다.

6 진시황 28년에 진시황이 태산에 올라가 제사를 지내고 내려오는데 비바람이 거세게 몰아치자 소나무 아래에서 피했으며, 그 소나무를 오대부五大夫에 봉했다. 소나무가 다섯 그루라는 설이 있고, 오대부가 와전되어 오송이라고 불렸다는 설이 있다.

7 상산사호商山四皓는 진秦나라 때 난리를 피하여 상산에 은거한 네 노인인 동원공東園公, 녹리선생甪里先生, 기리계綺里季, 하황공夏黃公을 가리킨다. 노중련魯仲連은 전국시대 제齊나라 사람이다. 그가 조趙나라에 있을 때 진秦나라가 조나라를 포위했는데 위魏나라는 신원연新垣衍을 보내서 조나라로 하여금 진나라를 황제국으로 받들게 하려 했다. 노중련은 신원연을 만나 논쟁을 벌였고 진나라를 받드는 것의 이해득실을 따져서 신원연을 굴복시켰다. 진나라 장군이 이러한 사실을 전해 듣고는 군사를 50리 후퇴시켰으며 위나라의 신릉군信陵君이 병사를 이끌고 조나라를 구하러 오니 진나라 군대는 포위를 풀고 떠나갔다. 노중련은 진秦나라의 백성이 되느니 동해에 들어가 죽는 것이 낫다고 하면서 끝내 진나라를 받들지 않았다.

8 진秦 이세二世 때 승상 조고趙高가 반란을 일으키려 하는데 신하들이 따르지 않을까봐 걱정되었다. 그리하여 사슴을 끌고 와서는 말이라고 하면서 이세에게 바쳤다. 당시 신하들

함께 죽었으니 우리들을 말하는 것이 아니겠는가? 두 어르신이 노자의 말을 좋아하고 이릉의 저술을 계승했으니 문장은 대아를 서술했고 도는 지극한 정묘함에 통달하셨다. 천지의 마음을 말았다 폈다 하고 신선의 경지로 벗어나 머무르시니 무릉의 옛 자취를 얻어 보실 수 있을 터, 나루터를 물어서 순조롭게 가실 것이고 물이 어부를 이끌 것이다. 꽃은 신선의 계곡에 숨어 있어 봄바람도 알지 못할 터인데 따라오는 떨어진 꽃잎은 어디쯤에서 흘러나온 것이런가? 동굴로 들어가면 새벽빛이 활짝 열려 좋은 밭과 이름난 연못이 있고 대나무와 과실나무가 빽빽이 늘어서 있으며, 36개의 동천이 별도의 한 하늘을 이루고 있으리라. 지금 작은 배를 타고 가노라면 웃으며 인간세상과 작별하는데, 논과 밭의 두둑길은 아직 변하지 않았고 옛 사람들도 그대로 있을 것이다. 흰 구름은 언제 돌아올 것이며 푸른 산을 한 번 떠나면 누가 올 것인가?[9] 여러 공이 도화원을 읊어서 이를 찬미한다.

원문

昔祖龍[10]滅古道, 嚴威刑, 煎熬生人, 若墜大火, 三墳五典, 散爲寒灰. 築長城, 建阿房, 幷諸侯, 殺豪俊, 自謂功高羲皇, 國可萬世, 思欲凌雲氣, 求仙人. 登封太山, 風雨暴作, 雖五松受職, 草木有知, 而萬象乖度, 禮刑將弛, 則綺皓不得不遁於南山, 魯連不得不蹈於東海, 則桃源之避世者, 可謂超升先覺. 夫指鹿之儔, 連頸而同死, 非吾黨之謂乎. 二翁耽老氏之言, 繼少卿之作, 文

은 조고를 무서워하여 이를 말이라고 했으며, 솔직하게 사슴이라고 한 신하는 후에 조고가 음해했다.

9 두 어르신이 흰 구름처럼 이곳을 떠나 무릉원으로 가면 언제 다시 돌아올 것이며, 그들이 떠나간 이곳의 푸른 산에는 누구도 오지 않아 적적하게 지낼 것이라는 말이다.

10 祖龍(조룡) : 진시황을 가리킨다. '조'는 처음이란 뜻으로 '시始'를 뜻하고 '용'은 황제의 상징으로 '황皇'을 뜻한다. ≪사기 · 진시황본기秦始皇本紀≫에 따르면, 진시황의 사신이 가던 중 어떤 사람이 '올해 조룡이 죽는다'라고 하고는 홀연히 사라졌는데 과연 그 해에 진시황이 죽었다고 한다.

以述大雅, 道以通至精. 卷舒天地之心, 脫落神仙之境. 武陵遺跡, 可得而窺焉, 問津利往, 水引漁者, 花藏仙溪, 春風不知, 從來落英, 何許流出. 石洞來入, 晨光盡開, 有良田名池, 竹果森列, 三十六洞, 別爲一天耶. 今扁舟而行, 笑謝人世, 阡陌未改, 古人依然. 白雲何時而歸來, 青山一去而誰往. 諸公賦桃源以美之.

해설

이 글은 도화원을 찾으러 가는 두 어르신을 보내며 지은 서문이다. 여러 사람이 함께 송별연을 하며 지은 시문집의 서문으로 보인다. '도화원桃花源'은 도연명의 〈도화원기〉에 나오는 무릉도원으로 지금의 호남성 상덕시常德市 도원현桃源縣에 있었다고 전해진다. '십칠옹十七翁'과 '이십사옹二十四翁'이 누구인지는 자세히 알 수는 없는데, 본문에서 노자(본명이 이이李珥이다)와 이릉이 언급된 것으로 보아 이씨 집안의 어르신으로 보인다.

진시황의 폭정을 많은 사람들이 피했다는 사실을 언급하면서 이 두 어르신 역시 지금의 폭정을 피해 올바름을 추구하려는 사람임을 칭송한 뒤, 그들이 재능이 뛰어나고 도에 정통하여 쉽사리 무릉원을 찾을 것이라고 했다. 지금도 변하지 않았을 무릉원의 모습을 묘사하고는 헤어지기 아쉬워하는 마음을 표현했다. 지어진 시기에 대해서는 고찰할 수 없으며, 다만 어르신의 한 명이 왕 방성현령으로 보는 주석가들은 관련 시와 동일하게 개원 24년(736)에 편년했다.

3) 강하에서 형산을 노닐러 가는 임 상인을 보내며 지은 서문江夏送林公上人遊衡岳序

강남에 있는 신선의 산, 누런 학의 호매한 기운, 우연히 그 빼어난 정수를 얻어 후대에 준걸을 낳았으니, 임공은 대대로 호방한 가문으로 이 땅의 꽃이다. 삭발하고 불도에 귀의한 뒤 계율과 불법에 오롯이 정진하여 환한 달이 하늘에 떠있는 듯 환히 홀로 특출했기에 아름다운 문장으로 그려지기도 하고 사람의 입에 읊조려지기도 했다. 한가한 구름은 무심하여 조화와 함께 어우러져 흘러가는 법, 장차 오루[11]의 금빛 지팡이를 흔들며 삼상의 푸른 물결에 배를 띄워, 나무잔[12]을 타고 거슬러 올라가 이름난 산에서 옛 석실을 고찰하고, 깊은 골짜기를 굽어보며 쉬다가 제천을 넘어가서는 형산 제일봉인 축융의 산봉우리에 올라 장사의 연기를 바라보려 한다. 멀리 고향을 떠나 귀의의 발자국을 남기기로 맹세했으니 수백 수천의 스님 중 이런 자가 드물었다. 나는 이 때문에 그 높은 절조에 감탄하여 그 맑은 물결을 드날리려 한다. 용과 코끼리 같은 선배들이 돌아보며 눈을 닦고 쳐다보고는 저 흙탕물에 빠진 자와 비교하여 자신들이 겨우 소의 털 한 가닥만큼의 차이만 있음을 알 것이다. 예전에 지의 스님이 천태산에서 편안히 참선했고 혜원 스님이 여산에서 뜻을 기탁했는데, 우뚝 솟음과 빼어난 경관 이것을 또한 사모했지. 자줏빛 노을이 마음을 흔들고 푸른 단풍이 강둑을 끼고 있는데 강가에서 눈길 다할 때까지 그대의 이번 노닒을 송별하면서 여러 공이 물가에서 시를 지어 주노라.

원문

江南之仙山, 黃鶴之爽氣, 偶得英粹, 後生俊人, 林公世爲豪家, 此土之秀. 落髮歸道, 專精律儀, 白月在天, 朗然獨出, 旣灑落於彩翰, 亦諷誦於人口.

---

11 오루五樓가 무엇을 뜻하는지는 고찰할 수 없다.

12 남조 송나라의 어떤 스님이 나무로 만든 잔을 타고 강을 건넜다고 한다.

閑雲無心, 與化偕往, 欲將振五樓之金策, 浮三湘之碧波, 乘杯泝流, 考室名嶽, 瞰憩冥壑, 凌臨諸天, 登祝融之峰巒, 望長沙之烟火. 遙謝舊國, 誓遺歸蹤, 百千開士, 稀有此者. 予所以歎其峻節, 揚其清波. 龍象先輩, 迴眸拭視, 比夫汨泥沙者, 相去如牛之一毛. 昔智者安禪於台山, 遠公托志於廬嶽, 高標勝概, 斯亦嚮慕哉. 紫霞搖心, 靑楓夾岸, 目斷川上, 送君此行, 群公臨流賦詩以贈.

해설

이 글은 강하에서 형산으로 노닐러 가는 임 스님을 송별하며 지은 서문인데, 여러 사람이 함께 송별하며 지은 시문집의 서문으로 보인다. '강하江夏'는 지금의 호북성 무한시武漢市이다. '상인上人'은 스님에 대한 존칭이고 '임공林公'에 관해서는 자세히 알려져 있지 않다. '형악衡岳'은 오악 중 남악인 형산으로 지금의 호남성 형산현衡山縣 서쪽에 있다.

임 스님의 출신과 스님이 된 이후의 행적과 그의 불법을 칭송하고는, 형산으로 가는 과정과 그곳을 노니는 모습을 상상하여 묘사했으며, 여타 선배 스님보다 훨씬 뛰어나니 고승인 지의智顗와 혜원慧遠처럼 명산에서 수도할 것임을 말했다. 대체로 개원 22년(734) 강하에서 지은 것으로 추정한다.

4) 금릉에서 여러 어진 이와 함께 권소이를 보내며 지은 서문 金陵與諸賢送權十一序

이사와 조고가 진나라를 다스려 영씨가 두 세대를 넘지 못할 때, 세 명의 호걸 장량, 소하, 한신이 풀밭에 엎드렸다가 한나라와 함께 모두 나왔으며, 왕망이 한나라의 붉은 빛을 손상시키자 경엄과 등우가 곧장 일어났다. 예로부터 빼어난 이들이 반드시 당대에 다 등용된 것은 아니었으니 물러나고 나아가는 이치는 하늘의 운명에 달려있었다. 우리 임금께서는 6대를 이은 성군으로 청정무위의 교화를 빛내어 삼청에서 옷소매를 늘어뜨리고 팔짱을 끼고 있었으며 자극에서 조용히 생각하셨으니[13] 하늘의 도와 인간의 도를 온전히 하셨다. 그리하여 청운의 호방한 선비들이 저자와 낚시터로 흩어졌으며 사방에 앉았던 명석한 이들이 모두 맑은 세상의 떠돌이가 되었다. 나는 신선 광성자의 풍도를 사모하여 덧없는 세상에서 떠돌다가 예전에 보배로운 비결을 받아서 36천제의 바깥 신하[14]가 되었으니, 사명산의 은자 하지장이 나를 쫓겨난 신선[적선인]이라 부른 것은 대체로 사실이었으며, 일찍이 강화에서 수은을 채취하고 청계에서 납을 거두었는데, 천수의 권소이와 함께 단약 만드는 일을 부지런히 담당한 지 오래되었다. 이 사람은 온화하며 담박하고 신중하며 조용하여 글재주가 높이 드러났으니, 나 이백의 글 한 편 한 편은 모두 권소이가 잡아준 것이다. 아아, 나를 버리고 남쪽으로 가니 마치 내 날개가 꺾인 것 같다. 때는 추위가 매서운 절기이니 하늘의 바람은 메마른 소리를 내는데, 구름 같은 돛이 은하수를 건너면 금세 사라지는 번개와 같이 반짝일 터, 눈을 들어 사방을 둘러보니 서리가 내리는 하늘이 높디높다. 술잔을 물고 이별을 말하면서 여러 사람이 시를 읊어 전별하니 술 마시는 늙은 신선[주선옹] 이백이 서문을 쓴다.

---

13 삼청三淸은 도교에서 말한 신선의 경지로 옥청玉淸, 상청上淸, 태청太淸을 가리키며, 당나라 대명궁大明宮에 삼청전三淸殿이 있었다. 자극紫極은 별자리 이름인 자미원紫微垣으로 제왕의 궁전을 상징한다.

14 신선세계의 바깥세상인 인간 세상에 있는 신하라는 뜻이다.

원문

斯高柄秦, 嬴世不二, 三傑伏草, 與漢並出, 莽夷朱暉, 耿鄧乃起. 自古英達, 未必盡用於當年, 去就之理, 在大運爾. 我君六葉繼聖, 熙乎玄風, 三淸垂拱,[15] 穆然紫極, 天人其一哉. 所以靑雲豪士, 散在商釣, 四坐明哲, 皆淸朝旅人. 吾希風廣成, 蕩漾浮世, 素受寶訣爲三十六帝之外臣, 卽四明逸老賀知章, 呼余爲謫仙人, 蓋實錄耳, 而嘗採姹女[16]於江華, 收河車[17]於淸溪, 與天水權昭夷, 服勤爐火之業久矣. 之子也, 冲恬[18]淵靜, 翰才峻發, 白每一篇一札, 皆昭夷之所操. 吁, 捨我而南, 若折羽翼. 時歲律寒苦, 天風枯聲, 雲帆涉漢, 冏[19]若絶電, 擧目四顧, 霜天崢嶸. 銜杯敍離, 群子賦詩以出餞, 酒仙翁李白辭.

해설

이 글은 금릉을 떠나가는 권소이權昭夷를 보내며 지은 것이다. 여러 사람이 송별하며 지은 시문집의 서문이다. '십일十一'은 친척형제 간의 순서이다. 이백의 시 중에 〈청계 강조석 위에서 홀로 술을 마시다가 권소이에게 부치다獨酌淸溪江石上寄權昭夷〉가 있다.

군주와 신하의 만남은 천명에 달린 것인데 지금은 태평성세라서 천하의 인재들이 모두 강호를 떠돌고 있음을 말했다. 이를 통해 권소이와 여기 모인 사람들이 모두 비슷한 처지임을 말했으며, 권소이가 지금 이곳을 떠나는 이유도 비슷한 맥락임을 드러내었다. 이백이 그간 권소이와 함께 단약을 만들었으며 이백의 문장은 모두 그에게서 배운 것이라고 하여 그를 칭송한 뒤 이별을 아쉬워하는 마음을 드러내었다. 천보 13년(754)이나 천보 14년(755) 즈음 금릉에 있을 때 지은 것으로 추정한다.

---

15 垂拱(수공) : 옷소매를 늘어뜨리고 팔짱을 끼다. 무위지치로 천하가 잘 다스려지는 것을 말한다.

16 姹女(차녀) : 수은을 가리킨다.

17 河車(하거) : 납을 가리킨다. 수은과 함께 단약을 만드는 재료이다.

18 冲恬(충념) : 온화하고 담박하다.

19 冏(경) : 빛나다.

5) 봄에 고숙에서 더운 지방으로 유배 가는 조씨를 보내며 지은 서문 春於姑熟送趙四流炎方序

나 이백은 추 땅과 노 땅에 큰 선비가 많고 연 땅과 조 땅에 씩씩한 선비가 많은 것은 대체로 풍토가 그러하기 때문이라고 생각한다. 조 현위는 재주와 용모가 아름답고 고아하며 뜻과 기상이 호방하고 굳세니, 누런 인끈으로 현위가 되어 당도현에서 진흙 속에 웅크리고 있는 것은 또한 닭이 닭장에 있고 학이 조롱에 있는 것과 같아 난새와 봉황을 구속하기에는 부족하다. 악을 미워하다가 법에 저촉되어 더운 지방으로 쫓겨나게 되었으니 부모님과 헤어지게 되어 마음이 무너지고 먼 땅을 가리키자 한스러움이 요동친다. 하늘이 강물과 더불어 멀어지고 구름이 산과 이어지며 길기에 잠깐 시간을 빌려 물가에서 술병을 열었다. 누런 학이 새벽이 떠나면 자식 부르는 소리를 근심스레 들을 것이고 푸른 단풍나무의 어둑한 빛은 모두 상심케 하는 나무이리라.[20] 그러나 이곳 오 땅에서 장안이 있는 진 땅을 바라보니 날마다 기쁜 기운이 보인다. 주상이 마땅히 옥 장식 쇠뇌를 쥐고는 이리와 여우를 꺾고 하늘과 땅을 깨끗이 씻으며 우레와 비를 반드시 내릴 것이다.[21] 바라건대 흰 태양이 돌아가며 비추면 붉은 마음도 밝혀지리니, 파릉으로 가던 도중에 오 땅으로 돌아오는 배를 앉아서 보리라. 눈이 녹게 하고 소나무와 측백나무가 빛을 떨치게 하며 기후가 온난하게 하고 난초와 혜초가 꽃을 피우게 할 것이니, 나는 서쪽 천문산에 올라가 서강 위에 있는 그대를 볼 것이다. 현명한 그대는 흐르는 물을 그 길로 삼고 뜬구름을 그 몸으로 삼을 수 있어, 도에 통하여 크게 적합하니 어디에 간들 안 되겠는가? 어찌 갈림길에서 근심하겠는가?

---

20 푸른 단풍나무는 남방에 있는 것이다.

21 《주역 · 해괘解卦》에 "우레와 비가 일면 풀린다. 군자가 이로써 과오를 사면하고 죄를 용서한다.(雷雨作, 解, 君子以赦過宥罪)"라는 말이 있는데, 우레와 비를 내린다는 것은 사면령이 내리는 것을 말한다.

원문

白以鄒魯多鴻儒, 燕趙饒壯士, 蓋風土之然乎. 趙少翁[22]才貌瓌雅,[23] 志氣豪烈, 以黃綬作尉, 泥蟠當塗, 亦雞棲鶴籠, 不足以窘束[24]鸞鳳耳. 以疾惡抵法, 遷於炎方, 辭高堂而墜心, 指絶國以搖恨. 天與水遠, 雲連山長, 借光景於頃刻, 開壺觴於洲渚. 黃鶴曉別, 愁聞命子之聲, 青楓暝色, 盡是傷心之樹. 然自吳瞻秦, 日見喜氣. 上當攫[25]玉弩, 摧狼狐, 洗淸天地, 雷雨必作. 冀白日迴照, 丹心可明, 巴陵半道, 坐見還吳之棹. 令雪解而松柏振色, 氣和而蘭蕙開芳, 僕西登天門, 望子於西江之上. 吾賢可流水其道, 浮雲其身, 通方大適, 何往不可. 何戚戚於路歧哉.

해설

이 글은 선주 당도현의 고숙에서 더운 남방 지역으로 유배 가는 조씨를 보내며 지은 것이다. 다른 이와 같이 송별한다는 말이 없어서 시문집의 서문이라기보다는 송서送序, 즉 서문의 형식을 빌린 송별의 글로 보인다. '조趙'씨는 당도현위 조염趙炎으로 보이며 그와 관련된 시가 몇 수 남아있다. '사四'는 친척형제 간의 순서이다.

조염의 재능과 기개를 칭송하며 현위와 같은 직위에 머물 인재가 아니라고 한 뒤 유배를 떠나게 된 이유와 이별하는 장면을 묘사했으며, 난리가 평정되어 사면령이 내려질 것이어서 곧 돌아오게 될 터이니 너무 근심하지 말라는 위로의 뜻을 표현했다. 대체로 지덕원년(756) 당도에 있을 때 지은 것으로 추정한다.

---

22 '소옹少翁'은 '소공少公'으로 된 책도 있는데 이것이 맞는 것으로 보인다. '소공'은 현위의 별칭이다.

23 瓌雅(괴아) : 아름답고 고상하다.

24 窘束(군속) : 구속하다.

25 攫(확) : 붙잡다.

6) 가을에 경정산에서 여산을 노닐러 가는 종질 이단을 보내며 지은 서문 秋於敬亭送從姪耑遊廬山序

내가 어렸을 때 어른이 〈자허부〉를 외우게 했는데, 마음속으로 그 경물을 사모했기에 자란 뒤 남쪽으로 운몽택을 노닐고 일곱 소택지의 장관을 보았다. 술로 안륙에 숨어 살며 허송세월이 십 년인데, 처음에 가흥의 작은 아버지[26]께서 장사로 폄적되었다가 서쪽에서 돌아오셨을 때 내가 찾아뵙고는 함께 숲 아래에서 술을 마셨다. 이단 너는 당시 어린아이였고 옆에서 즐겁게 놀았는데, 지금 보니 이룬 바가 있고 빼어난 기운을 많이 가지고 있구나. 내가 노쇠해진 지 오래되었는데 너를 보자 위안이 되었으니, 슬픔을 펼치다가 옛 이야기를 끄집어내고는 눈물을 멈추고 웃음을 지었다. 이제 먼 길을 떠나 서쪽 향로봉에 오를 것이라고 내게 말했다. 긴 산이 가로로 구불구불하고 아홉 강물이 돌아가다가 선회하며, 폭포가 하늘에서 떨어지는데 절반쯤에서 은하수와 흐름을 다투니 무지개가 뛰어오르고 번개가 내달려 만 개의 골짜기에서 세차게 쏘아댄다. 이것이 바로 우주의 기이함이다. 그 위에는 방호와 석정이 있지만 엿볼 수가 없는 곳이다. 네가 이번 노닒에서 학을 어루만지며 길게 휘파람 불 것이 부럽고, 단약이 이루어지지 않아 흰 용이 늦게 오는 것이 한스럽다. 진나라 사람들로 하여금 말채찍을 쥐게 하여 먼저 도화원에 가도록 했지만, 나 홀로 오랜 바람을 저버린 채 이름난 산으로 돌아가기에 부끄럽구나. 끝내 후에 와서 손을 잡고 오악을 오르기를 기약한다. 정으로써 멀리 보내니 시가 어찌 빠질 수 있겠는가?

원문

余小時, 大人令誦子虛賦, 私心慕之, 及長, 南遊雲夢, 覽七澤之壯觀. 酒隱安陸, 蹉跎十年, 初, 嘉興季父謫長沙西還時, 予拜見, 預飮林下. 耑乃稚子, 嬉遊在傍, 今來有成, 鬱負秀氣. 吾衰久矣, 見爾慰心, 申悲導舊, 破涕爲笑.

---

26 문맥으로 보아 이단의 할아버지일 터인데 누구인지는 알 수 없다.

方告我遠涉, 西登香爐. 長山橫蹙,[27] 九江却轉, 瀑布天落, 半與銀河爭流, 騰虹奔電, 潨射[28]萬壑. 此宇宙之奇詭也. 其上有方湖石井, 不可得而窺焉. 羨君此行, 撫鶴長嘯, 恨丹液未就, 白龍來遲. 使秦人著鞭, 先往桃花之水, 孤負夙願, 慚歸名山. 終期後來, 攜手五嶽. 情以送遠, 詩寧闕乎.

해설

이 글은 선성의 경정산에서 여산으로 가는 친척 조카 이단李耑을 보내면서 지은 것이다. 여러 사람이 같이 송별하며 지은 시문집의 서문으로 보인다. 또는 이백이 송별시를 쓰고 그 시의 서문으로 지은 것으로 볼 수도 있는데, 그 송별시는 지금 전해지지 않는다. 이단에 관해서는 자세히 알려진 것이 없다.

이백이 젊었을 때 큰 뜻을 품고 운몽택과 같은 곳을 돌아다녔지만 한때 술로 허송세월했음을 말한 뒤, 어렸을 때 본 이단이 지금은 장성하여 기운이 높기에 기쁘다고 했다. 이단이 갈 여산의 웅장한 모습을 묘사하고는, 아직 자신은 이름난 산을 노닐기에 부족한 면이 많음을 술회하면서 훗날 같이 노닐 것을 기약한다는 말을 했다. 이단이 명산을 유람하며 큰 뜻을 기를 것을 바라는 한편 오래도록 뜻을 이루지 못한 자신의 신세를 한탄하는 마음이 드러나 있다. 대체로 여산에 은거하기 전 천보 12년(753) 선주에 있을 때 지은 것으로 추정한다.

---

27 橫蹙(횡축) : 종횡으로 구불구불하다는 뜻이다.

28 潨射(총사) : 세차게 흐르며 쏘다.

7) 장 사군을 알현하러 파양으로 가는 황종을 보내며 지은 서문 送黃鐘之鄱陽謁張使君序

남동 지역의 아름다운 이 중에 강하의 황공이 있다. 나 이백은 마음속으로 그 풍류를 받아들였으며 일찍이 담소를 접한 적이 있었는데, 또한 곧은 절조를 가지고 옥처럼 서 있어 그 빛이 밝게 빛났고, 기운은 당대의 영걸보다 높았고 변론은 하늘의 입을 굴복시켰으며, 그의 도는 만물을 구제할 만하고 그의 뜻은 끝없는 경지에 기탁했다. 파양의 장공은 조정과 재야의 사람들이 모두 영예를 얻고자 바라는 분으로 빈객을 사랑하고 선비를 접대하니 바로 평원군, 맹상군, 춘신군, 신릉군[29]에 버금가는데, 매번 문사의 화려함을 사모하여 벽에 걸어놓은 의자[30]로 찾아오는 이를 만나보았다. 이에 황공은 옛 자취를 방문하는 김에 귀한 분을 따르고자 했으니, 곧장 행장을 준비하고 떠날 날을 정하여 고향을 떠나 멀리 가게 되었다. 여러 사람이 술잔을 물고 작별을 아쉬워하여 수건을 적시며 증별하는데, 안개 낀 저녁에 깊이 취하니 서늘한 달이 서글프다. 하늘이 남쪽으로 돌아 여름을 바꾸고 대화성이 서쪽으로 날아 가을로 들어가니, 물가의 갈대는 바람에 흔들리고 바다 같은 물의 풀은 조금씩 떨어진다. 그대가 먼 길을 가니 내 마음이 어떠하겠는가? 그대의 소식을 스스로 금과 옥같이 여기고는 날 멀리하는 마음을 가지지는 말게나. 파양호의 물이 넓고 많으니 이번 여정에 힘쓰게나. 함께 무창의 조대를 읊어서 이별의 정을 달랜다.

원문

東南之美者, 有江夏黃公焉. 白竊飮風流, 嘗接談笑, 亦有抗節玉立, 光輝炯然, 氣高時英, 辯折天口, 道可濟物, 志棲無垠. 鄱陽張公, 朝野榮望, 愛客

29 이들은 전국시대 네 명의 공자로 빈객을 우대하기로 유명했다.

30 동한의 진번陳蕃이 예장태수豫章太守로 있을 때 빈객을 접대하지 않았는데, 다만 서치徐穉를 중히 여겨 그가 올 때면 특별히 의자를 마련해두었고, 그가 가면 다시 그 의자를 벽에 걸어놓고 다른 사람에게는 사용하지 않았다.

接士, 卽原嘗春陵之亞焉, 每欽其辭華, 懸榻見往. 而黃公因訪古跡, 便從貴遊,[31] 乃僑裝撰行, 去國遐陟. 諸子銜酒惜別, 沾巾分贈, 沉醉烟夕, 惆悵涼月. 天南迴以變夏, 火西飛而獻秋, 汀葭颯然, 海草微落. 夫子行邁, 我心若何. 毋金玉爾音, 而有遐心. 湖水演沔, 朂哉是行. 共賦武昌釣臺篇, 以慰別情耳.

해설

이 글은 무창의 조대에서 장 사군을 만나러 파양으로 가는 황종을 보내며 지은 것이다. 여러 사람이 모여 송별하며 지은 시문집의 서문으로 보인다. 황종과 장씨에 대해서는 자세히 알 수 없으며, '사군使君'은 자사에 대한 존칭이니 장씨는 요주자사饒州刺史인 것으로 보인다. 파양은 지금의 강서성 파양이다.

황종이 고상한 기풍과 높은 기운을 가지고 있으며 장씨가 인재를 잘 대우한다고 칭송한 뒤, 장씨를 찾아 가는 황종과 이별하게 되어 서글퍼하는 마음을 표현했다. 대체로 개원 22년(734) 무창을 노닐 때 지은 것으로 추정한다.

31 貴遊(귀유) : 원래는 관직이 없는 왕공 귀족을 가리켰는데, 후에 귀한 신분의 사람을 두루 가리키게 되었다. 여기서는 장 사군을 말한다.

8) 이른 봄 강하에서 운몽의 집으로 돌아가는 채씨를 보내며 지은 서문 早春於江夏送蔡十還家雲夢序

내가 채씨를 보아하니 기이한 사람인데, 재능이 높고 기운이 원대하며 사방을 도모하려는 뜻을 가지고 있다. 그렇지 않다면 어찌하여 그렇게 천하를 많이 돌아다녔겠는가? 나 이백은 멀리 끝까지 유심한 곳을 찾아다녔는데 또한 이른 시기의 일이었다. 바다 같은 물의 풀이 세 번 푸르러지도록 고향의 문으로 돌아가지 못했는데, 또 시절이 바뀌어 봄이 되었으니 다시금 고향 생각이 맺힌다. 그대를 한 번 만나보니 그윽한 마음에 도가 그대로 있었기에, 아침저녁이 다하도록 연회를 열고 안개와 노을을 좇아 감상을 도왔으며 밝은 달 아래서 쾌활하게 웃고 떨어지는 꽃 위에서 때때로 잠이 들었다. 이 노님에서 한 것도 없는 것 같은데 갑자기 이별을 알리니, 와서 잠깐 나를 보고는 떠나 돌아가게 되어 날 근심스럽게 만드는구나. 이에 한양에서 배를 띄워 운몽으로 들어가니, 고향 가는 배를 두드리자 귀향하는 혼백이 또한 날아간다. 또 푸른 산과 푸른 단풍이 길을 따라 이어져 있으니 멋진 경관을 만나면 그 김에 감상할 터, 앞길이 그대에게 이로울 것이다. 먼 곳으로 헤어지는 것이 아니니 어찌 많은 탄식을 할 만하겠는가? 가을 7월에 경호를 함께 노닐자는 나와의 기약을 어기지 말게나. 나는 그대보다 앞서 가 있을 터이니 공경스레 신중하게 잘 갔다가 끝내 마땅히 일찍 돌아와야 할 터, 약야계 흰 구름을 다시 희롱할 수 없도록 하지 말게나. 마을의 요공[32]과 여러 재자가 시를 지어 단출하게 떠나보낸다.

원문

吾觀蔡侯, 奇人也, 爾其才高氣遠, 有四方之志. 不然, 何周流宇宙太多耶. 白遐窮冥搜, 亦以早矣. 海草三綠, 不歸國門, 又更逢春, 再結鄉思. 一見夫

---

32 요공廖公이 누구인지는 자세히 알 수 없으며, 이백이 지은 〈형산으로 돌아가는 대씨를 보내며 지은 서문送戴十五歸衡岳序〉에 나오는 요후廖侯와 동일인이라는 설이 있다.

子, 冥心道存, 窮朝晚以作宴, 驅烟霞以輔賞. 朗笑明月, 時眠落花. 斯遊無何, 尋告睽索, 來暫觀我, 去還愁人. 乃浮漢陽入雲夢, 鄉枻云叩, 歸魂亦飛. 且靑山綠楓, 累道相接, 遇勝因賞, 利君前行. 旣非遠離, 曷足多歎. 秋七月, 結遊鏡湖, 無愆[33]我期. 先子而往, 敬愼好去, 終當早來, 無使耶川白雲, 不得復弄爾. 鄕中廖公及諸才子爲詩略謝之.

해설

이 글은 한양에서 고향인 운몽으로 돌아가는 채씨를 보내며 지은 것이다. 여러 사람이 송별하며 지은 시문집의 서문으로 보인다. '강하江夏'는 지금의 호북성 무한시武漢市이고 '운몽雲夢'은 지금의 호북성 운몽현이다. '채蔡'씨에 관해서는 자세히 알려진 바가 없으며, '십十'은 친척형제 간의 순서이다.

채씨가 기상이 원대하여 일찍이 이백과 마찬가지로 천하를 많이 주유했음을 말한 뒤, 이곳에서 의기투합하여 노닐었는데 이제 헤어지게 되어 안타까워한다는 마음을 표현했으며, 가을에 경호와 약야계에서 같이 노닐자는 약속을 꼭 지키자고 했다. 대체로 개원 16년(728) 강하에 머물 때 지은 것으로 추정한다.

33 愆(건) : 어기다.

9) 가을 태원 남책에서 천거에 응해서 장안으로 가는 양곡현 왕 찬공과 가 소공, 석애현 윤 소공을 전별하며 지은 서문 秋日於太原南柵餞陽曲王贊公賈少公石艾尹少公應擧赴上都序

천자의 세 도읍 중에 북도 태원이 그 하나를 차지하는데, 그 풍속이 심원하니 아마도 도당씨[34] 때의 사람이기 때문이리라. 사방 요새의 요충지를 옷깃으로 삼고 오원[35]의 도읍을 제어하고 있어서 웅장하고 중요한 번진이니 어진 이가 아니면 차지하게 해서는 안 된다. 그러하니 양곡 현승 왕공은 신선의 후예로 그 학술은 천고를 비추고 지식은 만 가지를 두루 갖췄으며, 또 소부 가공 같은 이는 저술의 으뜸으로 자라가 붓의 바다를 희롱하고 호랑이가 글의 마당을 움켜쥔 듯하며, 또 석애 소부 윤공은 조정의 그릇으로 입으로는 황마의 변론[36]을 꺾고 손으로는 청평검을 휘두른다. 모두 도는 인류를 꿰뚫었고 명성은 태양 아래로 날아갔기에 실로 가라앉거나 움츠리지 않고 영원히 푸른 하늘을 품을 것이니, 검이 숨겨져 있어도 기운이 북두칠성에 부딪히고 구슬이 비록 물에 잠겨 있어도 빛이 만 개의 골짜기를 비추는 것과 같다. 올해 봄 황제가 친히 천 무의 땅을 경작하신 일이 있어 깊은 은혜가 팔방 먼 곳까지 미쳤고 여러 인재를 크게 모아 나라의 정치를 엮으려고 하셨는데, 왕공은 현령으로 천거되었고 가공은 왕도와 패도로써 명성이 올라갔다. 바다를 격탕시키는 것으로는 삼천 리를 기대하고 하늘을 나는 것으로는 유월을 기약했다는데[37] 이는 반드시 이유가 있는 것이니 어찌 허투루 되었겠는가? 친척 형님 태원 주부 이서는 재능이 시대를 뒤흔들고 책략이 만물을 다스리시는데, 이에 비췻빛 장막으로 그늘

---

34 도당씨(陶唐氏)는 요임금인데, 처음에 당후唐侯였다가 후에 천자가 되어 도陶에 도읍을 세웠다. 태원이 옛날의 당 땅이었다.

35 오원五原은 한나라의 군 이름으로 지금의 내몽고內蒙古, 영하寧夏, 섬서성의 하투河套 일대에 있었다.

36 《장자 · 천하天下》에 나오는 혜시惠施의 논변을 말한다.

37 이 말은 《장자 · 소요유逍遙遊》에서 곤이 붕으로 변해 북쪽 끝에서 남쪽 끝까지 날아가는 이야기에 나오는데, 이로써 이 세 사람이 지금 천거를 받아 가게 된 것을 비유했다.

을 만들고 무지개 대들보 아래에서 연회를 여시니, 진귀한 음식이 노을처럼 펼쳐지고 깃 달린 술잔이 번개처럼 들어 올려졌다. 그런 다음에 눈을 들어 멀리 바라보시고는 난간에 기대어 높은 소리로 읊조리시니, 답답한 가슴 속의 속세 일을 떨쳐버리고 떨어지는 태양빛에 덧없는 즐거움을 맺으신다. 잠시 후 밝은 달이 바다 위로 떠서 취한 객에게 와서 엿보는데, 누런 구름이 관문을 나가고 가을 기운이 반쯤 일어난다. 세 공자는 이에 술잔을 멈추고 감개하여 요동치는 마음으로 행장을 재촉하니, 붉은 대궐을 바라보며 멀다고 여기지 않을 것이고 옥 채찍을 휘두르며 곧 떠나갈 것이다. 나 이백은 불민하지만 먼저 문장의 숲에서 울었기에 다행히도 외람되이 화려한 연회에서 감히 기린의 붓을 힘차게 휘두르게 되었다. 각자 운을 찾아서 시를 지어 그들의 갈 길을 빛내길 바란다.

원문

天王三京, 北都居一, 其風俗遠, 蓋陶唐氏之人歟. 襟四塞之要衝, 控五原之都邑, 雄藩劇鎭, 非賢莫居. 則陽曲丞王公, 神仙之胄也, 爾其學鏡千古, 知周萬殊, 又若少府賈公, 以述作之雄也, 鼇弄筆海, 虎攫[38]辭場, 又若石艾尹少公, 廊廟之器, 口折黃馬, 手揮靑萍. 咸道貫於人倫, 名飛於日下, 實難沉屈, 永懷靑霄, 劍有隱而氣衝七星, 珠雖潛而光照萬壑. 今年春, 皇帝有事千畝, 湛恩八埏, 大搜群才, 以緝邦政, 而王公以令宰見擧, 賈公以王霸昇聞. 海激佇乎三千, 天飛期於六月, 必有以也, 豈徒然哉. 有從兄太原主簿舒, 才華動時, 規謀匠物, 乃黕[39]翠幕, 筵虹梁, 瓊羞霞開, 羽觴電擧. 然後抗目遠覽, 憑軒高吟, 屛俗事於煩襟, 結浮歡於落景. 俄而皓月生海, 來窺醉客, 黃雲出關, 半起秋色. 數君乃輟酌慷慨, 搖心促裝, 望丹闕而非遠, 揮玉

38 攫(확) : 움켜쥐다.
39 黕(담) : 어둑한 모양.

鞭而且去. 白也不敏, 先鳴翰林, 幸叨玳瑁[40]之筵, 敢竭麒麟之筆. 請各探韻, 賦詩寵行.

해설

이 글은 태원의 남책에서 천거를 받아 장안으로 가는 왕씨, 가씨, 윤씨를 보내며 지은 것이다. 여러 사람과 같이 송별하며 지은 시문집의 서문으로 보인다. '양곡陽曲'과 '석애石艾'는 지금의 산서성의 양곡현陽曲縣과 평정현平定縣이다. '찬공贊公'은 현승縣丞을 가리키고 '소공少公'은 현위縣尉를 가리킨다. 세 사람에 관해서는 자세히 알려진 바가 없다.

태원이 요충지라서 어질고 훌륭한 인물이 지켜야 한다는 사실을 말한 뒤, 이 세 사람의 재능을 칭송하여 그에 걸맞은 인물이며 이들이 추천될 만한 이유가 있음을 언급하고는 친척 형님인 이서가 열어준 송별 연회의 모습을 묘사했다. 개원 23년(735) 현종이 적전을 경작하고 천하의 인재를 천거하게 했다는 기록에 의거해 당시에 지은 것으로 추정하는데, 하지만 이러한 일은 그때에만 있었던 것은 아니기에 저작시기를 특정하기 어렵다.

---

40 玳瑁(대모) : 거북의 일종으로 여기서는 그 껍데기로 장식한 화려한 연회석을 의미한다.

10) 형산으로 돌아가는 대씨를 보내며 지은 서문 送戴十五歸衡岳序

나 이백은 위로는 상고시대를 탐구하고 가운데로는 인간세상을 살피며 아래로는 사귐의 도리를 고찰해 보았는데, 천하의 준걸에게 있어 서로 알고 지낸다는 것은 뜬구름처럼 허망하였으니, 스스로는 덕은 백이와 안연에 비교하고 재능은 공자와 묵자에 버금간다고 하지만 명성이 입에서만 나올 뿐 실질을 보면 일에서 물러나지 않는 자가 없었다. 하지만 풍격과 의리로 합치되는 자로는 오직 대씨뿐이다. 대씨는 장사에 살면서 동정호와 형산의 기운을 받았으며 젊었을 때 장안과 낙양에서 자라면서 패도와 왕도의 책략을 엿보았기에, 정밀함과 미묘함은 신의 경지에 들어갈 수 있고 미덕과 신중함은 덕으로 숭상 받을 수 있으며, 책략은 군주를 존귀하게 할 수 있고 문채는 교화를 이루게 할 수 있다. 다섯 가지 덕목을 겸하고 네 가지 미덕을 아울렀으니 어디를 간들 구제하지 못하겠는가? 그의 형 두세 명은 모두 재능이 빼어나서 등용되었고 문장이 빛나며 명성이 조정까지 올라갔지만, 이 사람은 홀로 빛을 감추고 세상을 뒤로 한 채 크게 쓰이기를 기약하니 곤의 바다에게 뛰어오르지 않았으며 붕의 하늘은 아득하기만 했다. 천 리를 멀다하지 않고 도를 구하고자 나를 찾아왔다. 옛날 운나라인 이곳 안주의 빼어난 인물로 요후가 계셔서 인재를 정밀하게 평가하여 천하에 홀로 우뚝한데, 매번 이끌어서 연회에서 즐기시고는 통달한 사람으로 인정하셨고, 독고유린과 설씨 등 여러 공이 모두 또한 진실로 그러하다고 여겼다. 밝은 군주께서 아직 꿈을 꾸지 않았기에[41] 잠시 형양으로 돌아가 축융의 구름 봉우리에서 쉬고 수유의 세찬 물살을 희롱하리라. 수레와 말이 한데 모여 위공의 숲속 정자에서 송별연을 하니 생황을 불어서 가을에 울리고 검무를 추며 기운을 더

---

41 주 문왕이 꿈에 천제가 스승을 하사한다는 말을 들은 뒤, 수렵을 나섰다가 위수에서 낚시를 하고 있는 강태공을 알아보고는 그를 모셔와 태사로 삼았다. 상나라 무정은 꿈에 성인을 얻었는데, 그 모습을 가진 이를 찾다가 부암傅巖의 들에서 판축일을 하고 있던 부열을 찾아 데려와서 재상으로 삼았다. 여기서는 이러한 고사를 뒤집어 사용했는데 아직 당시의 천자가 인재를 구하지 않는 때라는 뜻이다.

하는데, 하물며 강가의 나뭇잎은 푸른색으로 떨어지고 모래사장의 기러기는 하늘 높이 날아가니, 높은 데에 올라 멀리 보내노라니 사람으로 하여금 마음을 혼미하게 한다. 주씨와 장씨[42] 두 사람을 만나는 것은 평소의 뜻을 논하기 위한 것이니, 닭과 기장밥의 기약[43]에 맞춰 응당 속히 가야 하리라.

원문

白上探玄古, 中觀人世, 下察交道, 海內豪俊, 相識如浮雲, 自謂德參夷顔, 才亞孔墨, 莫不名由口進, 實從事退. 而風義可合者, 厥惟戴侯. 戴侯寓居長沙, 禀湖岳之氣, 少長咸洛, 窺霸王之圖, 精微可以入神, 懿重可以崇德, 謨猷可以尊主, 文藻可以成化. 兼以五材, 統以四美, 何往而不濟也. 其二三諸昆, 皆以才秀擢用, 辭翰炳發, 昇聞天朝, 而此君獨潛光後世, 以期大用, 鯤海未躍, 鵬霄悠然. 不遠千里, 訪予以道. 邛國之秀, 有廖侯焉, 人倫精鑒, 天下獨立, 每延以宴謔, 許爲通人, 獨孤有鄰及薛諸公, 咸亦以爲信然矣. 屬明主未夢, 且歸衡陽, 憩祝融之雲峰, 弄茱萸之湍水. 軒騎糺合, 祖於魏公之林亭, 笙歌鳴秋, 劍舞增氣, 況江葉墜綠, 沙鴻冥飛, 登高送遠, 使人心醉. 見周張二子, 爲論平生, 雞黍之期, 當速赴也.

해설

이 글은 안륙에서 형산으로 돌아가는 대씨를 송별하며 지은 것이다. 여러 사람이 송별하며 지은 시문집의 서문으로 보인다. '대戴'씨에 관해서는 자세히 알려진 것이 없으며,

---

42 두 사람은 형양에 있는 이들일 터인데 이백의 친구라는 설과 대씨의 친구라는 설이 있다.

43 후한 때 장원백과 산양 사람 범식은 친구 간이었는데 봄에 범식이 고향으로 가면서 가을에 돌아오겠다고 했다. 9월 15일에 되어 장원백이 닭을 잡고 기장밥을 하면서 범식을 기다리니 그의 부모는 산양이 머니 약속을 지키지 못할 것이라고 했다. 장원백은 범식이 신용을 지키는 자이기에 약속을 어기지 않을 것이라고 했고, 말이 끊어지기도 전에 범식이 도착했다.

'십오十五'는 친척형제 간의 순서이다.

명목과 실질이 다른 세속의 사귐과 달리 대씨는 의리와 풍격이 합치되는 이라고 칭송한 뒤 그의 여러 재능을 열거하여 우수한 인재임을 피력했고 아직 때를 만나지 못해 기용되지 않았기에 형산으로 돌아가게 된 상황과 송별연의 모습을 묘사했다. 대체로 개원 연간 안륙에 있을 때 지은 것으로 추정한다.

11) 이른 여름에 장군인 숙부의 댁에서 강남으로 가는 부씨를 여러 형제와 함께 보내며 지은 서문 早夏於將軍叔宅與諸昆季送傅八之江南序

《주역》에서 "인문을 살펴서 천하를 교화시켜 이룬다."라고 했다. 이 이치를 궁구할 수 있는 사람은 아마도 오직 부씨일 것이다. 부씨의 문장은 놀랄 만큼 새로워서 천하에서 잘한다고 칭해졌고 오언의 작품은 절묘함이 당시에 절대적이어서, 도연명이 전원시의 재능을 부끄러워하고 사령운이 산수시의 아름다움을 부끄러워할 정도이니, 아름다운 구절이 자자하여 사람들이 칭송하는 말을 했다. 전 허주 사마 송공은 얼음과 같이 맑은 자태를 쌓았는데 옥처럼 윤택한 부씨의 덕을 중히 여겨[44] 자신의 딸을 그에게 시집보내니, 봉과 황이 나란히 날아 반씨와 양씨의 돈독함[45]처럼 이들도 화목함을 이루었다. 나는 무능하지만 외람되어 향긋한 먼지가 이는 연회에서 한 자리를 같이 했으며 마음은 천고의 이치에 들어맞았다. 맑은 술이 새벽까지 이어지고 현묘한 담론이 오묘한 경지에 들어 서로 손잡고 기뻐한 게 얼마 되지도 않았는데 곧 이별을 알렸다. 장군인 숙부는 웅대한 책략이 옛 사람을 뛰어넘고 영명함이 신과 통하신다. 천자의 종친으로 어진 자식을 낳아 기르셨는데, 여덟 마리 용이 아름다움을 더해 차례로 서 있으니 오색이 서로 비추어 문채가 있다. 만나서 고상한 즐거움을 말하고 새벽에 금빛 문에서 송별하는데, 덕을 씻으며 현악기와 술잔으로 얼굴을 즐겁게 한다. 붉은 빛이 밝은 여름에 초목이 이미 무성해졌고 또 강가 산봉우리는 그림과 같고 그대 앞길에 감상할 것이 가득하리니, 자연히 병풍 속의 풍경에서 앉아 노닐고 거울 같은 물에서 다니면 천 리에 노을과 달빛이 이어져 문장의 재료를 충분히 제공할 것이다. 멀리 가는 배가 공연히 매달려 있고 떨어지는 해가 재촉하고 있으니, 두 동생이 붓을 휘둘러 시를 지어 준다.

---

44 진晉나라의 위개가 악광의 딸과 결혼했는데 배하가 "장인에게는 얼음과 같은 맑은 자태가 있고 사위에게는 옥 같이 윤택한 풍채가 있다."라고 칭송했다.

45 진晉나라 반악의 아내가 양중무의 고모였는데, 반악이 양중무의 뇌문誄文을 쓰면서 두 집안이 화목하다는 말을 사용했다.

원문

易曰, 觀乎人文, 以化成天下. 窮此道者, 其惟傅侯耶. 侯篇章驚新, 海內稱善, 五言之作, 妙絶當時, 陶公愧田園之能, 謝客慚山水之美, 佳句籍籍, 人爲美談. 前許州司馬宋公, 蘊冰淸之姿, 重傅侯玉潤之德, 妻以其子, 鳳凰于飛, 潘楊之好, 斯爲睦矣. 僕不佞也, 忝於芳塵, 宴同一筵, 心契千古. 淸酌連曉, 玄談入微, 歡攜無何, 旋告睽拆.[46] 將軍叔, 雄略蓋古, 英明洞神. 天王貴宗, 誕育賢子, 八龍增秀以列次, 五色相輝而有文. 會言高樂, 曉餞金門, 洗德絃觴怡顔.[47] 朱明草木已盛, 且江嶂若畫, 賞盈前途, 自然屛間坐遊, 鏡裏行到, 霞月千里, 足供文章之用哉. 征帆空懸, 落日相逼, 二季揮翰, 詩其贈焉.

해설

이 글은 강남으로 가는 부씨를 보내면서 지은 것이다. 여러 사람과 함께 송별하며 지은 시집의 서문으로 보인다. '장군숙將軍叔'은 '강장군숙江將軍叔'으로 된 판본이 있는데, 강왕江王 이흠李欽으로 보는 설이 가장 유력하다. '제곤계諸昆季'는 여러 형제라는 뜻으로 장군의 아들로 보인다. '부傅'씨에 대해서는 자세히 알려진 바가 없으며 '팔八'은 친척형제 간의 순서이다.

부씨의 문학적 재능을 칭송하고는 허주사마 송공의 사위임을 언급한 뒤, 이백이 송별연에 참석한 상황과 장군의 여러 아들이 배석한 상황을 묘사했으며, 부씨에게 여정에서 아름다운 경관을 많이 보고 시문을 지으라고 당부하는 말을 했다. 본문에 있는 '금문金門'에 착안하여 이백이 한림공봉으로 있던 천보 2년(743)에 지은 것으로 보는 설이 많은데, '금문'은 장군의 집으로 보는 것이 옳으니 이것이 저작시기를 판정하는 근거가 되지는 않는다. 하지만 장군의 집이 장안에 있었을 가능성이 높으니 결국은 천보 초년 한림공봉으로 있을 때 지었을 것이다.

---

46 睽拆(규탁) : 헤어지다.

47 앞뒤 문맥이 맞지 않아 빠진 글이 있는 것으로 보인다.

12) 겨울 용문산에서 부모님을 뵈러 회남으로 가는 친척동생 경조부 참군 이영문을 보내며 지은 서문冬日於龍門送從弟京兆參軍令問之淮南覲省序

자운산 신선[48]의 막내 동생은 빼어난 풍격이 있으니, 우리 집안에서 그를 보면 마치 뭇별 사이에 달이 있는 것과 같다. 귀하니 천자의 아우이고 보배로우니 바다와 산악의 기이한 정령이다. 교유하는 자들이 말하기를 바람이 옥의 숲에서 이니 맑고 시원하다고 하는데 진실로 헛말이 아니다. 일찍이 취하여 나를 평가하며 말하기를, "형님의 심장, 간, 오장은 모두 수놓은 비단입니다. 그렇지 않다면 어찌하여 입만 열면 글이 되고 붓만 휘두르면 안개가 흩어지겠습니까?"라고 했다. 나는 이에 박수치며 크게 웃고는 눈썹을 치켜 올리며 그렇다고 여겼으니, 왕징[49]으로 하여금 다시 듣게 해도 또한 다시 기절하며 넘어질 것이다. 그를 살펴보니 대저 붓은 온갖 만물 사이에서 달리고 생각은 신명과 통하니 빛나는 용의 무늬를 얻어 볼 수 있다. 올해 12월에 회남으로 부모님을 찾아뵙기로 했는데, 〈백화〉[50] 시 길게 읊조릴 것을 생각하며 누런 구름의 저녁 빛을 바라보다가 눈 닿는 데까지 보노라니 마음이 다하여 생각이 부모님 계신 곳에 걸려 있어서였다. 향기로운 술을 기울이며 송별하는데 금빛 안장이 빛나고 땅을 비추면서 어지러이 수레가 뜰에 모이고 조정의 인재가 자리에 가득하니, 재주와 명성이 이 시대를 뒤흔드는 자가 아니라면 어찌 이렇게 되겠는가? 해가 떨어지고 술자리가 파하니 앞산이 안개로 어둑하다. 정성껏 좋은 말을 남

---

48 이백의 〈숭산의 은자 원단구의 산속 거처에 쓰다 및 서문題嵩山逸人元丹丘山居幷序〉에서 "집이 본래 자운산이라서 도풍이 아직 사라지지 않았다.(家本紫雲山, 道風未淪落)"라고 하여 자운산이 이백의 집이라고 했다.

49 진晉나라 사람 왕징은 어떤 일에 탄복하는 일이 적었는데 매번 위개衛玠의 말을 들으면 감탄하며 기절하여 넘어졌다고 한다.

50 속석束皙의 〈사라진 시경의 시를 보충하다補亡詩〉 중에 "흰 꽃과 붉은 꽃받침이 무성한 풀덤불을 덮었다.(白華朱萼, 被於幽薄)"가 있는데 이는 효자가 부모를 모실 때의 순결함을 비유한 것이라고 한다.

기노라니 나의 도가 동쪽에 머물게 되겠구나.[51] 생각건대 낙양 다리에 올 봄빛이 먼저 회남의 성에 이를 터인데 천 가지의 푸른 버들을 보고서 한 가지를 꺾어 준다면 꽃과 꽃받침 같은 형제간의 정이 그대로 있어 내게 한이 없을 것이다. 여러 공이 시를 지어 전별을 영예롭게 했다.

원문

紫雲仙季, 有英風焉, 吾家見之, 若衆星之有月. 貴則天王之令弟, 寶則海岳之奇精. 遊者所謂風生玉林, 淸明蕭灑, 眞不虛也. 常醉目吾曰, 兄心肝五藏, 皆錦繡耶. 不然, 何開口成文, 揮翰霧散. 吾因撫掌大笑, 揚眉當之, 使王澄再聞, 亦復絶倒. 觀夫筆走群象, 思通神明, 龍章炳然, 可得而見. 歲十二月, 拜省於淮南, 思白華之長吟, 眺黃雲之晩色, 目斷心盡, 情懸高堂. 傾蘭醑而送行, 赫金鞍而照地, 錯轂[52]蹲[53]野, 朝英滿筵, 非才名動時, 何以及此. 日落酒罷, 前山陰烟. 殷勤惠言, 吾道東坐. 想洛橋春色, 先到淮城, 見千條之綠楊, 折一枝以相贈, 則華萼情在, 吾無恨焉. 群公賦詩, 以光榮餞.

해설

이 글은 낙양에서 회남으로 부모님을 뵈러 가는 이영문을 보내며 지은 것이다. 여러 사람과 송별하며 지은 시문집의 서문으로 보인다. '용문龍門'은 낙양의 용문산이고 '회남淮南'은 지금의 강소성 양주시揚州市이다. '경조京兆'는 지금의 섬서성 서안시西安市이며 '참군參軍'은 경조윤京兆尹의 속관으로 정팔품하正八品下이다. 이영문은 이백의 친척 동생으로 그와 관련된 시와 문장이 남아 있다.

---

51 후한의 정현鄭玄이 떠날 때 마융馬融이 탄식하며 문인에게 "정현이 오늘 떠났으니 나의 도가 동쪽으로 가겠구나."라고 했는데, 여기서는 이 고사를 인용하여 이영문이 회남으로 가는 것을 말한 것이다.

52 錯轂(착곡) : 번다한 수레바퀴. 많은 수레를 뜻한다.

53 蹲(준) : 모이다.

이영문의 재능과 풍격을 칭송한 뒤 부모를 그리워하는 그의 마음과 고명한 이들이 모여 송별하는 연회의 모습을 묘사하고 떠난 후에 자신을 잊지 말라는 당부를 했다. 대체로 개원 연간 낙양에 있을 때 지은 것으로 추정한다.

13) 강하에서 한동으로 돌아가는 천공을 보내며 지은 서문 江夏送倩公歸漢東序

사안은 40세에 동산에서 흰 구름에 누워 있다가 환공이 누차 부르고서야 백성을 위해 한번 일어섰는데, 항상 지둔 스님과 노닐며 감상했고 귀한 신분이 되어서도 그 마음은 변치 않았다. 대인과 군자는 정신이 절로 의기투합하는 법이니 정말로 이렇게 될 수 있는 것이다. 나는 천공과 한번 만나고는 옛사람의 사귐에 전혀 부끄럽지 않았다. 한동으로 돌아간다고 말하니 내 마음을 괴롭게 한다. 무릇 한동이라는 고장은 성인이 나온 곳으로, 신농씨 이후에는 계량[54]이 큰 어진 이였다. 그 뒤에 적적해져 기록할 만한 인물이 한 명도 없었다. 당나라가 중흥하고서 비로소 자양선생[55]이 나셨는데 선생이 예순에 돌아가시자 그 족적을 이어 일어난 자로는 오직 천공뿐이다. 씩씩한 뜻을 기르고도 나아가지 않고 훗날 노성하기를 기약했다. 또 재산을 탕진하면서까지 승낙을 중시하고 어진 이를 좋아하여 문장에 힘썼으니, 혜휴스님이 강엄, 포조와 왕래한 것[56] 역시 각기 한 때를 이룰 뿐이다. 내가 평생 저술했는데 그 초고를 모두 그에게 주었다. 친지를 그리워하여 떠나니 눈물을 흘리며 이별을 아쉬워한다. 지금 조정은 이미 계포를 풀어주었으니 응당 가의를 부를 터,[57] 얼굴을

---

54 계량季良은 춘추시대 수隨나라의 현자이다. 수나라 군주에게 올바른 정치를 하도록 간언하며 수나라를 강하게 만들어서 초나라가 감히 쳐들어오지 못하게 했다.

55 자양선생紫陽先生은 수주의 도사인 호자양胡紫陽으로 이백의 친구인 원단구元丹丘의 스승이다. 그는 어린 나이에 득도했다가 천보 2년(743) 62세의 나이로 죽었는데, 이백은 그를 위해 〈한동 자양선생 비명漢東紫陽先生碑銘〉을 썼다.

56 혜휴惠休는 남조南朝시대의 승려로 문학적 재능이 뛰어났고 강엄江淹과 포조鮑照와 교유하며 수창했다.

57 계포季布는 초나라의 장군으로 여러 차례 유방劉邦을 곤경에 처하게 했다. 항우가 죽은 뒤 유방이 천금을 걸고 그를 수배했는데, 그는 노魯나라 주가朱家에게 도망갔다. 주가는 여음후汝陰侯 등공滕公을 찾아가 천하를 얻으려면 우수한 인재가 필요한 법이니 계포를 죽이면 안 된다고 설득했다. 등공이 유방에게 이러한 사실을 말했고 유방은 그를 사면했다. 여기서는 이백이 야랑夜郞으로 유배 갔다가 사면 받은 것을 비유한다. 가의賈誼는

펴고 눈을 씻고 흰 태양을 한번 보게 될 것이다. 한동의 신송산에서 서로 보며 웃을 수 있기를 기대한다. 짧은 절구를 지어 이별의 뜻을 적는다. 그 시는 다음과 같다.

저 아름다운 한동에는 시내가 명월주의 빛을 숨기고 있는데, 어찌 알았으리요? 난리 후에 또 구슬 하나가 돌아갈 줄을.

원문

謝安四十, 臥白雲於東山, 桓公累徵, 爲蒼生而一起, 常與支公遊賞, 貴而不移. 大人君子, 神冥契合, 正可乃爾. 僕與倩公一面, 不忝古人. 言歸漢東, 使我心痗. 夫漢東之國, 聖人所出, 神農之後, 季良爲大賢. 爾來寂寂, 無一物可紀. 有唐中興, 始生紫陽先生, 先生六十而隱化, 若繼跡而起者, 惟倩公焉. 蓄壯志而未就, 期老成於他日. 且能傾産重諾, 好賢攻文, 卽惠休上人與江鮑往復, 各一時也. 僕平生述作, 罄其草而授之. 思親遂行, 流涕惜別. 今聖朝已捨李布, 當徵賈生, 開顔洗目, 一見白日, 冀相視而笑於新松之山耶. 作小詩絶句, 以寫別意. 辭曰,

彼美漢東國, 川藏明月輝. 寧知喪亂後, 更有一珠歸.

해설

이 글은 강하에서 한동으로 돌아가는 천공 스님을 송별하며 지은 것으로 이백이 지은 송별시의 서문이다. '강하江夏'는 지금의 호북성 무한시武漢市이다. '한동漢東'은 지금의 호북성 수주隨州이다. '천공倩公'은 수주의 스님인 정천貞倩이며 자세한 사항은 알려져 있지 않다.

사안과 지둔의 사귐처럼 이백과 천공의 사귐이 대인과 군자의 만남이라고 하며 서로간의 교의를 평가한 뒤, 그가 한동의 현인 계보를 잇는 훌륭한 인품을 가지고 있으며 아울러

한 문제文帝가 총애한 신하였는데 후에 참언으로 인해서 장사왕長沙王 태부太傅로 폄적되었다. 삼 년쯤 후에 문제가 가의를 궁궐로 불러다가 귀신의 일에 대해서 물었다. 여기서는 이백이 다시 황제의 부름을 받아 궁궐로 들어가게 될 것을 뜻한다.

문학적인 재능도 갖추고 있다고 했다. 이에 자신의 저술 초고 전부를 맡기며 정리해주기를 바라는 마음을 표현했다. 이제 사면령이 내렸고 조정에서 인재를 등용할 것이라 이백 자신 역시 부름을 받을 터이니 그런 뒤에 한동으로 가서 만나겠다는 기약을 했다. 건원 2년(759) 사면 받고 돌아와 강하에서 머물 때 지은 것으로 추정한다.

14) 광릉으로 군대를 이동시키는 부사 이장용을 전송하며 지은 서문 餞李副使藏用移軍廣陵序

대저 공적은 세상을 덮어서는 안 되며 위엄은 군주를 떨게 하면 안 된다.[58] 분명코 이러한 공적과 위엄을 끼고 있는 자가 이것을 지닌 채 어디로 돌아가겠는가? 그래서 앞서 팽월이 해형을 당하고 후에 한신이 죽임을 당했다.[59] 하물며 권력과 지위가 이들에게 미치지 못한 자라면 공연히 의심이 생겨서 몰래 앙심을 품고 왕명을 사소하게라도 거역했으니, 이로 인해 정사를 돌보는 신하가 부절과 부월로 유인하여 삶아 죽이고자 했다.[60] 하지만 이는 날뛰는 고래에게 큰 파도를 빌려주고 으르렁거리는 호랑이에게 살아있는 사람을 회쳐서 준 것과 같았으니, 강과 바다를 마시고 내뱉자 온갖 시내가 제멋대로 흘러 왼쪽으로 휘감고 오른쪽으로 휩쓴 것이 십여 개의 군이었다. 하지만 나라의 계획이 아직 미치지 못했으니 누가 그 칼날을 막을 수 있었겠는가? 우리의 부사 이공은 용맹함이 삼군의 으뜸으로 무리는 일개 여단도 되지 않지만 하늘에 기대놓은 긴 검을 마음대로 다루고 해를 멈칫하게 하는 창을 휘둘렀다. 길게 소리 지르며 사방을 돌아보니 곰 같은 용사들이 비 오듯 모이고, 선봉에서 바퀴를 방패막이로 삼고 솥을 들어 올릴 수 있는 병사들이 간장검을 잡고 별처럼 늘어서 있는데, 위로 하늘의 구름을 자를 수 있고 아래로 땅의 벼리를 끊을 수 있었다. 호랑이 군대를 일제히 진작시키고 제왕의 군사를 크게 펼쳤으니, 물러설 때는 산이 서 있는 듯하고 나아갈 때 번개가 치는 듯했다. 여기저기 싸워 백 번 승리하여 시체

---

58 《포박자抱朴子 · 외편外篇》에 "공적이 세상을 덮는 자는 상을 받지 못하고 위엄이 군주를 떨게 하는 자는 몸이 위태롭다.(功蓋世者不賞, 威震主者身危)"라는 말이 있다.

59 팽월彭越은 한나라 개국공신으로 양왕梁王에 봉해졌는데 후에 모반죄로 살을 저며 절이는 해형醢刑을 당했다. 한신韓信 역시 한나라 개국공신으로 초왕楚王에 봉해졌으나 여후呂后에게 살해되었다. 두 사람이 죽은 것은 한 해에 있었는데 한신은 정월에 죽었고 팽월은 3월에 죽었다.

60 당시 내좌상시內左常侍 형연은邢延恩이 유전劉展을 도통삼도절도사都統三道節度使에 제수하여 난을 진정시킨 뒤 후에 유인하여 죽이자고 숙종에게 건의했다.

가 시내에 가득했으니 큰 바다에는 물이 기름으로 엉기고 너른 들에는 땅이 피로 젖었다. 한 번 쓸어버리니 와해되어 오 땅 전체를 말갛게 씻어버렸으니, 만리장성이 초 땅의 변새를 가로질러 끊었다고 말할 수 있다. 그렇지 않았다면 오령의 북쪽은 모두 긴 뱀에 먹혀 기세가 움츠러들고 땅이 쪼그라들어 도모할 수 없었을 것이다. 하지만 공은 커도 쓰임이 작았으니 하늘이 높고 길이 멀었기 때문이었다. 사직은 비록 유장에 의해 안정되었지만 제후를 봉하는 일은 이광에게 베풀어지지 않았으니,[61] 강개하는 선비로 하여금 푸른 구름에 길게 탄식하게 했다. 잠시 광릉으로 군대를 이동시키고 이후의 명령을 공손히 기다리게 되었는데, 군복이 눈을 비추고 누선이 바람을 타자 피리와 북소리가 들끓어 금릉의 세 산이 뒤흔들리고 깃발이 드날려 구층 하늘이 뒤집어진다. 훌륭한 지방 장관이 전송하러 나오고 맹렬한 장수가 연회석에 올랐는데 노래는 역수의 바람으로 시원시원하고 기개는 무안의 기와를 뒤흔든다.[62] 바다의 태양이 밤빛을 띠게 되고 구름 같은 돛이 물 가운데 있으니 연회가 무르익자 시를 지어 삼군의 일을 씩씩하게 했다. 나 이백은 붓이 이미 늙었기에 서문을 어찌 지을 수 있겠는가?

원문

夫功未足以蓋世, 威不可以震主. 必挾此者, 持之安歸. 所以彭越醢於前, 韓信誅於後. 況權位不及於此者, 虛生危疑, 而潛包禍心, 小拒王命, 是以謀臣將啖以節鉞, 誘而烹之. 亦由借鴻濤於奔鯨, 鱠生人於哮虎, 呼吸江海, 橫流百川. 左縈右拂, 十有餘郡. 國計未及, 誰當其鋒. 我副使李公, 勇冠三軍,

61 유장劉章은 한나라 신하로 진평陳平과 주발周勃 등을 도와 반란을 꾀하는 외척 여씨 일당을 토벌했다. 이광李廣은 한나라 장수로 흉노匈奴와 싸우면서 여러 번 전공을 세웠으나 후侯에 봉해지지 못했다.

62 형가가 진시황을 암살하러 갈 때 사람들이 역수에서 전송했는데 그곳에서 형가가 노래를 부르자 그 기개에 모두 눈물을 흘렸다. 전국시대 진秦나라 장수 백기白起가 무안 서쪽에 주둔하면서 북을 치고 함성을 지르니 무안의 기와가 모두 흔들렸다고 한다.

衆無一旅, 橫倚天之劍, 揮駐日之戈. 吟嘯四顧, 熊羆雨集, 蒙輪扛鼎之士, 杖干將而星羅, 上可以決天雲, 下可以絶地維. 翕振虎旅, 赫張王師, 退如山立, 進若電逝. 轉戰百勝, 殭屍盈川, 水膏於滄溟, 陸血於原野. 一掃瓦解, 洗淸全吳, 可謂萬里長城, 橫斷楚塞. 不然, 五嶺之北, 盡餌於修蛇, 勢盤地蹙, 不可圖也. 而功大用小, 天高路遐. 社稷雖定於劉章, 封侯未施於李廣, 使慷慨之士, 長吁靑雲. 且移軍廣陵, 恭揖後命, 組練照雪, 樓船乘風, 簫鼓沸而三山動, 旌旗揚而九天轉. 良牧出祖, 烈將登筵, 歌酣易水之風, 氣振武安之瓦. 海日夜色, 雲帆中流, 席闌賦詩, 以壯三軍之事. 白也筆已老矣, 序何能爲.

해설

이 글은 금릉에서 광릉으로 군대를 이동시키러 떠나는 이장용을 전송하며 지은 것이다. 여러 사람과 송별하며 지은 시문집의 서문으로 보인다. '이장용'은 당시 절서절도부사浙西節度副使로서 송주자사宋州刺史 유전劉展의 난을 평정했다. 하지만 적절한 상을 받지 못한 채 후에 초주자사楚州刺史가 되었다가 원한을 품은 부하 고간高幹에 의해 살해당했다. '광릉廣陵'은 지금의 강소성 양주시揚州市이다.

큰 공적으로 함부로 위엄을 부리는 자가 죽임을 당한 예를 들고는 그 아류로 유전이 반란을 일으킨 상황을 서술한 뒤 이장용이 그를 진압한 상황을 기술했다. 하지만 제대로 상을 받지 못하고 이동하게 된 상황을 개탄했으며, 그래도 송별이 성대하고 떠나가는 군대가 기운찬 모습을 그려 이장용의 인품과 기개를 칭송했다. 상원 2년(761) 금릉에 있을 때 지은 것으로 추정한다.

15) 가을밤에 안주에서 도읍으로 돌아가는 맹 찬부 형님을 보내며 지은 서문 秋夜於安府送孟贊府兄還都序

대저 선비 중에 높은 모자를 쓰고 긴 검을 차고는 눈썹을 치켜뜨고 승낙의 말을 내뱉으며 푸른 구름에 격앙하는 자가 있으면 모두 의기를 과시하며 왕후에게 의탁하여 교유했다. 하지만 만약 그들에게 급박한 어려움을 알리면 열 명 중 여덟아홉 명은 잃을 것인데, 나의 의형 맹씨는 그렇지 않다. 도가 합쳐지면 마음은 어느새 친해지고 뜻이 어긋나면 간과 쓸개처럼 가깝던 자도 초나라와 월나라처럼 멀어진다. 큰기러기가 날아오른 듯 봉황이 우뚝 선 듯, 평범한 부류를 따르지 않았으며, 제갈량처럼 책을 펴면 매번 큰 대강을 보았고 이소군[63]처럼 《주역》을 읽으면 때때로 짧은 글을 지었으니, 사방의 어질고 호방한 이들이 아찔해하면서 우러러 사모했다. 비록 신장은 일곱 자가 넘지 않지만 마음은 만 명의 장부보다 걸출했기에 술의 흥취가 한창 무르익어서 천부적인 재능이 두드러지게 드러나면, 담소가 자리에 가득해지고 풍운이 하늘을 뒤흔들었다. 숭산의 치솟는 정기를 타고난 것이 아니라면 어찌 이럴 수 있었겠는가? 나 이백은 어린 나이에 일찍이 향기로운 그대의 명성을 접했고, 하물며 친히 찬란한 빛을 받들어 은혜가 꽃과 꽃받침 같은 형제의 우애만큼 커졌으니, 타향에서 맞은 이 헤어짐에 있어 누군들 한이 없겠는가? 이때에 숲의 바람이 서리를 날려 가을 풀 위에 흩어져 내리고 바다의 기러기가 달 아래서 울며 홀로 북쪽 구름으로 날아가기에, 혼백이 놀라고 뼈가 뒤흔들려 슬을 타면서 눈물을 떨군다. 멀리 떠나가는 이에게 손을 흔드니 애달픔을 어찌하겠는가? 잠시 각자 시를 지어 떠나가는 길을 영예롭게 한다.

---

63 《한무제외전》에 따르면 이소군李少君은 한 무제武帝 때의 제齊나라 도사로 계료薊遼가 그를 스승으로 삼았다고 한다. 그리고 계료는 성격이 조용한 것을 좋아하고 늘 한가로이 지내면서 《주역》을 읽었고 때때로 짧은 글을 써서 해설했는데 모두 의미가 있었다고 한다. 이백의 이 글에는 이것이 이소군의 행위로 되어 있는데 이에 대해서는 고찰할 수 없다.

원문

夫士有飾危冠, 佩長劍, 揚眉吐諾, 激昂靑雲者, 咸誇炫意氣, 託交王侯. 若告之急難, 乃十失八九, 我義兄孟子, 則不然耶. 道合而襟期暗親, 志乖而肝膽楚越. 鴻騫鳳立, 不循常流, 孔明披書, 每觀於大略. 少君讀易, 時作於小文, 四方賢豪, 眩然景慕. 雖長不過七尺, 而心雄萬夫, 至於酒情中酣, 天機俊發, 則談笑滿席, 風雲動天. 非嵩丘騰精, 何以及此. 白以弱植, 早飮香名, 況親承光輝, 恩甚華蕚, 他鄕此別, 誰無恨耶. 時林風吹霜, 散下秋草, 海鴈嘶月, 孤飛朔雲, 驚魂動骨, 戛[64]瑟落涕. 抗手緬邈, 傷如之何. 且各賦詩, 以寵行路.

해설

이 글은 안주에서 도읍으로 돌아가는 맹씨를 보내며 지은 것이다. 여러 사람이 함께 송별하며 지은 시문집의 서문이다. '안부安府'는 안주安州인데 지금의 호북성 안륙현安陸縣이다. '찬부贊府'는 현승縣丞의 별칭이고 '맹孟'씨에 대해서는 자세히 알 수 없다. 〈수산을 대신하여 맹 소부의 이문에 답하는 편지代壽山答孟少府移文書〉에 있는 맹 소부와 동일인물로 보는 설이 있지만 틀린 것으로 보인다. '도都'는 도읍이란 뜻인데 여기서는 어디를 가리키는지 알 수 없다.

세상의 호걸이 평소에는 의기투합하여 왕공과 사귀지만 어려운 일이 생길 때는 외면한다는 세속적인 교유 양상을 언급한 뒤 맹씨는 이와 다르다고 했고 그의 재능과 호방함에 대해 칭송했으며, 두 사람 간의 형제 같은 사귐과 송별의 아쉬움을 언급했다. 대체로 개원 17년(729) 즈음 안륙에서 머물 때 지은 것으로 추정한다.

---

64 戛(알) : 두드리다. 악기를 연주하다.

16) 겨울밤 수주 자양선생의 손하루에서 선성산으로 은거하러 가는 연자 원연을 보내며 지은 서문 冬夜於隨州紫陽先生湌霞樓送烟子元演隱仙城山序

나는 하자[65] 원단구, 연자 원연과 함께 기운이 격앙하고 도가 합쳐졌기에 신선의 사귐을 맺었는데, 몸은 다르지만 한 마음으로 구름바다에서 늙어가기로 맹세했으니 이는 누구도 빼앗을 수 없는 것이다. 천하를 다니면서 이름난 산을 두루 찾다가 신농의 고향인 수주로 들어와 호자양 선생의 정묘한 신선술을 얻었다. 호자양 선생은 몸이 해와 달을 들고 있는 듯 빛났고 마음이 봉래산으로 날아다녔는데, 노을을 마시는 외로운 누대를 세워서 태양의 정기를 빨아들이는 술법을 연마하셨다. 우리를 불러서 우주의 기원인 혼원의 일에 관해 높이 담론하셨는데 금 같은 글과 옥 같은 비결이 모두 여기에 있었다. 나 이백이 마침내 멋진 경개에 관해 언급하자 호자양 선생은 이로 인해 선성산을 크게 찬미하셨으며, 원연이 그 말을 듣고는 흥을 타고 그곳으로 가려고 했다. 이에 작별의 술을 차가운 날씨 속에 마시고 청전주에 취해서 잠시 만류했지만, 꿈속의 혼백이 새벽에 날아가 푸른 물을 건너 먼저 떠나갔다. 나는 외물에 얽매이지 않고 때와 더불어 변해가니, 세상으로 나가서는 왕후와 평등하게 사귀고 자연으로 숨어서는 소보와 허유를 내려다본다. 하지만 붉은 인끈의 관직이 나를 가까이하려 하기에 푸른 여라가 있는 곳으로 아직 돌아가지 못하고 있으니, 안개 낀 숲에서 함께 머물며 달빛 비치는 소나무 아래 마주 앉지 못하는 것을 한스러워한다. 이에 진정으로 느끼는 바가 있기에 못가 바위에 새겨놓았고 봄이 되면 마땅히 갈 것이니 잠시 금을 안고 꽃밭에 누워서 베개를 높이 베고는 나를 기다리시게. 시로써 작별을 영광스럽게 하려고 읊어서 준다.

---

65 하자霞子는 노을이란 뜻으로 이백의 친구인 원단구元丹丘의 별칭으로 보인다.

원문

吾與霞子元丹, 烟子元演, 氣激道合, 結神仙交, 殊身同心, 誓老雲海, 不可奪也. 歷行天下, 周求名山, 入神農之故鄉, 得胡公之精術. 胡公身揭日月, 心飛蓬萊. 起飡霞之孤樓, 鍊吸景之精氣. 延我數子, 高談混元. 金書玉訣, 盡在此矣. 白乃語及形勝, 紫陽因大誇仙城, 元侯聞之, 乘興將往. 別酒寒酌, 醉靑田而少留, 夢魂曉飛, 度淥水以先去. 吾不凝滯於物, 與時推移, 出則以平交王侯, 遁則以俯視巢許. 朱紱[66]狎我, 綠蘿未歸, 恨不得同棲烟林, 對坐松月. 有所款然, 銘契潭石, 乘春當來, 且抱琴臥花, 高枕相待. 詩以寵別, 賦而贈之.

해설

이 글은 수주에 있는 호자양 도사의 손하루에서 선성산으로 은거하러 떠나는 원연을 보내면서 지은 것이다. 여러 사람이 함께 송별하며 지은 시문집의 서문으로 보인다. '수주隨州'는 지금의 호북성 수현이다. '자양선생紫陽先生'은 수주 출신의 도사인 호자양胡紫陽인데, 그는 이백의 친구인 원단구元丹丘의 스승이다. 이백은 그를 위해 〈한동 자양 선생 비명漢東紫陽先生碑銘〉을 지었다. '손하루飡霞樓'는 노을을 먹는 누대라는 뜻으로 호자양이 수주 고죽원苦竹院에 지은 누대이다. 노을을 먹는다는 것은 일종의 도가 수련법이다. '연자烟子'는 '원연元演'의 별칭으로 보이며, 이백의 시 〈지난날 노닐던 것을 기억하고서 원참군에게 부치다憶舊遊寄譙郡元參軍〉에 나오는 원 참군과 동일인물이다. '선성산仙城山'은 수주 동쪽 80리에 있었다.

이백, 원단구, 원연이 신선의 사귐을 맺은 뒤 함께 수주 호자양에게 와서 신선의 도를 배웠음을 말하고는 호자양이 선성산에 관해 언급하자 원연이 흥을 타고 그곳에 가고 싶어 했음을 말했다. 이백이 때에 맞추어서 나아가고 물러날 수 있는 성품을 가지고 있는데 지금은 관직에 이끌려 은거하지 못하는 상황을 말한 뒤 곧이어 선성산으로 갈 터이니 같이 지내자는 다짐을 했다. 대체로 개원 연간에 지은 것으로 추정한다.

---

66 朱紱(주불) : 붉은 인끈. 고위 관직 또는 고위 관원을 비유한다.

17) 여름날 사마 무공을 모시고 여러 어진 이와 함께 고숙정에서 연회를 열면서 지은 서문 夏日陪司馬武公與群賢宴姑熟亭序

사통팔달의 역참 공관 남쪽에 물가 정자가 있는데 네 개의 용마루는 새가 날 듯하며 물가 섬에 우뚝이 가파르다. 대개 예전에 현령을 대리하던 하동사람 설공이 마룻대를 세우고 지붕을 얹었으며, 지금의 현령 농서사람 이명화가 만물의 이치를 깨달아 이에 맞춰 일을 이루었으니 대들보를 가로로 놓고 누각을 지었다. 낮에는 한가한 금을 연주하고 밤에는 맑은 달 아래서 술을 마시니, 대체로 사신을 맞이하고 멀리 가는 나그네를 전송하는 아름다운 장소가 되었다. 이 정자를 지은 지 이미 오래되었지만 누구도 이름이 무엇인지 알지 못했다. 사마 무공은 재주가 좋고 옛 일에 해박하여 홀로 세상 바깥까지 비추는데, 접의자에 기대어 두건을 올린 채 시를 읊으면서 예전의 장사 이공과 여러 공에게 말하기를, "이 정자는 고숙계의 물을 걸치고 있으니 고숙정이라고 칭할 만하다."라고 했으니, 아름다운 이름과 빼어난 경개가 우리에게서 시작될 것이다. 게다가 낮은 관원이나 높은 관원 중에 크게 어진 자가 이곳에 머물면 마치 푸른 산을 노닐고 흰 구름에 누운 것과 같아서 소요하고 구속받지 않을 터이니 어찌 이곳이 그들에게 적합하지 않겠는가? 하찮은 재주를 가진 이가 이곳에 있으면 군색하고 스스로 옭아매서 칼이나 수갑을 찬 것처럼 근심스러워하여 맑은 바람과 밝은 달빛, 강의 아름다움과 산의 빼어남이 모두 버려진 물건이 될 터이니 어찌 이곳에 어울릴 수 있겠는가? 그러하므로 남쪽 이웃인 사마 무공이 문장의 깃발과 북을 담당하니 글을 잘 짓는 손님들이 문사의 칼날을 휘둘러 전쟁에서 승리할 것이다. 명교가 있는 즐거운 곳 중에 준걸을 얻는 장소가 아닌 것이 없다. 천년도 한 때이니 시를 읊어서 그 뜻을 적는다.

원문

通驛公館南有水亭焉, 四甍翬飛,[67] 巉絶浦嶼. 蓋有前攝令河東薛公棟而宇之, 今宰隴西李公明化, 開物成務, 又橫其梁而閣之. 晝鳴閑琴, 夕酌淸月, 蓋爲接輶軒[68]祖遠客之佳境也. 製置旣久, 莫知何名. 司馬武公, 長材博古, 獨映方外, 因據胡牀, 岸幘嘯詠, 而謂前長史李公及諸公曰, 此亭跨姑熟之水, 可稱爲姑熟亭焉, 嘉名勝槪, 自我作也. 且夫曹官紱冕[69]者, 大賢處之, 若遊靑山臥白雲, 逍遙偃傲, 何適不可. 小才居之, 窘而自拘, 悄若桎梏, 則淸風朗月, 河英嶽秀, 皆爲棄物, 安得稱焉. 所以司馬南隣, 當文章之旗鼓, 翰林客卿, 揮辭鋒以戰勝. 名敎樂地, 無非得俊之場也. 千載一時, 言詩紀志.

해설

이 글은 무공을 모시고 고숙정에서 여러 사람들과 연회를 벌이며 지은 것이다. 여러 사람이 함께 지은 시문집의 서문으로 보인다. '무공武公'은 무유성武幼成으로 선주宣州 사마司馬이다. '고숙정姑熟亭'은 지금의 안휘성 당도현當塗縣에 있었다.

고숙계에 정자가 세워진 전말을 기술한 뒤 무공이 이곳에서 연회를 벌이다가 고숙정이라고 이름을 붙인 상황과 훌륭한 정자에는 응당 어질고 기개가 높은 이가 노닐어야 된다는 사실을 말하고 그에 걸맞은 풍류를 펼치며 시문을 짓자고 했다. 천보 14년(755) 당도에 있을 때 지은 것으로 추정한다.

---

67 甍(맹) : 용마루. 翬飛(휘비): 새가 날다. 날 듯한 처마를 형용한 말이다.

68 輶軒(유헌) : 사신이 타고 가는 가벼운 수레. 여기서는 왕명을 받아 지방을 다니는 관원을 가리킨다.

69 紱冕(불면) : 인끈과 관모. 높은 관직 또는 높은 관원을 비유한다.

18) 여름에 여러 친척 동생과 여주 용흥각에 올라서 지은 서문 夏日諸從弟登汝州龍興閣序

대저 무궁화가 향긋한 정원에서 피고 매미가 진귀한 나무에서 울면 대체로 시절은 대화성이 남쪽에 있는 여름의 달이니, 누각이나 정자에 머물거나 높고 밝은 곳에서 지낼 만하다. 나의 형제들이 이 뜻을 따라서, 마침내 아름다운 명승지를 고르니 용흥각을 얻었다. 성문 밖에 좋은 말을 두고 누각 위로 금빛 사다리를 걸어 올라가니 점차 인가보다 높아져서 멀리 구름 하늘을 바라보았다. 맑은 산이 푸르고 멀며 사방을 에워싸는데 저녁 강이 푸르게 흐르며 한 가지 색을 이룬다. 고향 가는 길을 구불구불 가리키니 여전히 꿈속인 듯하고 높은 난간에서 가슴을 여니 완연히 하늘 바깥에 있는 것과 같다. 아아, 굴원과 송옥이 영원히 떠났기에 더불어 말을 할 만한 사람이 없다. 나를 깨우쳐 일으킬 자가 누구인가? 내 두 아우를 얻었다. 마땅히 너희들의 아름다운 문장을 짓고 나의 노을 술잔에 술을 따라야 할 것이니, 이 백운 형과 더불어 모두 옛 사람의 뜻을 저버리지 말아야 한다.

원문

夫槿榮芳園, 蟬嘯珍木, 蓋紀乎南火之月也, 可以處臺榭, 居高明. 吾之友于,[70] 順此意也, 遂卜精勝, 得乎龍興. 留寶馬於門外, 步金梯於閣上. 漸出軒戶, 霞[71]瞻雲天. 晴山翠遠而四合, 暮江碧流而一色. 屈指鄉路, 還疑夢中, 開襟危欄, 宛若空外. 嗚呼, 屈宋長逝, 無堪與言. 起予者誰, 得我二季. 當揮爾鳳藻, 挹予霞觴, 與白雲老兄, 俱莫負古人也.

---

70 友于(우우) : 《상서 · 군진君陳》에 '友于兄弟'라는 말이 있는데, 여기서는 형제를 가리킨다.
71 霞(하) : 멀다는 뜻인 '하遐'로 된 판본도 있으며, 두 글자는 통용된다.

해설

이 글은 친척 동생들과 함께 여주 용흥각에 올라서 지은 것으로 세 사람이 함께 지은 시문집의 서문이다. '여주汝州'는 지금의 하남성 임여현臨汝縣인데 '면주沔州'로 된 판본도 있다. '면주'는 지금의 호북성 무한시武漢市이다. '용흥각龍興閣'에 대해서는 자세히 알 수 없다.

여름에 좋은 곳에서 노닐어야 하기에 용흥각에 오르게 되었다는 사실과 올라가서 본 주위 경물을 묘사한 뒤 굴원과 송옥같이 뛰어난 아우들과 함께 자신을 계발시킬 수 있는 글을 짓자고 했다. 대체로 개원 22년(734) 강남 지역에 머물 때 지은 것으로 추정한다.

19) 봄날 밤에 친척 동생들과 복숭아꽃이 핀 정원에서 연회를 열며 지은 서문 春夜宴從弟桃花園序

대저 천지는 만물의 여관이고 시간은 긴 세월의 과객이니 덧없는 인생은 꿈과 같아 즐거움이 얼마나 되겠는가? 옛사람이 촛불을 잡고 밤에 노닌 것은 진실로 이유가 있었기 때문이었다. 하물며 따뜻한 봄이 우리를 안개 같은 경치로 부르고 대지가 우리에게 아름다운 경관을 빌려주어, 복숭아꽃과 자두꽃이 핀 향기로운 정원에 모이게 하고 형제들의 즐거운 일을 펼치게 했음에랴. 여러 동생들은 준수하여 모두 사혜련과 같은데 내가 부르는 노래는 유독 사령운에 부끄럽구나.[72] 그윽한 감상이 아직 끝나지 않았고 고아한 담론은 점점 맑아지는데 화려한 자리를 펼쳐 꽃 사이에 앉고 날개 달린 술잔을 날려 달빛에 취한다. 아름다운 시가 있지 않으면 어찌 고아한 생각을 펼 수 있겠는가? 만일 시를 짓지 못하면 금곡의 벌주 수에 따라 벌을 받으리라.[73]

원문

夫天地者, 萬物之逆旅也, 光陰者, 百代之過客也, 而浮生若夢, 爲歡幾何. 古人秉燭夜遊, 良有以也. 況陽春召我以烟景, 大塊假我以文章,[74] 會桃李之芳園, 序天倫之樂事. 群季俊秀, 皆爲惠連. 吾人詠歌, 獨慚康樂. 幽賞未已, 高談轉淸, 開瓊筵以坐花, 飛羽觴而醉月. 不有佳詠, 何伸雅懷. 如詩不成, 罰依金谷酒數.

---

72 사령운謝靈運과 사혜련謝惠連은 남조 송나라의 시인으로 친척 형제사이였다. 사령운은 강락공康樂公을 물려받아 봉해졌다.

73 금곡원金谷園은 진晉나라 석숭石崇이 낙양에 만든 정원인데, 매우 화려했으며 문인들을 초청하여 연회를 펼치고 시문을 지으며 즐겼다. 혹 시를 짓지 못하는 사람은 벌주 세 잔을 마시도록 했다.

74 文章(문장) : 여러 가지 무늬가 교차된 것을 뜻해 봄날의 아름다운 경관을 가리킨다. 이와 달리 글 짓는 재능이나 글 지을 수 있는 소재를 뜻하는 것으로 볼 수도 있다.

해설

이 글은 여러 친척 동생과 함께 봄날 밤에 복숭아꽃이 핀 정원에서 연회를 펼치면서 지은 것으로 여러 사람이 함께 지은 시문집의 서문이다. '종제從弟'에 관해 안륙安陸에서 이백과 자주 왕래한 이유성李幼成과 이령문李令問을 가리킨다는 설이 있지만 확실치 않다. '도화원桃花園'은 안륙 조산兆山 도화암桃花岩에 있는 정원으로 보는 설과 여주汝州의 '춘일도원春日桃園'으로 보는 설이 있지만 확실치 않다.

아름다운 봄날을 맞이하여 급시행락 해야 하기에 형제들끼리 모였으며, 고아한 담론과 좋은 술로 흥겨운 연회를 가지니 이를 응당 좋은 시로 표현해야 한다는 것을 말했다. 대체로 개원 연간 안륙에서 지은 것으로 추정하는데 확실치는 않다.

20) 《택반음》의 서문 澤畔吟序

《택반음》은 쫓겨난 신하 최공이 지은 것이다. 공은 대를 이어 문장의 대가가 되기 위해 힘썼고 어릴 적부터 재능이 빼어났다. 처음 부름을 받아 비서성의 교서랑이 되었고 관중과 삼보 지역[75]에서 두 번 현위를 했으며 중간에 어사대의 수레를 보좌하다가 상음현으로 폄적되었다. 벼슬살이가 28년이지만 관직이 조정의 관서에 오르지 못했으니 어찌하여 때를 만났지만 불우했는가? 이른바 큰 명성 아래에서는 오래 머물기 어렵고 큰 열매는 먹을 수 없다고 한 것이니,[76] 원수와 상수를 떠돌다가 잡초 사이에서 시들어 버렸다. 같은 때에 죄를 얻은 자가 수십 명이었는데 어떤 이는 재능이 크지만 명이 짧았기에 둥지가 엎어지고 집이 부서졌다. 최공은 충성심에 격분하고 의리가 장렬하여 이를 맑은 문장에 형용했으며 못가에서 통곡하여 붓과 먹으로 슬픔을 드러냈는데, 《시경》의 작품과 같아서 그것을 들은 자는 죄가 없다고 여겼으며 그것을 보는 자는 거울로 삼았다. 겪어 느낀 바를 적으니 모두 20장이고 제목을 택반음이라고 했는데, 간신의 시기를 두려워하여 늘 죽간 사이에 감추어 두었으며 가혹한 관리가 이르면 이름난 산에 숨겨 놓았다. 앞뒤로 이런 일이 여러 번이었기에 권축이 좀먹고 상하게 되었다. 보아하니 뛰어난 기상은 돈좌가 심하고 빼어난 풍격은 거세게 드날리니 마음대로 흐르는 물결이 구불구불 멀리까지 흘러 힘차게 달려가 만고까지 이를 것이다. 은미하지만 선명하고 완곡하지만 화려하며, 슬픔은 자신으로 말미암은 것이 아니고 흥은 다른 사람을 완성시키니, 어찌 원망하는 자의 부류[77]라고 말하지 않을 수 있겠는가? 내가 그것을 보고는 서글퍼서 책을 덮고 눈물

---

75 관중關中과 삼보三輔 지역은 수도인 장안과 그 근방 지역을 가리킨다.

76 《사기 · 월세가越世家》에 "큰 명성 아래서는 오래 머물기 어렵다.(大名之下, 難以久居)"는 말이 있고, 《주역 · 박괘剝掛》의 상구上九에 "큰 열매는 먹지 못한다.(碩果不食)"는 말이 있는데, 여기서는 최씨가 큰 인물이지만 다른 큰 인물과 병존할 수 없기에 쓰이지 못했음을 말한다.

77 굴원이 〈이소離騷〉를 지은 것과 같은 부류라는 뜻이다.

을 뿌리며 이를 위해 서문을 지었다.

원문

澤畔吟者, 逐臣崔公之所作也. 公代業文宗, 早茂才秀. 起家校書蓬山,[78] 再尉關輔, 中佐於憲車, 因貶湘陰. 從宦二十有八載, 而官未登於郎署, 何遇時而不偶耶. 所謂大名難居, 碩果不食, 流離乎沅湘, 摧頹於草莽. 同時得罪者數十人, 或才長命夭, 覆巢蕩室. 崔公忠憤義烈, 形於淸辭, 慟哭澤畔, 哀形翰墨, 猶風雅之什, 聞之者無罪, 覩之者作鏡. 書所感遇, 總二十章, 名之曰澤畔吟. 懼奸臣之猜, 常韜之於竹簡, 酷吏將至, 則藏之於名山. 前後數四, 蠹傷卷軸. 觀其逸氣頓挫, 英風激揚, 橫波遺流, 騰薄萬古. 至於微而彰, 婉而麗, 悲不自我, 興成他人, 豈不云怨者之流乎. 余覽之愴然, 掩卷揮涕, 爲之序云.

해설

이 글은 《택반음》을 읽고 그 책에 쓴 서문이다. 이 책의 지은이는 최씨인데 주석가들은 대체로 이백과 교유하던 최성보崔成甫로 추정하지만 확실치는 않다. 《사기·굴원열전屈原列傳》에 "굴원은 강가에 이르러 못가에서 머리를 풀어헤치고 다니면서 읊조렸으며, 안색이 초췌하고 모습이 수척했다(屈原至於江濱, 被髮行吟澤畔, 顔色憔悴, 形容枯槁)."라는 말이 있는데 최씨 역시 폄적당해서 원수와 소수에서 떠돌았다고 했으므로 이로부터 제목을 취한 것으로 보인다.

최씨가 문장을 잘하지만 낮은 관직과 지방관으로 떠돌다가 폄적 당했으며, 당시 억울함을 당한 이들을 위해 시문을 짓게 되었음을 말한 뒤, 이는 《시경》과 〈이소〉에 버금가는 작품으로 영원히 전해질 것이라 칭송했다. 최성보가 죽은 해인 건원 원년(758)이나 이백이 사면 받고 돌아와 소상 지역을 노닐던 건원 2년(759)에 지었을 것으로 보는 설이 있지만 확실치는 않다.

---

78 蓬山(봉산) : 궁중의 서적을 모아 놓은 비서성秘書省의 별칭이다.

21) 《북두연생경주해》의 서문 北斗延生經註解序

본래 대저 태초의 바탕이 나눠지지 않았을 때 빛도 없고 형상도 없었는데, 넓고 밝아져 교화가 이루어지자 시작이 있고 끝이 있게 되었으니 맑은 것을 올리고 더러운 것을 남겨 놓았으며 선을 돕고 악을 억눌렀다. 120개의 관서를 두어 명부에 늘어세우고 36부의 경문을 만들어 옥 궁궐에 간직하고는 신선이 도를 가지도록 깨우쳐 주고 중생이 어리석지 않도록 일깨워주었다. 나는 탄식하며 말했다. 삼계와 시방, 천지와 인륜이 아닌 것이 없으니 이는 도의 벼리가 되는 바이다. 지금 외람되이 성세를 보게 되고 요행히 풍년을 만나서 황제의 은혜를 받게 되었다. 도덕으로 집안과 나라를 안정시키고 요임금과 순임금을 본받아 백성을 길렀으며, 하물며 천하가 편안해지고 심오한 이치가 드러나 빛나게 되었음에랴. 지금 나아가 깨쳐서 도를 가지겠다는 마음을 가진 이로 부풍씨[79] 등은 뜻을 받드는 것이 나날이 새로워지고 참됨을 사모한 지 오래되었으며, 하늘의 보우를 기도하여 흉악한 마귀를 제압하고 스승의 가르침을 구하여 도의 요지를 전수받고자 했다. 마침내 공동산의 현원진인[80]을 만났는데 용한[81] 시기의 신묘한 글을 밝히고 붉은색 글의 오묘함을 자세히 설명했으며, 가르침으로는 십동과 삼승을 모으고 교화로는 만기와 일의를 나열하여 《북두연생경》 한 권을 주해했다. 위에는 날아다니는 신선의 금궐에 관한 내용이 있고 중간에는 나라를 지키고 집안을 편안하게 하는 내용이 있으며, 그 다음에는 나이를 연장하고 수명을 늘리는 내용이 있으니, 욕정이 있는 부류를 널리 제도하고 막힘이 없는 문을 함께 오를 것이다. 이에 삼가 이 글을 지어서 경문의 앞에 적는다. 이백이 삼가 서문을 쓴다.

---

79 지금의 섬서성 봉상현鳳翔縣인 부풍 지역 출신의 사람인데 누구인지는 알 수 없다. 아마도 《북두연생경주해》를 이백에게 보여준 사람일 것이다.

80 《북두연생경주해》를 지은 사람일 것인데 그에 관해서는 자세히 알 수 없다.

81 용한龍漢은 도교에서 말하는 원시천존元始天尊의 연호 중 하나이다.

원문

原夫太素未分, 無光無象, 混黃成化, 有始有終, 則昇淸而滯穢,[82] 輔善而貶凶. 置百二十曹局, 列於冥府, 造三十六部經, 秘於瓊宮, 度天人之有道, 啓含識[83]之不矇. 余歎曰, 莫非三界十方, 天地人倫, 斯所以爲道之紀也. 今竊見聖世, 幸逢豊年, 得遇皇恩. 將道德而安家邦, 效勳華[84]而育黎庶, 而況天下晏然, 太玄彰耀. 今卽啓有道之心者, 扶風氏等志奉日新, 慕眞歲久, 禱天祐而制凶魔, 求師訓而傳道要. 遂得遇崆峒山玄元眞人, 明龍漢之玄文, 演赤文之妙奧, 敎府十洞三乘, 化列萬機一義, 註解北斗延生經一卷. 上則有飛神金闕, 中則有保國寧家, 次則有延齡益壽, 普度有情之品, 同登無礙之門. 於是謹作斯文, 用題經首. 李白謹序.

해설

이 글은 도가 서적인 《북두연생경주해》에 쓴 서문이다. 《북두연생경주해》는 《태상현령북두본명연생진경주해太上玄靈北斗本命延生眞經註解》이며 총 세 권이고 주해한 사람은 공동산崆峒山의 현원진인玄元眞人이다. 이 글은 왕기가 편찬한 《이태백문집》에는 수록되어 있지 않고 《전당문》 권349에 이백의 작품으로 수록되어 있다. 일부 연구자들은 이 주해서의 내용으로 보아 원대나 명대의 저작으로 판단하기도 한다.

세상의 도가 생긴 이래로 그에 힘입어 사람이 깨칠 수 있었으며 또 지금 성세를 맞이하여 사람들이 도를 가지고자 노력하는데, 부풍씨 등이 현원진인을 만나 이 주해서를 얻었기에 바라던 바를 이룰 것이라는 말을 했다. 저작 시기에 대해서는 추정할 수가 없다.

---

82 滯穢(체예) : 더러운 것을 가라앉혀 모으다. 더러운 것을 제거한다는 뜻이다.

83 含識(함식) : 불교용어로 의식과 감정을 가진 존재라는 뜻이며 중생을 가리킨다.

84 勳華(훈화) : '훈'은 방훈放勳으로 요임금의 이름이고 '화'는 중화重華로 순임금의 이름이다.

5. 기記

1) 임성현 관청의 벽에 쓴 글 任城縣廳壁記

복희씨인 풍성의 후예이고 수도는 임성인데 대개 옛 진나라의 현이며, 〈우공〉에서는 남쪽 서주의 땅이었고 주나라가 세워졌을 때는 동로의 나라였으니, 백금에서 경공까지 모두 33대였다. 초나라에게 멸망하여 초나라에 속했다가 붉은 기운의 한나라 이후에 군현으로 바뀌었고 수나라 개황 3년에 고평군을 없애면서 임성을 옛 거처로 옮겼다. 마을은 여러 번 바뀌었지만 법도는 바뀌지 않았다. 노 땅의 국경은 700리이고 군에 11개의 현이 있는데 임성이 그 요충지이다. 동쪽으로 낭야군을 둘러싸고 서쪽으로 거야택과 통하며 북쪽으로 궐국을 향해 달리고 남쪽으로 호향을 향해 질주한다. 청제 태호[1]의 옛 터이고 평민의 신분으로 상서의 봉록을 받은 정균鄭均의 고향이니 풍속은 예스럽고 심원하며 풍류는 맑고 고상하여 어질고 착한 사람들이 중간 중간에 태어나서 천하를 압도했다. 땅이 넓고 두터우며 강이 탁 트이고 밝아서 한나라 때는 이름난 왕이 봉토로 나눠받았고 위나라 때는 훌륭한 분이 땅을 분봉 받았으니,[2] 이로 인해 대대로 호화롭게 변하고 집집마다 문장이 전해졌기에 군자들은 재능과 씩씩함으로 스스로를 대단하다고 여기게 되고 소인들은 소박하고 질박하여 다스리기 어렵게 되었다. 하물며 그 성은 높고 마을은 풍성했으며 향기로운 누각은 태양에 기대어 있는데 붉은 노을을 넘어 날아갈 듯하고 돌로 만든 다리는

---

1 청제青帝는 동방을 주관하는 신인데 임성은 중원의 동쪽에 있다. 태호太昊는 복희씨로 임성의 조상이다.

2 한나라 때 동평왕東平王 유창劉蒼의 아들이자 광무제光武帝의 손자인 효왕孝王 유상劉尙이 처음 임성왕任城王이 되었으며, 위나라 때는 위왕威王 조창趙彰이 임성왕이 되었다.

파도를 가로지르는데 무지개를 놀라게 하며 떠나가지 않음에랴. 그 웅장함과 아름다움이 광대한 것이 이와 같다. 그러므로 많은 상인들이 왕래하며 사해까지 이어졌으니 실로 재물을 생기게 하는 풀무이고 뛰어난 젊은이들이 드나드는 길목이다. 그러므로 큰 현인의 힘을 빌려 동쪽 길을 주관하게 해야 하는데[3] 우리의 아름다운 비단을 재단하는 일[4]이라서 그 적임자를 찾기가 쉽지 않다. 지금 향이 26개이고 호구가 13,371호인데 황제께서 밝은 덕을 가진 사람을 선택하여 하공으로 하여금 다스리게 하셨다. 공은 온화하고 수양이 깊으며 장엄하고 세운 바가 있으니, 저부처럼 사계절의 기운을 갖추었고 방통처럼 백 리 되는 현이나 다스릴 인재가 아니었다.[5] 번다한 일을 해결하면서도 더욱 한가로웠고 어려운 일을 처리하면서도 막힘이 없었으니, 화살을 백 번 쏘면 모두 버들잎을 관통할 수 있었고 칼을 한 번 치면 〈상림〉의 가락에 반드시 들어맞았으며,[6] 관대함과 엄격함이 서로 나란하고 팽팽한 활줄과 늘어뜨린 가죽처럼 완급이 적절했다. 첫 번째 해에는 엄숙함으로 가르쳤고 두 번째 해에는 은혜로움으로 편안히 했으며 세 번째 해에는 부유함으로 즐겁게 했다. 그렇게 하니 푸른 깃의 옷을 입은 학생들은 가르침으로 향했고 누런 머리칼이 난 노인들은 예법을 따랐으며, 쟁기와 보습을 들고 일터로 가니 농부들 중에 손이 노는 장부가 없어졌고 베틀의 북과 축이 조화롭게 울리니 베틀 앞에 눈살을 찌푸리는 여인이 드물어졌다. 교화되는 줄도 모른 채 흔연히 절로 봄이 되었으니, 권세가들은 멋대로

---

3 춘추시대 진晉나라가 진秦나라와 협력하여 정鄭나라를 포위하자 정문공鄭文公이 촉지무燭之武를 시켜서 진秦 목공에게 유세하게 했는데, 촉지무가 목공에게 "만약 정나라를 그대로 놔두고서 동쪽 길을 주관하도록 하여 후에 사신이 왕래할 때 관사나 물자를 부족하지 않게 공급한다면, 그대들에게도 해가 되는 바가 없을 것입니다."라고 했다. 이로부터 동쪽 길을 주관한다는 말은 그 지역을 관리하며 손님을 접대한다는 뜻으로 사용되었다.

4 아름다운 비단을 재단하는 데는 반드시 실력이 뛰어난 이를 사용하여 손실을 입히지 않도록 해야 한다는 말로 뛰어난 이가 현을 다스려야 한다는 뜻이다.

5 진晉나라 사람 저부褚裒는 자가 계야季野인데 사안謝安이 그를 특히 중히 여겼으며 사계절의 기운을 갖추었다고 칭송했다. 삼국시대 촉나라 방통龐統은 자가 사원士元인데 일찍이 현령을 맡았다가 파면된 적이 있다. 이에 대해 노숙魯肅은 그가 재능이 뛰어나서 현령과 같은 작은 일을 할 사람이 아니라고 했다.

6 일처리가 정확하고 조화로웠다는 말이다. 〈상림〉은 탕 임금의 악곡이라고 전해진다.

난폭하게 구는 마음이 없어져버렸고 교활한 관리들은 순박하고 온화한 본성을 되찾았으며, 길을 가는 자는 도로에서 양보하고 짐을 진 자는 가벼운 것과 무거운 것을 다 짊어졌으며, 노인을 부축하고 어린이를 데리고 다니며 높은 사람을 존경하고 친한 사람을 가까이 했다. 천년 백년이 지난 뒤 다시 노나라의 도를 회복했으니 신명이 넓고 원대한 이가 아니라면 누가 이에 합치될 수 있었겠는가? 나 이백이 동몽산에서 기이함을 찾다가 몰래 여론을 듣고는 곧장 관청의 벽에 기록하여 훗날에 전하나니, 후의 어진 이가 다스릴 때 하공의 훌륭한 업적을 알게 하려는 것이다.

원문

風姓之後, 國爲任城, 蓋古之秦縣也, 在禹貢則南徐之分, 當周成迺[7]東魯之邦, 自伯禽到於順[8]公, 三十二[9]代. 遭楚蕩滅, 因屬楚焉, 炎漢之後, 更爲郡縣, 隋開皇三年, 廢高平郡, 移任城於舊居. 邑乃屢遷, 井則不改. 魯境七百里, 郡有十一縣, 任城其衝要. 東盤琅邪, 西控鉅野, 北走厥國, 南馳互鄉. 青帝太昊之遺墟, 白衣尙書之舊里, 土俗古遠, 風流淸高, 賢良間生, 掩映天下. 地博厚, 川疎明, 漢則名王分茅, 魏則天人列土, 所以代變豪侈, 家傳文章, 君子以才雄自高, 小人則鄙朴難治. 況其城池爽塏,[10] 邑屋豐潤, 香閣倚日, 凌丹霄而欲飛, 石橋橫波, 驚彩虹而不去. 其雄麗坱圠,[11] 有如此焉. 故萬商往來, 四海緜歷, 實泉貨之橐籥,[12] 爲英髦之咽喉. 故資大賢, 以主東道, 製我美錦, 不易其人. 今鄕二十六, 戶一萬三千三百七十一, 帝擇明德, 以賀公宰之. 公溫恭克

---

7 迺(내) : 즉. 바로.

8 노나라의 마지막 군주는 경공頃公이니 '順'은 '頃'의 잘못이다.

9 '二'는 '三'의 잘못이다.

10 爽塏(상개) : 높다. '개'는 건조하다는 뜻인데 높음을 의미한다.

11 坱圠(앙알) : 아득하고 광대한 모양.

12 橐籥(탁약) : 풀무. 바람을 일으키는 기구인데 여기서는 바람이 일어나듯이 재물이 계속 나는 것을 의미한다.

修, 儼碩有立, 季野備四時之氣, 士元非百里之才. 撥煩彌閑, 剖劇無滯. 鏑百發克破於楊葉, 刀一鼓必合於桑林, 寬猛相濟, 弦韋適中. 一之歲肅而敎之, 二之歲惠而安之, 三之歲富而樂之. 然後靑衿向訓, 黃髮履禮, 耒耜就役, 農無遊手之夫, 杼軸和鳴, 機罕嚬哦[13]之女. 物不知化, 陶然自春, 權豪鋤縱暴之心, 黠吏返淳和之性, 行者讓於道路, 任者併於輕重, 扶老攜幼, 尊尊親親. 千載百年, 再復魯道. 非神明博遠, 孰能契于此乎. 白探奇東蒙, 竊聽輿論, 輒記於壁, 垂之將來. 俾後賢之操刀,[14] 知賀公之絶跡者也.

해설

이 글은 임성현 관청의 벽에 쓴 글이다. '임성현任城縣'은 지금의 산동성 제녕시濟寧市이다. 당시 현령은 하지지賀知止로 하지장賀知章의 종조제從祖弟이다.

임성현의 역사 연혁, 지리 형세 및 그곳에 봉해진 왕들을 언급한 뒤 순박한 풍속과 풍부한 물산을 칭송했으며, 하지지가 현령으로 와서 교화와 엄정함으로 잘 다스렸음을 말하면서 그의 치적을 드러내었다. 천보 9년(750) 즈음 동로에 머물 때 지은 것으로 추정한다.

---

13 嚬哦(빈아) : '아'는 '蛾'로 된 판본이 있어 그것으로 수정하여 번역했다.

14 操刀(조도) : 칼을 놀리다. 앞에서 언급한 아름다운 비단을 재단하는 것과 관련된 표현으로 현을 다스리는 것을 비유한다.

6. 송頌

1) 조공서후신정을 칭송하는 글 趙公西侯新亭頌

천보 14년에 황제께서 일 년 내내 뙤약볕으로 가을에 오곡이 여물지 않자 마침내 현명한 지방관을 신중히 선택하여 남방의 가뭄을 구휼하셨으니, 4월 초여름 회음으로부터 우리 천수 사람 조공을 옮겨서 옛 완릉현인 선성을 다스리게 하시자 밝은 명을 받들게 되었다. 생각건대 공은 천자의 법령을 대신 주관하며 어사대에서 모범이 되었기에 넓은 가지와 큰 뿌리로 아름다운 덕이 생기게 했는데, 마땅하도다, 바람과 서리의 빼어난 기운으로 가로지르고 왕도와 패도의 기이한 책략이 많았으니. 처음에 철 장식 모자와 흰 붓의 어사 신분으로 우리 연나라의 도읍인 유주를 보좌하며 위엄과 씩씩함으로 엄숙함을 떨치니 오랑캐가 감히 엿볼 수 없었고, 후에 금을 울리며 두 고을을 다스렸는데 천하가 모범으로 삼았으며, 조정의 관서에서 문장을 기초하여 조정의 맨 윗자리까지 명성이 전해지자 천자가 얼굴을 알게 되었고 재상이 의견을 경청했으며, 남산의 우레를 울리듯 적현[1]의 번다한 업무를 처리했고, 강직한 목을 숙이지 않았기에 세 개의 주에서 머무는 동안 크게 교화되었으며 모두 송덕비를 줄지어 세웠다. 이 고을에 이르러서는 옛것을 헤아려서 속됨을 깨우치게 하고 풍화를 선양하여 화목함을 펼치자 공평한 마음으로 백성을 다스렸고 병사가 주둔한 곳은 조용해졌으며 천 리의 온 주가 가지런해져서 당시 추한 말이 없었다.

공무에서 물러난 여가에는 들과 습지를 맑게 바라보았다. 이 군은 동쪽으로 거대한

---

1 적현赤縣은 상급 현이다.

바다를 해자로 삼고 서쪽으로 장강을 옷깃으로 삼으며 강동 삼오 지역의 목구멍에 해당하고 영남 오령 지역을 거머쥐고 있으니 수레가 이리저리 다니는데 열흘이 지나도 쉴 때가 없다. 서쪽 성곽으로 나오면 창연한 옛 길이 있는데 길에는 늘어선 나무가 적어서 행인들에게 맑은 그늘이 없었으며, 사나운 우레가 산을 깨트리거나 사나운 폭풍이 골짜기를 흔들거나 불타는 햇볕이 들을 태우거나 가을장마가 길에 들이부을 때에는 말은 골짜기 입구에서 옆으로 서로 밀고 사람은 산꼭대기에서 허둥거렸으니 정자를 설치하지 않아서 맞이할 수 없었기 때문이다. 당나라가 천하를 다스린 뒤로 지방장관이 수백 명이었지만 보수적이고 도량이 협소했기에 장기적인 계획을 펼치지 못했는데 공이 와서는 이전의 폐단을 크게 바꾸었다. 실제로 이곳의 땅을 살펴보고 오르내리면서 관찰해보니, 웅장하기로는 휘도는 산언덕이 용이 서린 것 같고 겹겹의 산봉우리는 파도가 이는 것 같아 빼어난 형세가 모두 모였기에 일을 도모할 만했다. 농한기를 맞아 완전히 짓기로 하고는 이에 언덕을 깎고 낮은 곳은 메꾸고 바위를 치우고 가시나무를 잘랐으며, 더러운 흙을 깎아내고 높은 모퉁이에 계단을 만든 뒤 문을 만들고 담장을 쌓고 마룻대를 올리고 지붕을 얹었다. 검소하지만 누추하지 않고 아름답지만 사치스럽지 않으며 어둑하고 깊숙한 문이 있어 더위와 비를 피할 수 있다. 마치 자라가 솟구치는 것과 같고 붕새가 높이 날아오르는 것과 같으며, 휘감아 흐르는 물이 거울 같은 못을 감돌아 연못 바닥까지 무젖어 비추니 먼 바다의 넘치는 맑음을 받아들이고 줄지은 봉우리의 짙은 푸름을 쏟아낸다. 진실로 웅장하고 빼어난 교외 정자가 되었으니 다섯 말이 끄는 수레를 탄 태수가 머뭇거리는 땅이다.

장사 제광예는 인륜의 본보기이고 사마 무유성은 사대부 중 뛰어난 인재이며, 녹사참군 오진과 선성현령 최흠은 아름다운 덕을 가진 이의 후손으로 우수한 인재가 중간중간에 태어난 가문인데, 풍교의 낙토에서 마음껏 활동하여 인륜의 고아한 품격을 드러냈으며 빼어난 탁월함은 예스러움을 비추고 청명한 덕은 몸에 갖추었다. 함께 도모하여 공을 드러내었으니 며칠 되지 않아 완성되었으며 이 일을 총괄한 것으로는 제공과 무공의 힘이 아니겠는가? 지나가는 나그네가 나직이 읊조리며 찬탄했고 고을 사람들이 모여 춤추며 서로 축하하면서 모두 "우리 조공의 정자이다."라고 했으니, 여러 관료가 논의한 바를 올리며 청하기를 "나그네의 읊조림과 고을 사람들의 칭송으로 정자의 이름을 삼으면 반드시 사조의 북정[2]과 함께 영원할 것입니다."라고 했다. 나 이백이 생각건대, 사조의 덕이 후세에 미치지도 않았고 그의 정자가 요충지에 있지도 않았으며 뽑지 말라는 경계의 말도 없었고[3] 높이 올라 지은 부도 드물었으니, 오늘과 비교해보면 우리가 그를 뛰어넘을 것이다. 감히 마을 어르신들께 여쭙고는 칭송하는 글을 지었다.

깊숙하고 그윽한 높은 정자, 조공이 지으셨는데, 자라의 등이 하늘에 우뚝한 것과 같고, 붕새가 날개를 펼치고 날아가려는 것과 같다. 조공의 정자는, 천년동안 보게 될 것이라, 반드시 공경 받을 것이고 사람들이 노닐며 머물 것이니, 우러러보며 생각하면 감히 과장된 말을 할 수가 없다. 조공이 와서 훨훨 나니, 예법이 생기고 규범이 생겼으며, 환하고 우뚝하여, 문당의 학당[4]과 같고, 맑은 바람이 가득하여, 영원히 잊히지 않으리라.

원문

惟十有四載, 皇帝以歲之驕陽, 秋五不稔,[5] 乃愼擇明牧, 恤南方凋枯, 伊四月孟夏, 自淮陰遷我天水趙公作藩於宛陵, 祗明命也. 惟公代秉天憲, 作程南臺, 洪柯大本, 聿生懿德, 宜乎哉, 橫風霜之秀氣, 鬱王霸之奇略. 初以鐵

2 남조 송나라의 사조謝朓가 선성 북쪽에 지은 정자를 말한다. 이와 달리 사령운이 영가태수로 있을 때 지은 사공정을 가리킨다는 설도 있다.

3 《시경 · 소남召南 · 감당甘棠》에 "무성한 팥배나무 자르지도 말고 뽑지도 마라. 소백이 쉬었던 곳이다.(蔽芾甘棠, 勿翦勿拜, 召伯所說)"라고 했는데, 이를 통해 소백의 어진 정치를 칭송했다.

4 한나라 여강廬江 사람인 문당文黨은 경제景帝 때 촉군蜀郡태수로 있으면서 성도成都에 강당을 세웠다.

5 稔(임) : 곡식이 여물다.

冠白筆, 佐我燕京, 威雄振肅, 虜不敢視, 而後鳴琴二邦, 天下取則, 起草三省, 朝端有聲, 天子識面, 宰衡動聽, 殷南山之雷, 剖赤縣之劇, 强項不屈, 三州所居大化, 咸列碑頌. 至於是邦也, 酌古以訓俗, 宣風以布和, 平心理人, 兵鎭唯靜, 晝一千里, 時無莠言.[6]

退公之暇, 淸眺原隰. 以此郡東塹巨海, 西襟長江, 咽三吳, 扼五嶺, 輶軒錯出, 無旬時而息焉. 出自西郭, 蒼然古道, 道寡列樹, 行無淸陰, 至有疾雷破山, 狂飇震壑, 炎景爍野, 秋霖灌途, 馬逼側於谷口, 人周章於山頂, 亭候靡設, 逢迎缺如. 自唐有天下, 作牧百數, 因循齷齪, 罔恢永圖, 及公來思, 大革前弊. 實相此土, 陟降觀之, 壯其迴岡龍盤, 沓嶺波起, 勝勢交至, 可以有作. 方農之隙, 廓如是營, 遂鏟崖堙卑, 驅石翦棘, 削汚壤, 堦高隅, 以門以墉, 乃棟乃宇. 儉則不陋, 麗而不奢, 森沈閈閎,[7] 燥濕有庇. 若鼇之涌, 如鵬斯騫, 縈流鏡轉, 涵映池底, 納遠海之餘淸, 瀉連峰之積翠. 信一方雄勝之郊, 五馬踟躕之地也. 長史齊公光乂, 人倫之師表, 司馬武公幼成, 衣冠之髦彦, 錄事參軍吳鎭, 宣城令崔欽, 令德之後, 良材間生, 縱風敎之樂地, 出人倫之高格, 卓絶映古, 淸明在躬. 僉謀僝功,[8] 不日而就, 揚是役也, 伊二公之力歟. 過客沈吟以稱嘆, 邦人聚舞以相賀, 僉曰, 我趙公之亭也. 群寮獻議, 請因謠頌以名之, 則必與謝公北亭同不朽矣. 白以爲謝公德不及後世, 亭不留要衝, 無勿拜之言, 鮮登高之賦. 方之今日, 我則過矣. 敢詢耆老, 而作頌曰,

耽耽高亭, 趙公所營. 如鼇背突兀於太淸, 如鵬翼開張而欲行. 趙公之宇, 千載有覩. 必恭必敬, 爰遊爰處. 瞻而思之, 罔敢大語. 趙公來翔, 有禮有章. 煌煌鏘鏘, 如文翁之堂. 淸風洋洋, 永世不忘.

---

6 莠言(유언) : 험한 말. 추한 말.

7 閈閎(한굉) : 높은 문.

8 僝功(잔공) : 공을 드러내다. 완공하는 것을 의미한다.

해설

이 글은 선성태수 조열이 세운 정자를 칭송하며 지은 것이다. '조공서후신정趙公西侯新亭'은 정자의 이름으로 보이는데, '조공趙公'은 선성宣城태수 조열趙悅이고 '서후西侯'는 서쪽에 있는 정자란 뜻이다. 조열은 이백의 오랜 친구로 일찍이 감찰어사監察御史를 하다가 지방에서 현령을 지내고는 다시 조정으로 들어갔으며 적현과 세 주의 태수를 역임했다.

조열이 가뭄을 구휼하기 위해 천보 14년에 선성태수가 되었음을 말한 뒤, 그의 정치적 이력을 상세히 설명하고는 선성을 다스린 치적을 말했다. 여가에 이곳을 둘러보다가 정자가 필요함을 깨닫고는 정자를 짓게 된 과정을 서술하고 아울러 같이 수고한 이들의 재능과 공적을 기린 뒤, 이곳이 사조의 북정보다 훨씬 더 훌륭하여 오래도록 보존되리라고 했다. 천보 14년(755) 선성을 노닐 때 지은 것으로 추정한다.

2) 숭명사 《불정존승다라니경》을 새긴 경당을 칭송하는 글 및 서문 崇明寺佛頂尊勝陁羅尼幢頌 幷序

공공[9]이 산을 들이받지 않아 여와가 하늘을 보수하지 않았다면 아마 큰 파도가 콸콸 흘렀을 것이고, 우임금이 물을 다스리지 않았으면 많은 사람이 물고기가 되었으리라. 예악이 크게 무너졌는데 공자가 진작시키지 않았다면 제왕의 도는 아마 어두워졌으리라. 그러나 부처는 공이 음양을 포괄하고 힘이 조화를 덮었기에 여러 성인을 훨씬 뛰어넘어 대웅이라고 높이 칭송되시니 저 세 사람은 징험할 만하지 않구나. 우리 서방의 금선[10]이 모범을 드리워 영겁의 큰 꿈에서 깨어나고 어리석은 중생의 극심한 어두움을 깨뜨리시니, 고요하여 움직임이 없으며 담박하여 언제나 존재한다. 고통의 바다에서 하늘까지 치솟는 파도를 조용하게 하고 미혹의 산에서 곤륜산을 태울 불꽃을 꺼지게 하고는 천지를 포괄하여 맑음과 서늘함의 경지에 두었다. 해와 달은 혹 떨어질 수 있더라도 신통한 능력은 절로 온전하니 어찌 위대하지 않는가?

노군 숭명사의 남문에 있는 《불정존승다라니경》을 새긴 석당은 대개 이 도읍의 장관이다. 옛날에 선주천자와 천 명의 대천이 원관에서 노닐고 또 천녀와 유희하며 즐거움을 누렸는데, 한밤중에 소리가 들리길, "선주천자는 칠일 뒤에 죽을 것이고 그 후에 응당 태어날 것인데, 일곱 번 짐승의 몸으로 돌아온다."라고 했다. 이에 여래가 그에게 상서로운 경전을 주었고 마침내 여러 고통에서 벗어날 수 있었으니, 대체로 하늘의 징험으로 만든 대법인인데 인간세상에서는 들을 수 없는 것이었다. 우리 당나라 고종 때 계빈국의 스님이 그것을 가지고 중원으로 들어왔는데, 일장대보와 같아 맑은 정원과 허공에 단향이 맑고 빛났으니 사람들이 모두 기뻐하며 보았다. 그리하여

---

9 공공共工은 전욱顓頊과 천자의 자리를 놓고 다투었는데 이기지 못하니, 화가 나서 부주산을 들이받아서 하늘의 기둥이 부러지고 땅의 끈이 끊어지게 했다. 여와는 오색 돌을 녹이고 달구어 푸른 하늘을 보수하고 자라의 다리를 잘라서 사방 끝에 세웠다.

10 서방의 금선金仙은 서역에서 온 금빛 신선이란 뜻으로 부처를 가리킨다.

산동의 스님들은 모두 이를 숭배했다. 그 당시에 만 명의 상인들이 진귀한 보물을 보내고 사람들이 구름처럼 모였으며, 많은 보시가 쌓이고 겹쳐져 큰 언덕과 같았다. 다른 산에서 무늬 있는 돌을 쪼고 저자에 높은 표지를 세우고서, 옥돌에 새기니 무늬가 교차하여 고래와 용이 있었으며 하늘의 신과 바다의 괴물이 꾸짖는 듯 말하는 듯했다. 다라수 잎에 적혀 있던 불경을 그 위에 새기고 연꽃과 수초를 그 구석에 형상화했는데 훌륭한 장인과 평민들이 기예를 바치고 떠났다. 현명한 군주께서 편히 다스리며 남면하면서 온화하고 고요하게 머무시는데 큰 밝음이 널리 움직이니 비추지 못한 어두운 곳이 없었다. 천하의 뜻으로 세운 이 경당이 떠들썩하고 비좁은 저자의 누각과 무척 가까이 있어 본디 경행이나 요불[11]을 할 수 있는 장소가 아니었으므로 이에 밝은 조서를 내려 절로 옮기라고 명했다. 아아, 백 자의 높은 표지가 구름을 끊을 듯 우뚝 솟았는데 이끼에 덮인 채 오랜 세월이 흘렀으니 용과 코끼리 같은 훌륭한 스님들로 하여금 탄식을 하게 했으며, 우러러보면서도 적당한 곳이 없었기에 진실로 탄식할 만했다.

우리 태관 광무백 농서 이공[12]은 옛날 이름이 이완이었는데, 조서를 받들어 이름을 이보로 바꾸었다. 그의 정치는 엄숙하고 관대했으며 어질고 인자했기에 다섯 번 태수를 맡으면서 명성이 천자에게 알려졌다. 황제께서 이에 대나무 부절을 나누어 노군을 더했으니 노땅의 도가 빛나 볼 만했다. 바야흐로 태계[13]에서 음양을 조화시

---

11 경행經行과 요불繞佛은 승려가 참선을 하다가 졸음을 쫓기 위해 이리저리 산책을 하거나 불상을 빙빙 도는 것을 말한다. 원문에는 망요網繞라고 되어 있어서 건축물에서 새를 쫓기 위해 친 그물을 뜻하는데, 의미가 통하지 않아서 요불의 잘못인 것으로 보인다.

12 태관太官은 백관의 음식을 주관하는 광록시光祿寺의 관직명이다. 광무백廣武伯은 당시 농우도隴右道 난주蘭州에 속한 광무 땅에 봉해진 현백縣伯으로 당시 정사품상에 해당했다. 이완의 조상은 서위西魏의 주국대장군柱國大將軍 독고신獨孤信의 포로가 되어 독고의 성을 하사받았기에 그의 이름도 원래 독고완이었는데, 그가 태복경大僕卿을 지낼 때 표를 올려 성을 이씨로 바꾸었고 이름도 이보로 했다. 이름이 포浦로 된 문헌도 있다.

13 태계太階는 하늘의 별자리로 삼태三台를 가리킨다. 이 별이 나란히 평평하게 있으면 천하가 태평해진다고 한다.

키고 우리 군주를 요임금과 순임금에 이르게 할 것이니, 어찌 그저 문을 닫고 앉아서 휘파람을 불며 봉록 이천석인 태수의 자리에 안주했겠는가? 이에 다시 그 공을 높게 하며 불교를 고양했다. 이에 장사 노공, 사마 이공 등과 함께 했으니, 모두 공무에 부지런했고 여유작작하여 넉넉했다. 큰 나라의 보물을 간직하고 천지 정기의 조화로움을 모았기에 영광스럽게 자사의 속관을 겸하여 도가 늘어선 큰 산과 같은 태수를 빛나게 했는데, 재능은 혹 크지만 작게도 썼고 식견은 세미한 데까지 통하지 않는 것이 없었으니, 정무를 처리할 때는 정해진 도리가 있고 말은 아마도 하인을 바꿔가며 해도 끝나지 않을 정도로 많았을 것이다.

율사 도종은 마음이 천지 만물의 오묘함을 총괄하고 도량이 대천세계를 포용했다. 태양이 어찌 반짝거려서 항상 밝은 것이겠는가? 하늘은 말을 하지 않아도 저절로 운행되는 법이지. 식[14]의 강둑은 물결이 쏟아 붓고 현묘한 이치는 맑게 드러났기에 매번 입으로 부처의 게송을 연설하면 혀가 번갯불을 흔드는 것과 같으니, 빗장을 열고 적을 맞이하여도 당할 자가 드물었으며, 만 개의 구멍이 하나의 바람에 함께 소리치고 여러 흐름이 큰 바다로 모두 유입되는 것과 같았다. 한편 불사를 엄숙하게 꾸미고 범천을 반듯하게 하니 법당은 높다래서 안개가 걸힌 듯하고 향루는 높이 솟아 섬이 우뚝이 선 듯한데, 모두 우리 공이 세운 것이다. 천보 8년 5월 1일에 큰 절에서 돌아가셨는데 모든 성의 백성이 하늘에 울부짖고 네 부류의 제자들이 피눈물을 흘렸으며 향을 태우고 꽃을 뿌리며 관에 기대고 수레바퀴 아래에 드러누웠다. 선학 수십 마리가 날면서 울다가 중간에 끊어졌으니 지극한 덕이 하늘을 움직이고 깊은 어짊이 사물을 감동시킨 자가 아니라면 그 누가 이와 같을 수 있었겠는가? 세 명의 주지 등은 모두 논변은 미천 석도안의 능력을 다하고 은혜는 맑은 달처럼 맑으며, 부처의 지혜를 천 개의 등불에 전하고 참된 공의 경지에서 만 가지 법을 이해했으니, 도모하지 않아도 같은 마음이라 성스러운 자취를 세울 수 있었다.

---

14 불교에는 안식眼識, 이식耳識, 비식鼻識, 설식舌識, 신식身識의 오식五識과 의식意識, 말나식末那識, 아뢰야식阿賴耶識을 포함한 팔식八識이 있다.

태관 이공이 마침내 명을 내려 남쪽 담장에 문을 만들어 절이 거리와 통하게 했고, 옛 제도에 맞춰 반석을 높이고 남은 돌을 쌓아 엮었다. 장사들은 용맹함을 더하여 힘이 산을 뽑을 만했기에 우렛소리가 날 듯 북을 치자 번갯불이 칠 듯 큰 밧줄을 끌어당겼으며, 천 명의 사람이 씩씩하고 만 명의 장부가 기세 넘쳤기에 대들보에 설치한 도르래를 돌리고 둘레를 두르며 막아서 틈이 없게 했다. 늘 천지 사방을 진동시키고 구층 하늘 높이 우뚝 솟았는데 귀신의 공력이 아니면 어찌 이 정도에 이르렀겠는가? 게다가 맑은 빛이 만물을 비추고 향기로운 바람이 먼지를 일렁이니 중생이 은혜를 입은 곳에는 쌓여 있던 고통이 모두 깨끗이 사라졌다. 별빛을 찬란하게 하여 더욱 빛나고 문자로 적어놓았으니 사라지지 않을 것이어서 비록 한나라의 청동 기둥과 복파장군의 구리 기둥[15]이라 할지라도 이에 견주면 누추할 뿐이다. 혹 해와 달이 원만해지면 네모난 단에서 꽃을 뿌릴 것이고 마음을 맑게 하고 불경을 외우며 수행하면 여러 부처가 칭찬할 것이다. 대저 이와 같게 되면 또한 하나의 하늘에서 또 하나의 하늘에 이르게 되고 천궁의 문을 열고 여러 성인의 얼굴을 볼 수 있으니 높고 큰 공덕은 헤아릴 수가 없다. 녹사참군, 육조의 뛰어난 동료, 11개 현의 관원들 중에는 큰 재능과 높은 덕으로 향을 물고 상주한 낭관과 수놓은 옷을 입은 시어사도 있었는데 모두 비석의 뒤쪽에 이름을 열거했으니 여기서는 일일이 기록하지 않겠다. 고을사람 도수사자 선도선생 손태충은 진인의 자줏빛 꽃술에 관한 옥 장식 책상자의 글을 얻어서 태일신으로 하여금 스스로 환단을 완성하게 하여 황제께 바칠 수 있었으니, 황제가 복용하시고는 만세를 누려 하늘과 함께 아름답게 되었다. 공을 이루고는 몸을 물려야 하는 법이라 병을 핑계로 사직하고 떠났으니 미묘한 이치를 깊이 통찰한 옛 선비라 말하지 않을 수 있겠는가? 이에 나 이백에게 말하기를 "예전에 왕연수가 노나라에서 육예를 보고는 영광전에 대해 웅장한 문사를 휘달렸고 육수는 오나라에서 이름이

---

15 한나라 무제가 건장궁建章宮에 승로반承露盤을 만들었는데 높이가 20장이고 둘레가 7아름인 청동 기둥으로 그것을 받쳤다. 한나라 때 지금의 베트남 지역인 교지에서 반란을 일으키자 복파장군伏波將軍 마원馬援을 파견하여 정벌하고는 구리 기둥을 세웠다.

널리 알려져 반석에다가 쌍궐에 관한 글을 새겼는데[16] 그대는 어찌하여 성대한 덕을 찬미하여 조화로움을 드날리지 않는가?"라고 했다. 이 말씀을 공손히 받들어 감히 명에 따르지 않을 수 있겠는가? 이에 송을 지었으니 다음과 같다.

높은 경당을 세웠기에 하늘 궁궐의 표지가 되니, 높이 홀로 솟아 별과 무지개를 뛰어넘는데, 많고 많은 신들이 허공에 이르러, 푸른 하늘에서 기울어질까 씩씩하게 받친다. 서방의 큰 성인은 대웅이라고 부르며, 고해를 가로질러 몽매한 중생을 배로 실어 건너게 했는데, 다라니경이 만법의 으뜸이고, 선주천자가 그 공덕을 얻었다. 공무에 부지런한 이군이 동로를 다스리며, 무너진 규칙을 다시 새롭게 하여 중생의 괴로움을 구제하자, 마치 대운왕이 불법의 비를 쏟아 붓는 듯하여, 고을사람들이 맑고 시원했기에 기뻐서 모여 춤을 추었다. 큰 이름을 드날리며 바닷물을 뒤흔들었기에, 큰 비석에 새기니 만고에 빛날 것이다.

원문

共工不觸山, 媧皇不補天, 其鴻波汩汩流, 伯禹不治水, 萬人其魚乎. 禮樂大壞, 仲尼不作, 王道其昏乎. 而有功包陰陽, 力掩造化, 首出衆聖, 卓稱大雄, 彼三者之不足徵矣. 粵[17]有我西方金仙之垂範, 覺曠劫之大夢, 碎羣愚之重昏, 寂然不動, 湛而常存. 使苦海靜滔天之波, 疑山滅炎崑之火, 囊括天地, 置之淸涼. 日月或墜, 神通自在, 不其偉與.

魯郡崇明寺南門佛頂尊勝陁羅尼石幢者, 蓋此都之壯觀. 昔善住天子及千大天遊於園觀, 又與天女遊戲, 受諸快樂, 卽於夜分中聞有聲曰, 善住天子

---

16 동한의 왕연수王延壽는 자가 문고文考인데 어릴 적 노나라를 노닐면서 〈노나라 영광전에 관한 부魯靈光殿賦〉를 지었다. 남조南朝 양梁나라의 육수陸倕는 자가 좌공佐公인데 조서를 받들어 〈석궐에 관해 읊어 새긴 명문石闕銘〉과 〈새로 만든 각루에 관해 읊어 새긴 명문新刻漏銘〉을 지었다.

17 粵(월) : 어조사로 뜻이 없다.

七日滅後當生, 七反畜生之身. 於是如來授之吉祥眞經, 遂脫諸苦, 蓋之天徵爲大法印, 不可得而聞也. 我唐高宗時, 有罽賓桑門[18]持入中土, 猶日藏大寶, 淸園虛空, 檀金淨彩, 人皆悅見. 所以山東開士,[19] 擧國而崇之. 時有萬商投珍, 士女雲會, 衆布蓄沓如陵. 琢文石於他山, 聳高標於列肆, 鑱珉錯綵, 爲鯨爲螭, 天人海怪, 若叱若語. 貝葉金言刊其上, 荷花水物形其隅. 良工草萊, 獻技而去. 聖君垂拱[20]南面, 穆淸而居, 大明廣運, 無幽不燭. 以天下所立茲幢, 多臨諸旗亭, 喧囂湫隘,[21] 本非經行網繞之所, 乃頒下明詔, 令移於寶坊. 吁, 百尺中標, 矗[22]若雲斷, 委翳苔蘚, 周流星霜, 俾龍象興嗟, 仰瞻無地, 良可嘆也.

我太官廣武伯隴西李公, 先名琬, 奉詔書改爲輔. 其從政也, 肅而寬, 仁而惠, 五鎭方牧, 聲聞於天. 帝乃加剖竹於魯, 魯道粲然可觀. 方將和陰陽於太階, 致吾君於堯舜, 豈徒閉閤[23]坐嘯, 鴻盤[24]二千哉. 乃再崇厥功, 發揮象敎. 於是與長史盧公司馬李公等, 咸明明在公, 綽綽有裕. 韜大國之寶, 鐘元精之和, 榮兼半刺, 道光列岳, 才或大而用小, 識無微而不通, 政其有經, 談豈更僕.

---

18 桑門(상문) : 승려.

19 開士(개사) : 승려.

20 垂拱(수공) : 옷깃을 늘어뜨리고 손을 마주 잡다. 천자가 세상을 편히 다스리는 모습이다. 또는 무위지치로 다스리는 것을 뜻한다.

21 喧囂(훤효) : 떠들썩하고 시끄럽다. 湫隘(추애) : 낮고 비좁다.

22 矗(촉) : 높이 곧게 솟아 있다.

23 閉閤(폐합) : 문을 닫다. 정사를 돌보지 않는 것을 의미한다.

24 鴻盤(홍반) : 《주역 · 점괘漸卦》의 육이六二에 “기러기가 반석으로 점차 날아가 먹고 마시고 즐거우니, 길하다.(鴻漸於磐, 飮食衎衎, 吉)”라고 했는데, 본래 녹봉이 없었는데 나아가서 그것을 얻으니 즐거워서 더 큰 것을 바라지 않는다는 뜻이다. 대체로 조금 나아진 자신의 처지에 만족하는 것을 의미한다.

有律師道宗, 心總羣妙, 量包大千. 日何瑩而常明, 天不言而自運. 識岸浪註, 玄機淸發, 每口演金偈, 舌搖電光, 開關延敵, 罕有當者, 由萬竅同號於一風, 衆流俱納於溟海. 若乃嚴飾佛事, 規矩梵天, 法堂鬱以霧開, 香樓岌乎島峙, 皆我公之締構也. 以天寶八載五月一日示滅大寺, 百城號天, 四衆泣血, 焚香散花, 扶櫬臥轍. 仙鶴數十, 飛鳴中絶, 非至德動天, 深仁感物者, 其孰能與於此乎. 三綱等皆論窮彌天, 惠湛淸月, 傳千燈於智種, 了萬法於眞空, 不謀同心, 克樹聖跡.

太官李公, 乃命門於南垣, 廟通衢, 曾盤舊規, 累構餘石. 壯士加勇, 力侔拔山. 纔擊鼓以雷作, 拖鴻縻而電掣,[25] 千人壯, 萬夫勢, 轉鹿盧於橫梁, 泯環合而無際. 常六合之振動, 崛九霄之崢嶸, 非鬼神功, 曷以臻此. 況其淸景燭物, 香風動塵, 羣形所霑, 積苦都雪. 粲星辰而增輝, 挂文字而不滅, 雖漢家金莖, 伏波銅柱, 擬玆陋矣. 或日月圓滿, 方檀散華, 淸心諷持, 諸佛稱贊. 夫如是, 亦可以從一天至一天, 開天宮之門, 見群聖之顔, 巍巍功德不可量也. 其錄事參軍六曹英寮及十一縣官屬, 有宏才碩德, 含香繡衣者, 皆列名碑陰, 此不具載. 郡人都水使者宣道先生孫太冲, 得眞人紫藥玉笈之書, 能令太一神自成還丹以獻於帝, 帝服享萬壽, 與天同休. 功成身退, 謝病而去, 不謂古之玄通微妙之士歟. 乃謂白曰, 昔王文考觀藝於魯, 騁雄辭於靈光, 陸佐公知名在吳, 銘雙闕於盤石, 吾子盍可美盛德, 揚中和. 恭承話言, 敢不惟命. 遂作頌曰,

揭高幢兮表天宮, 嶷獨出兮凌星虹. 神縱縱兮來空, 仡扶傾兮蒼穹. 西方大聖稱大雄, 橫絶苦海舟羣蒙. 陀羅尼藏萬法宗, 善住天子獲厥功. 明明李君牧東魯, 再新頹規扶衆苦. 如大雲王註法雨, 邦人淸涼喜聚舞. 揚鴻名兮振海浦, 銘豐碑兮昭萬古.

---

25 電掣(전체) : 번개가 끌다. 번개가 친다는 말이다.

해설

이 글은 노군의 숭명사 남문에 있는 《불정존승다라니경》을 새긴 경당을 칭송하는 것이다. '노군魯郡'은 지금의 산동성 연주兗州이다. '불정존승타라니佛頂尊勝陁羅尼'는 불경 이름으로 방탕하게 놀던 선주천인이 부처로부터 받은 경문인데, 이를 외우면 죄가 씻기고 수명이 늘어난다고 한다. '당幢'은 경문을 새긴 돌기둥이다.

《불정존승다라니경》이 생긴 유래와 이것을 새긴 경당이 세워진 경과를 서술한 뒤 왕명을 받들어 저자에 있던 경당을 숭명사로 옮기게 되었음을 말했다. 숭명사가 창건된 유래와 이 경당을 옮기는 과정을 서술한 뒤 이에 참여한 노군태수 이보와 여러 관원의 재능을 칭송했으며, 고을사람 손태충의 행적을 칭송하고는 그의 추천으로 이 글을 짓게 되었음을 말했다. 대체로 천보 9년(750)나 10년(751) 즈음 노군에 머물 때 지은 것으로 추정한다.

7. 찬讚

1) 이 당도현령의 초상화에 쓴 찬문 當塗李宰君畫讚

하늘이 원기의 정수를 드리우고 큰 산이 순수한 신령을 내리자, 시기에 순응하여 세상에 이름을 드러내니 큰 현인이 마침내 태어났다. 기이함을 토해내고 계책을 바쳐 조정에 두루 알려졌는데, 황제가 이로써 그를 칭찬하니 넓은 하늘에서 빛을 드날렸다. 시작은 백 리를 다스리는 현령이었지만 천하의 여덟 바다를 포용했으니, 진운현에서 명성을 날리고 당도현에서 치적을 이루었다. 〈아〉와 〈송〉으로 한 번 교화시켜 강과 산이 다시 번영해지니, 온 고을에서 박수치고 춤추며 붉은색과 푸른색으로 초상화를 그렸다. 눈썹이 화려한 덮개처럼 빼어나고 눈이 환한 별처럼 밝으며, 학이 곤륜산 꼭대기의 낭풍산에서 나는 것과 같고 기린이 천제가 사는 옥경에서 뛰어오르는 것과 같다. 마치 해와 달을 높이 들어 밝게 운행하는 것과 같으니, 신묘함을 궁구하고 교화를 천명하여 영원히 모범이 될 것이다.

원문

天垂元精, 岳降粹靈, 應期命世, 大賢乃生. 吐奇獻策, 敷聞王庭, 帝用休之, 揚光泰淸. 濫觴[1]百里, 涵量八溟, 縉雲飛聲, 當塗政成. 雅頌一變, 江山再榮, 擧邑抃舞, 式圖丹靑. 眉秀華蓋, 目朗明星, 鶴矯閬風, 麟騰玉京. 若揭

1 濫觴(남상) : 술잔을 찰랑찰랑 채울 정도의 적은 물. 큰 강물도 적은 물에서 시작한다는 의미에서 일의 시초를 비유한다.

日月, 昭然運行, 窮神闡化,[2] 永世作程.

해설

이 글은 당도현령 이양빙의 초상화에 적은 것으로 그의 인품과 초상화에 관해 칭송했다. '당도當塗'는 지금의 안휘성 당도현이다. '이李'씨는 이양빙李陽冰이고 '재군宰君'은 현령을 가리킨다. 이양빙은 이백의 친척 아저씨로 건원 연간에 진운현縉雲縣 현령을 맡았고 후에 당도현 현령이 되었다. 이백이 야랑으로 유배되었다가 사면된 뒤에 그에게 의탁했으며, 그는 이백의 문집을 정리해서 《초당집草堂集》을 간행했다.

이양빙이 천지의 정기를 타고 태어났으며 훌륭한 계책으로 조정에 명성이 알려져 진운현과 당도현을 잘 다스렸다고 칭송한 뒤, 그의 초상화에 그려진 빼어난 자태를 묘사했다. 대체로 보응 원년(762) 당도에 머물 때 지은 것으로 추정한다.

---

2 闡化(천화) : 교화를 드날리다.

2) 금릉의 고승 균공 어머니의 초상화에 쓴 찬문 金陵名僧頵公粉圖慈親讚

신묘한 존재는 죽지 않아 이 몸을 빌려 태어나는데, 밝고 깨끗한 분에게 몸을 의탁하니 그의 어머니라 부른다. 안료는 조화옹의 재주를 행하고 붓은 본연의 성품을 그려내었는데, 모습은 눈 쌓인 소나무처럼 예스럽고 마음은 세속의 잡념을 비웠으니, 문백의 어머니[3]와 이웃할 만하다.

원문

神妙不死, 惜[4]生此身, 託體明淑, 而稱厥親. 粉爲造化, 筆寫天眞, 貌古松雪, 心空世塵, 文伯之母, 可以爲鄰.

해설

이 글은 금릉의 스님 균공의 어머니를 그린 초상화에 쓴 것으로 그림에 그려진 어머니의 모습을 칭송했다. '균공頵公'에 관해서는 자세히 알려진 바가 없다. '분도粉圖'는 안료로 그림을 그린다는 뜻이다.

신묘한 존재인 부처가 윤회하다가 균공 어머니의 몸을 통해 태어났다고 말한 뒤, 초상화에 그려진 어머니의 고아하고 깨끗한 모습을 칭송했다. 대체로 상원 2년(761) 금릉에 머물 때 지은 것으로 추정하지만 확실치 않다.

---

3 춘추시대 노魯나라 대부 공부문백公父文伯의 어머니는 경강敬姜인데, 아들이 부지런히 힘써 선조의 가업을 계승하도록 깨우쳐 주었다.

4 대체로 '석惜'은 '차借'가 전사과정에서 잘못된 것으로 보고 있다.

3) 이 거사에 관한 찬문 李居士讚

지극한 경지에 도달한 사람의 마음은 거울 속 그림자와 같아서 자유분방하게 만 번 변화하더라도 움직임이 고요함을 벗어나지 않으니, 그가 짝이 되고 내가 도끼 장인이라면 바람을 휘두르며 마음대로 놀릴 수 있다. 결국 사물에 있어서도 마찬가지이니 모두 도끼 장인과 영 땅 사람처럼 될 수 있다.[5] 우리 일가의 어진 어르신은 명성이 초상화 그리는 것으로 떠들썩한데, 외형을 그림으로 그리면서 자신의 삶은 세속에 두었다. 백발이 되면서 쇠락하여 하늘과 이웃하게 될 지라도, 묵묵히 사라지지 않은 채 이 몸을 영원히 보존할 것이다.

원문

至人之心, 如鏡中影, 揮斥萬變, 動不離靜, 彼質我斤, 揮風是騁. 了物無二, 皆爲匠郢. 吾族賢老, 名喧寫眞, 貌圖粉繪, 生爲垢塵. 從白得衰, 與天爲鄰, 默然不滅, 長存此身.

해설

이 글은 이 거사가 그린 초상화에 쓴 찬문으로 보인다. '거사居士'는 재능이 있지만 출사하지 않는 사람을 가리키며 '이李'씨에 대해서는 자세히 알려진 것이 없다. 다만 이 글로 볼 때 초상화나 사물화를 잘 그리는 사람으로 추정된다.

영 땅 사람의 고사를 인용하면서 지극한 경지에 도달한 사람이라야 그런 고요함을 견지할 수 있는데 이 거사가 그린 초상화의 인물이 바로 그런 경지를 보여주고 있다고 하여 이 거사의 그림 실력을 칭송했고, 비록 그가 그림을 그리며 세속에서 숨어 살고 있지만 그의 그림을 통해 사람들은 죽음 뒤에도 영원히 존재할 수 있다고 했다.

---

5 《장자 · 서무귀徐無鬼》에 다음과 같은 이야기가 있다. 영郢 땅의 어떤 사람이 백토를 코끝에 얇게 바른 뒤 장인 석石으로 하여금 도끼로 깎아내게 하자, 바람을 일으키면서 도끼를 휘둘렀는데 상처를 입히지 않고 남김없이 백토를 깎아내었으며 영 땅의 사람은 낯빛을 잃지 않았다. 후에 송나라 원군이 장인을 불러 시켜보았지만 자신의 상대인 영 땅 사람이 죽어 없어졌기에 더 이상 그 기술을 펼칠 수 없다고 했다.

4) 안길현 소부 최한의 초상화에 쓴 찬문安吉崔少府翰畫讚

제나라는 거대한 바다의 모범이어서 오나라 공자가 큰 기풍에 감탄했으며, 최씨 집안은 훌륭한 가문으로 태공으로부터 나왔으니,[6] 특출한 인재를 낳을 수 있어 기골이 빼어나고 정신이 총명하며, 밝은 것이 가을 달과 같고 날아오르는 것이 구름 속 기러기와 같다. 그리하여 이 사람을 그리면서 조물주로부터 오묘함을 빼앗았기에, 우뚝 선 모습이 말하려는 듯하고 걸어간다고 여겼는데 가만히 있다. 맑은 새벽에 한 번 보면 상쾌한 기운은 열 배가 되니, 자리의 모퉁이에 펼쳐놓고는 그 광채를 우러러본다.

원문

齊表巨海, 吳嗟大風, 崔爲令族, 出自太公, 克生奇才, 骨秀神聰, 炳若秋月, 騫然雲鴻. 爰圖伊人, 奪妙眞宰, 卓立欲語, 謂行而在. 淸晨一觀, 爽氣十倍, 張之座隅, 仰止光彩.

해설

이 글은 안길현 현위 최한의 초상화에 쓴 것으로 그의 가문과 재능 및 그림의 생동감을 칭송했다. '안길安吉'은 지금의 절강성 안길현이다. '소부少府'는 현위의 별칭이다. '최한'에 대해서는 자세히 알려져 있지 않다.

제나라 강태공으로부터 최씨 가문이 나왔기에 특출난 인재가 많으며 최한 역시 그 중의 한 명임을 말하여 그 가문과 최한을 칭송했으며, 초상화가 매우 생동적이라고 칭송한 뒤 맑은 새벽에 펼쳐놓고 우러러본다고 했다. 이백이 안길현이 있는 호주에 머문 것은 천보 6년(747)과 지덕 원년(756) 등인데 이 글이 언제 지어졌는지는 알 수 없다.

---

6 오나라 공자 계찰季札이 제나라에 와서 주나라의 음악을 구경했는데, "아름답구나. 넓고 넓은 큰 기풍이로다. 동해의 모범이 되는 자는 태공이니, 그 나라가 헤아릴 수가 없구나.(美哉, 泱泱乎, 大風也哉. 表東海者, 其太公乎. 國未可量也)"라고 칭송했다. 제나라의 시조는 태공망太公望 강상姜尙이며 최씨는 강의 성姓으로부터 나왔다.

5) 선성 녹사참군 오씨의 초상화에 쓴 찬문 宣城吳錄事畫讚

명문대가는 해와 달처럼 환히 빛나 이 빼어난 선비를 낳았는데 바람과 서리 같은 빼어난 기골을 가졌다. 진정한 모습을 그리며 어짊을 본떴고 용모를 옮겨 놓으며 머리칼을 그렸는데, 허리띠를 묶고 산처럼 우뚝 서 있으니 마치 천자의 궁궐에 조회하는 듯하다. 높고 높아 사방을 깎아 이룬 것 같고 담담하여 오호의 깨끗함과 맑음을 펼쳐놓은 듯하며, 무기창고는 엄숙하고 문사의 봉우리는 우뚝하다.[7] 논변이 뛰어난 사람은 말이 어눌한 듯하고 아름다운 음악은 소리가 들리지 않는 듯하니, 묵묵히 말을 하지 않지만 끝내 나라의 기둥이 되리라.

원문

大名之家, 昭彰日月, 生此髦士,[8] 風霜秀骨. 圖眞像賢, 傳容寫髮, 束帶岳立, 如朝天闕. 巖巖兮, 謂四方之削成, 澹澹兮, 申五湖之澄明, 武庫肅穆, 辭峯崢嶸. 大辯若訥, 大音希聲. 默然不語, 終爲國楨.

해설

이 글은 선성 녹사참군 오씨의 초상화에 쓴 것으로 그림의 모습을 통해 오씨의 인품과 학식을 칭송했다. '선성宣城'은 지금의 안휘성 선성시이다. '녹사錄事'는 녹사참군錄事參軍으로 주의 속관이며 정칠품상正七品上에 해당한다. '오吳'씨는 이백의 〈조공서후신정을 칭송하는 글趙公西候亭頌〉에 언급된 오진吳鎭으로 추정된다.

명문대가 오씨 집안 출신의 빼어난 선비라서 초상화에 그 인품과 재능이 잘 표현되었음을 칭송했으며, 그림 속에서 말없이 있지만 나라의 기둥이 될 것을 확인할 수 있다고 말했다. 대체로 천보 14년(755) 선성에 머물 때 지은 것으로 추정한다.

---

7 무기창고가 삼엄하다는 것은 그곳에 날카로운 무기가 많은 것을 뜻하며 사람이 해박함을 비유한다.

8 髦士(모사) : 빼어난 선비.

6) 벽에 그려진 푸른 매 그림에 쓴 찬문 壁畫蒼鷹讚

높이 솟은 고목에는 짧은 곁가지가 없는데, 그 위에 푸른 매가 홀로 서 있으니 마치 근심하는 호 땅 사람이 눈썹을 찌푸린 것과 같으며, 가을 하늘의 살기가 엉기고 흰 벽의 웅장한 자태가 늠름하니, 부리는 검과 창보다 날카롭고 발톱은 칼과 송곳을 움켜쥔 듯하다. 여러 빈객이 자리를 박차고는 놀라며 보는데 단청으로 그려졌다는 것을 깨닫지 못했으며, 나는 문과 창문을 나가 날아가 버릴까봐 일찍이 걱정했는데 어째서 일 년 내내 이곳에 있는가?

원문

突兀枯樹, 傍無寸枝, 上有蒼鷹獨立, 若愁胡之攢眉, 凝金天之殺氣, 凜粉壁之雄姿, 觜銛[9]劍戟, 爪握刀錐. 羣賓失席以腭眙,[10] 未悟丹青之所爲, 吾嘗恐出戶牖以飛去, 何意終年而在斯.

해설

이 글은 벽에 그려진 푸른 매 그림에 쓴 것으로 그 늠름하고 생동감 있는 모습을 칭송했다. 여러 판본에는 제목 뒤에 "주인을 풍자하다譏主人"가 더 있기도 한데, 주인이 누구인지는 알려져 있지 않다.

높다란 나무 위에 웅장한 자태로 늠름하게 앉아있는 매의 모습을 묘사한 뒤, 구경꾼들이 살아있는 것으로 착각한다고 하여 그림이 생동감 있게 그려진 것을 칭송했다. 마지막에 멀리 날아가 버릴까 걱정했는데 왜 아직 있느냐고 했는데, 이는 아마도 주인이 뛰어난 재능을 가진 이를 알아보고 추천하지 못하고 묵혀 두고 있음을 풍자한 것으로 보인다.

---

9 銛(섬) : 날카롭다.
10 腭眙(악치) : 놀란 모양.

7) 방성현 장 소공의 청사에 있는 사나운 사자 그림에 쓴 찬문 方城張少公廳畫師猛讚

장공의 당은 빛나는 벽이 눈에 비치는 듯 하얀데, 사나운 사자가 그림 속에서 웅장한 자태를 떨치고 있다. 눈썹과 눈을 치켜세운 채 털이 바람에 흔들리며, 톱니 같은 이빨은 서리를 머금은 듯하고 갈고리 같은 발톱은 달을 안고 있는 듯하다. 쪼그려 앉은 서역 사람을 진노하여 끌어당기니 큰 집이 위태로운 것 같은데, 오래도록 그 모습을 보고 있으면 끊임없이 정신이 혼란스러워진다.

원문

張公之堂, 華壁照雪, 師猛在圖, 雄姿奮發. 森竦[11]眉目, 颯灑毛骨, 鋸牙銜霜, 鉤爪抱月. 掣[12]蹲胡以震怒, 謂大厦之峴屼,[13] 永觀厥容, 神駭不歇.

해설

이 글은 방성현 현위 장씨의 청사 벽에 그려진 사자 그림에 쓴 것으로 그림 속 사자의 위용을 칭송했다. '방성方城'은 지금의 하남성 방성현이다. '소공少公'은 현위의 별칭이다. '장張'씨에 대해서 자세히 알려진 것이 없다.

청사 벽에 그려진 사자의 용맹스럽고 사나운 모습을 묘사했으며, 사자를 끌고 있는 서역 사람을 오히려 끌고 갈 듯이 진노하고 있어 보는 이로 하여금 정신을 혼란하게 만든다고 했다. 대체로 천보 10년(751) 방성현에 머물 때 지은 것으로 추정하다.

---

11 森竦(삼송) : 꼿꼿하게 선 모양.

12 掣(체) : 끌어당기다.

13 峴屼(얼올) : 높고 위태로운 모양.

8) 우림장군 범씨의 초상화에 쓴 찬문 羽林范將軍畫讚

우림이 늘어서서 보위하고 누벽이 남쪽 담장으로 둘렀는데, 45개의 별이 지존을 빛나게 한다.[14] 범공이 장군에 배수되자 멀리서 주상의 은혜를 받들었는데, 총애 받는 용맹한 신하의 지위에 봉한다는 명령이 안문에 전해지니, 하늘을 우러러보며 춤을 추어 정신과 혼백이 뛰어올랐다. 좇고 좇으며 물수리처럼 노려보고 높이 들며 기러기처럼 날아오르니, 마음은 조적보다 호방하고 기세는 유곤보다 시원하여,[15] 이름은 큰 제후국까지 진동시키고 위세는 늘어선 번진까지 드날렸다. 기린각[16]의 섬돌에 올라 그 그림이 화려한 난간에 있으리니, 오랑캐의 병사 백만 명을 종횡무진하며 마구 삼킨다면, 황실의 발톱과 이빨로서 그 공적이 길이 보존되리라.

원문

羽林列衛, 壁壘南垣, 四十五星, 光輝至尊. 范公拜將, 遙承主恩. 位寵虎臣, 封傳雁門, 瞻天蹈舞, 踴躍精魂. 逐逐鶚視, 昂昂鴻騫, 心豪祖逖, 氣爽劉琨, 名震大國, 威揚列藩. 麟閣之階, 粉圖華軒, 胡兵百萬, 橫行縱呑, 爪牙帝室, 功業長存.

해설

이 글은 우림장군 범씨의 초상화에 쓴 것으로, 그의 씩씩한 기상을 칭송했다. '우림羽林'은 원래는 별자리 이름으로 천군天軍을 상징하는데 황궁 근위군近衛軍을 가리키며,

---

14 우림과 누벽은 하늘의 별자리 이름으로 천자를 호위하는 군대를 상징한다. 우림 별자리는 45개의 별로 이루어져 있다.

15 조적祖逖과 유곤劉琨은 모두 동진東晉의 장수로 후조後趙 석륵石勒의 공격을 막아내어 큰 공적을 세웠다.

16 기린각麒麟閣은 한나라 공신의 초상을 걸어놓은 곳이다. 그곳에 초상화가 걸린다는 것은 나라의 공신이 된다는 뜻이다.

우림장군은 종삼품從三品에 해당한다. '범范'씨에 대해서는 자세히 알 수 없다.

범씨가 안문의 하동도에서 우림장군을 배수 받은 사실을 서술하고는 그의 용맹과 기상을 칭송하면서 큰 업적을 세워 이 그림이 기린각에 걸릴 수 있기를 기원했다. 대체로 천보 2년(743) 장안에서 한림공봉으로 재직하고 있을 때 지은 것으로 추정한다.

9) 금가루와 은가루로 그린 서방정토 변상에 쓴 찬문 및 서문 金銀泥畫西方淨土變相讚 幷序

내가 듣건대 서쪽 하늘 태양이 사라지는 곳, 중원에서 10만억 불토만큼 떨어진 곳에 극락세계가 있다고 한다. 저 나라 부처는 몸의 길이가 60만억 개 갠지스 강의 모래알 개수만큼의 유순[17]이고, 눈썹 사이의 백호는 오른쪽으로 감겨 있는데 마치 오수미산과 같으며, 눈빛은 맑고 깨끗하여 마치 사대해의 물과 같으며,[18] 단정하게 앉아서 설법하는데 담담하게 영원히 존재한다고 한다. 연못에는 금빛 모래가 밝고 물가에는 진귀한 나무가 늘어서 있으며 난간은 두루 덮고 있고 그물은 널리 펼쳐 있으며, 차거와 유리로 누각을 장식했고 수정과 마노로 섬돌의 화려함을 빛낸다고 한다. 이는 모두 여러 부처가 증명한 것이니 허언을 한 자는 없었을 것이다. 금가루와 은가루로 그린 서방정토 변상은 대체로 빙익군 진씨 부인이 죽은 남편인 호주자사 위공을 받들며 세운 것이다.[19] 부인은 얼음과 옥의 맑음을 품고 현명하고 선한 가르침을 폈는데, 부부간의 큰 의리로써 어두운 길에서 구제되기를 바랐으며, 부자간의 깊은 은혜로써 큰 복이 다시 펼쳐지도록 했으니, 진귀한 보물을 바치기로 맹세하고는 이름난 장인을 구하여 금가루로 그림을 시작하고 은가루로 모습을 만들었다. 여덟 공덕을 가진 물은 그 물결이 푸른 연꽃의 연못에서 일렁이고 일곱 보배로 만든 향기로운 꽃은 그 빛이 누런 금의 땅을 비추는데, 맑은 바람이 스치는 곳에는 다섯 음이 날 듯 하여 수백 수천의 오묘한 음악이 모두 진동하며 일어날 것 같다. 만약 이미 발원했지만 아직 발원에 이르지 않았고 만약 이미 왕생했어야 했지만 아직 왕생에 이르지 않았더라도 이레 동안 정념하면 반드시 그 나라에서 태어날 것이니, 그 공덕은 무궁하여 헤아리려 해도 밝히기가 어렵다. 그 찬문은 다음과 같다.

서쪽 태양이 사라지는 곳을 향해 멀리서 대자대비의 얼굴을 우러러보니, 눈은 사

---

17 유순은 고대 인도의 길이 단위로 30리, 40리, 16리 등 여러 설이 있다.

18 오수미산은 불교의 우주관에서 세계의 중앙에 있다는 산이며 사대해는 그 바깥을 둘러싼 바다이다.

19 빙익군은 지금의 섬서성 대려현大荔縣이고 호주는 지금의 절강성 호주시이다. 진씨 부인과 위씨에 대해서는 자세히 알려져 있지 않다.

대해의 물보다 깨끗하고 몸은 자줏빛 금의 산보다 빛난다. 부지런히 정념하면 반드시 왕생하니 이 때문에 극락이라고 하는데, 구슬을 엮은 그물은 보배로운 나무를 진귀하게 만들고 하늘의 꽃은 향기로운 누각에 뿌려진다. 그림이 눈에 또렷하여 발원을 저 도량에 기탁하나니, 이 공덕의 바다에서 신령의 보우를 배와 다리로 삼으면, 81겁의 죄가 바람에 쓸려가는 가벼운 서리와 같을 것이다. 무량수불을 보기를 바라고 옥호가 빛나기를 오래도록 기원한다.

원문

我聞金天之西, 日沒之所, 去中華十萬億刹, 有極樂世界焉. 彼國之佛, 身長六十萬億恒沙由旬, 眉間白毫, 向右宛轉如五須彌山, 目光淸白若四海水, 端坐說法, 湛然常存. 沼明金沙, 岸列珍樹, 欄楯彌覆, 羅網周張, 車渠瑠璃, 爲樓殿之飾, 頗黎碼碯, 耀階砌之榮. 皆諸佛所證, 無虛言者. 金銀泥畫西方淨土變相, 蓋馮翊郡秦夫人奉爲亡夫湖州刺史韋公之所建也. 夫人蘊冰玉之淸, 敷聖善之訓, 以伉儷[20]大義, 希拯拔於幽塗, 父子恩深, 用重修[21]於景福, 誓捨珍物, 構求名工, 圖金創端, 繪銀設像. 八法功德,[22] 波動靑蓮之池, 七寶香花, 光映黃金之地, 淸風所拂, 如生五音, 百千妙樂, 咸疑動作. 若已發願, 未及發願, 若已當生, 未及當生. 精念七日, 必生其國, 功德罔極, 酌而難明. 讚曰,

向西日沒處, 遙瞻大悲顔, 目淨四海水, 身光紫金山. 勤念必往生, 是故稱極樂, 珠網珍寶樹, 天花散香閣. 圖畫了在眼, 願託彼道場, 以此功德海, 冥

20 伉儷(항려) : 부부.

21 '重修'가 '훈수薰修'로 된 판본도 있는데, 이는 분향하고 예불하여 심신을 수양하는 것을 뜻한다.

22 '八法功德'은 '팔공덕수八功德水'로 된 판본도 있는데, 이는 극락세계의 연못에 있는 물로 징정澄淨, 청랭淸冷, 감미甘美, 경연輕軟, 윤택潤澤, 안화安和, 제기갈除饑渴, 장양제근長養諸根 등 여덟 가지 공덕이 있다고 한다.

祐爲舟梁, 八十一[23]劫罪, 如風掃輕霜. 庶觀無量壽, 長願玉毫光.

해설

이 글은 금가루와 은가루로 그린 서방정토의 그림에 쓴 것으로 그 그림을 그리게 한 진씨 모자의 정성과 그림에 그려진 서방정토의 모습을 칭송했다. '변상變相'은 불경의 내용이나 교리, 부처의 생애 등을 그린 그림이다.

이백이 들은 서방정토의 아름다운 모습과 부처의 모습을 묘사한 뒤, 진씨 모자가 죽은 위공의 극락왕생을 위해 정성껏 이 변상을 세우게 되었음을 말했으며, 그림에 그려진 서방정토의 모습을 묘사하면서 극락왕생을 기원하고 부처의 공덕을 칭송했다. 천보 초에 한림공봉으로 재직할 때 지은 것이라는 설과 만년에 호주에 있을 때 지은 것이라는 설이 있다.

---

23 '一'이 '億'의 잘못이라는 주장이 있다.

10) 강녕현령 양이물의 초상화에 쓴 찬문江寧楊利物畫讚

화산의 높은 산에 세 봉우리가 하늘에 기대어 있고, 큰 물결의 황하가 바다를 지나가니 백 세대에 어진 사람이 나왔다. 기가 되고 용이 되어 땅을 넓히고 강을 건넜으며,[24] 조성현에서 개국[25]의 봉작을 받았으니 옥 나무가 구름안개를 넘어갔다. 화가의 붓이 조화의 기운을 두드리니 그의 형체가 자연에서 분리되어, 밝은 구슬이 홀로 돌고 가을 달이 외로이 걸린 듯하다. 현령으로서 모범이 되어 강하고 횡포한 세력을 깨뜨리고 꺾었으며, 덕이 심원함과 그윽함에 부합하고 명성으로 난초와 창포의 향기를 퍼뜨리니, 큰기러기가 차차 기린각[26]으로 날아올라 뛰어난 그림이 전해질 수 있을 것이다.

원문

太華高嶽, 三峯倚天, 洪波經海, 百代生賢. 爲夔爲龍, 廓土濟川, 趙城開國, 玉樹凌烟. 筆鼓元化, 形分自然, 明珠獨轉, 秋月孤懸. 作宰作程, 摧剛挫堅, 德合窈冥, 聲播蘭荃, 鴻漸麟閣, 英圖可傳.

해설

이 글은 강녕현령 양이물의 초상화에 쓴 것으로 양씨 가문과 그의 인품의 뛰어남과 그

---

24 기夔는 순임금의 악관이고 용龍은 순임금의 간관으로 옛날의 어진 신하였다. 강을 건넌다는 것은 은나라 고종이 재상인 부열傅說에게 "만약 큰 강을 건너면 그대를 배와 노로 삼을 것이다."라고 한 것에서 나온 말로 재상으로 왕을 잘 보필하는 것을 의미한다.

25 개국현공開國縣公은 식읍食邑이 1500호이고 종이품이다. 개국현후開國縣侯는 식읍이 1000호이고 종삼품이다. 개국현백開國縣伯은 식읍이 700호이고 정사품상이다. 개국현자開國縣子는 식읍이 500호이고 정오품상이다. 개국현남開國縣男은 식읍이 300호이고 종오품이다. 양이물의 선조가 어떤 작호를 받았는지는 알려져 있지 않다.

26 기린각麒麟閣은 한나라 공신의 초상을 걸어놓은 곳이다. 그곳에 초상화가 걸린다는 것은 나라의 공신이 된다는 뜻이다.

림 속 인물의 고결함을 칭송했다. '강녕江寧'은 지금의 강소성 남경시南京市에 있었다. '양이물楊利物'은 이백과 교유가 많았으며 그와 관련된 시도 몇 수 남아있다.

화산과 황하의 정기로 양씨 집안에는 인재가 많은데 양이물 역시 그러하며 그림 속에 고결한 모습이 제대로 그려졌음을 말한 뒤, 현령으로서의 치적과 덕망을 칭송하면서 그의 초상이 기린각에 걸리기를 기원했다. 대체로 천보 13년(754) 금릉에 있을 때 지은 것으로 추정한다.

11) 금향 소부 설씨의 관사에 있는 학 그림에 쓴 찬문 金鄕薛少府廳畫鶴讚

높은 당과 한가로운 난간은 비록 송사를 듣는 곳이지만 소란스럽지는 않기에, 봉래산의 기이한 새를 그려놓고서 큰 바다의 아득함을 생각한다. 자줏빛 정수리에는 노을 안개가 붉고 적색의 눈동자에는 별이 빛나는데, 고개를 높이 들어 우두커니 바라보다가 갑자기 놀라 날아갈 듯하다. 몸은 자리의 구석에 머물러 있지만 기세는 하늘 밖으로 나갈 듯하니, 바람이 부는 하늘에서 길게 울다가 끝내 이슬이 내리는 새벽에 쓸쓸히 서 있는 것 같구나. 응시하며 감상하니 더욱 예스럽고 굽어보며 살펴보니 더욱 아름다운데, 춤을 추면 온 저자의 사람이 다 모일 것 같고 우는 소리를 들으면 현악기 소리를 듣는 듯하리라. 만약 지극한 정밀함에 감응하여 신령스럽게 변한다면 그림자를 희롱하며 안개 속을 날아다닐 수 있으리라.

원문

高堂閑軒兮, 雖聽訟而不擾, 圖蓬山之奇禽, 想瀛海之縹緲. 紫頂烟赩,[27] 丹眸星皎, 昂昂佇眙,[28] 霍若驚矯. 形留座隅, 勢出天表, 謂長鳴於風霄, 終寂立於露曉. 凝翫益古, 俯察愈妍, 舞疑傾市, 聽似聞絃. 儻感至精以神變, 可弄影而浮烟.

해설

이 글은 금향현위 설씨의 관사에 있는 학 그림에 쓴 것으로, 신선세계를 갈망하는 그림 속 학의 정묘함에 대해 칭송했다. '금향金鄕'은 지금의 산동성 금향현이다. '소부少府'는 현위의 별칭이다. '설薛'씨에 대해서는 자세히 알려진 것이 없다.

설씨가 고을을 잘 다스려서 송사가 드물며 그에게 신선세계에 대한 갈망이 있음을 말한 뒤, 그림 속의 학이 고아한 자태를 가지고 있지만 하늘로 날아가지 못하는 근심이 있음을

---

27 赩(혁) : 붉다.

28 佇眙(저치) : 우두커니 서서 바라보다.

서술했다. 이를 통해 설씨의 지향과 마음을 학 그림으로 드러내었다. 이러한 정묘함에 신령이 감응한다면 실제로 날아갈 수 있다고 하여 설씨의 바람이 실현되기를 바라는 마음을 표현했다. 대체로 개원 연간 동로에서 살고 있을 때 지은 것으로 추정한다.

12) 지공의 초상화에 쓴 찬문 誌公畫讚

물속에 비친 달은 결코 잡을 수 없는데, 그 마음을 비웠으니 드넓으며 주인이 없다. 비단 도포를 입고 손발은 새의 발과 같은데 홀로 다니며 짝은 없었다. 제나라에서 가위질하고 양나라에서 자로 쟀으며 진나라의 말에서 미혹됨을 부채질하여 없애버렸는데, 단청으로 그려진 성스러운 얼굴은 어디로 갈 것이며 어디에 머물겠는가?

원문

水中之月, 了不可取, 虛空其心, 寥廓無主. 錦幪鳥爪, 獨行絶侶. 刀齊尺梁, 扇迷陳語, 丹靑聖容, 何往何所.

해설

이 글은 승려인 지공의 초상화에 쓴 것으로, 그가 생전에 중생을 제도했음을 칭송했다. '지공誌公'은 남조 제량齊梁시기 금릉金陵사람으로 보지寶誌라고도 한다.

지공의 불법이 높다는 것을 물속의 달을 통해 칭송한 뒤 그가 기이한 차림새로 제, 량, 진의 중생을 제도했음을 말하고는 그가 죽은 뒤 그림으로만 남아있어 아쉬워하는 마음을 표현했다. 대체로 상원上元 2년(761) 금릉에 있을 때 지은 것으로 추정하고 있지만 확실치 않다.

13) 금에 쓴 찬문 琴讚

역산[29] 남쪽에 외로이 자란 오동나무, 하늘이 내린 기골이 바위틈에 높이 솟았는데 뿌리는 얼음 같은 샘에서 늙었고 잎은 서리 내리는 달빛에 고생했다. 베어서 녹기금을 만드니 금의 소리가 맑게 나는데, 가을바람이 솔숲에 들어간 듯하니 만고에 빼어나다.

원문

嶧陽孤桐, 石聳天骨, 根老冰泉, 葉苦霜月. 斲爲綠綺, 徽[30]聲粲發, 秋風入松, 萬古奇絶.

해설

이 글은 금에 쓴 것으로 좋은 오동나무로 만들어서 훌륭한 소리가 난다고 칭송했다.

29 역산嶧山은 지금의 산동성 추현鄒縣 동남쪽에 있었는데, 그 산에 금을 만드는 목재로 쓸 수 있는 오동나무가 많이 자란다고 한다.

30 徽(휘) : 금의 울림통에 음의 높이를 표시한 곳인데, 여기서는 금을 가리킨다.

14) 주허후에 관해 쓴 찬문 朱虛侯讚

영씨 진시황은 행실이 좋지 않아 금의 정기가 꺾이고 손상되었기에, 진나라의 사슴이 포획되었고 한나라의 바람이 높이 날렸다. 붉은 용이 하늘에 오르고 흰 태양의 빛이 높이 오른 뒤,[31] 음기의 무지개가 난폭해지고 여러 여씨가 소란스러울 때, 주허후가 조정에 돌아와 높은 대청에서 모여 술을 마셨는데, 웅장한 검을 힘껏 내려치니 태후가 벌벌 떨며 놀랐다. 이에 여산과 여록을 제거했고 나라의 운명이 비로소 창성했으니, 그 공적은 왕실의 으뜸이라 지금까지 잊히지 않는다.

원문

嬴氏穢[32]德, 金精摧傷, 秦鹿克獲, 漢風飛揚. 赤龍登天, 白日昇光. 陰虹賊虐, 諸呂擾攘, 朱虛來歸, 會酌高堂, 雄劍奮擊, 太后震惶. 爰鋤産祿, 大運乃昌, 功冠帝室, 於今不忘.

해설

이 글은 한나라 주허후朱虛侯 유장劉章에 관해 쓴 것으로 그의 공적을 칭송했다. 유장은 한나라 고조의 서장자庶長子인 제도혜왕齊悼惠王 유비劉肥의 아들이다. 여후呂后가 왕권을 잡은 후에 그를 주허후에 봉했는데, '주허朱虛'는 요임금의 아들 단주丹朱가 살던 곳으로 지금의 산동성 임구현臨朐縣이다.

진나라가 망하고 한나라가 흥기한 뒤 고조와 혜제가 죽자 여태후가 실권을 잡고 외척이 횡행했는데, 주허후가 궁중의 연회에서 위력을 행사했고 이후 여씨 사람들을 죽여 황권이 안정을 되찾은 과정을 기술했다. 이백이 주허후의 사당에 그려진 초상화에 쓴 글일 수도 있으며 주허후의 일을 사서에서 읽고 그 느낌을 쓴 글일 수도 있다. 당시 양국충 일가의 전횡을 염두에 둔 글이라는 설도 있다.

---

31 붉은 용은 한나라 고조를 비유하고 흰 태양은 혜제를 비유하여, 이 구는 고조와 혜제가 죽은 것을 뜻한다.

32 穢(예) : 더럽다.

15) 차비가 교룡을 베는 모습을 그린 그림을 보고 쓴 찬문 觀佽飛斬蛟龍圖讚

차비가 긴 교룡을 베었는데 남겨진 그림 속에 보인다. 배에 올라가 이미 호랑이처럼 울부짖었고 물을 치며 막 용과 싸운다. 놀란 파도는 이어진 산줄기처럼 요동치고 칼을 뽑으니 천둥과 번개가 친다. 비늘이 흰 칼날에 부서져 떨어지고 피가 푸른 강을 물들여 색을 바꾼다. 이 씩씩한 옛사람에 감동하나니 천년이 지난 후에 얼굴을 마주한 듯하다.

원문

佽飛斬長蛟, 遺圖畫中見. 登舟旣虎嘯, 激水方龍戰. 驚波動連山, 拔劍曳雷電. 鱗摧白刃下, 血染滄江變. 感此壯古人, 千秋若對面.

해설

이 글은 차비가 교룡을 베는 모습을 그린 그림을 본 뒤 쓴 것으로 그의 용맹함을 칭송했다. '차비佽飛'는 춘추시대 초楚나라의 용사로 '차비佽非'라고도 한다. 《회남자 · 도응훈道應訓》에 따르면 그가 일찍이 보검을 얻어 돌아가던 도중 강을 건너다가 검을 빼앗으려는 교룡을 만났는데 죽기를 각오하고 교룡을 찔러 죽여 모든 사람이 무사했다고 한다. 이에 형 땅의 공작이 그에게 집규執珪의 작위를 주었다고 한다.

차비가 씩씩한 모습으로 교룡을 베는 모습을 묘사한 뒤, 천년이 지나도 그와 대면한 듯 생생한 느낌이 전해진다고 말했다.

16) 지상보살의 불화에 쓴 찬문 및 서문 地藏菩薩讚 幷序

대웅인 석가모니가 빛을 숨겨 열반하자 해와 달이 무너졌지만, 부처의 지혜는 커서 삶과 죽음의 눈을 비추니 널리 사랑하는 힘을 빌려 의지하면 끝없는 고통을 구제할 수 있는데, 홀로 오랜 억겁의 세월 동안 나타나 횡행하는 물길을 인도하여 열었으니, 지장보살이 어진 일로 여기고 양보하지 않았다. 불제자인 부풍 사람 두도는 젊었을 때 빼어난 기개가 시원하고 호매했기에 왕후들과 사귀면서 맑은 기풍이 호방하고 의협심이 있었다. 즐거움이 극에 달하자 병이 생겼기에 이에 참된 주재자인 부처로부터 지혜의 검을 얻어 텅 빈 공으로 본심을 맑게 했으며, 성스러운 모습을 그림으로써 큰 복을 기원하기를 원했으며, 오묘한 힘이 도와주어 그 고통이 낫기를 바랐다. 이에 재능이 적은 내게 명하여 이 일을 찬미하게 했다. 그 찬미하는 글은 다음과 같다.

본심은 텅 빈 공과 같아 맑고 깨끗하며 아무것도 없는 것이니, 욕심, 분노, 어리석음을 다 태우고 원만하여 입적하면 분명히 부처를 보게 된다. 다섯 가지 색채로 성스러운 모습을 그렸는데 진정한 모습을 깨달은 것이니 함부로 그려놓은 것은 아니다. 눈을 쓸어버리듯이 만 가지 병이 다 없어지면 상쾌하여 맑고 시원한 하늘이 될 것이니, 이 공덕의 바다를 찬미하면 길이길이 오랜 세월 동안 퍼트려질 것이다.

원문

大雄掩照, 日月崩落, 惟佛知慧大而光生死雪,[33] 賴假普慈力, 能救無邊苦. 獨出曠劫, 導開橫流, 則地藏菩薩爲當仁矣. 弟子扶風竇滔, 少以英氣爽邁, 結交王侯, 淸風豪俠, 極樂生疾, 乃得惠劍於眞宰, 湛本心於虛空, 願圖聖容,

33 이 부분의 문맥이 순통치 않아서 오자나 탈자가 있다고 보는 견해가 있으며, '雲'이 전사과정에서 '雪'로 되었다는 견해가 있다. 《무량수경無量壽經》에 "지혜의 태양이 세상을 비추어 삶과 죽음의 구름을 없앤다.(慧日照世間, 消除生死雲)"는 말이 있다.

以祈景福, 庶冥力憑助, 而厥苦有瘳. 爰命小才, 式讚其事. 讚曰,

本心若虛空, 淸淨無一物. 焚蕩淫怒癡, 圓寂了見佛. 五綵圖聖像, 悟眞非妄傳. 掃雪萬病盡, 爽然淸涼天, 讚此功德海, 永爲曠代宣.

해설

이 글은 지장보살을 그린 법화에 쓴 것으로 지장보살의 공덕을 칭송했다. '지장보살地藏菩薩'은 석가모니가 열반한 뒤부터 미륵불이 출현할 때까지 중생을 교화할 것을 맹세한 보살이다.

석가모니가 열반한 뒤에 지장보살이 중생을 구제했음을 말한 뒤, 호방한 기개를 가진 두도가 병이 든 뒤 이를 치유하기 위해 지장보살의 그림을 그리고 기원했음을 말했다.

17) 노군의 섭 화상에 대해 쓴 찬문 魯郡葉和尙讚

동해의 빼어난 기운과 태산의 신령스러운 기운이 저 스님을 낳았는데 육신이 모두 공허하다는 것을 깨닫고 물속에 비친 달을 보고는, 땔감으로 불을 전하는 것 같이[34] 삶과 죽음을 밝게 꿰뚫었기에 구름이 하늘에서 개여서 만 리에 텅 빈 것과 같았다. 적멸을 즐거운 일로 여기고 강과 바다에서 한가로우며, 형체 안에 있음을 객사에 머무는 것으로 여기고 세상 사이에서는 빈 배와 같았으니, 아득한 저 곤륜산의 낭풍산을 더위잡아 오를 수 있다고 누가 말하겠는가?[35]

원문

海英岳靈, 誕彼開士, 了身皆空, 觀月在水, 如薪傳火, 朗徹生死, 如雲開天, 廓然萬里. 寂滅爲樂, 江海而閑. 逆旅形內, 虛舟世間. 邈彼崑閬, 誰云可攀.

해설

이 글은 노군에 있는 섭 화상에 관해 쓴 글로 그의 불법을 칭송했다. '노군魯郡'은 지금의 산동성 연주兗州이다. '화상和尙'은 승려라는 뜻이며, 법명이 '섭葉'인 승려에 관해서는 자세히 알려져 있지 않다.

섭 화상이 동해와 태산의 기운으로 태어났으며 공의 진리를 깨달아 삶과 죽음을 초월한 채 한가로이 지내고 있음을 칭송했다. 대체로 천보 연간에 장안을 떠나 동로에 지낼 때 지은 것으로 추정한다.

---

34 진晉나라의 승려 혜원慧遠의 《형체는 없어져도 정신은 사라지지 않는다에 관한 논변形盡神不滅論》에서 "불이 땔감으로 전해지는 것은 마치 정신이 형체로 전해지는 것과 같다. 불이 다른 땔감으로 전해지는 것은 정신이 다른 형체로 전해지는 것 같다. … 미혹된 자는 일생에서 형체가 썩는 것을 보고는 정신과 정이 모두 사라진다고 생각하니 마치 불이 한 나무에서 다하는 것을 보고 끝내 다 사라졌다고 여기는 것과 같다."라고 했다.

35 곤륜산의 낭풍산은 원래 신선이 사는 곳이다. 이 마지막 구는 섭 화상의 불법이 낭풍산과 같이 높으니 아무도 그에 범접할 수 없다는 뜻이다. 이와 달리 섭 화상의 불법이 이와 같이 좋으니 누가 낭풍산에 가서 신선이 되려고 하겠는가라는 뜻으로 보기도 한다.

8. 명銘

1) 화성사 대종에 관해 지은 명문 化城寺大鐘銘

아아, 하늘이 우레로 각종 동물을 고무시키듯 부처가 큰 종으로 긴 꿈을 깨워서 깊이 숨어있는 것을 드러내어 우매함과 어리석음을 깨달을 수 있게 하니, 종이 본보기가 됨은 그 의미가 넓다. 대저 대천세계에서 소리를 드날려 이로써 참된 마음을 맑게 하여 속세의 근심을 깨우치게 하고, 하늘의 음악과 화합하여 울려 이로써 원기와 통하여 하늘의 소리를 드러나게 하며, 황궁에서 공훈을 새겨 이로써 풍성한 공적을 드러내 큰 덕을 밝히기에, 청동 솥의 아름다움에 어울리고 절에 광채를 더하지 않는 것이 없으니, 그러므로 종을 만드는 일이 어찌 헛된 것이겠는가?

아, 당나라 선성군 당도현 화성사의 대종은 용량은 천 균을 담을 수 있는데 현령인 이공이 만든 것이다. 이공의 이름은 이유칙으로 현원황제의 아름다운 꽃을 이었고 여러 성인의 가지를 무성하게 했다.[1] 공후의 집안에서 태어나 귀하고 특출했으니, 어릴 적에는 재능과 책략을 품었고 장성해서는 성취가 있었다. 서쪽 사막으로 가서 머나먼 지역에서 공을 세웠기에 황제가 그 공적에 보답했으니, 비로소 옛것을 배우며 정사에 임했고 현령을 역임하면서 결백하여 명성이 하늘까지 들렸다. 천자께서 조서를 내려 영예를 표창하고 친히 쓰신 편지에 빛났으니, 계수를 세 번 되풀이하고는 자자손손 전하게 했다. 천보 초에 이 고을에서 금을 울리며 다스리게 되었

---

1 당 고종은 본명이 이이李耳인 노자를 현원황제玄元皇帝에 추봉했으며 이씨의 선조로 받들었다. 이 구는 이유칙이 노자와 당 황제의 친족이라는 뜻이다.

는데 말을 하지 않고도 다스려졌다.[2] 날로 헤아리면 당장의 공은 없는 듯했지만 해로 헤아리면 큰 이로움이 있었으니, 백성들이 교화됨을 느끼지 못한 채 은연중에 소강[3]의 수준에 이르렀다. 신령이 그의 도를 밝힌 것이니 뛰어 넘으려 해도 넘을 수 없었다.

마침내 사찰 안으로 들어섰는데 높이 솟은 불당을 보고 가늘고 잡스러운 종소리를 듣고는 이에 여러 스님에게 말하길, "어찌하여 큰 종을 만들지 않았는가? 층층누대에 세워서 귀 먹은 듯 우매한 여러 중생들로 하여금 하루 여섯 번 귀의하여 우러러 볼 수 있는 바를 가지게 하면 또한 아름답지 않겠는가?"라고 했다. 이에 먼저 깨우쳐서 한 마디를 하자 백 리의 현 전체가 모두 감응했으니, 추호도 백성들을 훼손시키지 않았고 사람들이 대부분 자식처럼 달려왔으며, 구리가 아침나절에 산처럼 쌓였고 일꾼이 하루도 되지 않아 구름처럼 모였다. 이에 부씨[4]를 채용하여 종을 만드는데 천지의 화로에 불을 피우고 음양의 탄에 부채질하니, 불의 신 회록이 노기를 떨치고 바람의 신 비렴이 빠르게 뒤흔들었다. 청동의 정화가 돌며 들끓으니 녹아 빛나고 구리 녹은 물이 별처럼 번쩍이니 찬란하여, 빛은 태양의 길에 내뿜고 연기는 하늘의 벼리에 피어올라, 붉은 구름이 태청에 점점이 생기고 자줏빛 연기가 먼 바다까지 솟아올랐다. 우주에서 환히 빛나고 그 공력이 귀신과 같은데 번쩍이는 모습을 살펴보노라니, 오오 놀랍구나. 이에 용의 바탕이 밝게 빛나고 호랑이의 형상이 꿈틀거렸으며, 금 밧줄로 묶어서 위로 연결하고 화려한 누각에 매달아 연속하여 두드리니, 옆으로 만 개의 골짜기를 뒤흔들고 높이 구층 하늘까지 들렸다. 소리는 산을 움직일 듯 성대하고 울림은 우레가 치듯 컸으니, 죽음의 길에 있는 펄펄 끓는 가마솥

---

2 복자천宓子賤이 선보單父를 다스리는데 금을 타면서 몸이 대청에서 내려오지 않아도 선보가 다스려졌다고 한다. 금을 탄다는 것은 현을 예악으로 잘 다스리는 것이나 무위지치를 하는 것을 의미한다.

3 유가의 이상세계는 대동大同인데 그 이전 단계가 소강小康이다.

4 부씨鳧氏는 《주례》에 나오는 관직명으로 종을 만드는 일을 주관한다. 여기서는 종을 만드는 장인을 가리킨다.

에서 구해주고 고통의 바다에 있는 칼날 바퀴를 멈추게 하여,[5] 큰 복이 널리 퍼지고 인간세계와 하늘나라를 뒤덮었다. 이공이 일을 잘 도모하여 완성함으로써 널리 만물을 구제하지 않았다면 누가 이러한 일을 할 수 있었겠는가? 현승과 현위 등은 모두 사대부 중의 거북과 용 같은 뛰어난 인재이며 인간 물상의 표준이다. 고상한 군자들이 동료가 되어 마음을 다했는데, 좋은 일 한다는 말을 듣고는 용기를 북돋웠고 그 아름다운 일을 이룬 것을 찬미했다.

절의 주지인 승조는 한가한 마음과 예스러운 모습에 뛰어난 기골과 빼어난 기상을 지니고서, 붓과 흰 비단에 있어서는 멋스럽고 표일하며 웃음과 말에 있어서는 겸손하고 부드럽다. 바다는 물을 받아 모두 수용하고 거울은 비치지 않는 형상이 없는 법이니, 곧은 도를 신묘하게 운용한다는 것은 바로 이 말과 같은 것이다. 항상 마음을 비우고 욕망을 잊었으며 스스로를 깨끗이 하고 만물을 이롭게 했으니, 이 사람은 공적[6]의 불법을 행했기에 움직임이 없는 부동의 상태가 되어 여래를 볼 수 있다. 상좌 영은, 도유나 칙서, 명승 일휘, 온허, 상인, 조호와 같은 이가 있는데,[7] 어질구나, 여섯 스님은 팔만 불법을 두루 들어서 선정과 지혜에 깊이 들어갔고 계율과 의칙을 정밀하게 닦았다. 장차 내게서 문장을 얻고 내게서 저술을 구하려 했지만, 공덕의 큰 바다는 헤아려서 형용하기 어려웠는데, 마침내 육조의 관리들과 고숙의 어진 어르신들과 함께 스님과 도사가 오리 떼처럼 사원으로 달려와 현령의 큰 아름다움을 드날려주기를 청했다. 나 이백은 예전에 외람되이 천자의 시중을 들며 문서를 작성하는 신하로 있으면서 공경히 황제의 조서를 받들었으니 맑은 기풍을 칭송하는 것을 감히 빠뜨릴 수 있겠는가? 그 글은 다음과 같다.

---

5 아비지옥에는 18개의 소지옥이 있는데 그중 칼날이 달린 바퀴에 사지가 계속 잘리는 검륜지옥劍輪地獄과 펄펄 끓는 가마솥에 들어가게 되는 탕확지옥湯鑊地獄이 있다.

6 만물의 실체가 없는 것을 공空이라고 하고 일어나거나 사라짐이 없는 상태를 적寂이라고 한다.

7 상좌上座는 사승師僧의 대를 잇는 제일 높은 승려이고 도유나都維那는 사찰의 재齋 의식을 맡은 승려이다.

성대한 큰 종이 하늘에 크게 울리니, 우레가 두드리고 벼락이 치며 대천세계를 일깨운다. 머금은 울림이 뚜렷하여 소리가 끝이 없기에, 도깨비를 꺾어 두렵게 하고 신령스런 신선을 불러들인다. 옆으로 육도까지 이르고 구천까지 내려가니,[8] 칼날 바퀴는 괴로움을 그치게 해 쉬기를 기약하고, 펄펄 끓는 가마솥은 맹렬한 불꽃이 활활 타오르기를 멈추었다. 온화한 어진 현령은 백성의 부모이니, 공덕을 일으켜 만물을 이롭게 함이 진실로 오래될 것이며, 덕이 반듯하니 대종은 영원히 사라지지 않을 것이다.

원문

噫, 天以震雷鼓羣動, 佛以鴻鐘驚大夢, 而能發揮沈潛, 開覺茫蠢,[9] 則鐘之取象, 其義博哉. 夫揚音大千, 所以淸眞心, 警俗慮, 協響廣樂, 所以達元氣, 彰天聲, 銘勳皇宮, 所以旌豐功, 昭茂德, 莫不配美金鼎, 增輝寶坊, 仍事作制, 豈徒然也.

粤有唐宣城郡當塗縣化城寺大鐘者, 量函千盈,[10] 蓋邑宰李公之所創也. 公名有則, 系玄元之英蕤, 茂列聖之天枝, 生於公族, 貴而秀出, 少蘊才略, 壯而有成. 西逾流沙, 立功絶域, 帝疇乎厥庸, 始學古從政, 歷宰潔白, 聲聞於天. 天書褒榮, 輝之簡牘, 稽首三復, 子孫其傳. 天寶之初, 鳴琴此邦, 不言而治. 日計之無近功, 歲計之有大利, 物不知化, 潛臻小康. 神明其道, 越不可尙.

---

8 육도六道는 중생이 선악의 업에 의해 윤회하는 여섯 가지 거처로 천도天道, 인도人道, 아수라도阿修羅道, 축생도畜生道, 아귀도餓鬼道, 지옥도地獄道를 가리킨다. 구천九泉은 땅속 가장 깊은 곳으로 저승을 가리킨다.

9 茫蠢(망준) : 우매함과 어리석음.

10 '量函千盈'이 '量函千鈞, 聲盈萬壑'으로 된 판본도 있는데, 용량은 천 균을 담을 수 있고 소리는 만 개의 골짜기를 가득 채울 수 있다는 말이다.

方入於禪關, 覩天宮崢嶸, 聞鐘聲瑣屑,[11] 乃謂諸龍象曰, 盍不建大法鼓,[12] 樹之層臺, 使羣聾六時有所歸仰, 不亦美乎. 於是發一言以先覺, 擧百里而咸應, 秋毫不挫, 人多子來, 銅崇朝[13]而山積, 工不日而雲會. 乃採梟氏撰鳴鐘, 火天地之爐, 扇陰陽之炭, 回祿奮怒, 飛廉震驚. 金精轉湝以融熠, 銅液星熒而熣燦, 光噴日道, 氣歊天維, 紅雲點於太淸, 紫烟矗[14]於遙海. 烜赫宇宙, 功侔鬼神, 瑩而察之, 吁駭人也. 爾其龍質炳發, 虎形蹑踞,[15] 縻金索以上絙, 懸寶樓而迭擊, 傍振萬壑, 高聞九天. 聲動山以隱隱, 響奔雷而闐闐,[16] 赦湯鑊於幽途, 息劍輪於苦海, 景福肸蠁,[17] 被於人天, 非李公好謀而成, 弘濟羣有, 孰能興於此乎. 丞尉等幷衣冠之龜龍, 人物之標準. 大雅君子, 同僚盡心, 聞善賈勇, 贊成厥美.

寺主昇朝, 閑心古容, 英骨秀氣, 灑落毫素,[18] 謙柔笑言. 海受水而皆納, 鏡無形而不燭, 直道妙用, 乃如是言. 常虛懷忘情, 潔己利物, 是人行空寂, 不動見如來. 有若上座靈隱, 都維那則舒, 名僧日暉蘊虛常因調護, 賢哉, 六開士, 普聞八萬法, 深入禪惠, 精修律儀. 將博我以文章, 求我以述作, 功德大海, 酌而難名, 遂與六曹豪吏, 姑熟賢老, 乃緇乃黃,[19] 梟趨梵庭, 請揚宰君之

---

11 瑣屑(쇄설) : 자질구레한 모양.

12 法鼓(법고) : 여기서는 종을 가리킨다.

13 崇朝(숭조) : 아침 시간이 다하도록. 대체로 해가 뜬 뒤로 아침 식사를 할 때까지의 시간을 가리키며, 짧은 시간을 의미한다.

14 矗(촉) : 곧게 위로 솟다.

15 蹑踞(기니) : 꿈틀거리는 모양.

16 闐闐(전전) : 소리가 매우 큰 모양.

17 肸蠁(힐향) : 널리 퍼지다.

18 毫素(호소) : 붓과 흰 비단. 시문이나 그림을 비유한다.

19 緇(치) : 검은 승복을 말한다.
黃(황) : 누런 도사의 복장을 가리킨다.

鴻美. 白昔忝侍從, 備於辭臣, 恭承德音, 敢闕淸風之頌. 其辭曰,

雄雄鴻鐘砰隱[20]天, 雷鼓霆擊警大千. 含號烜爀聲無邊, 摧慴[21]魑魅招靈仙. 傍極六道極九泉, 劍輪輟苦期息肩, 湯鑊猛火停熾燃. 愷悌[22]賢宰人父母, 興功利物信可久, 德方金鐘永不朽.

해설

이 글은 당도현 화성사 대종에 관해 지은 명문이다. '화성사化城寺'는 지금의 안휘성 당도현에 있던 절로 오나라 손권孫權 때 세운 것이다. 천보 연간에 당도현령 이유칙의 주관 하에 화성사 대종을 만들었다.

대종의 기능에 관해 자세히 설명한 뒤 당도현 현령의 인품과 치적을 칭송하고는 그가 대종을 만들게 했음을 말했다. 대종을 만드는 과정과 완성된 대종의 모습을 상세히 기술하고는 이로 인해 중생과 만물이 구제될 수 있음을 찬미했다. 이 종을 만드는데 참여한 여러 관리와 절의 주지 및 승려를 거론하고는 화성현의 관리와 지역 유지 등의 요청으로 이백이 이 글을 쓰게 되었음을 말했다. 이유칙이 이백의 다른 시문에 나오는 이명화李明化와 동일 인물이라고 보는 설에 따라 천보 14년(755)에 지은 것이라는 설이 있지만 틀린 것으로 보이며, 이유칙이 천보 초년에 당도현령이 되었다는 본문의 사실에 근거하여 천보 7년(748) 금릉에 머물 때 지은 것으로 추정한다.

---

20 砰隱(팽은) : 소리가 크게 울리는 모양.

21 慴(습) : 두렵게 하다.

22 愷悌(개제) : 단아하고 화락하다.

2) 천문산에 관해 지은 명문 天門山銘

양산과 박망산은 초 땅의 물길을 가로막고, 거센 물줄기를 끼고 차지하니 실로 오 땅의 나루터이다. 양쪽으로 자리 잡아 들쭉날쭉하니 고래가 비늘을 펼친 것 같다. 바다에는 해약이 있고 강에는 신이 있는데, 우저산의 괴물은 눈언저리가 수레바퀴와 같아,[23] 빛이 섬을 비추고 기운이 별을 침범하니, 모래를 말고 파도를 드날려 말을 빠뜨리고 사람을 죽인다. 나라가 태평하면 상서로움을 드러내고 때가 어긋나면 진귀한 것을 회수해가며, 열어 놓으면 구강에서 조공을 바치고 닫아 놓으면 오악에서 먼지가 날릴 것이니,[24] 하늘이 내린 험준한 땅이어서 친하지 않는 이에게 허락해서 안 된다.

원문

梁山博望, 關扃楚濱. 夾據洪流, 實爲吳津. 兩坐錯落, 如鯨張鱗. 惟海有若, 唯川有神. 牛渚怪物, 目圍車輪. 光射島嶼, 氣凌星辰. 卷沙揚濤, 溺馬殺人. 國泰呈瑞, 時訛返珍. 開則九江納錫, 閉則五岳飛塵. 天險之地, 無德[25]匪親.

해설

이 글은 천문산에 관해 지은 명문이다. '천문산天門山'은 장강의 양안에 있는 박망산博望山과 양산梁山의 총칭으로 지금의 안휘성 당도현當塗縣 서남쪽에 있다.

---

23 《진서晉書·온교전溫嶠傳》에 따르면 우저기에는 물이 깊어서 헤아릴 수 없고 많은 괴물이 산다고 했다. 우저기는 당도현 북서쪽 장강 가에 있는데 천문산과 백 리 정도 떨어져 있다.

24 오악에서 먼지가 날린다는 말은 천하가 난리로 어지러워진다는 뜻이다.

25 無德(무덕) : 무득無得과 발음이 비슷하여 통용되며 '허락해서는 안 된다'는 뜻이다. '덕德'이 '안安'으로 된 판본도 있다.

천문산의 지리적 위치와 험준한 모습을 묘사하고 근처 우저산 괴물의 사나움을 말한 뒤, 천하의 태평함과 어지러움을 가늠하는 중요한 곳이기에 황실과 친한 이가 이곳을 지켜야 한다고 말했다. 천보 7년(748)이나 천보 후기 금릉이나 당도에 머물 때 지었다는 설이 있는데 확실치 않다.

9. 비碑

1) 율양현 뇌수에 살던 곧고 의로운 여인의 비명 溧陽瀨水貞義女碑銘

위대한 당나라에 대대로 여섯 성인이 있어[1] 천하를 다시 세웠기에 거울처럼 만방을 비춰 어두운 것이나 밝은 것이나 모두 빛났고, 하늘의 질서에 예법이 갖춰졌다. 태고부터 지금까지 임금이 임금답게 행하고 신하가 신하답게 행할 때, 열사와 정녀 중 그 명분과 절개가 특히 드러나 퇴락한 풍속을 맑게 격동시킬 수 있는 자를 선발하여 모두 땅을 깨끗이 쓸고 제사를 올리게 했으며 난초향이 배게 찐 음식과 산초향이 나는 음료를 해마다 지내는 제사에 빠뜨리지 않았다. 그런데 이 고을의 곧고 의로운 여인은 빛나는 영령이 가려져서 어둠 속에 묻힌 지 오래되었고 아름다운 비석에 새겨지지 않았으니 어찌 이것이 예전의 선현과 식견이 뛰어난 자가 나라를 섬기는 뜻이겠는가? 곧고 의로운 여인은 율양현 황산리 사씨의 딸이다. 율양현에 살았다는 사실은 사서에 기록되어 있지 않다. 나이가 서른이 되도록 시집가지 않았는데 자태가 맑고 깨끗하며 지극한 효성으로 어머니를 모셨다. 손은 트고 갈라진 곳이 없이 풀처럼 부드러웠고 몸은 빨래하는 일을 자신의 업으로 삼았다. 초나라 평왕 시절에 평왕은 충성스러운 자를 해치고 참소하는 자를 방조해 그 정치가 가혹했다. 오상을 제거하고 오사를 베어 조정에 피가 흐르게 하고 오씨 일족을 몰살했으니 사람에게 생긴 원망의 독기가 얼마나 깊었겠는가?[2] 오자서는 처음 동쪽 오나라로 도망

1 여섯 성인은 당나라의 고조高祖, 태종太宗, 고종高宗, 중종中宗, 예종睿宗, 현종玄宗을 가리킨다.

갔는데 달빛에 강을 건넜고 별밤에 달아났으며, 혹은 칠일 동안 불을 때서 밥을 해 먹지도 못했고 날다가 활에 상처를 입은 새와 같았다. 국경의 소관에서 핍박당했고 물가에서 엎드린 채 다녔는데, 수레를 버리고 걸어가다가 이 여인에게 궁곤함을 알렸다. 여인은 그의 행색을 보고 상황을 짐작하고는 병속에 담긴 음료를 건네주었고, 그 사람을 온전히 구하고자 자신의 몸을 물에 던져 육체와 몸을 모두 사라지게 했다.[3] 이러한 행동은 천고에 빼어난 일이니 그 명성은 뜬 구름을 능가할 정도로 높은 것이다. 오자서가 반드시 원수를 갚도록 절조를 치솟게 하고 의심의 여지가 없도록 정성을 깨끗이 했으니, 이는 정말 어려운 것이다. 예컨대 조아가 물에 빠져 죽은 것은 그 이치가 효의 도리를 관철한 것이고 섭정의 누이가 저자에서 죽은 것은 그 기개가 형제에게 감동한 것이었으며,[4] 노나라의 여인이 친아들을 버려 많은 군대를 물리쳤고 빨래하는 아낙네가 밥을 주고서 천금의 보답을 받지 않았는데,[5] 이 사씨 여

---

2 오자서伍子胥의 원래 이름은 오운伍員이며, 그의 형은 오상伍尙이고 그의 아버지는 오사吳奢이다. 오상과 오사는 평왕에게 죽었으며 오자서는 오나라로 도망가서 가족의 원수를 갚으려고 했다.

3 추격하는 병사들에게 오자서의 행적을 발설하지 않겠다는 생각으로 여인이 물에 몸을 던져 죽었다는 말이다.

4 조아曹娥는 후한 때의 효녀이다. 아버지가 일을 하다가 물에 빠져 죽었는데 시체를 찾지 못했으며, 이에 슬퍼하면서 자신도 물에 빠져 죽었다. 섭정聶政은 춘추시대의 협객으로 한나라 재상 협루俠累를 죽이고는 스스로 얼굴 가죽을 벗기고 눈을 도려낸 뒤 자살했다. 한나라에서 그의 신분을 알지 못하자 천금의 상금을 내걸었는데, 그의 누나 섭영聶榮이 동생의 이름이 전해지지 않을까 걱정하고는 자진하여 나서서 동생임을 밝힌 뒤 그의 곁에서 죽었다.

5 제나라가 노나라를 침략하자 노나라 여인이 도망가면서 한 아이를 버리고 한 아이를 데리고 갔는데, 제나라 군대에게 잡혔다. 그 사정을 물어보니 "버린 아이는 제 아이이고 데리고 간 아이는 오빠의 아이인데, 제 아이를 살리고 오빠의 아이를 죽인다면 이는 의로운 일이 아니니, 노나라가 장차 우릴 부양하지 않을 것이다."라고 했다. 이에 제나라는 그의 의로움에 감격하여 노나라를 침략하지 않고 군대를 물렸다. 한나라의 한신韓信이 젊었을 때 굶주리고 있었는데 빨래하는 아낙이 그에게 먹을 것을 주었다. 후에 크게 보답하겠다고 했지만 그 아낙은 그저 불쌍히 여겨 도와주었을 뿐 보답을 바라지는 않는다고 했다. 후에

인에 비교하면 저들은 어쩌면 쉬웠을 것이다. 마침내 오자서로 하여금 합려의 세력을 넓히게 하고 초나라의 언 땅과 영 땅을 휩쓸어버리게 했으니, 오나라 군대가 초나라에서 평왕의 시체에 채찍질을 하자 신포서가 진나라의 조정에서 피눈물을 흘리게 될 정도였다.[6] 자신은 죽고 상대방은 온전했는데 진정 각기 씩씩한 뜻이었다. 고금에 아름다운 풍모를 펼치고 천지에 크나큰 노여움을 씻었는데, 이 여인의 힘이 없었다면 비록 그를 뛰어난 사내라고 할지라도 어찌 포효하며 기세를 떨쳐 후세에 펼칠 수 있었겠는가? 그녀가 물에 빠진 곳을 바라보고는 애처로워서 배회하며 떠날 수가 없다. 매번 바람이 오나라 하늘에서 부르짖고 달이 형계에서 애달플 때이면 목소리와 용모가 여전히 있는 것 같으니 그 정령이 매우 슬프리라. 안타깝게도 금을 던진 강물은 있으나 비석에 새길 주인은 없으니, 슬프도다. 고을 현령인 형양 사람 정공은 이름이 안이다. 집안에는 정강성의 학식이 있고 대대로 정자산의 재능을 가졌는데,[7] 금이 맑고 마음이 한가로우니 백 리의 현이 크게 교화되었다. 주부 부풍사람 두가, 초빙된 현위 광평 사람 송척, 단양 사람 이제, 남군 사람 진연, 청하 사람 장소와 같은 이들이 있어 모두 경이 될 만한 재능과 패왕의 책략을 가졌으며 일을 같이 하면서 서로 협력했다. 빼어나고 맑은 행적에 관해 먼 옛날의 일까지 기록하고는 길가에 비석을 새겼으니, 비록 산이 무너지고 바다가 마를지언정 그 문장은 아마 사라지지 않을 것이다. 그 글은 다음과 같다.

깨끗한 곧은 여인은 가난한 집안에서 외롭게 자라서, 위로는 하늘로 삼을 사람이

한신이 초왕이 되었을 때 그 아낙에게 천금을 하사했다.

6 오나라 왕 합려가 오자서의 도움으로 초나라를 망하게 한 뒤 오자서는 초 땅으로 들어가 자신의 아버지와 형을 죽인 평왕의 시신을 꺼내 채찍질을 했다. 초나라의 신하 신포서申包胥는 진秦나라로 가서 도움을 요청했으나 응답이 없자 진나라 조정에서 피눈물을 흘려 통곡했는데, 이에 진나라 왕이 감동하여 병사를 보내도록 했다.

7 동한 사람 정현鄭玄은 자가 강성康成인데 고서에 통달하고 오경을 두루 주석했다. 춘추시대 정鄭나라의 자산子産은 성공成公의 막내아들로 간공簡公과 정공定公을 보좌하면서 정나라의 평화를 유지했고 또 농지를 정리하고 나라의 재정을 재건했으며, 성문법成文法을 만들었다.

없었고 아래로는 어머니의 은혜에 보답했으며, 봄바람을 서른 번 맞으면서 꽃이 떨어져도 말이 없었다. 이와 같은 사람이 맑은 물에서 빨래하노라니, 푸른 물결과 흰 손이 저 잔잔한 물결 속에서 감겼는데, 찾으려 해도 찾을 수 없을 정도로 절조를 지니고 보존했다. 오자서가 동쪽으로 도망가다가 이곳에서 음식을 구걸했는데, 이 여인이 병에 담긴 음료를 나눠주고는 입을 닫기 위해 죽었다. 그 명성은 여러 나라를 뒤흔들었고 그 의로움은 씩씩한 장사를 드러나게 했으니, 영 땅에 들어가 시체에 채찍질하고 오나라로 돌아와 치욕을 씻었으며, 뇌수 가에서 금을 던져 은덕에 보답하고 그 미덕을 칭송했다. 천년 동안 밝고 밝을 것이니 마치 물에 뜬 달과 같을 것이리라.

원문

皇唐葉有六聖, 再造八極, 鏡照萬方, 幽明咸熙, 天秩有禮. 自太古及今, 君君臣臣, 烈士貞女, 采其名節尤彰, 可激淸頹俗者, 皆掃地而祠之, 蘭蒸椒漿, 歲祀罔缺. 而玆邑貞義女, 光靈翳然, 埋冥古遠, 琬琰[8]不刻, 豈前修博達者爲邦之意乎. 貞義女者, 溧陽黃山里史氏之女也. 以家溧陽, 史闕書之. 歲三十弗移天[9]於人, 淸英潔白, 事母純孝. 手柔荑而不龜, 身擊漂以自業. 當楚平王時, 平王虐忠助讒, 苛虐厥政. 芟[10]於尙, 斬於奢, 血流於朝, 赤族伍氏. 怨毒於人, 何其深哉. 子胥始東奔勾吳,[11] 月涉星遁, 或七日不火, 傷弓於飛. 逼迫於昭關, 匍匐於瀨渚, 捨車而徒, 告窮此女. 目色以臆, 授之壺漿, 全人自沈, 形與口滅. 卓絶千古, 聲凌浮雲. 激節必報之讎, 雪誠無疑之地. 難乎哉. 借

8 琬琰(완염) : 아름다운 옥. 대체로 비석을 가리킨다.

9 移天(이천) : 하늘을 바꾼다는 뜻인데, 남편을 하늘 같이 섬기게 된다는 의미를 따라 시집간다는 말로 사용된다.

10 芟(삼) : 베다. 죽이다.

11 勾吳(구오) : 오나라를 가리킨다. 원래 나라 이름은 한 글자인데 두 글자로 늘릴 필요가 있을 경우 앞에 발음이 비슷한 글자를 넣기도 한다.

如曹娥潛波, 理貫於孝道, 聶姊殞肆, 概動於天倫, 魯姑棄子, 以却三軍之衆. 漂母進飯, 沒受千金之恩, 方之於此, 彼或易耳. 卒使伍君開張闔閭, 傾蕩鄢郢, 吳師鞭屍於楚國, 申胥泣血於秦庭. 我亡爾存, 亦各壯志. 張英風於古今, 雪大憤於天地, 微此女之力, 雖云爲之士, 焉能咆哮烜爀, 施於後世也. 望其溺所, 愴然低徊而不能去. 每風號吳天, 月苦荊水, 響像如在, 精魂可悲. 惜其投金有泉, 而刻石無主, 哀哉. 邑宰滎陽鄭公名晏. 家康成之學, 世子產之才, 琴淸心閑, 百里大化. 有若主簿扶風竇嘉, 賓縣尉廣平宋陟, 丹陽李濟, 南郡陳然, 淸河張昭, 皆有卿才霸略, 同事相協. 緬紀英淑, 勒銘道周, 雖陵頹海竭, 文或不死. 其辭曰,

粲粲貞女, 孤生寒門. 上無所天, 下報母恩. 春風三十, 花落無言. 乃如之人, 激漂淸源. 碧流素手, 縈彼潺湲. 求思不可, 秉節而存. 伍胥東奔, 乞食於此. 女分壺漿, 滅口而死. 聲動列國, 義形壯士. 入郢鞭屍, 還吳雪恥. 投金瀨沚, 報德稱美. 明明千秋, 如月在水.

해설

이 글은 율양현 뇌수에 살던 의협심 강한 여인에 관해 쓴 비문이다. '율양溧陽'은 지금의 강소성 율양시이다. '뇌수瀨水'는 율양 서북쪽 40리에 있는 강이다. 초나라 사람 오사가 일에 연루되어 잡혔고 그의 두 아들 오상과 오자서가 도망을 갔는데, 오사와 오상은 초나라 평왕에 의해 죽임을 당했고 오자서는 오나라로 피신했다. 도중에 뇌수에서 어떤 여인에게 먹을 것을 얻어먹었는데 그 여인은 이 사실을 비밀로 지키기 위해 스스로 물에 빠져 죽었다. 이후 오자서는 오나라 왕 합려를 도와 초나라를 공격했고 죽은 평왕의 시신을 파내 채찍질을 했다. 오나라로 돌아가다가 뇌수에 들러 그녀의 죽음을 슬퍼하면서 백금을 물에 던져 주었다.

오자서와 여인의 이야기를 서술하면서 여인의 도움으로 오자서가 기개를 떨치고 원수를 갚게 되었음을 말해 여인의 충절을 칭송한 뒤, 율양현령 정안과 현의 관리가 그 뜻을 기리기 위해 비석을 세우게 되었음을 말했다. 대체로 천보 13년(754) 율양에 있을 때 지은 것으로 추정한다.

2) 한동 자양 선생의 비명 漢東紫陽先生碑銘

아아, 자양 선생은 결국 그 뜻을 꺾고 조용히 변화했는데 선명하게 대낮에 구층 하늘로 올라가지 않았겠는가? 혹 장차 몰래 황제를 손님으로 대접할지는 세상 사람들이 헤아릴 바가 아니다. (열한 글자가 빠져있다) 여러 신선의 빼어난 자태를 가졌으니, 미간은 평평하고 깨끗하며 귀는 길고 이마는 넓으며, 손을 휘두르고 기골을 흔들면 온갖 관절에서 소리가 났으며, 터럭은 남달라 아름다운 빛깔이었으니 분명코 빼어나고 기이했다. (열 글자가 빠져있다) 곧장 이르렀다. 어찌하여 거북과 학이 일찍 세상을 떠나고 매미가 가을까지 연명하는가? 장수인가? 요절인가? 내가 삼일동안 길게 탄식해보지만 변화의 이치에 대해서는 모르겠구나. 선생은 성이 호씨이고 (여섯 글자가 빠져있다) 일가이다. 대대로 황로 사상을 업으로 삼아 가문이 박식하고 소박한 이로 맑았기에 모두 세속의 그물을 벗어난 용과 같고 높은 구름 속에 숨어 있는 기러기와 같았으며, 오로지 신선의 작위를 귀하게 여길 뿐이었으니 어찌 거대한 문벌을 추구했겠는가? 예전에 8세 때 선성산을 지나다가 (열한 글자가 빠져있다) 천제가 사는 청도와 자미에 대한 원대한 생각을 가지게 되었다. 9세에 출가했고 12세에 곡식을 끊었다. 20세에 형산을 노닐면서 구름 속에서 신선이 사는 동부를 찾고 물가를 다니며 그윽한 골짜기를 건넜다. 신왕이 (여덟 글자가 빠져있다) 불러서 위의로 삼았고 천하채경사에 이르렀다.[12] 이로 인해 여러 진인을 만나 《적단양정석경수모경》을 받았기에 그리하여 항상 비근을 마시고 일혼을 삼키며[13] 정밀하게 그것을 수련했다. (여섯 글자가 빠져있다) 고죽원에 거처하면서 정원에 손하루를 두었으며 손수 계수나무 두 그루를 심어서 그 아래서 머물렀다. 듣건대, 금릉지허인 구곡산의 도는 처음에 세 명의 모씨 진군[14]으로부터 성대해져 네 명의 허씨[15]에게

---

12 위의威儀와 천하채경사天下採經使는 도교와 관련된 관직명으로 보인다.

13 비근飛根을 마시는 것과 일혼日魂을 삼키는 것은 도교의 수련 방법인데 대체로 태양의 기운을 얻어 섭취하는 것으로 보인다.

전파되었고, 화양 (일곱 글자가 빠져있다) 도은거[16]가 승원선생[17]에게 전했고 승원선생은 체원선생[18]에게 전했으며, 체원선생은 정일선생[19]에게 전했고 정일선생은 천사 이함광[20]에게 전했으며, 이함광은 자양 선생과 의기투합했다. 신농씨의 고을인 수주 여산에서 (다섯 글자가 빠져있다) 남쪽으로 주릉까지 북쪽으로 백수 너머까지 문하에서 가르침을 받는 자가 삼천여 명이었다. 이웃 고을의 태수가 풍속을 바꾸려고 도를 물었는데, 간혹 선생이 좌선을 하며 안석에 기대어 있으면 몸을 비켜서 앞으로 다가갔으니, 당시 중하게 여겨짐이 대부분 이와 같았다. 천보 초 위의 원단구는 도교 문하에서 용과 봉황과 같은 이인데, 예를 후하게 차려 몸을 굽혀서 숭산에서 도록을 전수받았다. 동도에 있는 대당(두 글자가 빠져있다)궁에서 자양 선생을 세 번 청했으나 한사코 사양했는데, 편안히 누운 지 얼마 지나지 않아 조서가 내려와 문책했으니 어쩔 수 없이 갔다. 궁에 들어가 의식과 제도를 한 번 바꿔서 도읍을 크게 변화시켰다. 그러나 바닷새는 장문중의 환대에 근심했고 원숭이는 주공의 옷을 찢었으니,[21] 마음은 이미 갔지만 자취는 머물고 있었기에 병을 핑계 삼아 황제에

---

14 한나라 때 모영茅盈, 모고茅固, 모충茅衷 삼형제가 모두 구곡산句曲山(모산茅山)에서 수행하여 신선의 도를 얻었으며, 각각 사명진군司命眞君, 정록진군定錄眞君, 보생진군保生眞君이 되었다.

15 동진東晉의 도사 허목許穆과 세 아들 허자규許子揆, 허호아許虎牙, 허옥부許玉斧는 모두 모산茅山에서 도를 얻었다.

16 남조 양나라의 도사 도홍경陶弘景은 모산에서 은거하면서 스스로 '화양은거華陽隱居'라고 칭했다.

17 당나라의 도사 왕원지王遠知는 모산에서 도를 닦았으며 도홍경의 제자이다. 당 고종 때 승진선생昇眞先生의 시호를 받았고 무측천 때 시호를 승원선생昇元先生으로 바꿨다.

18 당나라의 도사 반사정潘師正은 모산에서 도를 닦았으며 왕원지의 제자이다. 당 고종으로부터 체원선생體元先生의 시호를 하사받았다.

19 당나라의 도사 사마승정司馬承禎은 모산에서 도를 닦았으며 반사정의 제자이다. 당 현종으로부터 정일선생貞一先生의 호를 받았다.

20 이함광李含光은 모산에서 도를 닦았으며 사마승정의 제자이다. 현종의 부름을 받고 궁중에 간 적이 있다.

게 사직했다. 기한을 정해놓고는 대궐을 떠났는데 이별을 앞두고 스스로 제문을 지었다. 그 글에서 "신명이 나를 싫어한 것이지 내가 세상을 싫어한 것은 아니다."라고 했으며, 이에 돌아보고는 조카인 도사 호제물에게 평견여를 갖추어 고향으로 뼈를 돌려보내 줄 것을 명했다. 왕공과 경대부들이 그를 보내며 용문까지 이르렀다. 섭현으로 들어가 왕교의 사당에서 머물렀는데 눈으로 뭔가 본 듯하더니 조용히 죽었다. 하늘의 향기가 길을 인도했고 시신은 비어 있는 옷처럼 가벼웠다. 이 군의 태수 배공이 깃발과 꽃으로 교외에서 맞이했는데 온 성곽이 천둥에 뒤흔들리는 듯했다. (네 글자가 빠져있다) 활짝 펴진 얼굴이 살아있는 것과 같았다. 구경하는 사람은 하루에 만 명이었고 대중의 논의는 세상을 깜짝 놀라게 했다. 그해 10월 23일이 되어 성곽 동쪽의 신송산에 묻혔고 춘추는 62세였다. 선생은 품은 바가 넓고 광명정대했으며 자잘한 일에는 신경 쓰지 않았다. 글씨는 묘함을 다하지 않아도 탁월하여 구름을 무너뜨리는 기세가 있었고, 문장은 평소 공들이지 않았는데도 때때로 용을 조각한 작품이 요동쳤다. 살아 있을 때는 우주가 빛을 잃어버릴 정도였고 죽었을 때는 자기 뜻대로 변하여 매미가 허물을 벗듯 신선이 되었다. 어찌 (여덟 글자가 빠져있다) 인가? 고을 스님 정천이 있는데 평소 재기에 의지하여 나에게 비명을 써달라고 요청했다. 나는 자양 선생과 정신적으로 교유했는데 고상한 담론을 실컷 들어서 열 가운데 아홉을 얻었다. 제자 원단구 등이 모두 난새와 봉황의 날아가는 모습을 그리워하고 구슬과 옥의 구름 기운을 생각했기에 달빛 비치는 소나무 아래를 물 뿌려 깨끗이 쓸고는 신선의 기풍을 기록하여 드날리고 돌에 새겨서 덕을 노래하노니 이 산과 더

21 《국어·노어魯語》에 따르면 춘추시기 노나라 동쪽 성문 밖에 원거鶢鶋라는 바닷새가 삼일 동안 머무르자 대부 장문중臧文仲이 그 새에 제사를 지내도록 했다고 한다. 《장자·지락至樂》에 따르면 노나라 교외에 바닷새가 왔는데 노나라 왕이 수레로 모셔와 묘당에서 극진하게 대접하자 그 새는 어지럽고 슬퍼하며 음식을 먹지 못하고 삼일 뒤에 죽었다고 한다. 이백은 여기서 이 두 이야기를 합쳐서 인용한 것으로 보인다. 《장자·천운天運》에 지금 원숭이를 잡아다가 주공의 옷을 입혀놓으면 틀림없이 물어뜯고 찢어버릴 것이라는 말이 있다. 두 이야기는 자신의 성정에 맞지 않는 대접을 싫어한다는 뜻을 가지고 있다.

불어 영원할 것이다. 그 글은 다음과 같다.

어질도다, 신선이여, 60세에 변화하셨구나. 빛나는 자양 선생은 때에 맞추어 용이 되고 뱀이 되듯 처신을 잘하셨다. 견고하여도 또한 삶과 죽음은 낮과 밤과 같아서 힘 있는 자가 손에 들고 달려가 버리는 법이다.[22] 억겁의 운명이 사라지자 마침내 무로 돌아가셨으니, 원래의 혼령은 사라지지 않고 천제가 있는 청도에서 맑을 것이다. 연릉계자가 이미 죽었을 때 중니가 탄식했기에[23] 푸르고 푸른 소나무와 측백나무가 산모퉁이에 무성할 것이다. 돌에 새기고 덕을 노래하니 이름이 온 천하에 드날릴 것이다.

원문

嗚呼, 紫陽竟夭其志以默化, 不昭然白日而升九天乎. 或將潛賓皇王, 非世所測. □□□□□□□□□□□□挺列仙明拔之英姿, 明堂平白, 長耳, 廣顙, 揮手振骨, 百關有聲, 殊毛秀采, 居然逸異. □□□□□□□□□□□而直達. 何龜鶴早世, 蟪蛄延秋. 元命乎, 遭命乎. 予長息三日, 懵[24]於變化之理. 先生姓胡氏, □□□□□□族也. 代業黃老, 門淸儒素, 皆龍脫世網, 鴻冥高雲. 但貴天爵, 何徵閥閱.[25] 始八歲經仙城山, □□□□□□□□□□□□有淸都紫微之遐想. 九歲出家, 十二休糧. 二十遊衡山, 雲尋洞府, 水涉冥壑. 神王□□□□□□□□召爲威儀, 及天下採經使. 因遇諸眞人, 受赤丹陽精石景水母. 故常吸

---

22 《장자・대종사》에 따르면, 배를 산골짜기에 숨기고 그 산을 큰 못에 숨겨놓고는 견고하다고 여길지라도 어느 힘 센 사람이 한밤중에 와서 그 배를 끌고 가버린다는 이야기가 있다.

23 춘추시대 오吳나라 귀족 계찰季札은 연릉에 봉해져서 연릉계자延陵季子라고도 하는데, 공자가 그의 무덤에 "아아, 오나라 연릉계자의 무덤이 있다.(嗚呼, 有吳延陵季子之墓)"라고 썼다고 한다.

24 懵(몽) : 무지하다.

25 閥閱(벌열) : 벼슬한 집안에서 공적과 관직 등을 적어 문 바깥 왼쪽과 오른쪽에 세워둔 기둥으로, 관직이 높은 훌륭한 집안을 비유한다.

飛根, 呑日魂, 密而修之. □□□□□□所居苦竹, 院置滄霞之樓, 手植雙桂, 棲遲其下. 聞金陵之墟道始盛於三茅, 波乎四許. 華陽□□□□□□□陶隱居傳昇元子, 昇元子傳體元, 體元傳貞一先生, 貞一先生傳天師李含光, 李含光合契乎紫陽. □□□□□於神農之里, 南抵朱陵, 北越白水, 禀訓門下者三千餘人. 鄰境牧守, 移風問道, 忽遇先生之宴坐隱几, 雁行而前, 爲時見重, 多此類也. 天寶初, 威儀元丹丘, 道門龍鳳, 厚禮致屈, 傳籙於嵩山. 東京大唐(缺二字)宮三請固辭, 偃臥未幾, 而詔書下責, 不得已而行. 入宮一革軌儀, 大變都邑. 然海鳥愁臧文之享, 猿狙裂周公之衣, 志往跡留, 稱疾辭帝. 剋期離闕, 臨別自祭, 其文曰, 神將厭予, 予非厭世. 乃顧命[26]姪道士胡齊物具平肩輿, 歸骨舊土. 王公卿士送及龍門. 入葉縣, 次王喬之祠, 目若有睹, 泊然而化. 天香引道, 尸輕空衣. 及本郡太守裴公以幡花郊迎, 擧郭雷動. □□□□開顔如生. 觀者日萬, 群議駭俗. 至其年十月二十三日, 葬於郭東之新松山, 春秋六十有二. 先生含弘光大, 不修小節. 書不盡妙, 鬱有崩雲之勢, 文非夙工, 時動雕龍之作. 存也, 宇宙而無光, 歿也, 浪化而蟬蛻. 豈□□□□□□□□乎. 有鄕僧貞倩, 雅仗才氣, 請予爲銘. 予與紫陽神交, 飽飡素論, 十得其九. 弟子元丹丘等, 咸思鸞鳳之羽儀, 想珠玉之雲氣, 灑掃松月, 載揚仙風, 篆石頌德, 與玆山不朽. 其詞曰,

賢哉仙士, 六十而化. 光光紫陽, 善與時而爲龍蛇. 固亦以生死爲晝夜, 有力者挈[27]之而趨. 劫運頽落, 終歸於無. 惟元神不滅, 湛然淸都. 延陵旣沒, 仲尼嗚呼, 靑靑松柏, 離離山隅. 篆石頌德, 名揚八區.

---

26 顧命(고명) : 자신의 생애를 돌아보고 명을 내리다. 임종 전에 부탁한다는 뜻이다.
27 挈(설) : 손으로 쥐다.

해설

이 글은 한동 사람 호자양의 비문이다. 원래 문집에 수록된 것은 아니고 왕기가 유대빈劉大彬의 《모산지茅山志》에서 옮겨 수록했다. '한동漢東'은 지금의 호북성 수주시隨州市이다. '자양선생紫陽先生'은 호자양胡紫陽으로 당대 유명한 도사이며 이백의 친구인 원단구元丹丘의 스승이다.

호자양의 집안은 대대로 도가를 수련한 명문가이며 그 역시 어려서 출가하여 높은 명성을 얻었음을 칭송했다. 황제의 거듭된 부름에 어쩔 수 없이 나아갔지만 결국 본성을 찾아 고향으로 내려온 뒤 죽었으며 장례가 성대하게 치러졌음을 말했다. 호자양의 성품과 여러 재능에 관해 칭송한 뒤 정천의 부탁으로 비문을 짓게 되었음을 말했다. 대체로 호자양이 죽은 천보 2년(743)에 지은 것으로 추정한다.

3) 천장절에 세운 악주자사 위공의 덕정비 및 서문 天長節使鄂州刺史韋公德政碑 幷序

태허가 이미 펼쳐졌으니 하늘은 영원한데, 그리하여 서쪽 백제의 진인이 높은 가을 8월 5일을 맞아 서방의 금빛 정기를 내렸으니,[28] 하늘이 영원하다는 뜻인 '천장'을 취하여 이름으로 삼아 장차 무궁함을 전하며 성인이 태어난 날을 기념한다. 우리 고조께서 창업하시고 태종께서 이루셨으며 세 황제께서 계승하셨는데 제왕의 도가 한결같았다. 큰 도적이 중간에 일어났지만[29] 개원 연간에 중흥했으니 그 힘은 조화옹의 갑절이고 그 공은 천지를 아울렀다. 그렇지 않으면 어찌 복희씨와 신농씨 이후의 쇠락하는 물결을 막아서 태고의 상태로 순박함을 되돌릴 수 있었겠는가? 비록 헌원씨의 지극한 도가 있었지만 오히려 치우의 반란군이 있었던 일이 전해졌는데, 지금 배를 삼킬 만한 큰 물고기가 그물에서 빠져나갔기에 호 땅의 오랑캐 안록산이 천자의 수레바퀴 아래에서 일어났다. 광천문무효감황제[30]께서 제위에 올라서 부풍에서 군대를 거느리시니, 북두의 자리로 제왕의 수레를 바르게 하고 고래 입 같은 적의 소굴에서 어지러운 세상을 구제하시고는, 서쪽 산에서 태양을 되돌리고 황제의 얼굴에서 뒤덮인 먼지를 털어내셨다. 숨 쉬는 잠깐 사이에 두 경도를 수복하고 기세를 떨치며 천하를 안정시키셨으니, 역대의 제왕을 두루 살펴도 비길 만한 사람이 드물고 훗날을 헤아려보아도 필적할 사람이 없을 것이다. 수레바퀴 같은 두 태양이 합쳐져 빛나고 함께 나타나니[31] 우주가 일제히 변하고 초목이 더욱 무성해졌으며, 깃발을 한 번 휘둘러 사악한 기운을 조용히 만들었으나 이룬 공에 대해 자처하지 않았고, 다섯 번 사양한 뒤에 보검과 국새를 전해 받았는데, 그 덕이 으뜸이라 즐거운 마음으로 추대한

---

28 오행에 따르면 가을은 서쪽, 흰색, 금을 상징한다.

29 당 중종의 황후 위씨韋氏와 측천무후則天武后의 조카인 무삼사武三思 등이 권세를 믿고 제멋대로 하여 당나라의 사직을 위태롭게 했다.

30 숙종의 존호이다.

31 현종이 상황이 되고 숙종이 황제가 된 상황을 비유적으로 표현한 것이다.

것이었다. 아아, 옛날 요임금, 순임금, 우임금은 모두 훌륭한 아들이 없었기에 자신의 순서가 끝났음을 살피고는 끝내 제위를 다른 이에게 물려주었는데, 꾸며낸 선양으로 천년의 아름다움을 만드는 것보다는 아름답고 밝은 대업을 황태자에게 주어서 하늘이 다할 때까지 복을 누리며 억만년 서로 이어가는 것이 더 나으니, 우리 당나라는 지극히 공정하고 사사로움이 없었기에 세 성인을 뛰어넘어 길을 달리 하여 만인의 기쁜 기운을 드높이고 팔극의 상서로운 구름을 빛나게 했다. 상황께서 분수의 북쪽[32]을 생각하여 멀리 떠나면서 우리 황제께 무거운 짐을 풀어 주었으니, 할 수 있는 일이 이렇게 끝나자 사람과 더불어 새로운 시대를 다시 열었다. 이에 교외와 종묘에서 정성스레 제사를 지내고 순서에 맞춰 멀리 산과 강에 제사를 지냈다. 바야흐로 황하와 낙수에서 백골을 묻고 유주와 연 땅에서 백성을 위로했으며, 오로지 원흉만 죽이고 작은 죄는 묻지 않았다. 천지의 기운을 내쉬고 한나라의 〈대풍가〉를 노래하니 구름이 뭉게뭉게 피어나 비가 두루 적셨으며 두터운 은택이 베풀어지고 허물이 제거되었으며, 나라의 행보를 평평하게 깎아내었기에 연호를 건원으로 바꾸었다. 지극하도다, 그 웅대한 계획과 큰 천명이 이와 같게 되었구나.

우리 고을의 자사 위공은 대팽의 후예이고 부양의 귀족으로,[33] 웅대한 책략은 옛사람을 뛰어넘고 고아한 문장은 풍속을 변화시켰으니, 운수로는 오백 년에 한 번 나오는 현인에 해당하고 재능으로는 삼공을 감당할 만하다. 여러 관직을 역임하면서 번다한 업무를 잘 처리하여 유능하다는 명성이 사방으로 퍼졌으며, 수놓은 옷을 떨치고 흰 붓을 관에 가로로 꽂고는 부절을 나누어 붉은 휘장 수레를 타고 경내에

32 요임금이 천하의 정치를 태평하게 한 뒤에 왕예王倪, 설결齧缺, 피의被衣, 허유許由를 만나러 묘고사산藐姑射山에 가서는 분수汾水의 북쪽에서 멍하니 천하를 잊어버렸다고 한다. 천하를 다스릴 생각이 없다는 말이다.

33 대팽大彭은 전욱顓頊의 손자로 하夏나라의 제후였고 그의 후세가 팽성彭城으로 거처를 옮기고는 '팽彭'을 성으로 삼았다. 위씨의 족보 중에 팽성공방彭城公房이 있는데 위양재는 이 파에 속했을 것이다. 위씨의 선조 위현韋賢은 한나라의 승상이었고 한 선제宣帝가 그를 부양후扶陽侯에 봉했고 부양후국을 세웠다.

들어왔다.[34] 예전에 영왕이 천자가 하사한 부월로 명분 없이 동쪽으로 순행했을 때, 날카로운 검을 목구멍에 대며 복종하라고 위협했으나 씩씩한 마음으로 굳게 지키며 움직이지 않았으니 방릉의 풍속이 태산처럼 안정되었다. 아름다움이 여러 군에 빛났으며 청렴하여 떠날 때는 처음 부임했을 때와 같았으니 황제가 기산 아래[35]로 불러서 그의 곧음과 정성을 크게 표창했다. 하구로 관할지를 옮긴 것은 당시의 어려움을 구제하기 위해서였으니 그 직책에 충실하여 백성을 편안하게 했으며 병사를 줄이고 농사로 돌아가게 하여 해악을 제거하고 폭란을 그치게 했다. 큰물이 성곽을 없애 홍수의 물길이 강으로 흘러들어가 사람들이 물고기와 자라로 인해 근심스러워하고 강둑에서 맞은편의 소와 말을 분별하지 못하게 되었을 때, 위공이 마침내 엄숙한 말로 정색하며 성황에게 "만약 삼일 안에 비가 그치지 않으면 제가 우뚝 솟은 나무를 베고 맑은 사당을 불태울 것입니다."라고 하니, 정성스러운 마음에 감동하여 그 응함이 메아리와 같이 빨랐다. 얼마 후에 궁중의 사자가 명을 받들어 이름난 산에서 두루 기도하면서 널리 희생을 징발해 급작스럽게 제사를 지내려고 하자[36] 위공이 또 눈을 부릅뜨고 눈썹을 치켜세우며 말하길, "지금 주상께서 현명하고 덕이 높아서 온갖 신령을 불러 오게 하실 수 있는데 이 음탕하고 어리석은 귀신들은 제사의 전적에 기록되어 있지 않다. 만약 나라의 예법을 번거롭게 한다면 이는 황음한 무당의 풍속이다."라고 했다. 그 마음가짐과 뛰어난 식견이 모두 이와 같았으니, 백성들은 부지불식간에 감화되어 마치 봄의 누대에 오른 것과 같았다. 강하현령 설공 같은 이가 있는데 상산사호의 기풍을 가진 채 백 리를 다스리는 현령의 직책을 맡고 있

---

34 수놓은 옷과 흰 붓은 시어사侍御史를 상징하고 부절을 나눠 받은 것은 자사刺史가 된 것을 뜻한다.

35 숙종이 영무靈武에서 즉위한 후 기산 남쪽에 있는 부풍扶風으로 옮겼고 장안으로 돌아가기 전에 이곳에 머물렀다.

36 숙종이 병에 걸렸는데 태복太卜이 산과 내에 화근이 있다고 간언하자 왕서王嶼가 화려하게 차려입은 무녀를 역참의 수레에 태우고 환관이 호위한 채 천하의 명산대천에 가서 기도하게 했다.

다. 일을 처리함에 성취가 있고 아름다움을 머금어 매우 바르며 제도와 예의를 준수하여 화락함 속에서 곤궁함을 구휼했으니, 정사가 제대로 이루어져 소강의 편안함에 이르렀다.

중경 장안에서 당나라의 위의가 다시 보이고 여러 군에서 순임금의 태평성세 음악이 다시 들리자 악주의 명승지를 선택하여 동문에 장막을 설치했다. 이에 빈 땅의 노래 〈칠월〉을 올리고 토고[37]를 치며, 가을의 신 욕수에게 제사를 지내고 농사의 신 전조를 맞이했다. 초요성이 돌아서 대화성이 마침내 내려갔으니[38] 서쪽 창합의 문이 열려서 서늘한 바람이 비로소 돌아왔다. 생, 우, 화, 약의 소리가 별자리를 본떠서 번갈아 연주하고, 오, 초, 파, 유의 곡조가 각각의 풍토에 따라 모두 베풀어졌다. 예의와 의용은 온화하고 비녀를 꽂고 홀을 든 관리들이 질서 있게 늘어섰으며, 비단 옷을 입은 아름다운 여인들은 대모 장식 자리 위에 서 있고, 반검[39]을 찬 용맹한 무사들은 푸른 장막 앞에 빽빽이 도열했다. 천 가지의 변화를 이루는 백 가지 놀이에 무리를 나누어 온 힘을 다하는데, 난자가 검 여러 자루를 번갈아 공중으로 던졌다 받으니 번갈아 유성의 빛이 뛰어오르고, 도로국 사람이 심동 놀이를 하니[40] 뜬 구름에 비친 그림자가 거꾸로 매달린다. 백 줄기의 강이 군을 감싸니 강가의 성에 하늘의 거울이 떨어진 듯하고 사방의 산이 창문으로 들어와서는 바다 빛 같은 맑은 하늘을 비추는데, 술을 바치며 밤의 경치에 취하고 소매를 휘두르며 춤을 추니 넓은 뜰에 어지럽다. 백발의 노인들이 차례대로 나아가서 말하길, "천자께서는 장난삼아 하시는 말이 없다고 삼가 들었는데 공을 다른 데로 보내서 더 크게 쓰실까 두

---

37 토고土鼓는 흙을 구워 틀을 만들고 가죽을 양쪽을 대서 치는 악기이다.

38 초요招搖는 북두칠성의 일곱 번째 별이고 대화大火는 심성心星의 두 번째 별인데, 이 별의 위치와 방향으로 계절을 판정했다. 여기서는 가을이 되었다는 뜻이다.

39 반검班劍은 나무 검으로 무늬 장식이 있거나 호랑이의 가죽으로 장식했는데, 후대에 의장대의 무사들이 많이 차서 의장대를 가리키기도 한다.

40 심동尋橦은 고대 잡기雜技의 한 종류로 손으로 장대를 잡거나 머리 위에 장대를 세우면 여러 명이 그 장대에 올라가 연기를 한다.

렵습니다. 늙은이가 죽음은 두렵지 않으니 공을 머물게 해달라고 주상께 아뢰기를 바랍니다. 팥배나무 아래 앉아서 송사를 듣느라[41] 바람을 먹으며 야외에서 고생하신 것을 기뻐했기에 돌에 새겨 그 아름다움을 나열하기를 바랍니다."라고 했다. 이백이 초 땅에 와서 음악을 관상하니 공자가 제나라에서 소악을 들은 것과 같기에[42] 여러 길거리의 노래를 채집하여 마침내 송을 지어 말했으니 다음과 같다.

시원하고 밝은 태백성이 웅장한 빛을 아래로 쏘고, 높은 가을하늘에 화산이 옆에서 잇닿아서, 내려준 정기와 솟구치는 기운이 빛나서 환하니, 성인이 탄생한 8월 5일은 만년에 아름다움을 드리울 것이다. 흉악한 오랑캐가 재앙을 불러 큰 인물에게 할 일이 생기자, 벼락같이 떨쳐 일어나니 혜성이 마침내 떨어졌다. 구복[43]이 서로 화합하여 오색구름이 서로 엉겨 가까워졌으며, 곤궁함과 어두움을 쓸어버리고 천하를 깨끗하게 씻었다. 헌원씨가 도를 찾으러 아미산에 와서 올라간 것[44]과, 상황께서 서쪽으로 떠난 것은 시대는 다르지만 사정은 같았다. 여섯 마리 용이 수레를 굴리고 두 태양이 둥글게 돌았으니, 당나라의 군주를 다시 만나게 되었고 한나라의 의장을 다시 보게 되었다. 엄숙한 위공은 큰 나라의 줄기로, 빼어난 기골이 산처럼 우뚝 서 있고 뛰어난 책략으로 번개처럼 결단했으니, 풍화를 선양하고 명성을 세웠으며 멀리서도 반란군을 위협했다. 오만함을 키우지 않고 즐거움을 극도로 누리지 않았기에 음악을 연주하니 사람들이 앞 다투어 구경했고, 탄환과 칼이 신속하게 오르내리며 물고기와 용이 굽히고 서렸다.[45] 동쪽에서 춤추는 소매를 휘두르며 서쪽으로 장

41 주周나라 소공召公이 농번기 때 백성들을 위해 야외의 팥배나무 아래에서 송사를 처리했는데, 후에 백성들이 그의 업적을 기리면서 팥배나무를 베지 않았다고 한다.

42 공자가 제나라에 가서 순임금이 만든 소악을 들었는데 심취하여 석 달 동안 고기 맛을 잊었다고 한다.

43 구복九服은 경기 지역과의 거리에 따라 나눈 아홉 개의 지역으로 천하를 가리킨다.

44 황제黃帝가 아미산의 옥당에서 천진황인天眞皇人을 만나서 장생을 구하려고 그에게 진일眞一의 도에 대해서 물어보았다고 한다.

45 탄환과 검은 연속으로 공중으로 던졌다 받는 기예에 사용하는 도구이고 물고기와 용은 놀이에 나오는 분장이다. 여기서는 천장절 연회 모습을 묘사한 것이다.

안을 향해 웃으니,[46] 칭송하는 소리가 길에 가득하여 큰 비석에 새겨놓는다.

원문

太虛既張, 惟天之長, 所以白帝眞人, 當高秋八月五日, 降西方之金精, 採天長爲名, 將傳之無窮, 紀聖誕之節也. 我高祖創業, 太宗成之, 三后繼統, 王猷如一. 大盜間起, 開元中興, 力倍造化, 功包天地. 不然, 何能遏[47]犧農之頹波, 返淳朴於太古. 雖軒后至道, 由聞蚩尤之師, 今網漏呑舟, 而胡夷起於轂下. 光天文武孝感皇帝, 越在明兩,[48] 總戎扶風, 正帝車於北斗, 拯横流於鯨口, 迴日轡於西山, 拂蒙塵於帝顔. 呼吸而收兩京, 烜爀而安六合, 歷列辟而罕匹, 顧將來而無儔. 太陽重輪, 合耀並出. 宇宙翕變,[49] 草木增榮. 一麾而靜妖氛, 成功不處. 五讓而傳劍璽,[50] 德冠樂推. 於戱, 昔堯及舜禹, 皆無聖子, 審曆數去已, 終大寶假人, 飾讓以成千載之美, 未若以文明鴻業, 授之元良,[51] 與天同休, 相統億祀, 則我唐至公而無私, 越三聖而殊軌, 騰萬人之喜氣, 爛八極之祥雲. 上皇思汾陽而高蹈, 解負重於吾君. 能事斯畢, 與人更始. 乃展祀郊廟, 望秩山川. 方掩骼於河洛, 弔人於幽燕, 但誅元凶, 不問小罪. 噫大塊之氣, 歌炎漢之風, 雲滂洋, 雨汪濊,[52] 澡渥澤, 除瑕纇,[53] 削平國步,

---

46 옛말 중에 사람들이 장안이 즐겁다는 소식을 들으면 장안이 있는 서쪽을 향해 웃는다고 한다는 것이 있다. 장안의 태평성세를 같이 즐거워한다는 뜻이다.

47 遏(알) : 막다.

48 越(월) : 발어사로 뜻이 없다. 明兩(명량) : 원래는 왕위계승자가 책봉된 것을 뜻하는데, 여기서는 현종이 상황으로 있으면서 숙종이 즉위한 것을 말한다.

49 翕變(흡변) : 변하다.

50 劍璽(검새) : 검과 옥새. 왕위를 상징한다.

51 元良(원량) : 태자를 의미한다.

52 汪濊(왕예) : 깊고 너르다. 여기서는 비가 온 세상을 고루 촉촉이 적시는 것을 말하며 황제의 넘치는 은택을 비유한다.

改號乾元. 至矣哉, 其雄圖景命, 有如此者.

我邦伯韋公, 大彭之洪胤,[54] 扶陽之貴族, 雄略邁古, 高文變風, 運當一賢, 才堪三事. 歷職剖劇, 能聲旁流, 振繡而白筆橫冠, 分符而彤襜[55]入境. 曩者[56]永王以天人授鉞, 東巡無名, 利劍承喉以脅從, 壯心堅守而不動, 房陵之俗, 安於太山. 休奕列郡, 去若始至, 帝召岐下, 深嘉直誠. 移鎭夏口, 救時艱也, 愼厥職, 康乃人, 減兵歸農, 除害息暴. 大水滅郭, 洪霖注川, 人見憂於魚鼈, 岸不辨於牛馬, 公乃抗辭正色, 言於城隍曰, 若三日雨不歇, 吾當伐喬木, 焚淸祠, 精心感動, 其應如響. 無何, 中使銜命, 徧祈名山, 廣徵牲牢, 驟欲致祭, 公又盱衡[57]而稱曰, 今主上明聖, 懷於百靈, 此淫昏之鬼, 不載祀典, 若煩國禮, 是荒巫風. 其秉心達識, 皆此類也, 物不知化, 如登春臺. 有若江夏縣令薛公, 揖四豪之風, 當百里之寄. 幹蠱[58]有立, 含章可貞. 遵之典禮, 恤疲於和樂, 政其成也, 臻於小康.

中京重覩於漢儀, 列郡還聞於舜樂, 選鄂之勝, 帳於東門. 乃登豳歌, 擊土鼓, 祀蓐收, 迎田祖. 招搖回而大火乃落, 閶闔啓而涼風始歸. 笙竽和籥之音, 象星辰而迭奏, 吳楚巴渝之曲, 各土風而備陳. 禮容有穆, 簪笏列序, 羅衣蛾眉, 立乎玳筵之上, 班劍虎士, 森乎翠幕之前. 千變百戲, 分曹賈勇, 藺子[59]跳

---

53 瑕纇(하뢰) : 허물.

54 洪胤(홍윤) : 왕후 귀족의 후예.

55 彤襜(동첨) : 붉은 휘장. 수레 옆에 치는 것인데 여기서는 자사의 수레를 가리킨다.

56 曩者(낭자) : 예전에.

57 盱衡(우형) : 눈을 부릅뜨고 눈썹을 치켜세우다.

58 幹蠱(간고) : 일을 처리하다.

59 '인자藺子'는 마땅히 '난자蘭子'가 되어야 한다. 난자는 춘추전국시대 송나라의 기예가로 다리에 긴 장대를 묶고 뛰어다니면서 일곱 자루의 칼을 번갈아 공중으로 던지며 놀았는데 다섯 자루는 항상 공중에 있었다고 한다.

劍, 迭躍流星之輝, 都盧尋橦, 倒挂浮雲之影. 百川繞郡, 落天鏡於江城, 四山入牖, 照霜空之海色, 獻觴醉於晩景, 舞袖紛於廣庭. 鶴髮之叟, 雁序而進曰, 恭聞天子無戲言, 恐轉公以大用. 老父不畏死, 願留公以上聞. 悅坐棠而飡風, 庶刻石以賓美. 白觀樂入楚, 聞韶在齊, 採諸行謠, 遂作頌曰,

爽朗太白, 雄光下射. 崢嶸金天, 華岳旁連. 降精騰氣, 赫矣昭然. 誕聖五日, 垂休萬年. 孽胡[60]挻災, 大人有作. 雷霆發揚, 欃搶[61]乃落. 九服交泰, 五雲縈薄. 掃雪屯蒙, 洗淸寥廓. 軒后訪道, 來登峨嵋. 上皇西去, 異代同時. 六龍轉駕, 兩曜迴規. 重遭唐主, 更覩漢儀. 肅肅韋公, 大邦之翰. 秀骨岳立, 英謀電斷. 宣風樹聲, 遠威逆亂. 不長不極, 樂奏爭觀. 丸劍揮霍, 魚龍屈盤. 東迴舞袖, 西笑長安. 頌聲載路, 豐碑是刊.

해설

이 글은 악주자사 위양재의 정사를 칭송하며 세운 비석에 새긴 것이다. '천장절天長節'은 당 현종이 태어난 날로 음력 8월 5일이다. '악주鄂州'는 지금의 호북성 무한시武漢市이다. '위공韋公'은 위양재韋良宰로 일찍이 귀향현령貴鄕縣令, 방릉태수房陵太守, 악주자사(강하태수江夏太守) 등을 맡은 바가 있으며 이백과 오랜 친구였다. '덕정비德政碑'는 관리의 훌륭한 정치적 업적을 칭송하기 위하여 세운 비석이다. 제목에서 '사使'자는 잘못 들어간 것으로 보인다. 사서에 천장절사라는 관직이 없으며, 비문의 내용으로 보아 위양재의 관직과 관련된 것이라기보다는 위양재의 덕정비를 세우자는 말이 나온 때가 천장절이기 때문이다. 비록 비문의 제목에는 대체로 그 사람의 관직명이 들어가지만 이 경우는 특이한 경우인 것으로 보인다.

천장절이 생기게 된 내력을 설명한 뒤 현종과 숙종이 안록산의 난을 평정한 업적을 칭송했으며, 위양재의 출신, 경력, 재능, 치적 등을 서술하고는 천장절을 맞이하여 즐기던 중 위양재의 덕정비를 세우게 되었음을 말했다. 대체로 건원 2년(759) 강하에 머물 때 지은 것으로 추정한다.

---

60 孽胡(얼호) : 사악한 오랑캐. 안록산 무리를 가리킨다.

61 欃搶(참창) : 혜성. 사악한 무리를 상징하는데 여기서는 안록산 무리를 가리킨다.

4) 무창현령 한군의 거사송비 및 서문 武昌宰韓君去思頌碑 幷序

공자는 큰 성인인데 중도를 다스릴 때 사방에서 모범으로 삼았으며, 복자천[62]은 큰 현인인데 선보를 다스렸지만 사람들이 지금까지도 그를 그리워한다. 그러니 덕의 밝음은 직위의 높고 낮음에 있지 않음을 알 수 있으니, 아마도 이를 계승하는 사람이 한군이 아니겠는가? 한군은 이름은 중경이고 남양 사람이다. 예전에 연릉계자는 진나라의 정권이 반드시 한씨 집안에 나눠질 것을 알았다.[63] 헌자 한궐이 비록 도안고의 살육을 막을 수는 없었지만 고아를 보존하여 조씨 집안의 대를 잇게 했는데 태사공 사마천은 이를 천하의 숨은 덕행이라고 칭했다.[64] 그러한 현명한 인재들이 줄지어 태어났으니 열 세대 동안 제후가 되는 것이 또한 마땅하지 않겠는가? 칠대조 한무는 북위의 상서령을 지냈으며 안정왕에 추증되었고, 오대조 한균은 금부상서를 지냈으며, 증조부 한준은 은청광록대부와 아주자사를 지냈고, 조부 한태는 조주사마를 지냈으며, 아버지 한예소는 조산대부와 계주도독부장사를 지냈다. 띠풀로 흙을 나눠받아 작위를 하사받거나 납언에 임명되고,[65] 부절을 나눠받고 지방관으

---

62 복자천宓子賤은 공자의 제자인데, 일찍이 선보를 다스릴 때 금을 타면서 몸이 대청에서 내려오지 않아도 선보가 잘 다스려졌다.

63 연릉계자延陵季子는 춘추시대 오吳나라의 귀족인데, 일찍이 오나라의 사신으로 진晉나라에 갔다가 진나라의 정권이 장차 조씨, 한씨, 위씨 세 집안으로 나눠질 것이라고 말한 바가 있다.

64 진晉 경공景公 3년에 도안고屠岸賈가 난을 일으켜 조순을 죽인 뒤 그의 아들 조삭을 죽이려 했다. 한궐韓厥이 조삭에게 알려 도망가게 했지만 조삭은 자신은 죽어도 되니 자신의 아들인 조무를 지켜달라고 부탁했다. 후에 정영程嬰과 공손저구公孫杵臼가 조무를 숨겼고 한궐도 이를 알면서도 다른 사람에게 알리지 않았다. 경공 11년에 한궐이 경卿에 봉해지면서 헌자라고 불렸다. 경공 17년에 경공이 병이 났는데 점을 치니 대업을 잇지 못하게 된 자의 귀신이 화를 입힌 것이라고 했다. 한궐이 조순의 아버지 조쇠趙衰의 공을 말하면서 지금 조씨의 제사가 끊어졌다고 했고, 이어서 조무를 이야기하니 경공은 조무에게 조씨의 땅을 회복시켜주었다. 한궐에 대한 사마천의 평가는 《사기 · 한세가韓世家》에 보인다.

로 나가거나 군수를 보좌했으니, 대대로 덕을 밝혔고 아름다움이 밝게 빛났다. 한군은 바로 장사를 지낸 한예소의 맏아들이다. 돌아가신 어머니는 오 땅의 전씨이다. 장사인 아버지가 세상을 떠나자 부인이 일찍 과부가 되었는데, 총명하고 어진 모범을 펼쳐 네 아들의 이름을 이루었으니, 문백의 어머니와 맹가의 어머니에 필적하는 분이리라.[66] 한소경은 당도 현승이 되었는데 지조에 감격하고 약속을 중히 여기며 의로움에 있어 죽음으로 절조를 지켰다. 한운경은 문장이 세상의 으뜸이고 감찰어사에 배수되었으며 조정에서 그를 장자방[67]이라고 불렀다. 한신경은 고우현위가 되었는데 재주와 명망이 떨치고 빛났으며 어릴 적부터 아름다운 명예를 얻었다. 한군은 노주 동제현위로부터 옮겨와 무창현령에 보임되었는데, 부임하기 전에는 사람들이 두려워했지만 부임한 뒤에는 사람들이 기뻐했다. 은혜가 봄바람과 같아 삼 개월 만에 크게 교화되었으니, 간사한 관리는 손이 묶였고 호족은 곁눈질했다. 찬옥이라는 자가 있는데 삼강의 큰 악인이었다.[68] 백액호가 이미 떠났으니 맑은 금이 높이 펼쳐졌으며,[69] 겸하여 영흥을 다스리니 두 고을이 함께 교화되었다. 당시 착치[70]가

---

65 작위를 받은 것은 한무가 안정왕에 추증된 것을 말한다. 납언은 황제의 명령을 출납하는 것을 말하는데 여기서는 한무가 상서령을 지냈고 한균이 금부상서를 지낸 것을 가리킨다.

66 공부문백公父文伯은 춘추시대 노나라의 대부인데 그의 어머니인 노계경강魯季敬姜은 남편이 죽은 뒤 아들을 엄하게 교육시켰다. 맹자의 어머니 역시 맹자가 부단히 학습에 정진할 수 있도록 일깨워주었다.

67 한나라 장량張良은 자가 자방子房인데, 한 고조高祖 유방을 보좌하여 한나라를 세운 공신이다.

68 문장이 연결되지 않아 빠진 문장이 있는 것으로 보인다. 뒤에 나오는 백액호를 찬옥에 비유한 것으로 볼 수도 있으나 그래도 순통하지 않다.

69 옛날부터 지방장관이 잘 다스리면 그곳에 살던 사나운 호랑이가 다른 곳으로 옮겨갔다고 한다. 이백의 시에도 "지방관으로 나와 세 군을 역임하니 머무는 곳마다 맹수가 달아났다.(出牧歷三郡, 所居猛獸奔)"는 말이 있다. 금을 높이 펼쳤다는 것은 복자천의 고사를 인용한 것으로 현을 잘 다스렸다는 뜻이다.

70 착치鑿齒는 이빨이 다섯 자이고 사람을 잡아먹는다는 전설상의 동물인데, 여기서는 안록산을 가리킨다.

두 경도에서 이빨을 갈고 있었기에 송성에서 자식을 바꿔 잡아먹고 사람의 뼈를 태워 밥을 지었으며 오 땅과 초 땅에서 물자를 수송하느라 백성들이 고통스러웠지만, 이 고을은 편안하여 사람들이 자식을 강보에 싸서 업고서 구름처럼 모이니, 그가 머문 지 이 년이 채 되지 않았는데 호구가 세 배가 되었다. 초기에 구리, 쇠, 청동 원광석인 증청이 아직 광산을 찾지 못해 출토되지 못했는데, 큰 대장간에서 두드리고 주조하게 되니 마치 하늘에 신이 내려온 듯했으며 불리고 녹여 그 수량이 만과 억을 채웠으니, 관청과 개인이 모두 이에 의지하게 되었으며, 관원은 청탁의 요구를 끊게 되었고 관리는 백성을 조금도 범하지 않게 되었다. 이 도의 채방사 황보신이 이를 듣고는 그를 어질다고 여겼기에 발탁하여 채방사를 보좌하게 하니 보탬이 되는 일이 많았다. 상서우승 최우는 조정에서 그를 칭찬했고 상국 최환은 파양현령으로 그를 임명하고자 특별히 아뢰어 여러 현을 겸하여 다스리게 했다. 이른바 '칼날을 대면 모두 빈틈이다.'[71]라는 것이니 그가 정사를 하면 법칙과 도리가 이루어졌다. 떠날 때도 처음에 이르렀을 때와 재산이 같을 정도로 청렴했으니 사람들이 그의 은혜를 많이 생각했다. 신임 현령 왕공은 이름이 정린인데, 우뚝한 모습은 태화산과 같고 드넓은 모습은 황하와 같다. 아름다움을 머금어 매우 바르고 일을 처리함에 성취가 있으며, 발자취를 잇고 덕을 같이하여 현악기의 노래가 이어졌다. 전임의 정사에 탄복하고 찬미하며 여러 어르신에게 들었는데, 고을의 어진 이 호사태 등 15명 및 여러 속관들과 함께 노래하고 춤추고는 한공이 남긴 아름다움이 드날리기를 바랐다. 나 이백이 노래를 채집하여 돌에 새기며 송을 지어 말했으니 다음과 같다.

높고 높은 초 땅의 형산과 넓고 넓은 한수, 황금 수레를 탄 오나라의 천자가, 무창에서 정권을 의지했으니 실로 제왕의 마을이다.[72] 시대가 어렵고 세상이 잘못되어 풍속이 천박해져 마치 불에 타버린 것 같았는데, 한군이 현령이 되어서 이 살아남은

71 소 잡는 칼을 잘 쓴 포정의 고사에 나오는 말이다. 포정이 칼날을 대면 모두 뼈가 없는 빈 곳이어서 자유자재로 자를 수 있었다는 뜻이다.

72 오나라의 손권孫權이 무창을 수도로 삼은 적이 있었다.

백성들을 위무하여, 황제의 은택을 널리 펴니 마치 기러기가 봄을 만난 것과 같았다. 화창한 바람이 모르는 새 펼쳐지니 은혜로운 교화가 신령과 같았다. 돌에 새겨서 만고토록 영원히 맑은 자취를 생각하리라.

원문

仲尼, 大聖也, 宰中都而四方取則, 子賤, 大賢也, 宰單父, 人到於今而思之. 乃知德之休明不在位之高下, 其或繼之者得非韓君乎. 君名仲卿, 南陽人也. 昔延陵知晉國之政, 必分於韓. 獻子雖不能遏屠岸之誅, 存孤嗣趙, 太史公稱天下陰德也. 其賢才羅生, 列侯十世, 不亦宜哉. 七代祖茂, 後魏尚書令安定王, 五代祖鈞,[73] 金部尚書, 曾祖晙, 銀青光錄大夫雅州刺史, 祖泰, 曹州司馬, 考睿素, 朝散大夫桂州都督府長史. 分茅納言, 剖符佐郡, 奕葉明德, 休有烈光. 君乃長史之元子也. 妣有吳錢氏. 及長史卽世, 夫人早孀, 弘聖善之規, 成名四子, 文伯孟軻二母之儔歟. 少卿當塗縣丞, 感概重諾, 死節於義. 雲卿文章冠世, 拜監察御史, 朝廷呼爲子房. 紳卿尉高郵, 才名振耀, 幼負美譽. 君自潞州銅鞮尉調補武昌令, 未下車, 人懼之, 旣下車, 人悅之. 惠如春風, 三月大化, 姦吏束手, 豪宗側目. 有爨玉者, 三江之巨橫. 白額且去, 淸琴高張, 兼操刀[74]永興, 二邑同化. 時鑿齒磨牙而兩京, 宋城易子而炊骨, 吳楚轉輸, 蒼生熬然, 而此邦晏如, 襁負雲集, 居未二載, 戶口三倍. 其初銅鐵曾靑, 未擇地而出, 太冶鼓鑄, 如天降神, 旣烹且爍, 數盈萬億, 公私其賴之, 官絶請託之求, 吏無絲毫之犯. 本道採訪大使皇甫公侁, 聞而賢之, 擢佐輶軒,[75]

---

73 '鈞'은 '균均'의 잘못이다. 본문에서는 한균이 한무의 손자로 되어 있지만 그의 아들이라는 기록도 있다.

74 操刀(조도) : 칼로 비단을 잘라 재단하는 것으로 대체로 지방을 다스리는 것을 비유한다.

75 輶軒(유헌) : 가벼운 수레로 원래 사신이 타고 다니는 수레를 뜻한다. 여기서는 지방을

多所弘益. 尙書右丞崔公禹, 稱之於朝. 相國崔公渙, 特奏授鄀陽令, 兼攝數縣. 所謂投刃而皆虛, 爲其政而則理成, 去若始至, 人多懷恩. 新宰王公名庭璘, 巖然太華, 浼然[76]洪河. 含章可貞, 幹蠱[77]有立, 接武比德, 絃歌連聲. 服美前政, 聞諸耆老, 與邑中賢者胡思泰一十五人, 及諸寮吏, 式歌且舞, 願揚韓公之遺美. 白採謠刻石, 而作頌曰,

峨峨楚山, 浩浩漢水. 黃金之車, 大吳天子. 武昌鼎據, 實爲帝里. 時囏[78]世訛, 薄俗如燬. 韓君作宰, 撫茲遺人. 滂汪王澤, 猶鴻得春. 和風潛暢, 惠化如神. 刻石萬古, 永思淸塵.

해설

이 글은 무창현령 한중경이 이임한 뒤 그의 업적을 칭송하기 위해 세운 비문에 쓴 것이다. '무창武昌'은 지금의 호북성 무한시이다. '한군韓君'은 한중경韓仲卿으로 한유韓愈의 아버지이며 관직은 비서랑까지 올랐다. '거사송비去思頌碑'는 치적이 훌륭했던 전임 지방 장관을 칭송하며 세운 기념비이다.

한씨 조상과 집안 어른들, 형제들의 공적을 서술한 뒤, 한중경이 무창현령이 되어 정사를 잘 처리했으며 여러 사람들의 찬탄과 추천을 받았다고 하여 그를 칭송했고, 현재의 현령과 백성들이 그의 치적을 기리기 위해 비를 세운다고 했다. 대체로 지덕至德 2년(757) 무창에 머물 때 지은 것으로 추정한다.

순시하며 살피는 채방사인 황보신을 가리킨다.

76 浼然(매연) : 물이 많은 모양.

77 幹蠱(간고) : 일을 처리하다.

78 囏(간) : 어렵다.

5) 우성현령 이공의 거사송비 虞城縣令李公去思頌碑

왕이 된 자가 나라를 세우고 백성을 다스리며 천하를 합쳐서 나누었으니, 모두 그 영토를 백 리로 하여 그 위세와 명성을 떨치게 했다. 그 풍속을 바꾸어 풍조를 변화시키면서 그 백성을 그물질하듯 거두어 포용하니, 그것은 마치 수많은 물고기 무리가 즐겁게 교화되어 물에 사는 것과 같다. 물결이 일어 요동치면 근심할 것이어서 붉은 꼬리의 풍자가 일어날 것이고, 잔잔하여 맑으면 편안할 것이어서 큰 머리의 칭송이 일어날 것이니,[79] 만약 큰 현인이 아니면 누가 만물을 기를 수 있겠는가? 현악기의 노래를 빛나게 하여 우뚝하게 서서 옛것을 떨칠 수 있기로는 우성현령이 있다. 공의 이름은 이석이고 자가 원훈이며 농서군 성기사람이다. 고조부 이해는 수나라 때 상대장군이었고 면주, 익주, 원주 세 주의 자사였으며 여양공에 봉해졌다. 증조부 이등운은 당나라 광주와 무주 두 주의 도독이었고 광무백에 봉해졌다. 조부 이립절은 한왕 관부의 기실참군으로 관직을 시작했고 광무백을 물려받았다. 아버지 이포는 영주, 해주, 치주, 당주, 진주 다섯 주의 자사, 노군도독, 광평태수를 역임했고 광무백을 물려받았다.[80] 모두 조정에 충성을 바쳤고 이름이 종과 솥에 새겨졌으며 후와 백으로 그 자취를 계승했으니 간략히 말해도 될 것이다. 공은 바로 광무백의 장자이다. 19세에 북해군 수광현위를 배수했는데, 마음속에 자잘한 일은 개의치

---

79 《시경·주남·여분汝墳》에 "방어 꼬리가 붉어진다.(魴魚赬尾)"는 말이 있는데, 이는 물고기가 고생한 것이며 군자가 고생스러워 얼굴이 초췌해진 것을 비유한 것이라고 한다. 《시경·소아·어조魚藻》에 "물고기가 마름풀 사이에 있는데 그 머리가 크기도 하구나.(魚在在藻, 有頒其首)"라고 했는데, 이는 물고기가 살진 것으로 밝은 군주에 의지했기 때문이라고 한다.

80 이석의 고조부 이해李楷는 서위西魏의 주국대장군柱國大將軍 독고신獨孤信의 포로가 되어 독고씨의 성을 하사받았으며, 그의 현손 독고완獨孤琬에 이르러서 비로소 표를 올려 성과 이름을 이포로 바꾸었다. 그의 이름이 〈숭명사《불정존승다라니경》을 새긴 경당을 칭송하는 글 및 서문崇明寺佛頂尊勝陁羅尼幢頌 幷序〉에는 이보李輔로 되어있다. 그러므로 사서에는 독고해, 독고등운, 독고립절, 독고완의 이름이 병존한다.

않았으며 입으로는 남의 허물을 말하지 않았으니, 여러 관원들은 그를 거의 헤아릴 수 없었으며 풍도를 바라보며 공경하면서도 두려워했다. 임기를 마치자 우무위 창조참군으로 옮겼고 그 다음에는 조군 소경현령을 맡았다. 조서를 받들어 건초와 계운 두 황릉[81]을 수리했는데 다섯 군에서 노역자를 동원하며 삼만 관을 지불하여 사용했다. 판축 공이를 드니 들에 천둥이 치는 듯했는데 한 사람도 채찍질하지 않았으며, 일을 완수하고도 팔천 관이 남았으니 그 유능한 명성이 제 땅과 조 땅에서 크게 떨쳤다. 당시에 이름난 공경이 순시했는데 황릉에 노랗고 붉은 기운이 위로 태미원을 찌르고는 흩어져 수천 곳의 상서로운 구름이 되었으니, 대개 정성스러움과 근면함이 천지를 감동시키는 것이 이와 같았다. 이에 그림을 그리고 이름을 황제께 아뢰어 국사에 편입했다.

천보 4년에 우성현령을 배수했는데 천자의 문장이 영예로워서 왕의 법도를 금과 옥과 같게 하시니 빛나는 것이 해, 달, 다섯별과 같아 관청 모퉁이까지 비추며 돌았다. 아아, 그를 존중하셨으니 제왕의 위엄이 임하여 돌아보며 가르침을 내려 다스리게 하셨다. 그 풍속이 노둔하고 뻣뻣하며 해이하고 느릿하므로 조급하게 하면 이리처럼 사나워지고 느슨하게 하면 새처럼 흩어질 것이다. 공께서 낚시의 이치로 헤아리고 금을 타는 마음으로 조화시키니[82] 이에 네 계층의 백성들을 편안하게 하고 부모형제자식의 도리에 관한 가르침을 폈다. 머물 때는 반드시 거친 음식을 먹었고 다닐 때는 오로지 한 대의 수레였기에, 그의 절약함을 보고는 관리들이 검소해지고 그의 공경함을 우러러보고는 풍속이 겸손해졌다. 곧은 선비의 깨끗한 절조를 격양시키고 청렴한 선비의 맑은 물결을 드날렸으니, 석 달 만에 정치가 이루어졌고 이웃

---

81 건초릉建初陵은 당 고조 이연의 고조부인 선황제宣皇帝 이희李熙의 무덤이고 계운릉啓運陵은 증조부인 광황제光皇帝 이천사李天賜의 무덤이다.

82 복자천宓子賤이 선보현령으로 있을 때 양주陽晝의 집에 들렀는데 양주가 말하길, "나는 어릴 적부터 천하여 백성을 다스리는 방법은 모르지만 낚시하는 이치는 두 가지를 알고 있으니 그대에게 드리고 싶습니다."라고 했다. 복자천은 금을 타면서 당에서 내려오지 않았지만 현이 잘 다스려졌다.

고을에서 본보기로 삼았다. 봄에 순행할 때 길가에 있는 마른 뼈를 보고는 측연하게 마음 아파하면서 봉급을 내놓아 장사를 치러 주었다. 그리하여 백 리의 온 현에서 길에 널린 백골을 묻고 사방의 고을에서 어짊으로 귀의했다. 상중에 도읍과 저자를 다니며 곡하는 자가 있었는데 이를 익히게 하여 풍속으로 만들었다. 공이 친지와 이웃으로 하여금 곤경을 안 좋은 일로 여기게 면려하니 홀아비, 과부, 형제가 없는 사람, 자식이 없는 노인들이 모두 이들에게 의지하게 되었다. 그러하니 "쇠퇴한 풍속을 변화시켰기에 길이길이 그대 집안에 복을 내리게 했다"고 말할 만하다. 전에 고을에서 무리를 모아서 횡포하고 교활한 짓을 하는 자가 있었는데 실제로는 오로지 두 경씨 집안이었고 거의 백 가구였다. 공이 훈계하여 순박한 사람이 되었으니 그 마을을 "대충정의 마을"이라고 이름을 바꾸게 되었다. 북쪽 경계에 여구의 옛 귀신[83]이 혹 아버지를 취하게 하여 그 아들을 칼로 찔러 죽이게 했는데, 공이 부임하고 나서는 그런 재앙이 일어났다는 말이 들리지 않았다. 관사에 오래된 우물이 있는데 물은 맑지만 맛은 썼다. 공이 수레에서 내려 부임하시고는 맛을 보더니 빙그레 웃으며 "쓰고 맑으니 내 뜻에 충분히 부합하는구나."라고 했다. 이에 그 물을 길어서 사용하며 다른 물로 바꾸지 않았는데 단맛이 나는 샘으로 변했다. 여구의 관사 동쪽에 버드나무 세 그루가 있는데 공이 왕래하며 그곳에서 쉬었고 물을 마시면 떠났다. 행인들이 그 나무를 자르지 않고 소공의 팥배나무[84]에 견주었으니, 고을사람들이 이 나무로 인해 46편의 칭송하는 글을 지었다. 공의 뜻과 기운이 천지를 가득 채우고 덕망 높은 말이 음성과 용모에 드러나니, 깨끗하기는 차가운 벼랑의 서리와 같고 맑기는 맑은 강물의 달과 같았다. 악을 물리치고 선을 표명했는데 신속하기가 화살이 날아가는 것과 같았다. 특히 붓으로 새로운 문장을 잘 짓고 입으로 고아한 담론

83 《여씨춘추呂氏春秋》에 따르면, 전국시대 양梁나라 우성현 북쪽에 여구라는 곳이 있는데, 사람의 모습으로 변할 수 있는 귀신이 있어 아버지가 아들을 찔러 죽이게 했다고 한다.
84 주周나라 소공召公이 농번기 때 백성들을 위해 팥배나무가 있는 야외에 가서 송사를 처리했는데, 후에 백성들이 그의 업적을 기리면서 팥배나무를 베지 않았다고 한다.

을 토해낼 수 있었으니, 천하의 뛰어난 선비 대부분이 그를 따라 노닐었다. 여양공 세 어르신과 광무백 세 어르신[85]이 쌓은 덕이 아니면 어찌 이런 분을 낳을 수 있었겠는가? 고을의 어진 어르신 유초괴 등이 말하길, "우리 이공이 신령의 교화로 우성 백성들을 크게 이롭게 하셨으니 우성 백성들이 즐겁게 그 덕을 기리고 있으며, 관직에 있을 때는 공경했고 관직을 떠나고 나서는 그리워하고 있다. 산천과 귀신도 오히려 그를 생각하는데 하물며 사람은 어떠하겠는가?"라고 했다. 이에 여러 관리와 상의하여 거사송을 짓기로 했다. 현승 왕언섬, 원외승 위척, 주부 이선, 현위 이향, 조제, 노영 등이 덕을 같이 하고 의로움을 나란히 하여 좋은 계책으로 일을 이루었으며, 서로 그 아름다운 발자취와 뛰어난 행위를 모으도록 하고 돌을 깎아 그 아름다움을 새기게 했으니, 맑은 기풍과 아름다운 이름이 백 세대 이상 떨치기를 바랐다. 그 글은 다음과 같다.

세차게 치솟는 물결에 흰 돌이 깨끗하고 밝다.[86] 이공이 와서 우성 백성의 나쁜 습속을 씻어버렸다. 그 덕이 아주 밝았기에 송사의 판결이 맑았으며, 부모형제자식 간의 도리에 관한 가르침이 크게 행해져 우레 소리가 크게 울렸다. 그 아버지를 아버지답게 하고 또 그 아들을 아들답게 하니, 그 기풍으로 봄이 오게 하여 교화를 이루자 풀이 바람에 쓰러지듯 했다.[87] 우리의 산등성이를 비추고 우리의 밭에 비를 내려주며, 태양이 지나치게 비추지 않게 했으니 사 년 내내 풍년이 들었다. 백성들

---

85 이석의 고조부가 여양공汝陽公에 봉해졌는데 다른 두 사람은 알려져 있지 않다. 혹 고조부가 재상인 삼공三公의 직위에 올랐을 수도 있다. 이석의 증조부가 광무백廣武伯에 봉해졌고 조부와 아버지가 광무백을 이어받았다.

86 《시경 · 당풍 · 양지수揚之水》에 "치솟는 물결에 흰 돌이 깨끗하고 밝다.(揚之水, 白石鑿鑿)"라는 것이 있는데, 이는 환숙桓叔이 강성하여 백성들이 싫어하는 것을 제거하고 백성들이 예절과 의리를 지닐 수 있게 한 것을 비유한 것이라고 한다.

87 육가陸賈의 《신어新語》에서 "윗사람이 아랫사람을 교화하는 것은 마치 바람이 풀을 쓰러뜨리는 것과 같다.(上之化下, 猶風之靡草)"라고 했으며, 반악潘岳의 〈한가한 생활에 관해 읊은 부閒居賦〉에서 "가르침은 바람이 지나가는 것과 같고 가르침에 응하는 것은 풀이 쓰러지는 것과 같다.(訓若風行, 應如草靡)"라고 했다.

이 공의 어짊을 이고 있는 것이 백 리 현 전체에 걸친 하늘과 같았는데, 우리를 버리고 떠나니 망연하여 물속에 빠진 것과 같았다. 홀로 된 이를 슬퍼하여 은혜를 널리 베풀었고 백골을 묻어 어짊이 깊었으며, 쓴 우물은 달게 변하고 흉포한 사람은 마음을 바꾸었다. 버드나무 세 그루를 자르지 말지니 영원히 맑은 소리를 생각하리라.

원문

王者立國君人, 聚散六合, 咸土以百里, 雷其威聲. 革其俗而風之, 漁其人而涵之, 其猶衆鮮洋洋, 樂化在水. 波而動之則憂, 頳尾之刺作焉, 徐而淸之則安, 頒首之頌興焉, 苟非大賢, 孰可育物. 而能光昭絃歌, 卓立振古, 則有虞城宰公焉. 公名錫, 字元勳, 隴西成紀人也. 高祖楷, 隋上大將軍, 緜益原三州刺史, 封汝陽公. 曾祖騰雲, 皇朝廣茂二州都督, 廣武伯. 祖立節, 起家韓王府記室參軍, 襲廣武伯. 父浦, 郢海淄唐陳五州刺史, 魯郡都督, 廣平太守, 襲廣武伯. 皆納忠王庭, 名鏤鐘鼎, 侯伯繼跡, 故可略而言焉. 公卽廣武伯之元子也. 年十九, 拜北海壽光尉, 心不挂細務, 口不言人非, 群吏罕測, 望風敬憚. 秩滿, 轉右武衛倉曹參軍, 次任趙郡昭慶縣令. 奉詔修建初啓運二陵, 總徒五郡, 支用三萬貫. 擧築雷野, 不鞭一人, 功成, 餘八千貫, 其幹能之聲大振乎齊趙矣. 時名卿巡按, 陵有黃赤氣上衝太微, 散爲慶雲數千處, 蓋精勤動天地也如此. 因粉圖奏名, 編入國史.

天寶四載, 拜虞城令, 而天章寵榮, 俾金玉王度, 炯若七曜, 昭回堂隅. 於戲, 敬之哉, 宸威臨顧, 作訓以理, 其俗魯而木, 舒而徐, 急則狼戾, 緩則鳥散. 公酌以鈞道, 和之琴心, 於是安四人, 敷五敎. 處必糲食, 行惟單車, 觀其約而吏儉, 仰其敬而俗讓. 激直士之素節, 揚廉夫之淸波, 三月政成, 鄰境取則. 因行春見枯骸於路隅, 惻然疚懷, 出俸而葬. 由是百里掩骼, 四封歸仁. 有居喪行號城市者, 習以成俗. 公勗之親鄰, 戹以凶事. 而鰥寡惸獨,[88] 衆所賴焉.

可謂變其頽風, 永錫爾類. 先時, 邑中有聚黨橫猾者, 實惟二耿之族, 幾百家焉. 公訓爲純人, 易其里曰大忠正之里. 北境黎丘之古鬼焉, 或醉父以刃其子, 自公到職, 蔑聞爲災. 官宅舊井, 水淸而味苦. 公下車嘗之, 莞爾而笑曰, 旣苦且淸, 足以符吾志也. 遂汲用不改, 變爲甘泉. 蠡丘館東有三柳焉, 公往來憩之, 飮水則去. 行路勿剪, 比於甘棠, 鄕人因樹而書頌四十有六篇. 惟公志氣塞乎天地, 德音發乎聲容, 縞乎若寒崖之霜, 湛乎若淸川之月. 彈惡雪善, 速若箭飛. 尤能筆工新文, 口吐雅論, 天下美士, 多從之遊. 非汝陽三公三伯之積德, 則何以生此. 邑之賢老劉楚瓌等乃相謂曰, 我李公以神明之化, 大賴於虞人, 虞人陶然歌詠其德, 官則敬, 去則思. 山川鬼神猶懷之, 况於人乎. 乃咨群寮, 興去思之頌. 縣丞王彦暹, 員外丞魏陟, 主簿李詵, 縣尉李向趙濟盧榮等, 同德比義, 好謀而成, 相與採其瓌蹤[89]茂行, 俾刻石篆美, 庶淸風令名, 奮乎百世之上. 其詞曰,

激揚之水兮, 白石有鑿. 李公之來兮, 雪虞人之惡. 厥德孔昭, 折獄旣淸. 五敎大行, 殷雲雷之聲. 旣父其父, 又子其子. 春之以風, 化成草靡. 乃影我岡, 乃雨我田. 陽無驕僭, 四載有年. 人戴公之賢, 猶百里之天. 棄余往矣, 茫如墜川. 哀喪惠博, 掩骼仁深. 苦井變甘, 兇人易心. 三柳勿剪, 永思淸音.

해설

이 글은 우성현령 이석이 떠나가고 난 뒤 그의 정치적 업적을 기리면서 세운 비문에 적은 것이다. '우성虞城'은 지금의 하남성 우성현이다. '이공李公'은 이석李錫으로 〈숭명사《불정존승다라니경》을 새긴 경당을 칭송하는 글 및 서문〉에 나온 이포李輔의 아들이다. 그는 천보 4년(745)에 우성현령을 배수했다. '거사송비去思頌碑'는 치적이 훌륭했던 전임 지방장관을 칭송하며 세운 기념비이다.

---

88 鰥寡惸獨(환과경독) : 홀아비, 과부, 형제가 없는 사람, 자식이 없는 노인.
89 瓌蹤(괴종) : 아름다운 종적.

황제가 지방을 다스리기 위해서는 우수한 인재를 보낸다고 한 뒤 우성현령을 맡은 이석이 바로 그러한 사람이라고 했으며, 그의 집안사람들이 대대로 높은 관직을 역임한 사실과 그가 우성현령을 맡기 전의 이력을 서술했다. 이석이 우성현령을 맡았을 때 이룬 정치적 업적을 나열하고 그의 인품과 재능을 칭송한 뒤 그가 떠나간 뒤 관리들과 백성들이 그의 치적을 기리며 거사송비를 세우게 되었음을 말했다. 이석이 4년의 임기를 마친 뒤인 천보 8년(749)이나 천보 9년(750) 즈음 지은 것으로 추정한다.

6) 비간의 비문 比干碑

태종 문황제가 이미 천하를 통일하고서 군주와 신하의 도의를 밝혔다. 정관 19년 도이국[90]을 정벌하면서 군대가 은나라의 옛 터에 머물렀는데, 곧장 조서를 내려 소사 비간을 태사로 추증하고 시호를 충렬공으로 하고는 고위 신하를 보내 조문하고 제사 지내게 했으며, 군과 현에 거듭 명을 내려 무덤을 쌓고 사당을 수리한 뒤 무덤 관리인을 두고는 양과 돼지를 갖춰 때마다 제사 지내게 했다. 이러한 내용을 최고 법령에 기록하고 금석에 새겼으니 비간의 충성심이 더욱 드러나고 신하된 자가 그 뜻을 계승할 수 있게 되었다. 예전에 상나라 왕 수는 해악으로 온 세상을 해치고 하늘, 땅, 사람 삼재의 올바른 도리를 거역했으며 그 음탕함과 잔학함을 맘대로 했지만 아랫사람들이 감히 간쟁하지 못했다. 이에 미자는 떠났고 기자는 가두어졌으며 공은 홀로 죽게 되었다. 대저 목숨을 버리는 것이 어려운 것이 아니라 죽음에 제대로 대처하는 것이 어려우니 죽을 만하지 않는데도 죽는 것은 그 목숨을 가벼이 여기는 것이어서 효가 아니며, 죽을 만한데 죽지 않는 것은 그 목숨을 아까워하는 것이어서 충이 아니다. 왕이 숙부라고 부르니 친함이 지극했고 나라의 중신이니 지위는 더 이상 높아질 수 없었다. 왕과 친한 사이였으니 그 위태로움을 관망할 수 없었고 왕과 가까운 사이였으니 그 조상을 잊을 수가 없었다. 그러하니 우리 신하의 공업이 장차 황천으로 떨어지려하고 상나라 왕의 천명이 장차 하늘에서 끊어지려하기에 뒤집힌 것을 바르게 회복하려고 마침내 간언하다가 죽었다. 심장을 가르는 것이 아픈 것이 아니라 은나라가 망한 것이 아픈 것이었으니, 공의 충성심은 이와 같았다. 그리하여 위태로운 나라에 홀로 서서 (주나라가) 흥기할 운수에 맞설 수 있었다. 주 무왕은 천하를 삼분한 공업으로써 제후의 군대를 보유하고 있었으니 그 열 명의 어진 신하의 책략을 실현하고 그 한 마음을 가진 무리를 거느렸다. 공이 살아 있을 때는 주 무왕이 저 서쪽 땅에 머물러 있었고, 공이 죽을 때에 이르러 마침내 맹진에서 열병했으니, 공이

---

90 당 태종의 사적으로 보아 고구려인 것으로 보인다.

살아 있으면 은나라도 온전했고 공이 죽으니 은나라도 망했다. 나라의 흥망이 서로 연결되어 있었으니 어찌 중요한 존재가 아니었겠는가? 게다가 성인이 세운 가르침은 권선징악뿐이고 인륜의 대통은 부자와 군신의 관계뿐인데, 소사 비간은 살아서는 그 대통을 드리웠고 죽어서는 그 가르침을 드리웠다. 천고의 위에서 떨쳤으며 역대 제왕의 끝에서 행하여 저 음탕한 자가 두려워하게 하고 간사한 자가 부끄러워하게 하며, 의로운 자가 그리워하게 하고 충성한 자가 근면하게 했으니 그 경계로 삼을 바가 또한 크지 않은가? 그래서 공자가 은나라에 세 명의 어진 이가 있다고 말했으니 이 어찌 은미한 뜻이 없는 것이었겠는가? 일찍이 감히 설명하여 말했다. 그 몸을 보존하여 그 조상을 보존하는 것 또한 어진 것이며, 그 이름을 보존하여 그 제사를 보존하는 것 또한 어진 것이며, 그 몸을 죽게 하여 그 나라를 도모하는 것 또한 어진 것이다. 만일 죽는 것을 받들고 사는 것을 물리친다면 열광적인 사람과 고집이 센 사람이 장차 급히 달려갈 것이고, 만일 사는 것을 칭송하고 죽는 것을 폄하한다면 안일을 추구하는 이가 장차 힘을 다 바칠 것이다. 그러므로 마찬가지로 어짊으로 돌아가면서 각자 그 뜻을 따르니, 길은 다르지만 도리는 같고 행하는 것은 다르지만 그 이르는 곳은 같다. 후대의 사람으로 하여금 넉넉하고 부드럽게 하여 자득하게 하는 것이 아마도 《춘추》의 은미하고 완곡한 뜻이리라. 반드시 제왕의 법도를 만들고 사람의 떳떳한 도리를 세우며 군사부의 은혜에 보답하는 문을 열고 두 군주를 섬기지 않는 가르침을 드리움으로써 세상에 분명히 알린다면, 대저 신하가 된 자는 이미 부모에 대한 효를 옮겨 군주에 이르게 할 것이니, 어찌 부모의 잘못을 듣고서도 간언하지 않고 부모의 위태로움을 듣고서도 구하지 않으면서 느긋하게 자신의 처지를 편하게 여기며 만족할 수 있겠는가? 이치에 맞지 않는 것이 심하구나. 대저 자신의 부모에게 효성스러우면 다른 사람의 부모가 모두 그를 자식으로 삼고 싶어 하고, 자신의 군주에게 충성스러우면 다른 사람의 군주가 모두 그를 신하로 삼고 싶어 하는 법이니, 그리하여 역대 제왕들이 모두 이를 명백하게 드러내고 싶어 했다. 주 무왕은 수레에서 내려 비간의 무덤을 쌓아주었고 위 문제는 남쪽으로 천도하면서 그의 사당을 세웠다. 우리 태종께서 천하를 가지고 나서 온갖 신령에게 제사 지내며 그 예를 성대하게 했으니, 태사로 추증하고 시호를 충렬이라 했으며, 군과 현에 거듭 명을 내려 그 무덤을 쌓고 그 사당을 수리하게 했으며, 묘를 지키는 사람으로 다섯 집을 두고는 양과 돼지로 때에 맞춰 제사 지내도록 한 뒤, 이를 최고법령에 기록하고 금석에 새겼다. 아아, 역대 제왕들을 슬퍼하게 했기에 주군들이 덕으로 봉하여, 단정함은 신령과 나란히 하게하고 등급은 군왕과 같게 했으니 그 몸은 사라졌지만 영예는 더욱 커졌고 후손은 끊어졌지만 제사는 길이 이어지게 되었다. 그런 뒤에야 충렬의 도가 하늘과 사람을 깊이 감동시켰음을 알게 되었다. 천보 10년에 나는 위현에서 현위로 있으면서 사당에 절을 올리니 혼백이 감응하고 정신이 움직였다. 그러니 사당이 옆의 마을에 있었기에 관원으로서 어찌 예를 표하지 않을 수 있겠는가? 돌을 깎아 새기고 드러내어 이로써 그 큰 공적을 기록한다. 그 명문은 다음과 같다.

몸을 훼손하는 것은 어짊이 아니고 위험에 발을 들이는 것은 지혜로움이 아니다. 죽어야 할 때 죽어야하니 그 후에야 의를 이루게 된다. 충성에는 두 몸이 있을 수 없고 장렬함에는 넘치는 기운이 있어야 한다. 바르고 곧으며 총명하여 지금까지도 맹렬하게 바라본다. 아아, 너희 후대 사람들이여 신하노릇하기가 쉽지 않을 것이다.

원문

太宗文皇帝既一海內, 明君臣之義. 貞觀十九年征島夷, 師次殷墟, 乃詔贈少師比干爲太師, 謚曰忠烈公, 遣大臣持節弔祭, 申命郡縣封墓葺祠置守冢, 以少牢時享. 著於甲令, 刻於金石, 故比干之忠益彰, 臣子得述其志. 昔商王受毒痡於四海, 悖於三正, 肆厥淫虐, 下罔敢諍. 於是微子去之, 箕子囚之, 而公獨死之. 非夫捐生之難, 處死之難, 故不可死而死, 是輕其生, 非孝也, 可死而不死, 是重其死, 非忠也. 王曰叔父, 親其至焉. 國之元臣, 位莫崇焉. 親不可以觀其危, 昵不可以忘其祖. 則我臣之業, 將墜於泉, 商王之命, 將絶於天. 整扶其顚, 遂諫而死. 剖心非痛, 亡殷爲痛, 公之忠烈, 其若是焉. 故能獨立危邦, 橫抗興運. 周武以三分之業, 有諸侯之師, 實其十亂之謀, 總其一心之衆. 當公之存也, 乃戢彼西土, 及公之喪也, 乃觀乎孟津, 公存而殷存, 公喪而殷喪. 興亡兩繫豈不重與. 且聖人立教, 懲惡勸善而已矣, 人倫大統, 父子君臣而已矣, 少師存則垂其統, 歿則垂其教. 奮乎千古之上, 行乎百王之末, 俾夫淫者懼, 佞者慙, 義者思, 忠者勸, 其爲戒也, 不亦大哉. 而夫子稱殷有三仁, 是豈無微旨. 嘗敢頤之曰, 存其身, 存其宗, 亦仁矣, 存其名, 存其祀, 亦仁矣. 亡其身, 圖其國, 亦仁矣. 若進死者, 退生者, 狂狷之士將奔走之, 褒生者, 貶死者, 宴安之人將竇力焉. 故同歸諸仁, 各順其志, 殊塗而一揆, 異行而齊致. 俾後人優柔而自得焉, 蓋春秋微婉之義. 必將建皇極, 立彝倫, 闢在三之門, 垂不二之訓, 以明知於世, 則夫人臣者, 旣移孝於親, 而致之於君, 焉有聞親失而不諍, 親危而不救, 從容安地而自得. 甚哉不然矣. 夫孝於其親, 人之親皆欲其子. 忠於其主, 人之主皆欲其臣, 故歷代帝王, 皆欲精顯. 周武下車而封其墓, 魏武[91]南遷而創其祠. 我太宗有天下, 禋百神, 盛其禮, 追贈太師, 謚曰忠烈, 申命郡縣, 封墳葺祠, 置守冢五家, 以少牢時享, 著於甲令, 刻於金石. 於戲, 哀傷列辟, 主君封德, 正與神明, 秩視郡王, 身滅而榮益大, 世絶而祀愈長. 然後知忠烈之道, 激天感人深矣. 天寶十祀, 余尉於衛, 拜首祠堂, 魄感精動. 而廟在鄰邑, 官非式閭. 斲石銘表, 以誌丕烈. 銘曰,

靡軀非仁, 蹈難非智. 死於其死, 然後爲義. 忠無二軀, 烈有餘氣. 正直聰明, 至今猛視. 咨爾來代, 爲臣不易.

해설

이 글은 비간의 사당에 세운 비석에 적은 것이다. '비간比干'은 은나라 제정帝丁의 둘째

---

91 '武'는 '文'의 잘못이다.

아들이자 제을帝乙의 동생이며 주왕紂王의 숙부이다. 스무 살의 나이에 태사가 되어 제을을 보좌하고 어린 주왕을 보살폈다. 주왕이 즉위한 뒤에 폭정을 일삼자 비간이 간언했는데, 주왕은 비간의 심장을 들어내 죽여 버렸다.

《당문수》에는 이 글이 이한李翰의 〈은나라 태사 비간의 비문殷太師比干碑〉으로 수록되어 있으며 몇 글자를 제외하고는 거의 동일하다. 혹 이한의 글을 이백이 대신 써주었을 수도 있지만 대부분의 주석가들은 이한의 작품으로 보고 있다. 아마도 이백이 이한림李翰林으로 불린 것과 혼돈된 것으로 보인다. 저작 시기는 천보 10년(751)일 것이다.

10. 제문祭文

1) 두 소사를 대신하여 지은 선 화상의 제문 爲竇氏小師祭璿和尙文

모년 모월 모일 아무개는 삼가 정갈한 채소를 올리며 감히 화상의 영혼에게 분명코 알립니다. 엎드려 생각하건대, 화상은 하늘에서 내려온 신령으로 교화를 위해 세상을 노닐었는데, 우뚝 서서 홀로 특출했고 총명하여 태어나면서부터 아는 이였으니, 봉황이 구포[1]의 날개를 편 것과 같고 예장나무가 만 경의 땅을 가로질러 덮은 것과 같았습니다. 처음에 등불을 전수받고는 빛을 받아들였고 이에 삭발하여 스승을 따랐는데, 용과 코끼리처럼 힘차게 발을 내딛어 천인의 깃발이 되었습니다. 서역에서 부처의 풍도를 이어받아 동쪽 땅 중국으로 부처의 태양을 돌렸는데, 대지의 입김이 온화한 바람을 일으켜 한 번 분 것과 같아 극심한 번뇌가 말끔히 사라지고 도의 싹이 무성해졌습니다. 오 땅과 초 땅의 사람들을 달려오게 하여 으뜸의 스님으로 우러러보았으니 장차 온 세상의 사람들이 귀의할 것이었습니다. 오호, 올 때는 말미암은 바가 없거늘 떠날 때는 또 어디로 가겠습니까? 물로 돌아가고 불로 돌아가서 본래의 집으로 쓸쓸히 흩어졌으며, 보배로운 배가 노 젓기를 그만두었고 참선의 달이 그 빛을 가렸으니, 한 번 가서 종적이 없어졌음을 애통해하고 쌍림[2]이 흰 빛으로 변한 것을 슬퍼합니다. 아무개는 예전에 가르침을 받들어 은혜와 사랑을 각별히

1 구포九苞는 봉황의 아홉 가지 특징을 가리키는데, 각각 부리, 가슴, 귀, 혀, 빛깔, 볏, 발톱, 소리, 배의 무늬이다.

2 쌍림雙林은 석가모니가 열반한 곳인데 입멸했을 때 숲이 모두 흰빛으로 변했다고 한다.

입어 외람되이 승려들과 함께 바람을 먹었고 선원 나무의 그늘에서 마음대로 머물렀습니다. 울부짖노라니 그 소리는 멈추지 않고 울음에는 넘치는 슬픔이 있습니다. 손에 찻물을 들고 정성스런 마음과 엄숙한 생각으로 신명의 도가 나타나 이르기를 바라고 밝은 영혼이 흠향하기를 바랍니다.

원문

年月日, 某謹以齋蔬之奠, 敢昭告於和尙之靈. 伏惟和尙, 降靈自天, 依化遊世, 角立獨出, 嶷然[3]生知, 鳳凰開九苞之翼, 豫章橫萬頃之陂. 始傳燈而納照, 因落髮以從師, 邁龍象以蹴踏, 爲天人之羽儀. 紹釋風於西域, 迴佛日於東維, 若大塊之噫氣, 鼓和風而一吹. 熱惱淸灑, 道芽榮滋. 走吳楚以宗仰, 將掃地而歸之. 嗚呼, 來無所從, 去復何適. 水還火歸, 蕭散本宅. 寶舟輟棹, 禪月掩魄, 痛一往而無蹤, 愴雙林之變白. 某早承訓誨, 偏荷恩慈, 忝餐風於法侶, 旋落蔭於禪枝. 號無輟響, 泣有餘悲. 手撰茗藥, 精誠嚴思, 冀神道之昭格, 庶明靈而饗之.

해설

이 글은 두 소사를 대신하여 지은 선 화상의 제문이다. '소사小師'는 수계한 지 십 년이 되지 않은 이에 대한 호칭이고, '두씨竇氏'에 대해서는 자세히 알 수 없다. '화상和尙'은 승려에 대한 호칭이다. '선璿' 스님은 두 소사의 스승인 듯한데, 금릉金陵 와관사瓦官寺의 스님이었고 여산廬山에서 수행하다가 입적했다는 기록이 있다.

선 화상이 서역에서 불법을 전수받아 중국에서 전파했음을 칭송한 뒤 그가 입적한 슬픔을 묘사하고는 추모의 마음을 표현했다. 상원 원년(760)이나 상원 2년(761) 여산에 머물 때 지은 것으로 추정한다.

---

3 嶷然(억연) : 총명한 모양. 탁월한 모양.

2) 송 중승을 대신하여 지은 구강의 제문 爲宋中丞祭九江文

삼가 세 가지 희생을 바쳐 광원공의 신령께 공경스럽게 제사를 올립니다. 신령이 건곤을 포괄하고 천지를 공평하게 조정하니, 삼협을 갈라 가운데서 끊어지게 하고 아홉 줄기로 흐르며 다투어 달리게 하여, 남방의 벼리를 다스리고 동쪽 바다로 흘러 들어가게 했습니다. 희생과 옥그릇은 예법에 따랐고 제사의 전례에는 어긋함이 없습니다. 현재 만승의 천자는 몽진하고 있고 다섯 황릉은 더러워졌으며 백성들은 모두 백골이 되었고 붉은 피가 황궁에 흐르고 있습니다. 우주가 뒤집혔고 혜성은 사라지지 않고 있으니[4] 중생은 분이 맺혀 원흉을 벨 것을 생각하고 있습니다. 저 송약사는 중요한 번진에 소속되어 각각 중요한 임무를 맡았으며 제왕의 명령을 받들어 천자의 군대를 크게 일으켰습니다. 깃발에는 바다 빛이 비치고 들판에는 군대의 위엄을 엄숙하게 했는데 큰 파도가 용솟음치고 사나운 바람이 거세게 뒤흔드니, 오로지 장강의 신만이 파도의 신 양후로 하여금 파도를 거두게 하고 태양의 신 희화로 하여금 명을 받들게 할 수 있습니다. 누선이 먼저 강을 건너서 병사와 군마에게 근심이 없어지면 유주와 연 땅에서 요괴들을 쓸어버리고 낙양에서 고래 같이 난폭한 무리를 벨 것입니다. 장강의 신께서는 우리를 보우하고 백성들에게 복을 내려주십시오. 공경히 정성을 바치니 흠향하여주시기를 바랍니다.

원문

謹以三牲之奠, 敬祭於長源公[5]之靈. 惟神包括乾坤, 平準天地, 劃三峽以中斷, 流九道以爭奔, 綱紀南維, 朝宗[6]東海. 牲玉有禮, 祀典無虧. 今萬乘蒙

---

4 안록산의 난이 일어난 것을 말한다.

5 장원공長源公은 회수淮水의 봉호인데, 장강의 봉호는 광원공廣源公이다. 구강은 장강의 일부이니 착오가 있었던 듯하다.

6 朝宗(조종) : 원래는 신하가 임금을 알현하는 것을 뜻하는데, 여기서는 강물이 바다로 들어가는 것을 말한다.

塵, 五陵慘[7]黷, 蒼生悉爲白骨, 赤血流於紫宮. 宇宙倒懸, 欃搶未滅. 含識[8]結憤, 思剪元兇. 若思參列雄藩, 各當重寄, 遵奉王命, 大擧天兵. 照海色於旌旗, 肅軍威於原野, 而洪濤渤潏,[9] 狂飈振驚, 惟神使陽侯卷波, 羲和奉命. 樓船先濟, 士馬無虞, 掃妖孽[10]於幽燕, 斬鯨鯢於河洛. 惟神佑我, 降休於民. 敬陳精誠, 庶垂歆饗.

해설

이 글은 송약사를 대신하여 지은 장강에 대한 제문이다. '중승中丞'은 어사대의 부장관副長官으로 정오품상正五品上에 해당했다. '송宋'씨는 이백의 친구인 송지제宋之悌의 아들 송약사宋若思이다. 이백은 영왕永王의 일에 연루되어 심양의 감옥에 갇혔는데 당시 송약사 등의 도움을 받아서 풀려났고 그의 막부에 참모로 들어갔다. 송약사는 병사 삼천 명을 이끌고 하남도河南道로 가서 안록산의 무리를 평정하려고 했는데 심양尋陽(지금의 강서성 구강시九江市)에서 장강을 건너다가 풍랑이 많이 일었기에 장강의 신에게 제사를 지냈다. '구강九江'은 심양 남쪽에 있는 장강의 아홉 지류이다.

장강이 삼협을 지나 구강으로 흐르다가 동해로 들어간다고 하여 구강의 지리적 위치와 그 역할을 말했으며, 현재 안록산의 난으로 천하가 어지러운데 이를 구제하기 위해 병사를 이끌고 가던 도중 구강의 파도를 만나게 된 상황을 서술한 뒤 무사히 건너게 해달라고 기원했다. 대체로 지덕 2년(757) 심양에 있을 때 지은 것으로 추정한다.

---

7 '참慘'은 '참摻'의 오류이다.

8 含識(함식) : 불교용어로 중생을 뜻한다.

9 渤潏(발휼) : 파도가 어지럽게 솟구치는 모양.

10 妖孽(요얼) : 요사스러운 마귀. 안록산의 무리를 가리킨다.

11. 잡문雜文

1) 시서 詩序

(1) 역양의 장사 근사제 장군을 기린 노래와 서문 歷陽壯士勤將軍名思齊歌 并序

역양의 장사 근사제 장군은 신령스런 힘이 백 명의 장부를 뛰어넘었기에 측천무후가 불러서 보고는 기이하게 여겼다. 그에게 유격장군을 제수하고 금포와 옥대를 하사하니 조정과 재야에서 모두 그를 칭송했다. 후에 횡남장군에 배수되었고 대신들이 그 의로움을 흠모하여 열 명이 친교를 맺었는데 바로 연공 장열과 관도공 곽원진이 그 대표인물이다. 내가 그를 씩씩하게 여겼기에 이에 시를 짓는다.

아주 오래 전에 역양군이 변화하여 큰 물이 되었는데, 강산은 여전히 얽히고 굽어 있고 용과 호랑이의 광채가 숨겨져 있다. 수천 년을 쌓이고 흩어졌으니 풍운이 얼마나 자욱한가? 특별히 근사제 장군이 태어났으니 신령스런 힘이 장정의 백배였다.

원문

歷陽壯士勤將軍, 神力出於百夫, 則天太后召見, 奇之, 授遊擊將軍, 賜錦袍玉帶, 朝野榮之. 後拜橫南將軍, 大臣慕義, 結十友, 卽燕公張說, 館陶公郭元振爲首. 余壯之, 遂爲詩.

太古歷陽郡, 化爲洪川在. 江山猶鬱盤, 龍虎秘光彩. 蓄洩數千載, 風雲何靄霴.[1] 特生勤將軍, 神力百夫倍.

---

1 靄霴(담대) : 구름이 자욱한 모양.

해설

이 글은 역양의 장사 근사제 장군을 칭송한 시의 서문이다. '역양歷陽'은 지금의 안휘성 화현和縣이다. '근사제勤思齊'는 당 고종 건봉乾封 연간에 태어나 측천무후의 인정을 받아 유격장군이 되었으며 후에 고향인 역양의 계롱산鷄籠山에 은거했다.

근사제가 힘이 세서 측천무후의 부름을 받아 장군이 되었으며 당시 대신들이 그를 흠모하여 친교 맺었음을 말했다. 대체로 상원 2년(761)에 역양을 노닐다가 지은 것으로 추정한다.

(2) 숭산의 초 연사에게 주는 시와 서문 贈嵩山焦鍊師 幷序

숭산에 신선 초 연사가 있었는데 어디 출신의 부인인지는 알지 못한다. 또 제량시기에 태어났고 외모는 5, 60세쯤 되어 보이는데 항상 태아호흡을 하고 곡식을 끊었으며 소실산의 오두막에 사는데 날듯이 다녀 순식간에 만 리를 갔다고 한다. 세간에 혹 그녀가 동해로 들어가서 봉래산에 올랐다는 말이 전해지지만 결국 누구도 그녀가 어디로 갔는지 알 수가 없다. 내가 소실산에서 도를 구하고자 하여 36봉우리를 다 올랐다가 그녀의 소문을 듣고는 전하고자 하는 뜻이 있어 붓을 휘둘러 시를 짓고는 멀리서 드린다.

태실산과 소실산이 푸른 하늘에 솟아 있고 삼화수는 자줏빛 안개를 머금었는데, 그 가운데에 봉래산의 도인이 있어 마치 여자 신선 마고와 같다. 도를 보존했으니 세속의 시끄러움에 더럽혀지지 않았으며 행적은 높고 생각은 정말로 아득하다. 계수나무 꽃술을 때때로 먹고 푸른 도가 서적을 자주 읽었으며, 온 세상 끝까지 마음대로 노닐다가 쉬며 온 천지를 오래도록 돌아다닌다. 표주박을 내버리고 영수의 물을 떴으며 춤추는 학을 타고 이수에 이르렀다가, 빈 산 위로 다시 돌아와서 홀로 가을 노을 속에 자는데, 등라 사이의 달은 아침에 거울을 걸어 놓은 듯하고 솔숲에 부는 바람은 밤에 악기의 현을 울린다. 광채를 감추고 숭산에 숨어 정신을 수련하고 구름 휘장에 머무는데, 무지개 치마는 하늘거리고 봉황울음의 생황소리는 맴돌며 아득히 퍼진다. 바라노니 서왕모가 동방삭을 돌아봐 준 것처럼, 비결이 적힌 자줏빛 책을 만일 전해준다면 뼈에 새겨 열심히 배울 것을 맹세하리라.

원문

嵩山有神人焦鍊師者, 不知何許婦人也. 又云生於齊梁時, 其年貌可稱五六十, 常胎息絶穀, 居少室廬, 遊行若飛, 倏忽萬里. 世或傳其入東海, 登蓬萊, 竟莫能測其往也. 余訪道少室, 盡登三十六峯, 聞風有寄, 灑翰遙贈.

二室凌青天, 三花含紫煙. 中有蓬海客, 宛疑麻姑仙. 道在喧莫染, 迹高想已綿. 時餐金鵝蕊, 屢讀青苔篇. 八極恣遊憩, 九垓長周旋. 下瓢酌潁水, 舞鶴來伊川. 還歸東山上, 獨拂秋霞眠. 蘿月挂朝鏡, 松風鳴夜絃. 潛光隱嵩岳, 鍊魄棲雲幄. 霓裳何飄颻, 鳳吹轉綿邈. 願同西王母, 下顧東方朔. 紫書儻可傳, 銘骨誓相學.

해설

이 글은 숭산의 초 연사에게 주는 시의 서문이다. '숭산嵩山'은 오악 중의 하나로 지금의 하남성 등봉현登封縣 북쪽에 있다. '연사鍊師'는 도사 중에서 덕이 높고 생각이 정미한 자를 가리킨다. '초焦' 연사는 숭산에서 도를 수행하는 여도사로 보이는데 그 외에는 자세히 알 수 없고 초정진焦靜眞이라는 설이 있지만 확실치 않다.

초 연사의 출신과 행적 등에 관한 소문을 말하고는 숭산에서 도를 찾던 도중 그녀를 만나고자 했지만 그러지 못해 아쉬워하는 마음을 표현했다. 개원 19년(731) 숭산을 노닐 때 지은 것이라는 설이 있지만 확실치는 않다.

(3) 무악에게 주는 시와 서문 贈武十七謁 幷序

문하의 무악은 의리가 깊은 자이다. 성품이 질박하고 굳세고 용감하며, 요리[2]의 기풍을 사모하여 물가에서 숨어 낚시질하면서 세상일에 급급하지 않았다. 중원에 난리가 났다는 말을 듣고 서쪽에서 나를 찾아와서는 내 사랑하는 자식 백금이 노 땅에 있는데 오랑캐 병사의 위험을 무릅쓰고 데려오기로 약속하니 술을 마시고 감격하여 붓을 들어 이 시를 준다.

한 필의 비단 같은 말이 내일 오 땅 성문을 지나가리라. 그는 요리와 같은 협객인데 서쪽에서 와서 은혜를 갚고자 하여, 웃으면서 연 땅의 비수를 꺼내들고 말은 하지 않고 비수만 어루만진다. 반란군 개들이 맑은 낙수에서 짖고 있고 낙양의 천진교는 변새의 담이 되어, 사랑하는 아들이 동로에 떨어지게 되었는데 애끊는 원숭이처럼 다만 슬퍼할 뿐, 임회[3]가 흰 옥을 버린 것과 같은 마음이지만 천 리 떨어진 곳이라 함께 오지 못했다. 그대가 나를 위해 이곳으로 데려다 주려고 가벼운 차림으로 회수를 건넌다니, 그 지극한 정성이 하늘의 도와 일치했기에 등유[4]의 영혼에게 부끄럽지 않으리라.

---

2 요리要離는 춘추시대의 용사이다. 오吳나라 공자 광光이 왕인 료僚를 죽이고 나서 또 왕자인 경기慶忌를 죽이려고 했다. 이에 요리가 계책을 내었는데 자신의 오른손을 자르고 처자식을 죽이게 한 다음, 죄를 지어 도망친 것처럼 했다. 요리가 위나라에서 경기를 만나니 경기가 기뻐하며 그와 오나라를 칠 것을 계획했다. 오 땅에 도착해서 강을 건널 때 요리는 칼로 경기를 찔러 중상을 입혔다.

3 임회林回가 어떤 일로 도망을 가게 되었는데 천금의 백옥을 버리고 대신 어린 아들을 업고 갔다.

4 왕기의 판본에는 '등유鄧攸'가 '멀리 떠돈다'는 뜻인 '원유遠游'로 되어 있지만 문맥이 통하지 않아 다른 판본의 글자로 바꾸었다. 등유는 진晉나라 사람으로 석륵石勒의 난리 때 부인과 함께 자기 아들과 죽은 동생의 아들을 업고 갔다. 도저히 두 아이를 다 데리고 가지 못하는 상황이 되자, 죽은 동생의 아들은 데리고 가고 자신의 아이는 포기했다. 하지만 이후 부인이 아이를 갖지 못하여 후사를 잇지 못했다.

원문

門人武諤, 深於義者也. 質木沉悍,[5] 慕要離之風, 潛釣川海, 不數數[6]於世間事. 聞中原作難, 西來訪余, 余愛子伯禽在魯, 許將冒胡兵以致之, 酒酣感激, 援筆而贈.

馬如一匹練, 明日過吳門. 乃是要離客, 西來欲報恩. 笑開燕匕首, 拂拭竟無言. 狄犬吠淸洛, 天津成塞垣. 愛子隔東魯, 空悲斷腸猿. 林回棄白璧, 千里阻同奔. 君爲我致之, 輕齎涉淮源. 精誠合天道, 不媿鄧攸魂.

해설

이 글은 문하의 사람인 무악에게 주는 시의 서문이다. '무악武諤'에 대해서는 자세히 알 수 없으며, '십칠十七'은 친척 형제 중의 순서이다.

무악이 의협심이 있고 세상일에 연연하지 않는 사람임을 칭송하고는 난리 통에 자신을 찾아와서 멀리 있는 아들을 데려다 주기로 했음을 말했다. 대체로 지덕 원년(756) 당도나 금릉 일대에서 머물 때 지은 것으로 추정한다.

---

5 沉悍(침한) : 굳세고 용감하다.

6 數數(삭삭) : 조급하다. 급급하다.

(4) 황산의 호공에게서 백한을 구하며 지은 시와 서문 贈黃山胡公求白鷴 幷序

듣건대 황산의 호공에게 한 쌍의 백한이 있는데, 아마도 이는 집닭이 품어 부화한 것이기에 어릴 때부터 순하고 사람과 친하여 조금도 놀라거나 경계하는 기색이 없으며, 그 이름을 부르면 모두 손바닥의 모이를 쪼아 먹는다고 한다. 하지만 이 새는 본래 성질이 고집스러워 기르기가 매우 어렵기에 내가 평소 몹시 좋아했으나 결국 얻을 수가 없었는데 호공이 내게 가져다주며 다만 시 한 수를 구하니 이를 듣고 매우 기뻐했다. 마침내 오랜 뜻을 이루었기에 붓을 들어 세 번 소리치고는 전혀 수정할 필요 없이 일필휘지로 시를 지어서 준다.

청컨대 한 쌍의 흰 벽옥으로 그대의 백한 한 쌍을 사려한다. 백한은 희기가 비단 같아서 흰 눈조차 자기 모습을 부끄러워하는데, 옥 연못에 그림자를 비추고 옥 나무 사이에서 털을 고르며, 밤이면 차가운 달 아래 고요히 깃들이고 아침이면 떨어진 꽃 사이를 한가로이 거닌다. 내가 이 새를 얻어 푸른 산에 앉아 즐기려 했는데, 호공이 그 새를 줄 수 있기에 새장을 야인인 내게 맡기고는 돌아간다.

원문

聞黃山胡公有雙白鷴, 蓋是家雞所伏,[7] 自小馴狎, 了無驚猜, 以其名呼之, 皆就掌取食. 然此鳥耿介, 尤難畜之, 余平生酷好, 竟莫能致, 而胡公輟贈於我, 唯求一詩, 聞之欣然. 適會宿意, 因援筆三叫, 文不加點以贈之.

請以雙白璧, 買君雙白鷴. 白鷴白如錦, 白雪恥容顔. 照影玉潭裏, 刷毛琪樹間. 夜棲寒月靜, 朝步落花閑. 我願得此鳥, 翫之坐碧山. 胡公能輟贈, 籠寄野人還.

---

7 伏(부) : 알을 품다.

해설

이 글은 백한을 가져다준 황산의 호공에게 지어준 시의 서문이다. '황산黃山'은 여러 곳에 있는데 여기서는 지금의 안휘성 황산시에 있는 산으로 보인다. '호공胡公'은 이름이 '휘暉'라는 설이 있지만 확실치 않다. '백한白鷴'은 꿩과에 속하는 흰색의 새이다.

황산의 호공이 가진 백한은 집에서 부화한 것이라서 사람을 잘 따른다고 한 뒤, 원래 이백이 이 새를 좋아했지만 기르기가 어려워서 구하지 못했는데 호공이 시를 구하며 새를 준다기에 기쁜 마음으로 시를 지어준다고 했다. 천보 13년(754)에 지었다는 설이 있지만 확실치 않다.

(5) 왕옥산으로 돌아가는 왕옥산인 위만을 보내며 지은 시와 서문 送王屋山人魏萬還王屋 幷序

왕옥산인 위만이 말하길, "숭산과 송주에서 오 땅을 거쳐 그대 이백을 찾아 수천 리를 왔지만 만나지 못하고, 흥이 난 김에 태주, 월주를 노닐다가 영가를 지나면서 사령운의 석문산을 보았다."라고 했다. 후에 광릉에서 만났는데 그가 문장을 사랑하고 옛것을 좋아하며 세상 바깥을 마음대로 다니는 것을 아름답게 여겼기에 그 행적을 서술하고 이 시를 준다.

신선 동방삭은 멀리 구름바다에서 장난치다가, 시원하게 하늘로 올라가 노닐었는데 홀로 가버려 어디 있는지를 모른다. 위후가 그 큰 이름을 이어받았으며 그 본가는 요섭성인데, 뜻을 말고 펴는 것이 자연의 이치에 맞고 자취가 옛 현인과 같다. 열세 살에 문장과 역사를 익혀 붓을 휘두르면 비단을 떨치는 듯했고, 논변으로 달변가 전파를 꺾었으니 마음은 협객 노련자와 같다. 서쪽으로 맑은 낙수를 건너다가 세속의 떠들썩함에 자못 놀라서, 지초를 캐며 왕옥산에 누워서 동천의 문을 엿보았다. 가서 숭산 봉우리를 노니는데 신선이 어찌 그리 쌍쌍이 다니는지, 아침에는 월광자를 이끌고 저녁에는 옥녀창에서 묵을 때, 위로는 귀곡이 그윽하고 아래로는 용담이 힘차게 흘렀다. 동쪽으로 변수의 물에 배를 띄우고 삼천 리 멀리 있는 나를 찾아왔는데, 표일한 흥취가 오 땅의 구름에 가득하여 절강 가를 이리저리 다녔다. 항주와 월주 사이에서 손을 흔들며 장정에서 조수가 돌아오는 것을 보았는데, 파도가 해문의 돌을 말아 올리니 구름이 하늘가 산에 가로 놓여 있었고, 흰말이 흰 수레를 끌고 달리는 듯 천둥이 내닫는 듯하여 마음이 놀랐지. 회계의 아름다움을 멀리서 듣고서 약야계에서 한 번 놀았는데, 만 개의 골짜기와 천 개의 바위가 높다랗게 경호 속에 비쳤다. 빼어난 경치는 말로 표현할 수 없고 맑은 빛은 강가 성에 가득하여, 사람은 달 옆에서 노닐며 가고 배는 하늘 위를 다니는 듯했다. 거기서 오랫동안 머물다가 섬계로 들어가 왕희지와 허매를 찾았고, 조아의 비문을 웃으며 읽고 황견의 수수께끼[8]를 깊이 읊조렸다. 천태산은 사명산까지 이어지는데 해질 녘에 국청사로 향하니, 다섯 봉우리에는 달빛이 지나가며 비추는데 백 리 길을 소나무 소리 들으며 지나갔다. 영계를 마음껏 따라 건너니 화정봉이 아주 멀리 보이고, 돌다리가 푸른 하늘에 가로놓여 있어 발을 옆으로 하여 반달을 밟는 듯했다. 마음 깊이 영가를 그리워하여 바닷길 먼 것도 꺼리지 않았으니, 돛을 올리고 바닷가의 산봉우리를 지나다가 적성산의 노을을 돌아보았다. 적성산이 점점 희미해지다 사라진 뒤 고서산이 눈앞에 우뚝 서 있었는데, 물은 만고의 흐름을 이었고 정자는 천고의 달 아래 비어 있었다. 진운산의 내와 골짜기는 험하고 석문이 가장 볼 만했는데, 폭포가 북두에 걸려 있는 듯 그 물의 끝을 헤아리기 어려웠으니, 절벽에 뿜어 흰 눈을 뿌리는 듯 뿌옇게 낮에도 찬 기운이 생겨났다. 또 악계로 가고자 했으니 어찌 악계의 거센 물결을 두려워했으랴, 울부짖는 70개의 여울에 물과 돌이 서로 부딪히며 요동쳤다. 길은 북해태수 이옹이 연 것이고 바위는 사령운이 연 것인데, 소나무에 부는 바람과 원숭이 울음소리가 동굴과 계곡에 이어졌다. 매화교를 나서니 쌍계의 물이 물러나는 조수를 받아들이는데, 금화산의 언덕에서 돛을 내리니 신선 적송자를 불러올 만했고, 심약의 팔영루가 성의 서쪽에 외롭게 높이 서 있었다. 사방 탁 트인 곳에 높이 서서 멀리 여러 강이 모이는 것을 보았는데, 구름이 걷혀 천지가 열리고 물결이 연이어져 절서의 강폭이 커졌다. 물결 어지러운 신안강 입구에서 북으로 엄광뢰를 향하는데, 엄광의 조대는 푸른 구름 속에서 멀리 창령과 마주보고 있었다. 오나라의 도읍에 막 오자마자 배회하다 고소대에 오르니, 자욱한 안개는 구의산에 가로놓여

---

8 후한의 채옹蔡邕이 조아의 비문을 읽고 "黃絹幼婦, 外孫虀臼"라는 여덟 글자를 그 비문 뒤에 쓴 것을 말한다. 후에 위나라의 조조와 그의 부하인 양수楊修가 지나다가 이 비문에 쓰인 채옹의 글을 보게 되었다. 조조가 양수에게 그 뜻을 이해했는가라고 물으니 이해했다고 했는데, 조조는 이해를 못하고 있다가 30리를 더 가고서야 이해했다. "黃絹"은 "색실色絲"이니, 한 글자로 絶이 되고, "幼婦"는 "젊은 여자少女"이니 한 글자로 妙가 되며, "外孫"은 "딸의 아들女子"이니 한 글자로 好가 되고, "虀臼"는 "매운 맛의 양념을 담아 빻는 절구受辛"이니 한 글자로 辭가 되어 이는 絶妙好辭 즉 절묘하게 좋은 문구를 뜻한다.

있고 아득히 출렁이는 오호가 보이는데, 끝까지 바라보니 마음은 더욱 멀리 갔기에 슬픈 노래 부르며 길게 탄식만 했다. 초강 가에서 배를 돌려 양자진 나루터에서 채찍을 휘두르니, 몸에는 일본의 갖옷을 입고 의기 높게 속세를 벗어났다. 5월에 나를 찾아와 이야기를 나누니 우매한 사람이 아님을 알았다. 서로 만나서 한없이 즐거웠으니 물과 나무가 매일 눈앞에 있었는데, 다섯 제후에게 간알한 일이 헛되어서 백금의 재산은 얻지 못했다. 내 친구 양자운은 예악으로 교화하여 덕정을 폈는데, 비록 강녕의 현령이지만 산공의 무리와 어울릴 만하니, 흥을 타서 한 번 가보기만 하면 내가 그대를 좋아함을 알게 되리라. 그대가 여기에 온 지 얼마나 되었나? 선대에 응당 기약이 있을 터인데, 동쪽 창가의 푸른 옥 나무에는 분명코 서너 가지가 새로 났을 것이고, 지금 천단산의 사람은 그대가 늦게 돌아오는 것을 마땅히 비웃으리라. 내가 먼 이별을 심히 아쉬워하니 망연하여 마음을 슬프게 하는데, 황하가 만약 끊어지지 않는다면 백발이 되도록 길이 그리워하리라.

원문

王屋山人魏萬云, 自嵩宋沿吳, 相訪數千里, 不遇, 乘興遊台越, 經永嘉, 觀謝公石門. 後於廣陵相見, 美其愛文好古, 浪跡方外, 因述其行而贈是詩.

仙人東方生, 浩蕩弄雲海. 沛然乘天遊, 獨往失所在. 魏侯繼大名, 本家聊攝城. 卷舒入元化, 跡與古賢并. 十三弄文史, 揮筆如振綺. 辯折田巴生, 心齊魯連子. 西涉淸洛源, 頗驚人世喧. 採秀臥王屋, 因窺洞天門. 揭來遊嵩峰, 羽客何雙雙. 朝攜月光子, 暮宿玉女窗. 鬼谷上窈窕, 龍潭下奔潀. 東浮汴河水, 訪我三千里. 逸興滿吳雲, 飄颻浙江汜. 揮手杭越間, 樟亭望潮還. 濤卷海門石, 雲橫天際山. 白馬走素車, 雷奔駭心顔. 遙聞會稽美, 一弄耶溪水. 萬壑與千巖, 崢嶸鏡湖裏. 秀色不可名, 淸輝滿江城. 人遊月邊去, 舟在空中行. 此中久延佇, 入剡尋王許. 笑讀曹娥碑, 沉吟黃絹語. 天台連四明, 日入向國淸. 五峯轉月色, 百里行松聲. 靈溪恣沿越, 華頂殊超忽. 石梁橫靑天, 側足履半月. 眷然思永嘉, 不憚海路賒. 挂席歷海嶠, 迴瞻赤城霞. 赤城漸微沒, 孤嶼前嶢兀. 水續萬古流, 亭空千霜月. 縉雲川谷難, 石門最可觀. 瀑布挂北斗, 莫窮此水端. 噴壁灑素雪, 空濛生晝寒. 却思惡溪去, 寧懼惡溪惡. 咆哮七十灘, 水石相噴薄. 路創李北海, 巖開謝康樂. 松風和猿聲, 搜索連洞壑. 徑出梅花橋, 雙溪納歸潮. 落帆金華岸, 赤松若可招. 沈約八詠樓, 城西孤岧嶢. 岧嶢四荒外, 曠望群川會. 雲卷天地開, 波連浙西大. 亂流新安口, 北指嚴光瀨. 釣臺碧雲中, 邈與蒼嶺對. 稍稍來吳都, 徘徊上姑蘇. 烟綿橫九疑, 漭蕩見五湖. 目極心更遠, 悲歌但長吁. 廻橈楚江濱, 揮策揚子津. 身著日本裘, 昂藏出風塵. 五月造我語, 知非佁儗人. 相逢樂無限, 水石日在眼. 徒干五諸侯, 不致百金產. 吾友揚子雲, 絃歌播淸芬. 雖爲江寧宰, 好與山公群. 乘興但一行, 且知我愛君. 君來幾何時, 仙臺應有期. 東窗綠玉樹, 定長三五枝. 至今天壇人, 當笑爾歸遲. 我苦惜遠別, 茫然使心悲. 黃河若不斷, 白首長相思.

해설

이 글은 왕옥산으로 돌아가는 위만을 보내며 지은 시의 서문이다. '위만魏萬'는 후에 이름을 위호魏顥로 바꿨고 '왕옥산인王屋山人'은 그의 별호別號이다. '왕옥산'은 지금의 하남성 제원시濟源市에 있다. 위만은 이백의 부탁을 받아 후에 《이한림집李翰林集》을 편찬했다.

위만이 멀리서 자신을 찾아왔지만 만나지 못했고 그 김에 여러 명승지를 유람했음을 말한 뒤 지금 다시 만나서 보니 과연 유람을 좋아하고 성품이 훌륭하다는 말을 했다. 시에서는 그가 다닌 곳의 경관을 순서대로 자세히 묘사했다. 대체로 천보 13년(754) 양주에 있을 때 지은 것으로 추정한다.

(6) 고 중승께 알현하러 가는 장 수재를 보내며 지은 시와 서문 送張秀才謁高中丞 幷序

내가 이때 심양의 옥중에 갇혀 있으면서 마침 유후 장량[9]의 전을 읽었는데, 수재 장맹웅이 오랑캐를 무찌를 책략을 품고서 장차 광릉으로 가서 고적 중승을 알현하고자 한다. 나는 장량의 기풍을 좋아했기에 이 사람에게 감격하고는 그 김에 이 시를 지어서 그를 송별한다.

진나라 황제가 옥거울을 잃어버리자 장량이 좋은 기운을 받으며 태어났다. 황석공에게 감동했고 창해군에게 들러 알현했으며, 장사가 쇠망치를 휘둘러 원수를 갚고자 한 일로 육국에 명성이 퍼졌으니,[10] 장량의 지혜와 용맹은 만고에 최고여서 소하나 진평도 함께 어울리기 어려웠다. 두 마리 용이 서로 싸울 때 천지에 바람과 구름이 일어났는데, 술에 얼큰해졌을 때 긴 칼로 춤을 추자 위급한 순간에 한나라의 위기를 해결했다.[11] 당초 세상이 거꾸로 걸린 듯 위태로워서 홍구를 경계로 세력을 장차 나누게 되었을 때, 아름다운 계책이 진실로 기묘하여 그분은 맑은 향기를 드날렸다. 오랑캐 땅의 달이 자미성에 들어가서 일월성신의 천문이 어지러울 때, 고적께서 회해에 진주하여 다스리는데 담소하면서도 요사한 기운을 물리치신다. 그대가 막부에서 세운 계책을 채택하실 것이니 난리를 해결하여 뛰어난 공적이 빛나리라. 내게는 추연처

---

9 장량張良은 자가 자방子房이며, 유방劉邦이 한나라를 세우는 데에 큰 공을 세워서 유후留侯에 봉해졌다.

10 장량은 본래 한韓나라 승상의 후예인데, 젊어서 한나라를 멸망시킨 진秦나라에게 복수를 하기 위해 동쪽으로 가 창해군倉海君을 알현하고 120근이나 되는 철퇴를 부릴 수 있는 힘센 장사 한 명을 얻었다. 진시황이 동쪽으로 순시할 때 장량과 그 장사가 박랑사博浪沙에서 진시황을 습격했으나 수레를 잘못 선택해서 실패했다. 후에 하비下邳에 숨어 살았는데 다리 위에서 우연히 황석도인을 만났으며 그는 장량에게 ≪태공병서太公兵書≫를 주었다.

11 항우가 홍문鴻門으로 유방을 불러 연회를 열었다. 항우의 장수인 항장項莊이 지시를 받아 연회에서 검무를 추면서 유방을 죽이려고 했는데, 그 낌새를 알아챈 장량의 계책으로 유방은 피신할 수 있었다.

럼 서리가 내려지는 감응이 없어서 옥과 돌이 모두 불태워졌으니, 다만 한줄기 눈물만 흘릴 뿐 갈림길에서 끝내 무슨 말을 하겠는가?

원문

余時繫尋陽獄中, 正讀留侯傳, 秀才張孟熊蘊滅胡之策, 將之廣陵謁高中丞. 余喜子房之風, 感激於斯人, 因作是詩以送之.

秦帝淪玉鏡, 留侯降氛氳. 感激黃石老, 經過倉海君. 壯士揮金槌, 報讐六國聞. 智勇冠終古, 蕭陳難與群. 兩龍爭鬪時, 天地動風雲. 酒酣舞長劍, 倉卒解漢紛. 宇宙初倒懸, 鴻溝勢將分. 英謀信奇絶, 夫子揚淸芬. 胡月入紫微, 三光亂天文. 高公鎭淮海, 談笑卻妖氛. 採爾幕中畫, 戡難光殊勳. 我無燕霜感, 玉石俱燒焚. 但灑一行淚, 臨岐竟何云.

해설

이 글은 고적을 만나러 가는 장 수재를 보내며 지은 시의 서문이다. '수재秀才'는 대체로 관직이 없는 문인을 가리킨다. '장張'씨는 장맹웅張孟熊인데 자세하게 알려져 있지는 않다. '중승中丞'은 어사중승御使中丞이며 '고高'씨는 고적高適으로 당대 유명한 문인이었다.

심양의 감옥에 갇혀 있을 때 장량의 전을 읽고 있었는데 마침 장맹웅이 난리를 평정할 책략을 품고서 고적을 알현하러 간다는 말을 듣고는 감개하여 시를 짓는다고 했다. 시에서는 대체로 장량의 의협적인 행동을 칭송했으며, 그와 비견되는 의협심을 가진 장맹웅이 고적의 막부에서 뜻을 이루기는 바라는 마음과 자신은 감옥에 갇혀 있어 어찌할 수 없는 안타까움을 표현했다. 지덕 2년(757) 심양의 감옥에 갇혀있을 때 지은 것이다.

(7) 여러 공들과 함께 형양으로 돌아가는 진 낭장을 보내며 지은 시와 서문 與諸公送陳郎將歸衡陽 幷序

중니는 떠돌이 신세였고 주나라 문왕은 밝은 빛이 땅 속에 있는 형국이어서, 만일 제때가 아니라면 성현들도 눈썹을 낮게 드리웠는데, 하물며 나 같은 불초자야 이리저리 옮겨 다니며 초췌해지는 것이 진실로 마땅한 일이 아니겠는가? 아침에는 마음을 열지 못하고 저녁에는 머리칼이 모두 하얗게 되었는데, 높은 곳에 올라 먼 길 가는 이를 전송하노라니 근심을 더하게 한다. 진 낭장은 의로운 기풍이 늠름하고 영명한 생각이 빼어나서, 그가 와서는 조성의 걸상을 내리게 하더니[12] 갈 때는 재능 있는 이들의 시를 요청한다. 강 가운데서 맑은 흥취가 일어났다가 흰 파도에 떠서 곧장 떠나게 되니 여러 공들이 우러러 봐도 미치지 못하여 잇달아 시문을 지어 그를 송별한다. 이 서문은 사람을 계발시키기에는 부끄럽지만 도리어 이름난 현인들의 글 맨 앞에 놓이게 되었다. 글을 지은 분들이 나를 비웃겠지만 그래도 담소거리는 될 것이다.

푸르디푸른 형산은 자줏빛 하늘로 들어가며 아래로 남극 노인성을 굽어보는데, 돌개바람이 형산 다섯 봉우리의 눈을 날려 흩뿌리니 왕왕 날리는 꽃잎처럼 동정호에 떨어진다. 기상이 맑고 산세가 빼어남이 이와 같아서 낭장의 일가는 모두 금인장과 자색 인끈을 찼다. 문 앞의 식객들은 뜬구름처럼 어지럽게 많으니 세상 사람들이 모두 맹상군에 비교한다. 강가에서 보내는데 흰색 옥이 없으니 갈림길에서 구슬퍼 어떻게 헤어질까?

---

12 동한의 진번陳蕃이 예장태수豫章太守로 있을 때 빈객을 접대하지 않았는데, 다만 서치徐穉를 중히 여겨 그가 올 때면 특별히 의자를 마련해두었고, 그가 가면 다시 그 의자를 벽에 걸어놓고 다른 사람에게는 사용하지 않았다. 이 고사를 썼을 것인데 조성曹城에 대해서는 군수를 뜻하는 전성專城의 잘못이라는 설과 강하군 인근에 있는 조공성曹公城을 뜻한다는 설이 있다.

원문

仲尼旅人, 文王明夷,[13] 苟非其時, 聖賢低眉, 況僕之不肖者, 而遷逐枯槁, 固非其宜. 朝心不開, 暮髮盡白, 而登高送遠, 使人增愁. 陳郎將義風凛然, 英思逸發, 來下曹城之榻, 去邀才子之詩. 動清興於中流, 泛素波而徑去, 諸公仰望不及, 連章祖之. 序慚起予,[14] 輒冠名賢之首. 作者嗤我, 乃爲撫掌之資乎.

衡山蒼蒼入紫冥, 下看南極老人星. 廻飇吹散五峰雪, 往往飛花落洞庭. 氣淸岳秀有如此, 郎將一家拖金紫. 門前食客亂浮雲, 世人皆比孟嘗君. 江上送行無白璧, 臨歧惆悵若爲分.

해설

이 글은 형양으로 돌아가는 진 낭장을 보내며 지은 시문집의 서문이다. '낭장郎將'은 종사품從四品과 정오품正五品에 해당하는 중앙무관직이며 '진陳'씨에 대해서는 자세히 알 수 없다. '형양衡陽'은 지금의 호남성 형양시로 형산衡山의 남쪽에 있다.

때를 만나지 못해 실의한 자신의 모습을 묘사한 뒤 진 낭장의 재능을 칭송하고는 그가 떠나가게 되어 사람들이 시문을 지었고 이백 자신이 서문을 짓게 되었음을 말했다. 대체로 상원 원년(760)에 강하江夏에서 지은 것으로 추정한다.

---

13 明夷(명이) : 《주역》의 괘명으로 하늘의 태양이 땅 속에 들어가 있어서 밝음이 손상된 것을 말한다.

14 起予(기여) : 《논어 · 팔일八佾》에 "나를 깨우치는 사람은 오직 상이다. 비로소 그와 시에 관해 말할 수 있게 되었구나.(起予者, 商也, 始可與言詩已矣)"라는 말이 있다.

(8) 친척 조카인 중부 스님이 옥천사의 선인장차를 준 것에 답하며 지은 시와 서문 答族姪僧中孚贈玉泉仙人掌茶 并序

내가 듣건대 형주 옥천사는 청계의 여러 산과 가까이 있는데 그 산 골짜기에 종종 종유굴이 있으며 종유굴에 옥천이 많이 섞여 흘렀다. 그 안에 흰색 박쥐가 있는데 까마귀만 하다고 한다. 신선에 관한 책을 살펴보니 박쥐를 '신선 쥐[선서]'라고도 하는데, 천년이 지나면 몸이 눈처럼 하얗게 되고, 머무를 때는 거꾸로 매달린 채로 있으며 대체로 종유수를 먹어서 오래 사는 것이다. 그 물가 곳곳에 차의 싹이 늘어서 자라는데 가지와 잎이 푸른빛을 띤 옥과 같다. 오직 옥천진공만이 늘 그 잎을 따다가 차를 마셨는데 팔십 세가 넘도록 얼굴색이 복숭아꽃과 같았다. 이 차의 맑은 향기가 매우 짙어 다른 것과 달라서 능히 젊음을 돌려주고 마른 몸을 구제하여 장수하게 돕기 때문이다. 내가 금릉에서 노닐 때 친척 조카인 중부 스님을 만났다. 그가 나에게 찻잎 수십 조각을 보여 주었는데 겹겹이 말려 있는 것이 마치 손과 같아서 선인장차라고 불렀다. 대개 옥천산에서 새로 나온 것이라 옛날에는 보지 못하던 것이었기에 그걸 가져와서 내게 주고 또 시를 지어 주면서 내게 답시를 요청하자 마침내 이 시를 짓게 되었다. 후에 고명한 스님과 큰 은자들은 선인장차가 중부 선사와 청련거사 이백에게서 시작된 것임을 알리라.

늘 듣기를 옥천산의 산골짜기에 종유굴이 많은데, 신선 쥐는 흰 까마귀와 같고 청계산 달 뜬 곳에 거꾸로 매달려 있다지. 그 바위틈에 차가 자라는데 옥천이 쉬지 않고 흐르며, 뿌리와 가지에 향기로운 물을 뿌려주니 따서 마시면 살과 뼈가 윤택해진다지. 무더기가 오래되면 푸른 이파리가 말리고 가지마다 서로 연결되어 있는데, 햇볕에 말리면 신선의 손바닥처럼 되어 마치 홍애[15]의 어깨를 치는 듯하다지. 온 세상에서 그 누구도 보지 못한 것인데 그 이름은 정녕 누가 전할까? 친척 중에 뛰어난 인물은 바로 참선하는 고승인데 내게 주면서 또 아름다운 시도 주었다. 맑은 거울이

15 영윤伶倫은 황제黃帝의 신하인데 그가 신선일 때의 이름이 홍애洪崖이다.

무염[16]처럼 추한 모습을 비추니 서시의 아름다움을 돌아보고는 부끄러웠지만, 아침 일찍 앉았다가 남은 흥이 있어 길게 읊어 제천에 퍼뜨린다.

원문

余聞荊州玉泉寺近青溪諸山, 山洞往往有乳窟, 窟中多玉泉交流, 其中有白蝙蝠, 大如鴉. 按仙經, 蝙蝠一名仙鼠, 千歲之後, 體白如雪, 棲則倒懸, 蓋飮乳水而長生也. 其水邊處處有茗草羅生, 枝葉如碧玉. 惟玉泉眞公常采而飮之, 年八十餘歲, 顔色如桃花. 而此茗淸香滑熟, 異於他者, 所以能還童振枯, 扶人壽也. 余遊金陵, 見宗僧中孚. 示余茶數十片, 拳然重疊, 其狀如手, 號爲仙人掌茶. 蓋新出乎玉泉之山, 曠古未覿, 因持之見遺, 兼贈詩, 要余答之, 遂有此作. 後之高僧大隱, 知仙人掌茶發乎中孚禪子及青蓮居士李白也.

常聞玉泉山, 山洞多乳窟. 仙鼠如白鴉, 倒懸青溪月. 茗生此中石, 玉泉流不歇. 根柯灑芳津, 採服潤肌骨. 叢老卷綠葉, 枝枝相接連. 曝成仙人掌, 似拍洪崖肩. 擧世未見之, 其名定誰傳. 宗英乃禪伯, 投贈有佳篇. 淸鏡燭無鹽, 顧慚西子妍. 朝坐有餘興, 長吟播諸天.

해설

이 글은 옥천사의 선인장차를 가져다 준 친척 조카 중부 스님에게 써 준 시의 서문이다. '중부中孚'는 스님이고 이백의 조카뻘 되는 사람으로 보인다. '옥천玉泉'은 옥천사로 지금의 호북성 당양현當陽縣 옥천산에 있는 절이다.

옥천사가 있는 청계산의 골짜기에는 종유석이 있고 그 물을 먹고 자란 흰 박쥐는 천년을 살 수 있으며 역시 그 물로 자란 차를 끓여 마신 옥천진공이 장수했다고 말한 뒤, 중부 스님이 이 찻잎을 가지고 와서 주었기에 답시로써 감사하다는 뜻을 전한다고 말했다. 천보 6년(747) 또는 8년(749)에 지었다는 설이 있으나 확실치 않다.

---

16 전국시대 제나라 선왕宣王의 왕후인 종리춘鍾離春은 무염無鹽사람인데 그 사람됨에 덕은 있었으나 얼굴은 매우 못생겼다.

(9) 면주성 남쪽 낭관호에서 배를 띄우고 지은 시와 서문 泛沔州城南郎官湖 幷序

건원 원년 가을 팔월에 나 이백이 야랑으로 유배 가다가 하구로 사신 가던 친구 상서랑 장위를 만났는데, 면주자사 두공과 한양현령 왕공이 강가 성의 남쪽 호수에서 술을 마시며 천하가 다시 태평해졌음을 즐거워했다. 밤이 되니 강물에 비친 달빛이 비단 같아 맑은 빛을 손으로 뜰 수 있을 것 같았다. 장공은 특히 감개무량했기에 사방을 초연히 바라보고는 나를 돌아보고 말하길, "이 호수에서 예전부터 노닌 이들 중에 호방하고 어진 이가 한둘이 아니었을 텐데 아름다운 경치를 허투로 보았기에 조용하여 명성이 나지 않았다. 그대는 나를 위해 아름다운 이름을 세워줄 만하니 이로써 영원히 전하도록 하시게."라고 했다. 그래서 나 이백은 술을 들어 물에 뿌려 예를 표하고는 '낭관호'라고 이름 지었는데, 정주 관성현에 복야피[17]가 있는 것과 같은 연유이다. 자리에 있던 보익과 잠정이 이를 식견이 있는 말로 여기고는 이에 시를 지어 이 일을 기록하여 호숫가에 새기라고 명했으니 장차 대별산과 함께 닳아 없어질 정도로 오래갈 것이다.

장공은 표일한 흥취가 많아 함께 면주성 주위에 배를 띄웠다. 이때에 가을 달이 좋아 오나라 도읍지였던 무창보다 못하지 않은데, 사방 자리에 가득한 이들이 맑은 달빛에 취하니 이런 즐거움이 예전에는 없었다. 낭관께서 이 호수를 사랑하시어 내가 낭관호라고 지었으니, 풍류가 줄어들지 않는다면 명성이 이 산과 함께 전해지리라.

원문

乾元歲秋八月, 白遷於夜郎, 遇故人尙書郎張謂出使夏口, 沔州牧杜公漢陽宰王公, 觴於江城之南湖, 樂天下之再平也. 方夜水月如練, 淸光可掇. 張公殊有勝概, 四望超然, 乃顧白曰, 此湖古來賢豪遊者非一, 而枉踐佳景, 寂

17 후위後魏의 효문제가 이충李沖에게 연못을 하사했는데, 당시 사람들은 이충의 관직인 복야僕射를 따서 그 연못을 복야피僕射陂라고 불렀다.

寥無聞. 夫子可爲我標之嘉名, 以傳不朽. 白因擧酒酹水, 號之曰郎官湖, 亦由鄭圃之有僕射陂也. 席上文士輔翼岑靜以爲知言, 乃命賦詩紀事, 刻石湖側, 將與大別山共相磨滅焉.

張公多逸興, 共泛沔城隅. 當時秋月好, 不滅武昌都. 四座醉淸光, 爲歡古來無. 郎官愛此水, 因號郎官湖. 風流若未滅, 名與此山俱.

해설

이 글은 면주성 호수에서 배를 띄우고 놀며 지은 시의 서문이다. '면주沔州'는 지금의 호북성 무한시이다.

이백이 야랑으로 유배 가다가 하구로 사신을 가던 장위를 만났으며 면주자사가 남호에서 연 연회에 참석하게 되었음을 말한 뒤, 아름다운 경관을 가진 이 호수에 이름을 새로 지어 영원히 남기자는 면주자사의 요청에 이백이 이름을 낭관호라고 하고 시를 짓게 되었음을 말했다. 건원 원년(758) 야랑으로 유배 가다가 강하江夏에 있을 때 지은 것으로 추정한다.

(10) 술을 대하고 하지장 비서감을 그리워하며 지은 2수의 시와 서문 對酒憶賀監二首 幷序

태자빈객 하공이 장안의 자극궁에서 나를 한 번 보고는 나를 '쫓겨난 신선[적선인]'이라 불렀으며 그 김에 금 거북을 풀어 술과 바꿔 즐겼다. 서글프게 그리워하기에 이 시를 짓는다.

사명산에 미친 나그네가 있었으니 풍류를 아는 하지장이다. 장안에서 한 번 보고는 나를 쫓겨난 신선이라 불렀다. 옛날에 잔 속의 술을 좋아했는데 지금은 소나무 아래의 먼지가 되었다. 금 거북을 술과 바꾼 곳을 돌이켜 생각하니 눈물이 수건을 적신다.

미친 나그네가 사명산으로 돌아가니 산음의 도사가 맞이했고, 칙명으로 경호의 물을 하사하시니 그대로 인해 누대와 연못이 영광스러워졌지. 사람은 죽고 옛 집만 남았으니 공연히 연꽃만 피어 있는데, 이를 생각하면 아득하니 꿈만 같아서 처연히 내 마음 아프게 한다.

원문

太子賓客賀公於長安紫極宮一見余, 呼余爲謫仙人, 因解金龜換酒爲樂. 悵然有懷, 而作是詩.

四明有狂客, 風流賀季眞. 長安一相見, 呼我謫仙人. 昔好杯中物, 今爲松下塵. 金龜換酒處, 卻憶淚沾巾.

狂客歸四明, 山陰道士迎. 敕賜鏡湖水, 爲君臺沼榮. 人亡餘故宅, 空有荷花生. 念此杳如夢, 淒然傷我情.

해설

이 글은 하지장을 그리워하며 지은 시의 서문이다. '하賀'씨는 하지장賀知章이며 '감監'은 비서감秘書監으로 종삼품從三品에 해당한다. 그는 천보 초에 태자빈객太子賓客 겸

비서감으로 있다가 천보 3년(744) 봄에 장안을 떠나 고향인 월 땅으로 돌아갔는데 현종이 그에게 회계會稽의 경호 일부를 하사했다. 그는 그해에 죽었다.

하지장이 이백을 처음 보고는 '적선인'이라고 불렀으며 함께 술을 마시고 즐겼음을 말한 뒤 그가 지금 없어 그리워하는 마음을 표현했다. 대체로 천보 6년(747) 회계에 있을 때 지은 것으로 추정한다.

(11) 영양에 있는 원단구의 산속 거처에 쓴 시와 서문 題元丹丘潁陽山居 幷序

원단구는 영양에 사는데 새로 별장을 지었다. 그 땅은 북으로는 마령산에 의지하며 봉우리가 숭산과 이어져 있고, 남쪽으로는 녹대산을 바라보며 그 끝에는 여수가 보인다. 구름 속 바위가 빽빽하게 비치고 아름다운 운치가 있어 나 이백이 그곳에 가서 노닐었기에 이 시를 짓게 되었다.

신선처럼 놀고자 영수를 건너 은자를 찾아 원군과 함께 했다. 갑자기 백성들의 기대를 저버리고 홀로 신선 홍애와 무리가 되어, 머물 땅을 정해 처음 종적을 감추었는데 말을 하면 또 훌륭한 문장을 이룬다. 뒤돌아보니 북쪽 산이 깎아지른 듯하고 앞을 바라보니 남쪽 고개가 분명한데, 멀리 여수의 달과 통하고 숭산의 구름과도 떨어지지 않았다. 그대는 표일한 흥취와 맞아서 내가 맑은 향기를 공경하며, 발을 들어 소나무 바위에 기대고 담소하며 아침저녁을 잊게 되니, 청조[18]와 친해져서 옷을 털고 강가에 살기를 더욱 바라게 된다.

원문

丹丘家於潁陽, 新卜別業. 其地北倚馬嶺, 連峰嵩丘, 南瞻鹿臺, 極目汝海. 雲巖映鬱, 有佳致焉. 白從之遊, 故有此作.

仙遊渡潁水, 訪隱同元君. 忽遺蒼生望, 獨與洪崖群. 卜地初晦跡, 興言且成文. 卻顧北山斷, 前瞻南嶺分. 遙通汝海月, 不隔嵩丘雲. 之子合逸趣, 而我欽淸芬. 擧跡倚松石, 談笑迷朝曛. 益願狎靑鳥, 拂衣棲江濆.

해설

이 글은 영양에 있는 원단구의 거처에 쓴 시의 서문이다. '원단구元丹丘'는 도사이고 이백의 오랜 친구이다. '영양潁陽'은 지금의 하남성 영양현이다.

---

18 청조靑鳥는 바닷새로 기심이 없는 이를 가까이한다고 알려져 있다.

원단구가 영양에 새로 지은 별장이 운치가 있어 이백이 노닐게 되었기에 이 시를 짓는다고 했다. 개원 19년(731)에 지은 것으로 보는 설이 있지만 확실치 않다.

(12) 숭산의 은자 원단구의 산속 거처에 쓴 시와 서문 題嵩山逸人元丹丘山居 幷序

나 이백은 오래도록 여산과 곽산에 있었고 원공은 근래에 숭산을 노닐었는데, 오랜 사귐의 깊은 정이 관직에 있을 때나 은거할 때나 달라진 적이 없었다. 산속에서 서신이 자주 와서는 자기 집의 주인이 되기를 허락하니, 기쁘게도 원래의 내 뜻과 딱 맞아서 마땅히 오래도록 지내며 돌아가지 않기를 바랐다. 곧 온 집안 식구가 와서 함께 책을 보고 노닐 것이니 이에 이 시를 주게 되었다.

집이 본래 자운산이라서 도풍이 아직 사라지지 않아, 신선의 뜻을 깊이 품어 마음 비운 채 감상하니 적막의 경지로 돌아갔다. 민 땅을 오고가며 노닐다가 산 넘고 물 건너 우임금의 무덤까지 갔고, 조수 바다를 연이어 떠다녔으며 여산과 곽산을 높이 올랐다. 우레에 기대어 하늘의 창을 밟고 빛을 즐기며 노을 누각에서 쉬며, 높이 올라 보는 아름다운 일을 잠시 즐거워하고 은일하려는 지향을 자못 만족시켰으니, 삼신산의 그윽한 기약은 요원하여 세속의 명산에 아쉬우나마 기탁했다. 오랜 친구는 숭산과 영수와 마음이 맞아 높은 뜻이 붉은 빛 안료처럼 밝게 빛났으니, 종적을 감추고 속세의 시끄러움을 버리고 마침내 봉우리와 골짜기에 기반을 정했다. 숲과 물이 좋다고 스스로 자랑하고 조정과 저자의 즐거움을 부러워하지 않았으니, 우연히 참된 뜻과 합쳐져 세상의 정이 각박하다고 문득 깨달았다. 그대는 향기로운 계수나무를 꺾을 수 있고 나 또한 난초와 두약을 캘 수 있다. 내 아내는 난새 타는 것을 좋아하고 귀여운 딸은 나는 학을 사랑하니, 같이 손잡고 신선을 방문하여 이로부터 금약을 단련하리라.

원문

白久在廬霍, 元公近遊嵩山, 故交深情, 出處無間. 嵒信頻及, 許爲主人, 欣然適會本意, 當冀長往不返. 欲便擧家就之, 兼書共遊, 因有此贈.

家本紫雲山, 道風未淪落. 沉懷丹丘志, 沖賞歸寂寞. 朅來遊閩荒, 捫涉窮禹鑿. 夤緣汎潮海, 偃蹇陟廬霍. 憑雷躡天窗, 弄景憩霞閣. 且欣登眺美, 頗愜隱淪諾. 三山曠幽期, 四岳聊所託. 故人契嵩潁, 高義炳丹雘.[19] 滅跡遺紛囂,[20] 終言本峰壑. 自矜林湍好, 不羨市朝樂. 偶與眞意並, 頓覺世情薄. 爾能折芳桂, 吾亦採蘭若. 拙妻好乘鸞, 嬌女愛飛鶴. 提攜訪神仙, 從此鍊金藥.

해설

이 글은 숭산에 있는 원단구의 거처에 쓴 시의 서문이다. '숭산嵩山'은 지금의 하남성에 있고 오악 중의 하나이다. '일인逸人'은 은거한 사람을 가리키고 '원단구元丹丘'는 이백의 오랜 친구이다.

이백은 여산과 곽산에 은거했고 원단구는 숭산에 은거하고 있는데 두 사람의 교유가 깊음을 말한 뒤, 원단구가 서신을 보내 자기가 있는 곳으로 오라고 했기에 흔쾌히 왔으며 가족들도 와서 함께 지내기를 바란다고 했다. 대체로 천보 9년(750) 여산에 머물 때 지은 것으로 추정한다.

19 丹雘(단확) : 붉은 색 안료.

20 紛囂(분효) : 세속의 시끄러움.

(13) 구자산을 구화산으로 이름을 바꾼 뒤 이어가며 지은 시와 서문 改九子山爲九華山聯句 并序

청양현 남쪽에 구자산이 있는데 산 높이가 수천 장이며 그 위에 연꽃 같은 봉우리 아홉 개가 있다. 서적을 살펴보고 이름을 징험하려 해도 근거할 바가 없고, 태사공이 남쪽을 돌아다닐 때도 빠트리고 기록하지 않았다. 그 사적이 노인들의 입에서 끊어지고 또 어진 현인들의 기록에도 빠져 있으니 비록 신선들이 왔다 갔다 해도 이에 대해 읊는 것을 거의 듣지 못했다. 내가 그 옛 이름을 지우고 구화라는 명칭을 더했다. 당시 장강과 한수 지역에서 도를 찾다가 하후회의 집에서 쉬면서, 처마를 열고 두건을 올린 채 앉아서 소나무에 내린 눈을 바라보았는데, 이에 두세 사람과 더불어 연구를 지어서 이를 후세에 전한다.

초월의 원시 기운인 묘유가 음양의 기운을 나누어 신령스런 산에 아홉 꽃을 피웠다.(이백) 층층이 높은 산은 봄 해를 막고 절벽 절반에 아침노을이 밝다.(고제) 쌓인 눈은 그늘진 골짜기에서 빛나고 날며 흐르는 물은 양지 벼랑에서 쏟아진다.(위권여) 옥 나무의 빛은 푸르게 빛나고 신선의 집이 아련히 보인다.(이백)

원문

靑陽縣南有九子山, 山高數千丈, 上有九峰如蓮華. 按圖徵名, 無所依據, 太史公南遊, 略而不書. 事絶古老之口, 復闕名賢之紀, 雖靈仙往復而賦詠罕聞. 予乃削其舊號, 加以九華之目. 時訪道江漢, 憩於夏侯迴之堂, 開檐岸幘, 坐眺松雪, 因與二三子聯句, 傳之將來.

妙有分二氣, 靈山開九華.(李白) 層標遏遲日, 半壁明朝霞.(高霽) 積雪曜陰壑, 飛流歕陽崖.(韋權輿) 靑熒玉樹色, 縹緲羽人家.(李白)

해설

이 글은 구자산을 구화산으로 이름을 바꾼 뒤 세 사람이 돌아가며 지은 시의 서문이다. '구자산九子山'은 '구화산九華山'의 옛 이름으로 지금의 안휘성 청양현青陽縣 남쪽에 있다. '연구聯句'는 여러 사람이 돌아가며 이어짓는 시이다. 이 시는 고제高霽, 위권여韋權輿와 같이 지은 것인데 고제는 당시의 은자이고 위권여는 청양현령 위중감韋仲堪이다.

높이가 수천 장이고 꼭대기가 연꽃과 같은 구자산의 이름이 어떻게 유래되었는지 모르다가 이제 그 이름을 구화산으로 바꾸었음을 말한 뒤, 하후회의 집에서 쉬다가 그 산을 보며 같이 시를 짓게 되었다고 말했다. 대체로 천보 13년(754) 즈음 청양에 머물 때 지은 것으로 추정한다.

2) 서첩書帖

1

흥이 나서 달밤에 거닐다가 서쪽으로 술집에 들어갔는데, 어느덧 사람과 사물을 둘 다 잊어버린 채 몸이 세상 밖에 있게 되었다.

원문

乘興踏月, 西入酒家. 不覺人物兩忘, 身在世外.

해설

이 글은 명나라 호광胡廣이 본 이백의 세 서첩의 기록 중 하나로 명나라 당금唐錦의 《용강몽여록龍江夢餘錄》에 수록되어 있다. 또한 이백의 〈상양대첩上陽臺帖〉에 있는 송나라 휘종의 발문에도 언급이 되어 있다.

2

밤이 되자 달 아래 누웠다가 깨어보니 꽃 그림자가 어지럽게 떨어져서 나의 옷깃과 소매에 가득한데 마치 얼음 담은 옥병으로 혼이 씻긴 것 같구나.

원문

夜來月下臥醒, 花影零亂, 滿人衿袖, 疑如濯魄於冰壺也.

해설

이 글은 명나라 호광胡廣이 본 이백의 세 서첩의 기록 중 하나로 명나라 당금唐錦의 《용강몽여록龍江夢餘錄》에 수록되어 있다. 송나라 축목祝穆의 《방여승람方輿勝覽》에 따르면 미주眉州 팽산현彭山縣 상이산象耳山에 이백의 서대書臺가 있는데 그곳에 이 글이 새겨져 있다고 한다.

3

누대가 비어 있고 달빛이 밝은데 가을 하늘에 만물이 변화한다. 이곳에서 난간에 기대니 몸의 기세가 나는 듯 움직인다. 술잔을 쥐고서 스스로 잊지 않는다면 이 흥을 어찌 다하겠는가?

원문

樓虛月白, 秋宇物化, 於斯憑闌, 身勢飛動. 非把酒自忘, 此興何極.

해설

이 글은 명나라 호광胡廣이 본 이백의 세 서첩의 기록 중 하나로 명나라 당금唐錦의 《용강몽여록龍江夢餘錄》에 수록되어 있다.

4

내 머리가 어지럽구나. 글을 한번 써봤지만 이를 스스로 분별할 수 없으니 하선생이 나를 위해 읽어주시게.

원문

吾頭懵懵.[21] 試書, 此不能自辨, 賀生爲我讀之.

해설

이 글은 명나라 당금唐錦의 《용강몽여록龍江夢餘錄》에 수록된 것으로 자신이 직접 본 이백의 서첩의 기록이다. 안기安旗의 《이백전집편년주석李白全集編年注釋》에 따르면 송나라 《성봉루첩星鳳樓帖》에는 뒤에 "그대는 나이가 젊고 눈이 밝으니.(汝年少眼明)"가 더 있다고 한다.

21 懵懵(몽몽) : 어지럽다.

5

산이 높고 물이 길며 사물의 형상이 천만 가지이니, 노련한 필법이 아니면 이 맑고 웅장함을 어찌 다 표현하겠는가? 18일 양대궁에 올라 쓰다. 태백.

원문

山高水長, 物象千萬, 非有老筆, 淸壯何窮. 十八日上陽臺書, 太白.

해설

이 글은 현존하는 이백 친필의 내용으로 〈상양대첩上陽臺帖〉이라 불린다. 이백이 왕옥산王屋山의 양대궁陽臺宮에 오른 뒤 쓴 것으로 보인다. 사마승정司馬承禎이 왕옥산의 양대궁에 그려놓은 대형 벽화에 대해 쓴 것으로 사마승정에 대한 존경과 그리움을 표현했다는 설이 있다. 사마승정은 당대 유명한 도사로 젊은 이백을 만나고는 그의 신선다운 기풍을 칭찬한 적이 있으며 개원 23년(735) 6월 18일에 죽었다. 이 글은 대체로 천보 3년(744) 두보, 고적과 함께 왕옥산에서 노닐 때 지은 것으로 추정한다.

역해자 **예추이화(YECUIHUA)**

고등학교를 중국에서 마치고 한국으로 유학을 왔다. 강릉원주대학교 관광경영학과에서 학부를 졸업한 뒤 한국에 머물게 되면서 중어중문학과 석사과정에 진학하여 평소에 관심을 가졌던 중국 고전문학을 공부했다. 석사학위를 받은 이후 서울대학교 중어중문학과에서 박사과정을 이수하였으며, 이백에 관해 연구하여 박사학위를 취득하였다. 이백 작품에 매료되어 그의 시와 문장을 두루 읽고 연구해왔다. 연구업적으로는 〈李白 文 譯註〉 및 〈李白 賦 初探〉 등이 있다.

역해자 **임도현(林道鉉)**

영남대학교 차이나비지니스 연합전공에서 중문학 및 중국 경영학을 공부하였으며, 중문과 대학원에서 석사를 마치고 서울대학교 중어중문학과에서 이백을 주제로 박사학위를 취득하였다. 이백, 한유, 두보 등 당시 작가들의 작품을 번역하는 연구를 수행하고 있다. 주요 저역서로는 〈쫓겨난 신선 이백의 눈물〉, 〈이태백시집(7권)〉, 〈한유시선〉, 〈두보전집 - 기주시기시역해 1〉, 〈오리는 잘못이 없다 - 건재 한시집〉 등이 있다.

시의 신선 이백 글을 짓다
이태백 문집李太白 文集

초판 인쇄 2019년 10월 09일
초판 발행 2019년 10월 15일

저　　자 이 백
역 해 자 예추이화 · 임도현
발 행 자 윤석현
발 행 처 도서출판 박문사
등　　록 제2009-11호
주　　소 서울시 도봉구 우이천로 353 성주빌딩 3F
전　　화 (02) 992-3253
팩　　스 (02) 991-1285
전자우편 bakmunsa@daum.net
책임편집 박인려

ISBN 979-11-89292-46-1 93800　　　정가 23,000원